La última noche en el Club del Telégrafo

LA ÚLTIMA NOCHE EN EL CLUB DEL TELÉGRAFO

MALINDA LO

CROSS BOOKS

Título original: *Last Night at the Telegraph Club*

Traducción: María Fernanda Gómez Peralta

Esta edición es publicada por acuerdo con Dystel, Goderich & Bourret LLC. a través de International Editors' Co.

Bajo el sello editorial CROSSBOOKS M.R.
Avenida Presidente Masarik núm. 111,
Piso 2, Polanco V Sección, Miguel Hidalgo
C.P. 11560, Ciudad de México
www.planetadelibros.com.mx

Adaptación del diseño original de Kristin Boyle por Planeta Arte & Diseño
Ilustración de portada: © 2021, Feifei Ruan
Fotografía de la autora: © 2017, Sharona Jacobs
Diseño de interiores: Carmen Irene Gutiérrez Romero

Primera edición en formato epub: febrero de 2023
ISBN: 978-607-07-9751-4

Primera edición impresa en México: febrero de 2023
ISBN: 978-607-07-9605-0

Impreso en los talleres de Impresora Tauro, S. A. de C.V.
Av. Año de Juarez 343, colonia Granjas San Antonio, Ciudad de México
Impreso y hecho en México – *Printed and made in Mexico*

A todas las *butches* y *femmes* del pasado,
presente y futuro.

1950 El senador Joseph McCarthy hace una lista de supuestos comunistas que trabajan en el Departamento de Estado.

La Guerra de Corea comienza.

Judy Hu se casa con Francis Fong

4 de julio de **1950** **Lily asiste al tercer pícnic de la Alianza Independiente de Ciudadanos Chinoestadounidenses y al Concurso Señorita del Barrio Chino.**

1951 El doctor Hsue-shen Tisen es puesto bajo arresto domiciliario bajo la sospecha de ser comunista y simpatizante de la República Popular de China.

Judy lleva a Lily a Playland a la playa.

En Stoumen contra Reilly, la Suprema Corte de California declara que los homosexuales tienen el derecho de reunirse públicamente, por ejemplo, en un bar.

PRÓLOGO

Las participantes del Concurso Señorita del Barrio Chino estaban agrupadas detrás de una mampara cerca del escenario. No habían estado ahí cuando Lily Hu pasó por esa misma área quince minutos antes, camino a los baños, había algo llamativo en su repentina aparición.

Lily tenía trece y no podía acordarse si alguna vez había visto un grupo de chicas chinas como este: en trajes de baño y tacones, con su cabello y maquillaje perfectos. Se veían tan estadounidenses.

Ella caminó un poco más lento. El concurso estaba por comenzar y se perdería las presentaciones si se quedaba aquí. Debería regresar a la manta de pícnic de su familia que estaba en el jardín frente al escenario, pero estaba haciendo tiempo, tratando de que no pareciera que las estaba mirando.

Eran una docena de chicas y sus trajes de baño eran blancos o negros, verde mar o verde bosque, de una pieza o bikini. Sus brazos y piernas estaban descubiertos debajo de aquel sol ardiente de mediodía, y sus brillantes cabelleras negras y rizadas estaban peinadas perfectamente. Labial rojo brillante en sus bocas; barniz escarlata en sus uñas; piel suave y bronceada. Cada chica era una variación del mismo tema.

Sus zapatos de tacón se estaban hundiendo en el suelo de hierba. Cada tanto, una de ellas levantaba su pie para asegurarse de que su tacón no se había atorado en la tierra húmeda, como los cervatillos de patas delgadas en *Bambi* cuando aprendían a caminar. La chica en el bikini negro usaba unos tacones negros especialmente altos; mientras se movía en su lugar, su tacón derecho se le atoró en el piso. Su pie se salió del zapato, revelando una fea marca roja en la parte que rozaba con su tendón de Aquiles. La chica frunció el ceño, jaló el zapato de nuevo con los dedos del pie, pero esta vez su pie se salió por completo dejando a la vista la redondez rosada de su talón descubierto y sus dedos flexionándose en el aire. Lily tuvo que desviar la mirada, como si estuviera viendo a una mujer quitarse el vestido en público.

Un micrófono sonó y un hombre declaró:

—¡Bienvenidos al tercer pícnic anual de la Alianza Independiente de Ciudadanos Chinoestadounidenses y al Concurso Señorita del Barrio Chino!

La audiencia reunida en el jardín aplaudió y lanzó vítores. Una mujer mayor que llevaba un portapapeles empezó a reunir a las chicas en una línea detrás de la mampara preparándolas para subir las escaleras hacia el escenario. Lily se volteó y se apresuró hacia el camino que llevaba al jardín.

Vio que su familia estaba por el centro de la multitud, reunida en una vieja manta áspera del ejército marcada con el nombre de su padre, Capt. Joseph Hu, en pintura blanca. Estaban rodeados por otras familias, todos descansando bajo el claro cielo azul, todos observando el escenario colocado al frente del edificio principal.

Lily vio que su mamá se levantaba y ponía de pie a Frankie, de cuatro años. Su papá seguía sentado en la manta y le dio a mamá su bolsa, entonces ella y Frankie caminaron hacia el sendero a la orilla del jardín. El tío Francis y la tía Judy, sentados al lado del padre de Lily, veían el escenario con expresiones contradictorias. El tío Francis estaba absorto; la tía Judy se veía escéptica. No había señales de Eddie, el hermano de Lily, en ningún lado; ella supuso que él andaría por ahí jugando con sus amigos.

Lily se encontró con su mamá en el sendero.

—Llevaré a Frankie al baño —dijo mamá—. Todavía queda algo de pollo frito.

Alguien encendió unos petardos mientras Lily atravesaba el jardín. El sol de verano se estaba hundiendo caliente y seco en su cabello negro. Era el verdadero clima de verano aquí en Los Altos: clima de paletas de hielo, no como en San Francisco, donde hace frío y hay neblina. A lo largo del día, Lily se había estado retirando las capas de ropa que se había puesto aquella mañana en su casa en el Barrio Chino; ahorita ya solo estaba usando una blusa de manga corta y una falda de algodón, deseaba haberse puesto sandalias en vez de zapatos y calcetines.

Cuando llegó con su familia, se agachó para tomar la última pieza de pollo frito de la cesta. Su amiga Shirley Lum estaba sentada cerca, con su familia, y le hizo señas a Lily para que fuera con ellos.

—¿Puedo irme a sentar con Shirley? —le preguntó Lily a su padre, quien asintió mientras el maestro de ceremonias comenzaba a presentar a todas las concursantes. Sus nombres resonaron por encima del jardín, mientras Lily se enderezó, con el muslo de pollo en la mano.

—¡La señorita Elizabeth Ding!

—¡La señorita May Chinn Eng!

Lily se sentó con Shirley sobre su manta, un viejo mantel blanco, y dobló sus piernas a un lado; acomodó su falda como una dama.

Shirley se inclinó hacia ella y le dijo:

—Mi favorita es la tercera, la que tiene un bikini amarillo.

—¡La señorita Violet Toy!

—¡La señorita Naomi Woo!

Lily le dio una mordida al pollo. La piel todavía estaba crujiente; la carne, jugosa y salada. Puso la otra mano debajo, para atrapar las migajas que caían. Las chicas atravesaban el escenario, una por una. Ellas desfilaban en sus tacones, moviendo sus caderas de un lado al otro. La audiencia profirió algunos silbidos, seguidos de risas.

—Creo que la chica del traje de baño negro llama muchísimo la atención —dijo Shirley.

—¿A qué te refieres? —preguntó Lily.

—¡Mírala! Se comporta como si fuera una estrella de Hollywood o algo así. La manera en la que se para.

—Pero todas están paradas igual.

—No, ella lo hace más, como si se sintiera perfecta.

Para Lily, la chica de negro no se veía distinta de las demás, pero recordó la vista de su pie desnudo en el aire y se sintió extrañamente apenada por ella. Todas las concursantes estaban sonriendo, tenían las manos puestas en sus caderas y los hombros orgullosamente echados hacia atrás. El maestro de ceremonias explicó que tenían que caminar por el escenario de nuevo para que los jueces evaluaran sus rostros y figuras; la audiencia aplaudió un poco más.

Los jueces estaban sentados en una mesa en el piso frente al escenario. Lily no podía verlos, pero había escuchado todo acerca de ellos. Dos eran líderes del Barrio Chino; uno era un prominente hombre de negocios local caucásico y la otra era una mujer, la reina Narcissus de Honolulu, Hawái. Lily la había visto antes tomándose fotos con fans; llevaba un lindo vestido de estampado floral con una gran flor rosa en el cabello.

—Mira, mi favorita va a pasar ahora —dijo Shirley.

La chica en su bikini amarillo era más alta que las demás y su figura era más curvilínea. Tenía el cabello negro ondulado peinado hacia atrás con peinetas, revelando unos aretes brillantes en forma de gota. Mientras caminaba al frente del escenario, se escucharon silbidos entre la audiencia. Cuando llegó al lugar más alejado del escenario, se detuvo, dobló una rodilla y volteó por encima de su hombro con coquetería. La audiencia estalló en aplausos y Shirley se unió con entusiasmo.

Lily, que todavía estaba sosteniendo el muslo de pollo a medio comer, volteó la cabeza y apartó la vista del escenario, incómoda. No entendía ese sentimiento de que algo se estaba encogiendo dentro de ella, como si no debieran descubrirla viendo a esas chicas. Vio a un grupo de hombres mayores del Barrio Chino cerca, sentados casualmente y fumando mientras estudiaban a las participantes. Uno le sonrió a otro, había algo desagradable en la expresión de su rostro. Hizo un gesto extraño con su mano izquierda, como si estuviera apretando algo y el otro hombre se rio. Lily bajó la mirada a su pollo frito y el hueso del muslo le recordó el tendón de Aquiles de la chica de negro que estaba irritado por el borde duro de su zapato.

—Vamos al escenario —dijo Shirley en tono conspirativo tomando la mano de Lily para llevarla a través del jardín.

—No deberíamos…

—¿No quieres ver cómo es?

Se sentía peligroso, rebelde, pero tentador. La luz del sol de la tarde era dorada y pesada, el espectáculo había terminado y los espectadores estaban alzando todo y preparándose para ir a casa.

—De acuerdo —dijo Lily, y Shirley soltó un gritito en respuesta.

Casi corrieron algunos metros y llegaron al pie de los escalones, Shirley se detuvo abruptamente. Lily chocó con ella.

—Imagínate —dijo Shirley en un tono soñador— cómo debe sentirse ser la Señorita del Barrio Chino.

Hubo controversia cuando los jueces eligieron a la ganadora. Lily escuchó un débil coro de abucheos con los aplausos y vio cómo la cara de la chica ganadora se sonrojaba un poco, con orgullo y consternación. Un hombre gritó hacia el escenario:

—Ella se ve *pin-up*, no parece una chica china.

Lily lo vio con disimulo; estaba sentado junto al hombre que había hecho el gesto obsceno, quien se inclinó hacia él y lo palmeó en el hombro. Habían comenzado a tener una conversación animada que Lily no podía entender, estaban hablando en toisanés, pero identificó las palabras *belleza* y *mujer*.

—¿Lily, no vienes?

Shirley ya había subido los escalones y Lily se dio cuenta de que se había quedado atrás. Puso su mano en el barandal, que se movió, y subió con rapidez los escalones. Ya habían retirado el micrófono y su base, por lo que el escenario estaba vacío. Shirley caminó hacia el centro, desfilando como las participantes, y fingió ser una reina de belleza.

Lily dudó, mientras veía a su amiga voltear hacia el amplio y vacío jardín. Alguien chifló y Shirley se sonrojó con gusto, mientras hacía una reverencia.

—¡La próxima vez serás tú! —gritó una voz sin dueño.

Shirley soltó una risita boba y miró a Lily por encima de su hombro.

—¡Ven! Ven a apreciar la vista.

Lily alcanzó a Shirley al frente del escenario, justo cuando una serie de petardos tronaban en la distancia. El sol de la tarde tras ellas proyectaba sus sombras a través del piso, mientras Shirley levantaba su mano para saludar, como si fuera una reina; Lily veía su sombra estirarse, oscura y delgada sobre el pasto. Había botellas vacías de vidrio y bolsas de papel arrugadas desperdigadas en el piso, el jardín había quedado aplanado por marcas irregulares de mantas y cuerpos.

—¡Lily!

La voz venía de la izquierda, ligeramente detrás del escenario. Ella retrocedió para ver mejor y vio a su tía Judy, que venía del sendero del estacionamiento y que le hacía señas con la mano.

—¡Es hora de irnos! —dijo su tía.

Lily la saludó con la mano y jaló a Shirley del brazo.

—Tenemos que irnos.

—Espera un minuto —insistió Shirley.

Lily se fue hacia las escaleras y volteó para ver a Shirley, quien todavía estaba parada al borde del escenario, viendo hacia el jardín. La parte de atrás de su cabeza estaba coronada por la luz del sol, dejando su cara en la sombra. El perfil de su nariz y su boca todavía era dulce y aniñado, pero había una curva modesta en su pecho y ella había ceñido la cintura de su vestido para acentuar la ligera curva de sus caderas. Lily se preguntó si así era como una chica china debía verse.

PARTE I

Puedo soñar, ¿no?

AGOSTO- SEPTIEMBRE DE 1954

1

—Esa mujer es tan glamurosa —dijo Shirley, dándole un ligero codazo a Lily para que viera.

Dos mujeres caucásicas estaban sentadas en una mesa del rincón en el restaurante.

—Me pregunto si va a un espectáculo.

Era *la hora pico* del viernes en la noche y, aunque La Perla del Oriente estaba casi lleno, Lily supo inmediatamente a quién se refería Shirley. Los faroles de papel rojo que colgaban por encima de sus cabezas emitían un destello cálido sobre el cabello rubio de la mujer, recogido en un chongo francés y sujeto con algo brillante que hacía juego con sus aretes de gota. Llevaba un vestido azul rey de satén sin mangas con escote redondo, que mostraba su piel aterciopelada, y un saco tipo bolero colgaba del respaldo de su silla. Su acompañante estaba vestida de manera menos glamurosa. De hecho, llevaba pantalones grises de franela, con una blusa blanca de cuello en V fajada. Su cabello estaba corto, a la moda, pero en ella se veía un poco menos *gamine* que varonil, lo que llamó la atención de Lily. Había algo en su postura que parecía sutilmente masculino. Lily no podía definir qué era, pero la intrigó.

Se dio cuenta de que la estaba mirando fijamente y volvió su atención al montón desordenado de servilletas frente a ella. A su lado, Shirley estaba moviendo con rapidez su propio montón transformándolo en perfectos cisnes. Lily había pasado infinitas horas en ese restaurante con Shirley desde que eran pequeñas, a través de los años, la había ayudado con pequeñas tareas cuando era necesario. Ahora estaban por comenzar el último año de preparatoria, pero todavía no podía hacer un cisne decente de servilleta. Deshizo el que estaba haciendo y comenzó de nuevo.

En las noches de fin de semana, La Perla de Oriente atraía principalmente a turistas, más que a chinos locales. Shirley decía que era porque lo recomendaba una compañía que organizaba tours al Barrio Chino. Lily se preguntó si las mujeres de la esquina serían turistas y les echó otra mirada.

La rubia estaba sacando una cigarrera plateada de su bolsa y su acompañante sacó una caja de cerillos del bolsillo de su pantalón, se inclinó hacia ella y encendió el cerillo. La rubia puso su mano alrededor de la flama acercando la mano de su amiga a su rostro mientras inhalaba. Después se recargó en el respaldo de su silla y le ofreció la cigarrera a su amiga, quien sacó un cigarro y lo encendió con rapidez, alejándolo de su boca con su pulgar y su dedo índice. Volutas de humo subieron hacia el techo rojo iluminado.

—Estás haciendo un desastre con esas —dijo Shirley de los cisnes mal doblados de Lily—. A ma no le gustarán.

—Perdón —dijo Lily—. No soy buena en esto.

Shirley negó con la cabeza, pero no estaba molesta. Así era siempre.

—Reharé los tuyos —expresó Shirley mientras acercaba las servilletas de Lily hacia ella.

Lily permaneció ahí por un momento viendo cómo Shirley desdoblaba su descuidado cisne. Se estiró para agarrar el *Chronicle*. Siempre disfrutaba las reseñas de obras de teatro y películas y la columna de sociedad con las fotos de mujeres en pieles y diamantes; se preguntaba despreocupadamente si la rubia alguna vez había estado en el periódico.

—Tal vez es una heredera —le dijo Lily a Shirley—. La rubia de allá.

Shirley volteó al otro lado del restaurante de nuevo, con rapidez.

—¿Heredera de una mina de oro?

—Sí y su padre acaba de morir y le dejó una fortuna...

—Pero descubrió que tiene un medio hermano...

—...que está peleándole la herencia...

—¡...así que ella contrató a una detective privada para que lo sedujera!

Lily vio a Shirley, confundida.

—¿Qué?

—Bueno, ¿quién crees que es la otra mujer? Parece una detective privada. Solo una mujer detective se vería así, probablemente esté encubierta.

Esto le hizo gracia a Lily.

—¿Encubierta dónde?

—Ay, quién sabe.

Habían jugado a esto desde que eran niñas, a inventar historias sobre los extraños que veían en el restaurante, pero Shirley tendía a perder interés en sus invenciones antes que Lily.

—¿Viste el nuevo anuncio que hicieron mis padres? —preguntó Shirley colocando el último cisne de servilleta junto a los otros; así, en fila, parecían un pequeño y gracioso ejército.

—No.

—Está ahí, lo vi hace rato. Sigue. Está en la misma página que las reseñas de los clubes nocturnos.

Lily pasó las páginas del *Chronicle* con obediencia hasta la columna «Después de que cae la noche», que ocupaba media página. La otra mitad estaba llena de anuncios de restaurantes y clubes nocturnos. Los leyó superficialmente buscando el de La Perla de Oriente. NOS VEMOS EN EL XOCHIMILCO DE JULIÁN: LA MEJOR COMIDA MEXICANA. ESPECTÁCULOS CON ELENCO CHINO, INCREÍBLE CENA COMPLETA CHINA O ESTADOUNIDENSE: FORBIDDEN CITY. Una ilustración de cuatro caras, padre, madre, hijo e hija con un moño en su cabello, que anunciaba: ¡BUENA COMIDA! EL BUEN VIVIR INCLUYE CENAR EN GRANT'S.

—Ahí está —Shirley señaló un anuncio casi al final de la página. Un rectángulo negro sencillo con letras gruesas blancas que decía: DISFRUTA LA MEJOR COMIDA ORIENTAL EN LA PERLA DE ORIENTE: LO MEJOR DEL BARRIO CHINO.

Los ojos de Lily se fueron directo al recuadro justo arriba del de La Perla de Oriente. Decía: ESTRENO MUNDIAL: ¡IMITADORA MASCULINA DE TOMMY ANDREWS!: CLUB DEL TELÉGRAFO. BROADWAY 462. Era un anuncio relativamente grande que incluía la foto de una persona que se veía como un hombre atractivo con el cabello peinado hacia atrás, vestía un esmoquin. Algo dentro de Lily se quedó quieto, como si su corazón hubiera tomado aire antes de seguir latiendo.

—No es muy grande, pero pa piensa que la gente lo verá —dijo Shirley—. ¿Tú qué opinas?

—Ay, estoy… estoy segura de que lo verán —dijo Lily.

—La gente lee esa página, ¿no? Siempre quieren saber qué estrellas están en la ciudad.

—Tienes razón, estoy segura de que lo verán.

Shirley asintió satisfecha y Lily tuvo que obligarse a sí misma a alzar la mirada de la foto de Tommy Andrews. Al otro lado del restaurante, las dos mujeres estaban pagando la cuenta. La mujer del vestido azul sacó una cartera de su bolsa mientras la otra, de pelo corto, sacó inesperadamente una billetera del bolsillo de su pantalón. Sus billetes cayeron inertes en la mesa.

Detrás del mostrador, se abrió la puerta a la cocina. La madre de Shirley asomó su cabeza y llamó:

—Shirley, ven a ayudarme un minuto.

—Sí, ma —contestó Shirley, luego le dio una mirada exasperada a Lily—. No toques las servilletas, las termino cuando regrese.

La campana en la puerta frontal del restaurante sonó y Lily vio a las dos mujeres irse. La mujer de pelo corto sostuvo la puerta abierta para su amiga y entonces se fueron; Lily miró el anuncio del Club del Telégrafo de nuevo.

Broadway 462 debía estar tan solo a unas cuadras de La Perla de Oriente. Había varios clubes en Broadway, justo al este de Columbus. Los padres de Lily siempre le decían que evitara esas cuadras, decían que eran para adultos y turistas. No para chicas chinas buenas. No para chicas, punto. Lily entendía que debía pensar que los clubes eran lugares sórdidos, pero cada vez que cruzaba Broadway (siempre de día, por supuesto) veía hacia la calle amplia, hacia el Puente de la Bahía en la distancia, y su mirada se detenía en esas puertas cerradas, preguntándose qué escondían.

Sus palmas estaban un poco húmedas. Volteó por encima de su hombro, pero no había nadie detrás del mostrador. Rápidamente arrancó la página con el anuncio del Club del Telégrafo, lo dobló en un pequeño y pulcro cuadrado, y lo metió en lo profundo del bolsillo de su falda. Cerró el periódico y lo regresó a la pila de *Chronicles* bajo el mostrador. Mientras enderezaba el montón, se dio cuenta de que las puntas de sus dedos se habían manchado con la tinta del periódico. Corrió al baño, abrió la llave y talló sus dedos con el duro jabón rosa hasta que no hubo rastros de tinta.

2

La Perla de Oriente estaba solo a una caminata de diez minutos de la casa de la familia Hu, pero esa noche el camino le pareció eterno a Lily.

Tan pronto dejó el restaurante, tuvo que pasar varios minutos hablando con el viejo señor Wong, que estaba al lado, cerrando su tienda de productos importados. Cuando dio la vuelta en la esquina hacia Grant Avenue, Charlie Yip, del puesto de comida, la llamó y le dijo que tenía su wa mooi[1] favorito en descuento. Compró una bolsa pequeña para compartir con su hermano y cuando metió el dulce en el bolsillo de su falda tuvo cuidado de no aplastar el periódico doblado.

Afuera del Palacio de Shanghái, un grupo de turistas caucásicos bloqueaba la acera. Estaban bien vestidos para su noche de paseo por el Barrio Chino y era obvio que habían bebido algunos cocteles. Ninguno de ellos vio cómo los rodeaba por la calle, y esquivaba una colilla de cigarro arrojada por una mujer con una estola de piel. Lily la miró irritada mientras un carro le tocaba el claxon

[1] Ciruelas saladas secas; una botana.

para que se quitara del camino. Ahora, atrapada entre los turistas y un Buick estacionado, se vio obligada a esperar a que la luz del semáforo se pusiera en rojo antes de que pudiera cruzar la calle; luego se precipitó impacientemente entre los carros impasibles.

Cuando llegó a la acera opuesta, volteó hacia Grand sobre Broadway y North Beach, y se preguntó dónde estaría exactamente el Club del Telégrafo. Se imaginó un letrero de neón alto sobre una puerta cubierta por una marquesina. Se acordó de las dos mujeres que había visto en La Perla de Oriente y las visualizó yendo al Club. Las imaginó sentándose en una pequeña mesa circular cerca del escenario, donde Tommy Andrews se presentaría, perfectamente bien vestida, lista para cantar.

Quería sacar el periódico ahí mismo para ver la cara de Tommy de nuevo, pero se resistió. Clay Street estaba justo enfrente y solo estaba a unas cuadras de casa. Caminó más rápido.

Lily le quitó el seguro a la puerta de enfrente y se apuró a subir por las largas escaleras de madera al rellano del tercer piso. El departamento estaba callado y oscuro a la izquierda, donde estaba la cocina, pero al fondo del vestíbulo, a la derecha, la puerta de la sala derramaba luz en el pasillo. Colgó su chamarra en el perchero, se quitó los zapatos, se puso sus pantuflas y se dirigió a la sala de estar, pasando la puerta cerrada del cuarto de sus padres.

Su padre estaba sentado en el sofá leyendo el periódico y fumando su pipa. Sus hermanos más jóvenes, Eddie y Frankie, estaban tirados en la alfombra leyendo cómics. Cuando entró, su padre levantó la mirada y sonrió. Los cristales de sus lentes redondos reflejaban la luz de la lámpara.

—¿Ya cenaste? —preguntó—. ¿Cómo está Shirley?

—Está bien, comí con ella. ¿Dónde está mamá?

—Se fue a acostar temprano, si todavía tienes hambre hay algo de comida en la cocina.

Eddie la miró por encima de su hombro.

—También queda algo de pastel. Había una venta de pasteles en Cameron House.

Esto le recordó a Lily los wa mooi y los sacó de su bolsillo.

—¿Quieres unos? Se los compré a Charlie Yip.

Frankie saltó para quitárselos, mientras papá dijo:

—No comas demasiados, ya casi es hora de dormir.

Lily podía predecir cómo transcurriría el resto de la noche. Su padre se quedaría despierto hasta que terminara de leer el periódico, tal vez otra media hora. Sus hermanos discutirían que ellos también deberían poder desvelarse un poco; luego tendrían que ir a la cama a las diez de la noche. Ella podría sentarse en la sala con ellos, leyendo con impaciencia una novela, pero ya sabía que no sería capaz de concentrarse. En vez de eso, fue a la cocina y puso la tetera a hervir. Mientras esperaba, se paró por la ventana cerca del fregadero, y se puso a ver las luces de la ciudad, cada brasa brillante señalaba la vida de alguien más: ventanas de cuartos y de salas, faros delanteros deslizándose por las calles empinadas. Se preguntaba dónde vivían esas dos mujeres del restaurante y cómo se verían sus casas. Deslizó su mano dentro de su bolsillo y tocó el periódico doblado.

Se preparó una taza de té de jazmín y la llevó consigo a su habitación, que en realidad no era una habitación sino un pequeño anexo pegado a la sala detrás de unas puertas corredizas. Las dejó abiertas. Su padre había ocupado ese espacio como oficina hasta que Frankie cumplió cuatro, cuando Lily, por medio de argumentos, se libró de compartir la habitación con sus hermanos. Ahora ella tenía su propio escondite pequeño, que había llenado con su cama estrecha, una vieja cajonera que nunca cerraba correctamente y varias pilas de libros que creaban una precaria mesita para su lámpara de noche. La pequeña ventana en la pared al pie de su cama estaba cubierta con una cortina corta hecha de terciopelo azul, con diminutas lentejuelas. La había hecho ella misma en su clase de Economía del Hogar en la secundaria. Las costuras se empezaron a descoser casi tan pronto la colgó, pero aún así le gustaba. Le recordaba a las novelas de ciencia ficción que le gustaba leer y que en las portadas aparecía el espacio exterior.

Mientras esperaba a que su padre y sus hermanos se fueran a acostar, fue a lavarse los dientes y se puso a hacer tiempo en su pequeño cuarto. Dobló algo de ropa limpia que había dejado sobre su cama y revisó algunas notas de su clase de Matemáticas del año pasado para ver qué podía tirar. Todo esto lo hacía mientras era perfectamente consciente del pedazo de periódico en el bolsillo de su falda: el suave y susurrante sonido que hacía cuando ella se agachaba para guardar su ropa, la manera en la que las esquinas se apretaban contra su cadera cuando se sentaba en su cama.

Sintió que pasaron horas antes de que su padre y sus hermanos dejaran la sala. Cuando al fin se fueron, Lily cerró las puertas corredizas de su alcoba y se puso su camisón. Sacó el anuncio de periódico y lo puso encima de los libros que conformaban su mesita de noche. Lo había doblado en un pequeño cuadrado, pero ahora comenzaba a abrirse por sí solo, como las alas de una mariposa.

Sorprendida, lo observó hasta que dejó de moverse, afuera el tranvía funicular retumbaba conforme se acercaba a Powell Street, y la campana parecía sonar al compás de los latidos de su corazón. Comenzó a deshacer una de las pilas de libros junto a su cama y sacó *The Exploration of Space* de Arthur C. Clarke, que había sido un regalo de la tía Judy. Puso el libro en su cama, empujó su almohada contra la pared y se recargó en ella. Finalmente tomó el recorte con el anuncio.

Lo desdobló con cuidado. Ahí estaba Tommy Andrews viendo al horizonte como una estrella de película, un halo de luz brillaba alrededor de su cabello. IMITADORA MASCULINA DE TOMMY ANDREWS. Algún tiempo atrás había visto un anuncio para un show de un club nocturno diferente que decía: ¡JERRY BOUCHARD: LA IMITADORA MASCULINA MÁS IMPORTANTE DEL MUNDO! Venía acompañado de la imagen de una mujer (sus curvas eran aparentes) con un sombrero de copa y frac; por debajo del sombrero salían los rizos de su cabellera. La ilustración parecía falsa, cómica de alguna manera. No como esta foto. Tommy era guapa, elegante. La foto no estaría fuera de lugar en la pared de la habitación de Shirley, junto con sus fotos de Tab Hunter y Marlon Brando.

Una vez, Lily arrancó la ilustración de una colonia lunar de la revista *Popular Science* (que su papá compraba a veces para Eddie) y la pegó en la pared arriba de su buró. Cuando Shirley la vio, bromeó con que tenía gustos de chico y después de que Shirley se fue a casa, Lily la quitó. Si fuera excepcionalmente osada, recortaría las palabras IMITADORA MASCULINA DE TOMMY ANDREWS de este anuncio y lo colocaría en el espacio que dejó la colonia lunar. Creía que nadie, ni siquiera Shirley, se daría cuenta de que la foto no era de un hombre.

Pero sabía que no se atrevería. Dejó el anuncio sobre su cama y abrió *The Exploration of Space*. Ocultos entre las páginas, había otros dos recortes doblados. Había arrancado el primero de una vieja revista *Life* que habían dejado en una caja afuera del Hospital Chino. Mostraba a una joven Katharine Hepburn descansando en una silla, con las piernas casualmente sobre uno de sus brazos. Estaba usando unos pantalones de pierna ancha, un saco y sostenía un cigarro en una mano, mientras veía a su izquierda. Había una seguridad consciente en su expresión, un atisbo de actitud masculina en sus hombros.

Lili recordaba claramente cómo había encontrado esa fotografía mientras hojeaba la revista en la acera. Era septiembre y el sol brillante había calentado su cabeza. Sus ojos se detuvieron en la foto y se le quedó viendo hasta que sintió que se le empezaba a quemar el cabello, y antes de que pudiera dudar de sí misma, la arrancó de la revista. Alguien iba pasando cerca de ahí en ese momento y vio a Lily con algo de sorpresa, pero para entonces ya era muy tarde y Lily fingió que no había notado su mirada en absoluto. Dobló rápidamente la página en dos, la deslizó en su mochila y tiró la revista de vuelta a la caja.

El otro recorte era un artículo sobre dos antiguas mujeres piloto de la Fuerza Aérea que habían abierto su propio campo de aviación después de la guerra. Incluía una pequeña foto de ellas sentadas muy cerca una de la otra, mirando hacia el cielo. Usaban lentes de sol que hacían juego, blusas con cuello y pantalones; la mujer a la derecha, que tenía el cabello corto y alborotado, sostenía de manera protectora la mano de la mujer a la izquierda. La mujer de pelo corto trabajaba como mecánica, su compañera era instructora de vuelo. No eran tan deslumbrantes como Katharine Hepburn, pero había algo cautivador en su cercanía casual.

La imagen venía en el número de la revista *Flying* que Lily encontró en la biblioteca pública la primavera pasada mientras investigaba para un reporte de la Fuerza Aérea de Mujeres Piloto del Servicio (WASP, según sus siglas en inglés). Recordaba de manera muy vívida haber llevado la revista a escondidas hasta el rincón más solo y lejano de la biblioteca y haber arrancado el artículo por debajo de la mesa lo más silenciosamente que pudo. Sabía que no debía, pero necesitaba tener esa imagen de una manera que no comprendía en un nivel consciente. Había dejado una moneda disimuladamente en el mostrador de la biblioteca, como si eso compensara la destrucción de la propiedad que había hecho.

Puso a las mujeres piloto en la cama, junto a Katharine Hepburn y Tommy Andrews, y las vio a todas de manera sucesiva. No podía poner en palabras por qué había reunido estas fotos, pero lo sentía en sus huesos: una urgencia ardiente e inquietante de mirar y, al mirar, de saber.

3

La chica del elevador en Macy's era una joven mujer china con un cheongsam[2] azul cielo bordado con flores amarillas.

—Buen día —saludó a Lily y a su madre—. ¿A qué piso?

—Buen día —dijo la madre de Lily—. Al área de adolescentes, por favor.

—Sí, señora —la chica del elevador presionó el botón del tercer piso. Se veía apenas un poco mayor que Lily, pero Lily no la reconocía, lo que indicaba que no había crecido en San Francisco.

—¿Eres nieta de la señora Low? —preguntó la madre de Lily—. ¿La señora Wing Kut Low, en Jackson Street?

Conforme el elevador de paneles de madera pasaba el segundo piso, la chica respondió:

—No, soy de Sacramento.

Un banco, que se veía incómodo, estaba atornillado al piso enfrente del panel de control. Lily imaginó a la chica hundiéndose allí para descansar sus pies, deslizándolos fuera de sus tacones negros entre los viajes del elevador. La idea de estar atrapada

---

[2] Un vestido tradicional chino.

en esta caja movediza todo el día, con las puertas abriéndose y cerrándose, sin poder irse nunca, parecía una manera sofocante de ganar dinero.

—¡Sacramento! —exclamó la madre de Lily, como si estuviera en el lado oscuro de la luna. Los engranes del elevador crujieron ligeramente conforme este se detenía, cuando estaba llegando al tercer piso.

—¿Estás sola aquí en San Francisco?

—Tengo un tío en el Barrio Chino.

—Ya veo.

El tono de su madre le indicó a Lily que ella no pensaba que esa situación fuera la mejor. Cuando el elevador se detuvo en el tercer piso, las puertas se abrieron acompañadas de un *ding*. La madre de Lily se detuvo en la entrada del elevador.

—Si alguna vez necesitas apoyo femenino —le dijo a la chica—, yo trabajo en el Hospital Chino. Soy enfermera en el departamento obstétrico, la señora Grace Hu.

La chica del elevador parecía incómoda.

—Gracias, señora, es muy amable.

Lily le lanzó una mirada furtiva de complicidad a la chica antes de salir del elevador.

—Me preocupo por chicas como ella —dijo su madre en voz baja mientras la puerta se cerraba detrás de ellas—. Es demasiado joven para andar sola. No puedo creer que su tío cuide bien de ella.

Lily miró alrededor para asegurarse de que nadie más la había escuchado. Justo frente a ellas se extendía el departamento de adolescentes bajo luces fluorescentes. El piso estaba salpicado de otras compradoras que iban de un exhibidor de vidrio al otro. Había una pareja de madre e hija cerca de una vitrina de sombreros, la chica soltaba risitas mientras su madre se sujetaba un sombrero tipo pillbox a su cabello rubio rizado. Voltearon a ver con desdén a Lily y a su madre cuando pasaron. No había otras chinas en el piso esta mañana, Lily se sintió muy consciente de la manera en la que ella y su madre sobresalían. Su madre estaba usando un traje café anticuado de hombros cuadrados con un sombrero café que hacía juego, y que Lily solo la había visto usar cuando iba a la iglesia. La falda y la blusa baratas de Lily, adquiridas en rebaja, estaban muy lejos de ser la última moda.

Caminó más lento para dejar que su mamá se adelantara, como si eso fuera a hacer que las demás pensaran que no iban juntas. Cuando ese pensamiento la hizo estremecerse de culpa, se permitió distraerse con la joyería —aretes de botón de plata, gargantillas brillantes de perlas y pulseras de circonia cúbica— y luego con el anuncio enmarcado encima del mostrador de ropa. Era un trío de chicas con piezas de vestir de conjuntos para combinar. La chica de en medio portaba un chaleco tipo esmoquin sobre una blusa con cuello mandarín y una falta oscura y angosta. Estaba parada con una mano en la cadera, un hombro inclinado hacia abajo y veía directamente a la cámara con una ceja alzada de manera coqueta. La mano enguantada de la chica a su lado colgaba junto a la suya, tan cerca que las puntas de sus dedos meñiques casi se tocaban. Las tres sonreían con complicidad, como si compartieran un secreto.

—¿Te gustaría probarte algo?

Lily levantó la mirada del anuncio y vio a una vendedora que se acercaba.

—Solo estaba viendo —dijo Lily con torpeza.

La vendedora tenía una cara amigable y franca, su cabello castaño claro tenía el corte tipo Peter Pan. Su identificación decía: SEÑORITA STEVENS.

—Estos conjuntos son muy versátiles —dijo mientras movía a un lado el anuncio enmarcado para mostrarle a Lily la ropa de la vitrina—. Puedes usar la blusa con estas encantadoras faldas acampanadas también.

—Ah, no… no lo sé —balbuceó Lily, se acercó un poco más a la vitrina. El chaleco tipo esmoquin era de tela color azul marino con solapas negras.

La señorita Stevens sacó el chaleco y lo colocó sobre el exhibidor.

—Y se lava a mano. Muy práctico.

Lily extendió la mano y lo tocó, sus dedos recorrieron con ligereza la textura cuidadosamente planchada.

—Puedo llevar uno de tu talla al vestidor, si gustas —dijo la señorita Stevens.

Lily alejó su mano y levantó la mirada. Su madre caminaba hacia ella, con su bolsa de mano negra y cuadrada en su hombro, una vendedora rubia la seguía con los brazos llenos de blusas camisetas y faldas.

—Encontré algunas cosas para que te pruebes —dijo su madre. Bajó su mirada para ver el chaleco tipo esmoquin y levantó las cejas—. ¿Qué es esto?

—Una colección maravillosa de conjuntos para combinar, señora —dijo la señorita Stevens. La mirada de Lily vaciló brevemente de la vendedora rubia a su madre, que se acercó a la vitrina, examinó el chaleco y el anuncio.

—¿Dónde usarías esto, Lily? —El tono de su madre era seco y crítico.

Lily estaba avergonzada.

—No sé, solo estaba viendo.

—Es ideal para fiestas —dijo la señorita Stevens—. Si la señorita Marshall les está preparando el vestidor, puede llevarle este conjunto también.

La vendedora rubia, la señorita Marshall, dio un paso al frente con los brazos llenos de ropa, su rostro ligeramente expectante, pero la madre de Lily negó con la cabeza.

—Gracias, pero no creo que esto sea adecuado para mi hija. Ven al vestidor, Lily. Tengo algunas prendas para la escuela que quiero que te pruebes.

Lily le dirigió a la señorita Stevens una mirada de disculpa antes de apresurarse a seguir a su madre y a la señorita Marshall.

La señorita Stevens le regresó la mirada con una ligera sonrisa, mientras doblaba el chaleco y lo guardaba.

En el vestidor, la vendedora colgó en el riel empotrado en la pared una hilera de vestidos, blusas camisetas y chamarras que hacían juego. La madre de Lily se sentó en la banca dentro del cuarto.

—Pruébate el vestido café primero —dijo su madre—. Ese, el de los botones negros.

Había una sucesión de vestidos cafés y grises y faldas, con blusas de algodón de color rosa pálido o azul claro que tenían recatados cuellos redondos o mangas tipo tres cuartos con puños. Eran la versión adolescente del traje de iglesia de su madre, inofensivos pero aburridos. Lily pensó con añoranza en el chaleco tipo esmoquin, pero mientras revisaba la ropa que su madre había elegido la idea se hacía cada vez más descabellada. Tal vez su madre tenía razón. ¿Dónde usaría algo así? Sería la sensación en el baile de otoño, pero ella no era la clase de chica que causaba sensaciones.

—Este saco es demasiado grande para ti —dijo su madre estudiando el traje que Lily se había probado.

Era gris pardo y cuadrado, Lily pensaba que era anticuado.

—No me gusta —dijo.

—Vas a estar en último año —dijo su madre—. Necesitas verte bien. —Abrió la puerta del vestidor pero el pasillo estaba vacío—. ¿Dónde está esa vendedora? —Volteó a ver a Lily. —Espera aquí. Ahora regreso.

Cuando su madre se fue, Lily observó su reflejo en el espejo. «Necesitas verte bien». Lily sabía a qué se refería su madre. Ella necesitaba verse respetable y seria. La chica del espejo se veía como una colegiala usando la ropa de su madre. Sus labios estaban apretados; su frente, arrugada; su cuerpo estaba tragado por las hombreras de la chaqueta. Si su madre pudiera verla ahora le diría que no fuera malagradecida. Rara vez compraban en el piso de arriba en Macy's, a menos que hubiera una gran rebaja, pero aquí estaba ella en el departamento de júniors con las últimas modas, no las ofertas del sótano con sus diversos artículos de la temporada pasada.

Lily recordó una visita diferente a Macy's, cuando era una niña, de diez o nueve, con Eddie colgando de la mano de mamá mientras ella empujaba la carriola con Frankie bebé a través de las pesadas puerta del primer piso. Se había requerido mucho esfuerzo para que todos pudieran entrar en el elevador y llegar hasta el cuarto piso, donde estaba el taller de Santa. Lily recordaba copos de nieve plateados colgando del techo, guirnaldas de oropel acomodadas por encima de los exhibidores, y cajas y cajas de carros y aviones de juguetes apiladas en los estantes. Un tren eléctrico circulaba en una villa navideña miniatura, Eddie se hincó a observarlo, anonadado, mientras Lily se quedó viendo un juego de química en una mesa. Había tubos de ensayo en un soporte y un diminuto mechero de Bunsen, con líquidos de colores extraños guardados en pequeños frascos. La caja en la que venía el juego de química tenía una ilustración de dos niños jugando juntos, sobre sus rubias cabezas estaban las palabras: ¡DESCUBRE EL FUTURO HOY!

No supo por cuánto tiempo examinó el juego de química, pero de repente apareció su mamá con Eddie, y Frankie detrás de ella, y venía exclamando que la había perdido, que qué había estado haciendo. Lily señaló el juego de química y preguntó:

—¿Puedo tener esto para Navidad?

Su madre lo miró por un momento y le dijo:

—¿No prefieres una muñeca?

Lily ya estaba muy grande para berrinches, pero algo en la respuesta de su mamá la hizo enojarse, sus manos se hicieron puños a sus costados y anunció:

—¡No quiero una muñeca!

El rostro de su madre se endureció al instante y Lily vio que alzó su mano como si fuera a pegarle, pero no podía soltar ni a Eddie ni a Frankie. En lugar de eso, le dijo con brusquedad:

—Estás en Macy's, por dios. Baja la voz.

El tono cortante de su madre la aturdió y Lily empezó a llorar.

Ahora, en el vestidor, se abrió la puerta y su mamá regresó, con la señorita Marshall detrás de ella, con otros dos sacos.

—Pruébate este —dijo su madre, pasándole uno más pequeño.

Lily obedeció. El saco pequeño le quedaba mejor. Cuando lo abotonó le quedó ajustado, como debía ser, en vez de estar abombado en sus caderas. Su madre le ajustó el forro del saco. Por encima del hombro de su madre, Lily vio a la señorita Marshall arrancar con cuidado un cabello negro de la solapa del saco más grande y tirarlo discretamente al piso.

—Mejor —dijo la madre de Lily, retrocediendo un paso y bloqueando la vista de Lily de la vendedora. Era una expresión inusual en su rostro, le tomó un momento a Lily darse cuenta de que su madre estaba satisfecha.

—唔錯[3]—dijo su madre en cantonés—. 幾好.[4]

Lily volteó al espejo. Vio a una chica china sin personalidad en un traje gris, con un rostro inexpresivo, nada especial, incluso algo aburrida. *Respetable*. La palabra se sentía cuadrada, inamovible, como una caja maciza con el peso bien distribuido en cada esquina. Una chica respetable es fácilmente identificada, sus motivaciones son claras. Quería un título universitario, luego un esposo, luego una buena casa y niños adorables, en ese orden. Vio a su madre sonreír con firmeza, como si estuviera consciente de la vendedora que merodeaba detrás de ellas. Entonces Lily comprendió por qué su madre había usado el traje de iglesia para ir a Macy's. Incluso si era feo, declaraba su inversión en ser respetable. Su madre era una verdadera esposa y madre estadounidense, no una muñeca china usando un cheongsam, relegada a operar el elevador.

—Es muy profesional, pero también muy femenino —dijo la señorita Marshall—. ¿Quieren que se los lleve a la caja?

---

[3] No está mal.

[4] Muy bonito.

4

—Este año será un camino para comprendernos mejor a nosotros mismos y a nuestros objetivos de vida después de la preparatoria —anunció la señorita Weiland, de pie junto al pizarrón frente al salón de clases. Era de complexión pequeña, con una cara en forma de corazón, enmarcada por un halo de rizos castaño claro. También era una de las maestras más jóvenes en la Preparatoria Galileo, a la mitad de los chicos del salón de Lily les gustaba. Hoy estaba usando una falda de cuadros gris entallada y una blusa rosa ajustada que acentuaba sus curvas de tal manera que Lily había escuchado a los chicos murmurar al respecto tan pronto llegaron a clase.

Cada alumno de último año tenía que tomar la materia de Objetivos de Último Año, que daba el señor Stevenson (tenía la reputación de ser un poco libidinoso con las chicas) o con la señorita Weiland (Lily estaba contenta de que le hubiera tocado con ella). La materia se trataba oficialmente de prepararse para la vida después de la preparatoria, pero era bien sabido que era una manera fácil de sacar una buena calificación y que incluía ver muchos cortos de película sobre etiqueta y cortejo.

—Trabajaremos tres grandes unidades —dijo la señorita Weiland—. Crecimiento personal y vivir en familia, Adaptación vocacional y Educación del consumidor. Hoy comenzaremos con una evaluación personal de dónde están ahora mismo. Quiero que se dividan en grupos de cuatro y discutan algunas preguntas entre ustedes que voy a escribir en el pizarrón. Trabajarán con la gente de su fila, un grupo con los cuatro primeros y otro con los últimos cuatro. Comiencen y junten sus sillas.

Las patas de las sillas se arrastraron por el piso conforme todos formaban sus grupos. El de Lily incluía a Will Chan, que estaba enfrente de ella; a Shirley, que estaba detrás de ella, y a Kathleen Miller, que estaba detrás de Shirley. Lily, Shirley y Will se conocían desde pequeños, ya que habían ido a la Primaria Commodore Stockton juntos. Conocían a Kathleen desde la secundaria, aunque nunca habían sido amigos de verdad. Kathleen no era la clase de chica que hubieran elegido para ser parte de su grupo. Era caucásica, para empezar, y todos los amigos cercanos de Lily eran chicos del Barrio Chino. Kathleen y Lily habían estado en la misma clase de Mátemáticas desde segundo de secundaria, Lily siempre había pensado que Kathleen era muy agradable, callada, pero lista.

Ella se hizo a un lado para hacer espacio para el escritorio de Kathleen a su lado, mientras acomodaba su silla, se dio cuenta de que Will estaba sonriéndole a Hanson Wong, que estaba en un grupo cercano. Los chicos se quedaron viendo a la señorita Weiland de manera muy obvia, mientras estaba de espaldas al salón, escribiendo varias preguntas en el pizarrón. Cuando alzaba el brazo, su blusa se zafaba de la falda, y las pinzas de la falda guiaron a los ojos de Lily por la curva de su parte posterior y hacia abajo, al largo de sus piernas. La parte trasera de la costura de sus medias estaba decorada, justo arriba de los talones, con un diseño de diamantes.

—Para de verla así —susurró Shirley.

Lily se detuvo con algo de culpa, solo para comprender que Shirley le estaba dirigiendo sus mordaces susurros a Will. Él volteó a ver a Shirley con una falsa e inocente sonrisa. Lily bajó la mirada a su cuaderno, agarró su lápiz y trató de fingir que no había visto nada.

—De acuerdo, estas son las cosas que quiero que discutan —anunció la señorita Weiland—. ¿Cuál era su sueño de infancia? ¿Cuál es su sueño ahora? ¿Cuáles son los tres pasos que pueden tomar para lograr lo que sueñan? Me gustaría que eligieran a un representante de equipo, y esa persona dará un reporte al final de la clase sobre su discusión. Tienen veinte minutos para comentar las preguntas y luego compartirán sus reportes. Estaré dando vueltas para estar pendiente de su progreso.

El salón estalló en pláticas de inmediato. Shirley abrió su cuaderno, comenzó a hojearlo y dijo:

—Will, obviamente tú deberías ser nuestro representante.

—Seguro, yo presento el reporte.

Kathleen había sacado su cuaderno y estaba copiando las preguntas del pizarrón diligentemente.

—Creo que Lily debería tomar las notas —dijo Shirley—. Su letra es la mejor.

El lápiz de Kathleen vaciló por un momento, luego lo bajó.

—De acuerdo —aceptó Kathleen.

—Bien —dijo Lily—. ¿Quién quiere comenzar? ¿Sueños de infancia?

—Yo quería ser jugador de basquetbol —dijo Will.

—Yo quería ser estrella de cine—dijo Shirley, reclinándose en su silla y acariciando su cabello. Se había hecho un permanente ondulado en el salón del Barrio Chino la semana pasada y estaba muy orgullosa de sus rizos.

Will sonrió.

—Te veo en Hollywood.

—¿Porque soy hermosa?—se pavoneó Shirley.

—Porque eres muy dramática —dijo Lily, y Will se rio.

—Bueno, yo sé cuál era tu sueño —le dijo Shirley a Lily.

—¿Cuál?

—¿No querías ir a la luna?¡Qué sueño tan gracioso!

—No es gracioso —objetó Lily, sintiéndose ligeramente ofendida—. Claro, quería ir a la luna. Todavía quiero. ¿No te gustaría?

—Dios, no —dijo Shirley—. No hay nada que hacer allá.

—A mí me gustaría ir —dijo Kathleen.

Todos voltearon a verla sorprendidos y ella le regresó la mirada a Shirley.

—¿Ese también era tu sueño? —preguntó Shirley, su tono levemente condescendiente—. Toma nota de eso, Lily, para el reporte.

—No, mi sueño cuando era una niña era ser Amelia Earhart, pero ir a la luna es un gran sueño.

—¿Alguna vez has estado en un avión?—preguntó Lily.

—Sip, cuando estaba en segundo de secundaria mi tropa Wing Scout tuvo la oportunidad de volar. No estuvimos ahí por mucho tiempo, y tuvimos que hacerlo por turnos, pero fue increíble. —La cara de Kathleen se iluminó mientras hablaba del vuelo.

—¿Cómo fue? —preguntó Lily—. ¿Daba miedo?

Kathleen sonrió.

—Un poco al principio, pero tan pronto despegamos ya no tuve miedo. Había mucho por ver.

Lily iba a preguntar más, quería saberlo todo sobre el vuelo, pero Shirley dijo:

—Prosigamos. Solo tenemos veinte minutos. La siguiente pregunta es cuál es tu sueño ahora. ¿Will, cuál es el tuyo?

La sonrisa de Kathleen desapareció. Lily frunció el ceño y miró a Shirley, pero esta ya estaba viendo a Will.

—Bueno, ya no quiero ser jugador de basquetbol. Eso es cosa de niños. Voy a ser abogado. ¿Tú todavía quieres ser actriz?

Shirley se rio un poco cohibida.

—No seas bobo, me quiero casar y tener una familia, obviamente. —Vio a Lily—. Tú sigues. ¿Qué quieres ahora?

Lily no podía decidir si Shirley estaba provocándola o no. Su tono era educado e interesado, pero cuando Shirley sonaba así por lo general significaba que estaba tramando algo.

—Bueno, supongo que quiero encontrar un trabajo, como el de mi tía Judy —dijo Lily—. Ella trabaja en el Laboratorio de Propulsión a Reacción como computadora humana—le explicó a Kathleen.

—¿En serio? —Kathleen se animó de nuevo—. ¿Qué hace exactamente?

—Oh, hace cálculos matemáticos. Diseñan cohetes ahí, no mi tía, sino los ingenieros.

—¿Estás en la clase de Matemáticas Avanzadas con el señor Burke?—preguntó Kathleen—. ¿En el periodo siguiente?

—Sí, ¿tú?

—Sip. Escuché que solo da un 10 cada semestre. —Kathleen se reclinó en su silla y señaló a Lily con su lápiz—. Seguro tú lo obtienes.

—Ah, no. Si eso es cierto, ese 10 seguro va para Michael Reid…

—Chicas, se están desviando del tema —interrumpió Shirley—. ¿Cuál es la siguiente pregunta? Ah, cuáles son los tres pasos que pueden tomar para lograr lo que sueñan.

Kathleen alzó las cejas ante el tono seco de Shirley pero no dijo nada.

—Yo todavía quiero ser piloto.

—¿Y cómo vas a lograr tu sueño? —preguntó Shirley.

—Bueno, el paso uno es ir a la universidad, tal vez especializarme en aeronáutica o ingeniería. Paso dos…

—No pensé que fueras de las que va a la universidad —dijo Shirley.

Lily se le quedó viendo a su amiga en shock. No tenía idea de qué le pasaba, pero Kathleen no parecía muy sorprendida. Tan solo sonrió antes de contestar.

—Cal recibe a cualquiera que esté dentro del quince por ciento más alto de su generación —dijo Kathleen—. No tendré problema con eso y tampoco Lily. Pero no creo que te veamos ahí.

Las mejillas de Shirley se sonrosaron, pero antes de que Lily pudiera hacer algo para calmar la situación, la señorita Weiland llegó con su grupo. Les sonrió con bondad y preguntó:

—¿Cómo van? ¿Tienen preguntas?

—Estamos bien —dijo Kathleen—. Lily está tomando apuntes y Will será nuestro representante.

—Es bueno escuchar eso —dijo la señorita Weiland—. Me da gusto que estén trabajando tan bien juntos.

Después de que la señorita Weiland se siguió con el siguiente grupo, los cuatro se quedaron sentados en silencio. Will se veía un poco pasmado. Shirley seguía con la cara roja, mientras que Kathleen era la única que se veía calmada. Lily estaba extrañamente emocionada por lo que acababa de pasar. Nadie nunca enfrentaba a Shirley así.

Después de la escuela, Shirley abordó a Lily en su casillero y le preguntó:

—¿Qué vas a hacer el sábado?

—No sé, ¿por? —respondió Lily mientras empacaba su bolsa de libros.

Shirley se recargó en la pared al lado del casillero de Lily.

—Will nos invitó a un pícnic en el Parque Golden Gate. Creo que Hanson y Flora vienen también. Deberías venir.

—Tengo que estudiar —contestó Lily, evasiva. Ella y Kathleen eran las únicas chicas en Matemáticas Avanzadas y tenía la clara sensación de que el profesor esperaba que ninguna de ellas durara en la clase. Estaba determinada a demostrarle que estaba equivocado.

—Puedes estudiar en el pícnic. Ven, no me hagas ir sola.

—Acabas de decir que van a ir Hanson y Flora.

Shirley hizo un puchero.

—Si somos solo los cuatro, Will va a pensar que es una cita doble o algo. Tienes que venir.

Shirley siempre había sido así de demandante, casi como un chico con su asertividad. A veces su insistencia era halagadora, podía hacer sentir a Lily como si fuera la única amiga que le importaba, pero hoy no estaba funcionando.

Shirley entrelazó un brazo con el de Lily, acercándola conspirativamente.

—Lily, *tienes* que venir. Ya le dije a Will que vendrías. El grupo cultural de su hermano está organizando el pícnic... No tenemos que hacer nada, más que estar ahí con Will.

—Así que no son solo los cuatro —dijo Lily.

Shirley la miró suplicante.

—*Por favor*, ven. No será divertido sin ti.

Lily suspiró, pero aunque Shirley estaba fingiendo estar exasperada, sintió una pequeña vibración incriminatoria de placer.

—De acuerdo, está bien, iré contigo.

Shirley le apretó el brazo de la emoción.

—¡Maravilloso! Paso a tu casa el sábado, justo antes de mediodía y podemos caminar juntas. Ahorita tengo que ir al Consejo Estudiantil. ¿Ya te vas a casa?

—Sí, yo...

—De acuerdo, entonces ¡te veo mañana!

Lily vio a Shirley irse apresurada por el pasillo. Creyó ver a Kathleen Miller cruzar el vestíbulo, cerca de los trofeos de deportes, y se le ocurrió que las dos podrían estudiar matemáticas juntas. Terminó de empacar su bolsa de libros con rapidez y se apuró hacia donde estaba Kathleen, pero cuando llegó a la vitrina de trofeos no había rastro de ella.

5

Casi cada mañana, Lily y Eddie se encontraban con Shirley y su hermano menor en la esquina de Grant con Washington para caminar juntos a la escuela. En el camino, se les unían Hanson y Will enfrente del Mercado Dupont, y luego Flora y Linda Soo una cuadra al norte; para cuando llegaban a Broadway, eran todo un grupo que iba de Columbus Avenue hacia North Beach como una especie de desfile del Barrio Chino. Los más jóvenes se separaban de ellos en Francisco Street para ir al este, a la secundaria, y los mayores irían al oeste y por Russian Hill hacia la Preparatoria Galileo.

A Lily le gustaba caminar con sus amigos a la escuela, pero secretamente disfrutaba más regresar sola a casa. Podía tomar el lado más tranquilo de las calles con aceras más angostas, y detenerse a disfrutar una vista bonita si quería. Hoy subía por Chesnut Street hacia Russian Hill, y cuando llegó hasta arriba se volteó para recuperar el aliento mientras veía hacia el presidio. Siempre había pensado que tenía algo mágico la ciudad, con sus escaleras empinadas y los vistazos repentinos de la bahía entre los altos y angostos edificios. Se sentía en crecimiento y llena de promesas, cada abertura a medio esconder era un recordatorio de que la ciudad en la que había nacido todavía guardaba misterios por descubrir.

Siguió subiendo por Larking y luego bajó Lombart hasta que la absorbieron los turistas, que siempre se entretenían en la parte más empinada, tomando fotos de la Torre Coit, situada en del Telégrafo Hill a la distancia. La vista le recordaba el anuncio del Club del Telégrafo y pensó en él todo el camino de bajada por Columbus hasta que llegó a la parada en Broadway.

El club debe de estar en esa cuadra a la izquierda. No podía verlo, pero si cruzaba la intersección y caminaba un poco cuesta abajo, podría pasar por ahí. Ese pensamiento hizo que los latidos de su corazón se aceleraran, y ya casi iba a tomar esa dirección, pero atrajo su atención la Farmacia Económica, que estaba pasando el Café Vesubio, en Columbus. Revisó su reloj; tenía poco tiempo antes de que Frankie saliera del Colegio Chino. Cuando la luz del semáforo se puso en verde, se apresuró a llegar a la intersección.

La primera vez que Lily fue a esa farmacia fue en algún momento del año pasado. Entró con la cara agachada para comprar una caja de Kotex, porque no quería comprarla en la farmacia del Barrio Chino, donde se arriesgaba a encontrarse con alguien conocido. La Farmacia Económica estaba fuera del vecindario, así que sus amigos no solían ir ahí. Pronto descubrió que esa farmacia tenía otra ventaja por encima de la del Barrio Chino: tenía una muy buena selección de novelas en pasta blanda. Había varios estantes giratorios con ellas en un anexo apartado, más allá del pasillo de las toallas sanitarias. Uno estaba lleno de novelas de suspenso con portadas espeluznantes en las que aparecían mujeres ligeras de ropa en los brazos de hombres trigueños. Lily normalmente pasaba de largo ese estante, pero hoy se detuvo, atraída por *The Castle of Blood*, donde parecía que el vestido rojo de una mujer rubia se iba a deslizar de sus turgentes pechos, solo sus pezones detenían la delgada tela.

El anexo de los estantes de libros normalmente estaba desierto, pero aun así Lily le dio vueltas, algo cohibida, y se alejó un poco para quedar oculta a la vista. Las mujeres en estas portadas de libros parecían tener dificultades para dejarse la ropa puesta. Los hombres aparecían detrás de ellas o las apretaban en sus brazos musculosos, inclinando los cuerpos de las mujeres hacia atrás para que sus pechos apuntaran hacia arriba.

Había algo perturbador sobre estas ilustraciones, y no eran los hombres libidinosos. Eran los cuerpos flexibles de las mujeres, sus piernas descubiertas y pechos exuberantes, bocas como dulces rojos brillantes. Uno de los libros tenía a dos mujeres en la portada, una rubia y otra castaña. La rubia llevaba un camisón de encaje rosa y estaba hincada en el piso, sus ojos miraban hacia abajo con recato mientras la castaña curvilínea acechaba detrás de ella. El título era *Strange Season*, y el subtítulo decía: «No podía escapar a los deseos anormales de su corazón».

Una emoción eléctrica recorrió a Lily. Miró alrededor del estante de libros, muy consciente de que todavía estaba en público, pero aunque podía oír el *bip* de la caja registradora al frente de la tienda, no veía que nadie se acercara a su rincón. Regresó su atención al libro, lo abrió con cuidado para que no se arrugara el lomo y empezó a leer. El libro era sobre dos mujeres en la ciudad de Nueva York: una rubia joven y sin experiencia, Patrice, y una castaña de mayor edad, Maxine. Cuando el novio de Patrice la abandona en público, Maxine se apiada de ella y la ayuda a regresar a casa. Así comienza una relación un poco confusa, en la que Maxine le presentó a Patrice otros hombres, pero en la que también hubo conversaciones extrañamente sugestivas entre las dos mujeres.

Como a la mitad del libro, las cosas dieron un giro:

> «—¿Por qué quiero besarte? —susurró Patrice, mientras Maxine le acariciaba el largo cabello rubio.

Los dedos de Maxine le dieron un jalón, pero continuó con las caricias rítmicas.
—No sé, Patty, ¿por qué quieres hacerlo?
Patrice se removió en el sillón, levantando las rodillas.
—Max, preferiría estar contigo que en cualquier otra cita».

Lily le dio la vuelta a la página, su corazón estaba acelerado, apenas podía creer lo que leyó a continuación.

«Maxine empujó a Patrice contra los cojines de terciopelo, y su boca descendió sobre la piel lustrosa de la chica.

—Eres como yo, Patrice, deja de luchar contra el destino.

Patrice gimió cuando Maxine presionó sus labios en su cuello.

—¿Max, qué haces? —jadeó Patrice—. Esto es vergonzoso.

—Tú sabes lo que estoy haciendo —susurró Maxine. Desabotonó la blusa de Patrice y deslizó la tela por su hombro acariciando sus pechos. Patrice soltó un suspiro de placer puro.

—Bésame ahora —susurró Patrice.

Maxine la obedeció. La sensación de la boca de Patrice contra la suya era una delicia más allá de cualquier vergüenza».

Lily escuchó el crujir de unas llantas que giraban hacia ella y rápidamente se asomó desde detrás del estante de libros, con la piel ruborizada. Un empleado estaba empujando su carrito de metal lleno de cajas de Kleenex, pasando los estantes Modess y Kotex. Ella cerró apresuradamente el libro y lo regresó al estante detrás de la novela *Framed in Guilt*. Se movió furtivamente hacia el siguiente estante, de ciencia ficción, y fingió examinar los libros con detenimiento.

Su posición le permitía vigilar al empleado, que estaba reabasteciendo los estantes al final del pasillo. Ansiaba regresar por *Strange Season*, pero no se atrevía a leerlo mientras el empleado estuviera tan cerca. Nunca podría comprarlo. El empleado se movía tan lento que ella sentía que quería salir de su propia piel. Normalmente, el estante de ciencia ficción era su favorito, pero hoy sus ojos pasaban por alto las portadas de planetas y cohetes, no reparaba en ellas. No podía dejar de imaginar a Patrice y Maxine en ese sillón juntas. Quería saber, necesitaba saber qué sucedería después. Los minutos pasaron rápidamente y se dio cuenta de que no lo descubriría hoy. Tenía que ir a recoger a Frankie de la escuela. Echó una última mirada al estante que contenía *Strange Season* y se fue.

El resto del día —cuando se reunió con Frankie y caminaron a casa, cuando hizo su tarea, cuando cenó con su familia— en lo único en que pudo pensar fue en ese libro. Sabía que lo que había leído en *Strange Season* no solo era escandaloso, sino perverso. Debería sentirse sucia por haberlo leído, debería sentirse culpable por estar tan conmocionada.

El problema es que no lo estaba. La mano de Maxine desabotonando la blusa de Patrice. Deslizó su propia mano por debajo de la abertura de su camisón, sintió su propia piel tibia debajo de sus dedos. En la silenciosa oscuridad de su cuarto sintió el tenue pero insistente latido de su corazón, sintió cómo se aceleraba. Se imaginó cómo la blusa se delizaría de los hombros de Patrice, la pálida curva de sus pechos. Todo el cuerpo de Lily se sentía ardiente. Sintió la necesidad de cruzar las piernas contra ese dolor hambriento en el centro de su cuerpo. Se las imaginó besándose, como Marlon Brando había besado a Mary Murphy en *El salvaje*, que ella y Shirley habían visto a escondidas el febrero pasado. («No seas tan cuadrada», le había dicho Shirley a Lily, que estaba preocupada de que las descubrieran). Ahora, en la imaginación de Lily, Marlon Brando se había convertido en Max, que apretaba a Patrice blanda en sus brazos. Sus labios estaban presionados. Lily levantó el dobladillo de su camisón y presionó sus dedos entre sus muslos, y presionó y presionó.

6

—¿Este es el lugar correcto? —preguntó Lily.

La dirección que Will les había dado era un sótano en Stockton Street. Las compuertas de metal estaban abiertas, amarradas a unas vallas a la altura de la cintura en cada lado, y las escaleras llevaban hacia debajo de la acera, a una puerta cerrada.

—Ahí hay un letrero —señaló Shirley.

Una pancarta atada a las vallas escrita en chino e inglés. Lily solo comprendió la mitad de los caracteres chinos; en inglés decía: LIGA DE LA JUVENTUD DEMOCRÁTICA CHINA-ESTADOUNIDENSE.

La puerta al final de las escaleras se abrió de repente y una joven china desconocida, de cabello rizado, esponjado y recogido, subió los escalones. Cuando vio a Lily y a Shirley les preguntó en chino mandarín:

—你們是來參加聚會的嗎?[5]

Lily podía hablar cantonés de manera relativamente fluida, pero su mandarín era muy malo, solo sabía un poco porque su padre lo hablaba. Decidió contestar en inglés.

---

[5] ¿Vinieron al pícnic?

—Vinimos a reunirnos con Will Chan, ¿lo conoces?

La chica les sonrió.

—Ah, ya vienen —dijo en inglés con acento mandarín—. Fueron a recoger el carro de su hermano —Extendió su mano—. Edna Yang. ¿También vienen al pícnic?

Lily estrechó su mano, el saludo de Edna era firme y franco.

—Sí, a eso venimos. Soy Lily Hu.

—Shirley Lum —dijo Shirley, estrechando también la mano de Edna.

Detrás de Edna, una hilera de personas comenzó a subir —chicas con faldas y suéteres, chicos con pantalones caqui de algodón y chamarras deportivas—, cargando platos cubiertos con aluminio y cajas blancas de pasteles atadas con un cordón rojo.

Lily y Shirley se hicieron a un lado para que pasaran, la entrada al sótano parecía una puerta mágica por la que salían multitudes. El sonido de un cláxon hizo que Lily volteara hacia la calle, donde estaba llegando un sedan Plymouth verde que se estacionó en segunda fila. Will se asomó por la ventana del asiento del copiloto.

—¡Lily! ¡Shirley! —las llamó.

Un joven salió del asiento del conductor y corrió a abrir la cajuela; Lily reconoció al hermano de Will, Calvin. Will salió, mientras los miembros de la Liga de la Juventud llenaban la cajuela con las provisiones para el pícnic. Estaban decidiendo si las cajas debían ir apiladas o no, y si las botellas de refrescos se agitarían demasiado por el viaje, entonces Shirley se ofreció a sostener la cacerola de pollo con salsa de soya en su regazo para que no se derramara. Cuando al fin cerraron la cajuela, el conductor del carro pasó por el lado del pasajero y Will dijo:

—Calvin, ¿recuerdas a Shirley y a Lily?

Shirley hizo una especie de reverencia, porque sus manos estaban ocupadas con la cacerola de pollo.

—Por supuesto —dijo Calvin. Tenía la cara de Will, pero más delgada y definida. Le sonrió a Shirley mientras preguntaba:

—¿De verdad quieres llevar la cacerola?

Shirley se rio.

—Lo hago con gusto.

Calvin nunca había causado gran impresión en Lily, a pesar de que lo había visto lo suficiente a través de los años como para conocerlo. Él siempre había tenido sus propios amigos, un par de años más grandes que el grupo de Lily y Shirley. Ahora era estudiante en San Francisco State, y Lily no podía recordar la última vez que lo había visto. Ella notó que Shirley le sonrió agradecida mientras la ayudaba a sentarse en el lugar de enfrente, y luego le pasó la cacerola con cuidado. Cuando cerró la puerta, golpeó ligeramente el techo dos veces, luego se inclinó dentro de la ventana con una sonrisa fácil y dijo.

—Ya estás lista.

—Nosotros nos sentamos atrás —dijo Will abriéndole la puerta de atrás a Lily.

—¿Dónde están Hanson y Flora? —preguntó Lily.

—No pudieron venir —contestó Shirley—. Lo siento, Will. Lily, súbete.

Había algo en el tono casual de Shirley que causó sospechas en Lily, pero Shirley ya se había volteado.

—¿Lily? —dijo Will, invitándola.

—Perdón. —Entró al carro y se deslizó a través del amplio asiento, y Will se subió a su lado. El lugar en el que quedó Lily le daba una buena vista de Shirley. Ahora Lily reconoció la sonrisa que Shirley le estaba dando a Calvin. Es la que usaba cuando quería impresionar a alguien. Lily comprendió, entonces, la verdadera razón por la cual Shirley quería venir al pícnic.

Estacionaron el carro sobre Main Drive en el Parque Golden Gate, cerca del Invernadero de Cristal. Calvin fue galante e insitió en llevar él mismo la cacerola de pollo, mientras Shirley llevaba la manta para el pícnic. Lily y Will los siguieron, cargados de bolsas y cajas. Eligieron un tramo de jardín dónde colocar sus cosas, para detener la manta colocaron algo en cada esquina: la cacerola de pollo, una cesta con platos y cubiertos, y botellas de refresco.

Hacía un día hermoso, tranquilo y cálido bajo el claro cielo azul, y antes de que pasara mucho tiempo Shirley se quitó su cárdigan rosa para revelar una blusa rosa que hacía juego. Lily se dio cuenta de que nunca había visto este conjunto antes, ni los pantalones azul claro tipo capri de cuadros que su amiga usaba. Shirley siempre cuidaba su apariencia, pero Lily pensó que hoy había hecho un esfuerzo especial. Estaba usando unos aretes de clip de flores rosas con centros de pedrería que brillaban con la luz del sol, y su cabello estaba cuidadosamente recogido para lucirlos.

No obstante, Lily no tuvo oportunidad de preguntarle a Shirley sobre su ropa nueva porque Calvin y Will siempre iban y venían del carro con más provisiones para el pícnic, Shirley estaba ocupada actuando como la anfitriona, acomodando y reacomodando los platos y las servilletas y pidiéndole a Calvin que le abriera un refresco.

Finalmente, llegó a Main Street el camión que los demás miembros de la Liga de la Juventud habían tomado. Salieron en avalancha cargando cajas de pasteles y largas bolsas de lona que contenían equipo de vóleibol. Una vez que estuvieron todos reunidos, Lily contó dos docenas de personas en total —una mezcla relativamente pareja de chicos y chicas—, casi todos universitarios, aunque algunos iban en la preparatoria. Los universitarios le parecían mucho más mayores a Lily, eran amigables con ella, pero la trataban como a una hermana pequeña. Varios de ellos hablaban mandarín, lo que era poco común en el Barrio Chino, donde la mayoría hablaba cantonés. Lily pronto descubrió que los hablantes de mandarín eran estudiantes de China, ahora exiliados, incapaces de volver a casa debido a la situación política.

Lily sentía curiosidad por ellos. Aunque se vestían como cualquier otro estadounidense, había algo vagamente extranjero en la manera en que se comportaban que parecía, si no antiestadounidense, sí algo menos que estadounidense. Quería preguntarles si alguno de ellos era de Shanghái, pero se sentía tímida entre ellos, se sentía poco china, y, aparte, tenían que comer.

Se sirvieron pollo, mientras se advertían unos a otros que la salsa de soya mojaría los platos de papel a menos que lo comieran de inmediato. También había huevos cocidos en la cacerola, marinados con un rico color café. Lily pescó uno, lo partió a la mitad y lo compartió con Shirley. Lily se comió su huevo en dos mordidas rápidas y después un muslo de pollo de modo más lento. Finalmente, depositó el hueso en una bolsa de papel que estaban usando para la basura. Las cajas blancas contenían pastelitos que alguien había comprado en una pastelería del Barrio Chino: bolas de ajonjolí, tartas de huevo y una docena de suaves bollos rellenos de cerdo a la barbacoa que partieron a la mitad para que todos pudieran tener un poco. Una de las chicas había hecho una bandeja de dumplings fritas que llamó chiao-tzu, rellenas de cerdo picado y col china; Lily remojó la suya en el jugo del muslo de pollo y se lamió los dedos para comer lo que quedaba de salsa.

Después, adormilada y satisfecha, Lily se recostó en el jardín y puso su brazo sobre sus ojos para taparse del sol. Comenzó a dormitar, sintiendo que se hundía lentamente en el jardín cálido, las voces de los miembros de la Liga de la Juventud se hicieron lejanas. Alguien estaba hablando sobre cómo China estaba avanzando hacia el futuro y Lily imaginó a un hombre chino en un traje espacial, su cara se veía borrosa dentro de su casco redondo, parado encima de un planeta rojo. Detrás de él, un ejército de exploradores con trajes espaciales similares aparecieron: cientos, miles de chinos, el hombre a la cabeza ahora sostenía una bandera china roja, sus cinco estrellas doradas en la tela roja se mezclaban con el paisaje marciano.

Debió haberse quedado dormida, porque cuando se levantó y parapadeó lentamente hacia el brillante cielo azul, estaba sola en la manta de pícnic. Escuchó unas risas cerca y el golpe de una pelota de vóleibol. Se volteó sobre su costado y briznas de jardín verde le picaron el cachete. Habían colgado la red de vóleibol entre dos postes, los miembros de la Liga de la Juventud se habían dividido en dos equipos, otros los miraban desde los lados.

Recostó su cabeza en su hombro para sentirse más cómoda, pero no se levantó. Shirley estaba jugando en el partido, lo que era algo inusual. Cuando eran niñas, Shirley había sido muy buena en las actividades físicas, siempre la elegían primero en la clase de deportes y dominaba los partidos que jugaban en las canchas detrás de Cameron House. A pesar de ello, había pasado mucho tiempo desde que Lily había visto Shirley desempolvar sus habilidades atléticas. Ahora Shirley estaba con las rodillas ligeramente dobladas, ojos hacia arriba mientras seguía la trayectoria de la pelota, manos unidas frente a ella. La bola vino al jugador al lado de ella, quien le pegó con sus antebrazos. Shirley saltó, estiró el brazo y golpeó la pelota hacia abajo por encima de la red, y fue a caer al piso entre dos jugadores del equipo contrario.

El equipo de Shirley rompió en festejos y Lily vio a Calvin correr a su lado y darle unas palmaditas en la espalda. Dejó su mano ahí un poco más tiempo del necesario, nadie lo notó excepto Shirley, y Lily, quien vio a su amiga recargarse en la mano del chico, e inclinar la cabeza para sonreírle.

—Te gusta, ¿verdad? —le preguntó Lily a Shirley mientras caminaban a casa desde Stockton Street.

Shirley, quien siempre mantenía la compostura, no pudo evitar que su cara se sonrojara.

—Todos fueron agradables.

Lily rio.

—Sí, todos, pero Calvin fue especialmente agradable contigo.

Shirley negó con la cabeza.

—No sé de qué hablas —dijo, altanera—. Yo noté que Will fue especialmente amable contigo.

—¿Qué? Will solo estaba siendo... Will.

Shirley le lanzó a Lily una mirada incrédula.

Lily frunció el ceño.

—Él solo estaba siendo amable, como de costumbre. ¿Por qué siempre ves cosas donde no las hay?

—¿Por qué nunca ves las cosas que están ahí? A veces puedes ser tan despistada. Si no pones más atención, nunca tendrás novio.

Lily casi replica «yo no quiero novio», pero se detuvo justo a tiempo. En vez de eso respondió:

—Mis padres no me dejarán tener uno hasta que vaya a la universidad de todas formas. Así que no importa.

Vieron a su amiga Mary Kwok subir la calle y cambiaron de tema. Más tarde, en la noche, cuando Lily se metió a su cama, se dio cuenta de que Shirley había logrado distraerla del tema original: el interés de Shirley en Calvin. Era extraño que Shirley no quisiera hablar de eso, pero todo el día había sido algo inusual. Pasarlo con dos docenas de extraños, por un lado. Lily y Shirley habían tenido el mismo grupo de amigos desde que Lily tenía memoria. Aunque siempre había nuevos inmigrantes de China en la escuela, eran relegados a las clases de americanización y no interactuaban mucho con los chicos chinos nacidos en Estados Unidos. Esta era la primera vez que Lily pasaba tanto tiempo con estudiantes universitarios. No podía creer que sería uno de ellos en menos de un año. Sus vidas parecían tan distintas a la suya, más libres y cargadas de responsabilidades. Lily también se dio cuenta de que Shirley se había incluido deliberadamente en las conversaciones de los estudiantes universitarios, aparte de participar en su juego de vóleibol. Había sido encantadora también, cosa que normalmente no era. Había mantenido a raya sus tendencias mandonas y en vez de eso había desempeñado el papel de invitada modesta y alegre.

Todo eso se fue por la ventana tan pronto dejaron a Calvin y a Will en Stockton Street, por supuesto. «A veces puedes ser tan despistada», había dicho. Había enfadado a Lily aquella tarde y ahora el sentimiento estallaba en frustración por la manera en la que Shirley la veía.

Las sábanas se sentían calientes y ásperas en la noche, se las quitó de encima sacudiendo sus piernas para que quedaran en libertad. Abrió la pequeña ventana de su cuarto, pero el aire estaba quieto y no circulaba. Escuchó los sonidos de la ciudad flotar a través de su ventana: motores de carros rugiendo cuesta arriba y cuesta abajo, el sonido distante de alguien riendo. Le pegó a la almohada y la volteó para tener el lado fresco, se preguntó si lo que había dicho Shirley sobre Will era cierto.

Recordó el rostro de Will en su mente, pero no sentía nada especial por él. Trató de imaginar cómo sería besarlo, pero la idea fue vergonzosa de manera muy clara y extrañamente repugnante. Era solo Will. Ordinario, el viejo Will de siempre de Commodore Stockton, perfectamente agradable, que antes quería ser jugador de basquetbol pero ahora quería ser abogado. Comenzó a imaginarse a Will lanzando un balón a través del aro del patio de Cameron House.

Uno, dos, tres, cuatro.

Finalmente tuvo sueño.

7

El lunes en la escuela Shirley parecía más distraída de lo normal, como si la estuvieran arrastrando de vuelta a la prosaica realidad desde un lugar mucho más interesante en su imaginación.

El martes, cuando Lily le comentó al respecto, Shirley dijo:

—No seas boba, solo estoy ocupada. El baile de otoño es pronto y mi Comité del Baile tiene mucho por hacer. Ojalá te hubieras unido, nos serías de mucha utilidad.

—Tengo mucha tarea de Matemáticas este semestre —respondió Lily.

—Típico —dijo Shirley, pero sonaba más divertida que molesta.

El miércoles Lily se quedó hasta tarde en la escuela para usar la biblioteca. Había querido buscar el cohete V-2, que Arthur Clarke mencionaba en *The Exploration of Space*. Cuando se iba se encontró con Will cerca de las vitrinas de trofeos deportivos.

—Me sorprende que sigas aquí —le dijo Lily. Todas las prisas que seguían a la salida de la escuela ya se habían acabado para esa hora y el pasillo estaba prácticamente vacío.

—Tenía Club de Ciencias, pero me da gusto verte —dijo—. Quería hablar contigo.

—¿Sobre qué?

Will se puso nervioso y movió la correa de su mochila que traía al hombro.

—Bueno, sabes, es acerca del baile de otoño en que Shirley está trabajando...

Su voz se apagó y él vio por encima del hombro de ella, Lily se sintió desconcertada.

—Sí, ¿por? ¿Te mandó para que me convencieras de unirme al comité?

—No, yo... —Dio un paso hacia la sombra de la vitrina de trofeos y la tomó del codo, atrayéndola hacia él—. Lily —dijo dudoso.

Ella supo, en ese momento, que la iba a invitar al baile, incluso antes de que dijera las palabras, un calor horrorizado le subió por el cuello.

—Lily —dijo de nuevo—. Me preguntaba si te gustaría ir conmigo al baile. Como mi cita. —Y entonces, como si las cosas no se pudieran poner peor, Lily vio en sus ojos una esperanza sorprendentemente conmovedora.

—Oh —dijo ella, y luego se quedó sin palabras. Tuvo que mirar a otro lado. Por encima de su hombro vio los trofeos de beisbol alineados en una hilera, cada niño miniatura de bronce sosteniendo un bat alzado y listo para golpear un bola que jamás llegaría. En su vista periférica distinguió un movimiento a través de una puerta en un salón: unas delgadas extremidades que se doblaban en las sillas. Lily comprendió que era el salón del señor Wright, el maestro que estaba a cargo del Club de Ciencias.

—¿Lily? —dijo Will de nuevo.

Le tenía que contestar. Una voz en su cabeza, que sonaba muy parecida a la de Shirley, preguntaba: «¿qué tan malo sería ir con él?». No se atrevió a decir que sí. La palabra estaba atorada en su garganta como una diminuta espina de pescado. La rasguñaba.

—No me dan permiso de... —comenzó, pero él la interrumpió.

—Iremos en grupo. Flora y Hanson, y otros, todavía no estoy seguro de quiénes. Vamos a hacer una cena especial, antes del baile en Cameron House.

—¿En grupo? —Ella se aferró a esto. Si era en grupo, entonces no era una cita de verdad.

—Sí, pero irán puras parejas. Así que esperaba que tú fueras como mi cita.

Se le revolvió el estómago. Él estaba muy cerca de ella, mirando su cara hacia abajo con emoción, ella tuvo que esforzarse mucho por mantener una expresión neutra. Lily dio un paso hacia atrás.

—Por favor, discúlpame por... por un minuto. Tengo que... tengo que ir al baño. Lo siento.

Se volteó y se alejó de él, tratando de no correr.

—¿Estás bien? —le preguntó en voz alta.

—Lo siento —le respondió y aceleró el paso. Su bolsa de libros rebotaba dolorosamente en su cadera. El baño de las chicas estaba al fondo del pasillo a la vuelta, y nunca había parecido tan lejano. Cuando al fin llegó, se apresuró dentro, se encerró en un cubículo y recargó su frente contra la puerta cerrada. La madera se sentía fresca contra su piel acalorada. Sentía palpitaciones en la sien, se la talló para tratar de aliviar la presión.

La puerta del baño se abrió y alguien entró al cubículo junto al suyo. Ella se paralizó. Vio los bordes café y blanco de los zapatos debajo de la pared. Comprendió que eso significaba que la chica probablemente podía ver sus pies también y que se daría cuenta de estaba parada, pues obviamente no estaba usando el baño. Lily colgó su bolsa de libros en el gancho detrás de la puerta y se sentó tensa a la orilla del asiento del escusado; decidió esperar hasta que la otra chica terminara. La espera fue eterna, pero finalmente se oyó la cadena. La puerta del otro cubículo se abrió de golpe y la chica fue a lavarse las manos.

En ese momento, la bolsa de Lily se deslizó del gancho. Ella lo vio todo en una fracción de segundo que pareció durar demasiado. Como el gancho no estaba bien colocado en la puerta, la correa de la bolsa había quedado a medio colgar, y el peso de los libros había hecho que se fuera deslizando y cayera al piso la bolsa. Cuando se estrelló contra el azulejo blanco y negro, su cuaderno de Matemáticas salió disparado, seguido de *The Exploration of Space*. Tres pedazos de papel revolotearon libres, ella vio la foto de Tommy Andrews justo antes de que flotara fuera de su vista más allá de la puerta del cubículo.

Lily escuchó unos pasos cruzar el piso del baño y entonces se detuvieron. Se escuchó el susurro del papel. Después de un momento, la chica dijo:

—¿Lily? ¿Eres tú?

Lily se paralizó. ¿Cómo supo la chica quién era? La voz sonaba familiar, pero no la reconocía del todo.

—¿Lily? ¿Estás bien?

—Sí, perdón —dijo Lily, con el corazón acelerado. Se agachó para recoger su bolsa y el resto de los objetos que se habían derramado fuera de ella: un estuche de lápices, un libro de texto de Matemáticas, su cuaderno de Objetivos de Último Año y una toalla sanitaria Kotex que se deslizó por el piso.

Abrió la puerta del cubículo. Kathleen Miller estaba parada en medio del baño con el anuncio de Tommy Andrews en una mano y el cuaderno de Matemáticas de Lily en la otra. El nombre de Lily estaba escrito en la parte de enfrente con su letra cursiva impecable.

—Mi... mi bolsa se cayó —dijo Lily. Apresurada, empezó a reunir sus cosas, levantando primero los dos recortes de revista, que habían terminado entre el cubículo y los pies de Kathleen.

Kathleen la ayudó, persiguió un lápiz perdido que había terminado debajo de un lavabo y reunió los cuadernos mientras Lily recogía la toalla sanitaria. Lily metió todo en su bolsa, luego se enderezó y estiró la mano por el recorte de periódico, que

Kathleen había retenido. Las palabras parecían gritar IMITADORA MASCULINA en una letra gruesa y negra.

—Sólo lo estaba… usando como separador —dijo Lily y se sonrojó.

Kathleen parecía renuente a regresárselo. Había una expresión extraña en su rostro, pero después de un silencioso e incómodo momento en el que Lily comenzó a temer que Kathleen supiera lo que el anuncio significaba, esta se lo regresó sin decir nada. Lily encontró *The Exploration of Space* de nuevo y rápidamente guardó el periódico dentro.

Hubo un toquido en la puerta del baño de las chicas. La voz de Will la llamó:

—¿Lily? ¿Estás ahí? ¿Está todo bien?

Lily miró en estado de *shock* la puerta cerrada.

—¿Estás enferma? —preguntó Kathleen, preocupada—. No te ves muy bien.

Lily trató de cerrar su bolsa.

—Él me invitó… él me invitó al baile —dijo en voz baja, esperando que él no pudiera escucharla. No podía lograr cerrar su bolsa—. Él quiere una respuesta, pero yo… yo no puedo. —La bolsa se abrió y su contenido quedó expuesto.

La preocupación en el rostro de Kathleen se despejó. Asintió con rapidez y dijo:

—Le diré que no te sientes bien. No tienes que darle una respuesta en este momento.

No era una pregunta. La certeza calmada de la declaración de Kathleen llenó a Lily de un alivio repentino.

—No tengo que hacerlo —ella coincidió.

Kathleen salió del baño de chicas de inmediato para hablar con Will. Lily estaba demasiado impresionada para intervenir. Cuando Kathleen regresó, un momento después, había cierta vivacidad en ella, una determinación.

—¿Qué pasó? —preguntó Lily.

—Le dije que estabas teniendo problemas de chica, ya sabes. —Kathleen le sonrió un poco—. No quiso escuchar nada más.

Lily sabía que debería estar avergonzada por lo que Kathleen le había dicho a Will, pero en vez de eso se quería reír—. Oh, por Dios. Gracias.

—Con gusto —Kathleen miró a Lily con determinación de nuevo—. He visto a Tommy Andrews antes, ¿sabes?

Kathleen dijo esas palabras con suavidad, pero para Lily sonaron como petardos.

—¿Qué?

—Tommy Andrews. La he visto antes. —Ahora el rostro de Kathleen se puso un poco rosa—. En el Club del Telégrafo. —Apretó la mandíbula y su mirada se fue al suelo cuando dijo—: Mi amiga Jean y yo fuimos en el verano.

El baño estaba tan callado que Lily escuchó el goteo de la llave en el lavabo de la izquierda, un diminuto *plink* contra la porcelana. Kathleen levantó los ojos para encontrarse con los suyos y, en esa mirada, Lily vio que Kathleen sabía lo que ella le había dado: una entrada.

El agua goteó de nuevo. Una pregunta merodeaba en la parte trasera de su garganta, enredada con la sensación paralizante de estar en el umbral de una conexión. No podía formularlo en palabras.

Finalmente Kathleen, con una vaga mirada de decepción, dijo:

—Debo ir a casa. Se supone que debo cuidar a mis hermanos —Comenzó a caminar hacia la puerta.

—Espera —dijo Lily. El momento estaba a punto de írsele de las manos y no podía permitirlo. Finalmente, logró cerrar su bolsa de libros. La deslizó sobre su hombro y acabó descansando contra su cadera con un empujoncito.

—Caminaré contigo, digo, ¿puedo caminar contigo?

Kathleen se volteó con una sonrisa sorprendida.

—Claro.

Kathleen vivía en North Beach cerca de Washington Square. Era mitad italiana y católica, por parte de su madre; tenía tres hermanos: uno mayor y dos menores. Casi todos los días, después de la escuela, tenía que cuidar a su hermana y a su hermano menores, aunque su hermana ya tenía doce y podría habérselas arreglado sola. Hablaba de sus hermanos con una mezcla de amor y exasperación que Lily encontraba encantadora. Mientras caminaban por Columbus juntas, hablando de sus familias y de la clase de Matemáticas, Lily se preguntó por qué no había conocido mejor a Kathleen antes. Habían tomado las mismas clases por años, pero era como si hubieran sido figurines en un diorama automático, moviéndose en una pista mecánica que las acercaba pero nunca las cruzaba, hasta ahora. Hoy se habían liberado de esos surcos prestablecidos y Lily estaba agudamente consciente de la naturaleza sin precedentes de su nueva amistad.

En la esquina de Columbus y Filbert, donde Washington Square Park ocupaba una explanada verde de North Beach, Kathleen dijo:

—Tengo que dar la vuelta aquí.

Se detuvieron en la intersección y Lily se preguntó si este era el momento donde haría la pregunta muda que seguía atrapada en su garganta, pero no, Kathleen seguía avanzando. Lily dijo apresuradamente:

—Gracias, Kathleen. Gracias, por ayudarme con Will.

—Fue un placer. —Kathleen hizo una pausa y después preguntó—: Te molestaría… ¿me llamarías Kath? Mis amigos me dicen Kath, no Kathleen.

Parecía un poco avergonzada, una timidez se asomó en su rostro, que se puso del rosa más pálido. Sus mejillas, Lily notó, eran ahora del mismo color que sus labios: ese tono delicado de rosa, como una peonia.

—Por supuesto —dijo Lily—. Te veo en la escuela, Kath.

Cuando se separaron, Kath caminó al este, hacia las torres góticas de la iglesia de San Pedro y San Pablo, y Lily se dirigió al sur hacia el Barrio Chino. La palabra «amigos» hizo eco en la memoria de Lily como el repicar del agua en el lavabo del baño.

8

—¿Qué hiciste? —exigió Shirley en un susurro. Había acorralado a Lily en su casillero en los diez minutos entre el fin de clases y el comienzo del Comité Estudiantil. —Will se está portando muy tenso respecto al baile. ¿Te pidió que fueras con él?

Desde aquella tarde, cerca de la vitrina de trofeos, Will había evitado quedarse solo con Lily y, cuando estaban con otros amigos, él evadía su mirada con cuidado. Ella había aceptado este distanciamiento con gusto porque la absolvía de darle una respuesta. Estaba molesta de que Shirley lo hubiera notado.

—No hice nada —dijo Lily—. Pero sí, me lo pidió.

—¿Qué le dijiste? No le dijiste que no, ¿verdad? —Shirley sonaba consternada.

Lily suspiró.

—No le dije nada. No sabía qué decir.

Shirley alzó las lejas.

—¡Sí! Debiste haber dicho sí.

—Pero yo no... ¿Por qué no podemos ir todos juntos en grupo, como siempre? Dijo que iba a haber una cena grupal en Cameron House antes del baile. ¿Vas a ir?

—No, tengo que estar en la escuela antes para preparar todo. Deberías ir con él.

Más allá de Shirley, en el pasillo, Lily vio a Kath merodeando por las puertas principales. Se habían acostumbrado a caminar a casa juntas, pero en la escuela se aseguraban de actuar como si apenas se conocieran. No habían discutido esta estrategia, pero habían caído en ella de manera tan natural, y apenas ahora, con Shirley insistiéndole sobre Will, Lily se daba cuenta de lo extraña que era.

—¿No te gusta? —preguntó Shirley, aturdida—. Ustedes son la pareja perfecta. Sé que eres tímida con estas cosas. ¿Quieres que hable con él por ti?

Lily no podía decidir si Shirley estaba siendo amable o condescendiente. Probablemente un poco de ambas.

—No, no hables con él —dijo Lily. Vio a Kath sentarse en una banca cerca de la oficina principal, esperándola.

—Bueno, entonces más vale que hables con él —dijo Shirley—. No es correcto que lo dejes esperando así por una respuesta. —Volteó a ver su reloj y dijo—: Me tengo que ir. Habla con él Lily.

Se apresuró por el pasillo hacia el salón del Comité Estudiantil.

Lily terminó de empacar su bolsa de libros y fue a encontrarse con Kath, que se levantó cuando ella se acercó.

—¿Qué pasa? —preguntó Kath cuando salían del edificio juntas—. No te ves contenta.

—No es nada. —Lily no quería hablar de Will; ni siquiera quería pensar en él. La ponía ansiosa, como si ella no cupiera dentro de su propia piel—. ¿Tienes que cuidar a tus hermanos hoy? —le preguntó a Kath.

—No de inmediato. Mi hermano y mi hermana están con nuestra *nonna* hoy. Aunque se supone que debo ir por ellos dentro de un par de horas.

—Hagamos algo —dijo Lily impulsivamente. El cielo estaba brillante y azul, y el olor del océano cerca la ponía agitada. Se tenía que distraer de esa conversación con Shirley.

—¿Qué quieres hacer?—preguntó Kath, sonaba divertida—. ¿Tú no tienes que recoger a Frankie hoy?

Lily casi se había olvidado de sus propios planes. Se quejó y vio su reloj.

—Sí, pero no por un rato, no si nos apuramos. Vamos por un helado.

—¿Adónde?

Hablaron de las posibilidades mientras subían por Francisco y bajaban los escalones en Leavenworth, al fin se decidieron por Ciros en Washington Square Park, donde Kath había prometido encontrar sus sofisticados sabores italianos. Cuando llegaron al parque, estaba lleno de jóvenes madres empujando a sus bebés en carriolas, ancianos con sombreros dormitando en las bancas y niños persiguiéndose entre ellos con sus conos de helados derramándose en el jardín.

Dentro de Ciros, un mostrador de helados inoxidable ocupaba la mitad de ese pequeño espacio, dos hombres italianos con delantales blancos y gorros estaban despachando con rapidez a las jóvenes madres con sus niños. Detrás del cristal había galones de chocolate y vainilla, fresa y menta, y largos envases rectangulares de *gelato* de sabores que Lily no había probado antes: *bacio* y *avellana*, *stracciatella* y *fior de latte*. A la derecha había un pastel de arcoíris *sorbetti* de limón amarillo, naranja mandarina y limón verde.

Después de consultarlo con Kath, Lily se decidió por un vaso de limón amarillo con *sorbetti* de fresa; Kath pidió un *gelato* de avellana en cono, que se llevaron de regreso al parque. Encontraron un espacio vacío en el jardín debajo de un árbol y Lily se comió su *sorbetti* con una pequeña cuchara de madera, mientras Kath lamía su *gelato* haciendo un sonido al sorber que les dio risa.

—Nunca había probado el *sorbetti* —dijo Lily pronunciando la palabra desconocida con cuidado—. Hay una heladería en el Barrio Chino, Fong Fong's. Tienen helado de jengibre, es mi favorito.

—¡De jengibre! ¿A qué sabe?

—Es delicioso. Los pedacitos de jengibre acaramelado están mezclados con el helado. Deberías venir a Fong Fong's conmigo un día y probarlo.

Cuando Kath se terminó su cono, se recargó en sus codos y estiró las piernas al sol. Sus espinillas estaban descubiertas entre el dobladillo de su falda y sus calcetines blancos cortos.

—Seguro, iré.

Había un zumbido distante y Lily vio a Kath mirar arriba, hacia el cielo. Una expresión melancólica se asentó en su rostro, Lily siguió la mirada de Kath hacia arriba hasta que vio un avión volando encima de sus cabezas.

—¿Solo has estado en un avión una vez? —preguntó Lily.

—Sí, pero he ido al campo de aviación con mi prima en Oakland algunas veces. Ella fue mujer piloto de servicio en la Fuerza Aérea en la guerra y después trabajó como mecánica de aviones por un tiempo.

—¿En serio? —Lily recordó el artículo de *Flying* sobre dos mujeres que tenían su propio campo de aviación—. ¿Todavía se dedica a eso?

Kath hizo una mueca.

—Nah, se casó y se mudó a Mountain View. Ahora tiene hijos y nada de tiempo para volar. A mí me parece un trato injusto.

Lily se rio.

—¿Supongo que tú no te hubieras casado y mudado a Mountain View?

—¿Estás bromeando? Cuando obtenga mi licencia de piloto nunca lo voy a dejar. Solo he estado en el aire una vez y es lo mejor que he hecho.

—¿Por qué? —preguntó Lily con curiosidad.

Kath se sentó y vio a Lily a los ojos.

—¿Nunca te has preguntado cómo sería no tener nada que te ate al suelo? Cuando despegamos, el avión estaba avanzando en la pista en sus llantas, ¿cierto? Podía sentir cada bache y cada choque. Entonces aceleró y aceleró y de repente... *nada*. —Kathleen tronó los dedos, la emoción del recuerdo impregnó su cara de un brillo rosado—. Las llantas se levantan del piso y ya no lo sientes más. Todo es milagrosamente suave. Te sientes... bueno, ¡como un ave! Nada te retiene. Estás flotando. Estás *volando*. El suelo solo se queda atrás debajo de ti, ves por la ventana y todo se hace más y más distante y nada de eso importa ya. Estás en el aire. Dejas todo lo demás en el suelo. Solo están tú y el viento.

Lily estaba paralizada por la expresión en el rostro de Kath: la alegría pura de su recuerdo, la añoranza de volar de nuevo.

—Eso suena increíble —dijo Lily en voz baja.

De repente Kath pareció volver a sí misma, agachó su cara con timidez y se puso a arrancar briznas del jardín del piso.

—Perdón, no quería divagar así. Mi hermano siempre me dice que hablo demasiado sobre aviones.

—No —dijo Lily rápidamente—. No te disculpes. Me encantó escucharte. Puedes hablarme de eso cuando quieras.

Kath sonrió y se encogió de hombros, cohibida.

—Bueno, puedes arrepentirte de haber dicho eso.

—No lo haré.

Se miraron una a la otra, Kath con su media sonrisa tímida y Lily con su sinceridad, surgió un sentimiento inesperado de conexión entre ellas: un sentimiento que pareció hacerlas volar, como si se empezaran a elevar del piso en ese preciso momento. Kath se sonrojó y miró hacia otro lado, y a Lily la inundó un sentimiento de cohibición. Volteó su mirada a la orilla del parque, donde peatones caminaban hacia el jardín. Había niños corriendo enfrente de sus madres, había algunas parejas. Estaba muy consciente de cómo su corazón latía en su pecho, cómo el aire se atoraba en sus pulmones cuando respiraba.

Un grupo de cuatro mujeres jóvenes, de veintitantos, estaba caminando por la acera hacia ellas, dos de ellas en pantalones, con los brazos entrelazados. Tres de ellas eran caucásicas y una era posiblemente mexicana. Una de las mujeres en pantalones tenía un estilo galante en su modo de caminar, con las manos en sus bolsillos y sus ojos ocultos detrás de sus lentes de sol. La mujer a su lado —de piel más oscura, con la cabeza llena de lustrosos rizos oscuros— la estaba viendo con una expresión complacida, pero Lily no podía descifrar si la mujer estaba complacida consigo misma o si era por admiración a su acompañante. Entonces ella deslizó su mano alrededor del brazo de su amiga, sus caderas chocaron juntas con suavidad, y la mujer de lentes de sol volteó la cabeza y le sonrió con coquetería, lo que le pareció a Lily increíblemente atrevido. ¡Estaban en público!

Lily miró con disimulo a Kath para ver si ella lo había notado. Kath parecía estar viendo a las chicas también y había algo particularmente estudiado en la expresión sosa de su rostro. Lily se preguntó si este era el momento cuando finalmente hablarían sobre el Club del Telégrafo, pero Kath parecía cómoda con el silencio. ¿Había algo significativo en su silencio? Lily sentía como si el recorte de periódico y el hecho de que Kath hubiera admitido haber ido ahí había formado una cadena invisible que las unía. Cada tanto ella escuchaba la cadena tintinear como plata contra el cristal: un vago y resonante tintinear. ¿Kath lo oía? ¿Cómo podría no hacerlo? Y aún así Lily no era capaz de hablar de ello. ¿Qué le diría?

El momento se le estaba escapando de nuevo. Vio a las cuatro mujeres jóvenes desaparecer a la vuelta de la esquina, cuando se fueron, ella experimentó una peculiar sensación de pérdida.

—Ya debería irme a casa —dijo Lily.

—Yo también —respondió Kath.

Lily se levantó del suelo y le ofreció una mano a Kath, quien dudó por un momento, pero luego dejó que Lily la ayudara a levantarse. La mano de Kath estaba más fría de lo que Lily esperaba, por un segundo ninguna de las dos se soltó. Lily sintió una ráfaga repentina de calor en la cara y Kath soltó su mano. Ambas hablaron al mismo tiempo.

—Te veo mañana.

—Adiós.

Lily se volteó y caminó enérgicamente hacia Columbus, sin permitirse a sí misma mirar atrás, a pesar de que quería hacerlo.

9

En la intersección de Broadway con Columbus, Lily vio el letrero de la Farmacia Económica del otro lado de la calle. Se preguntó si la novela seguía ahí. La última vez que fue había leído casi hasta el final antes de tener que irse, y moría por saber qué pasaba. Echó un vistazo a su reloj. La luz del semáforo se puso en verde, cuando estaba a la mitad de la calle se dio cuenta de que había cedido a su impulso. Se apresuró para tener el mayor tiempo posible para leer. Ya casi estaba ahí —seis metros, cuatro y medio...—, cuando vio a una de las amigas de su mamá del Hospital Chino, la señora Mok, caminando rápidamente hacia la farmacia. Tenía un gesto ansioso y abrió la puerta, se metió como si ella también estuviera en una carrera contra el reloj. No había visto a Lily.

Lily suspiró decepcionada y se regresó a Grant Avenue. Miró su reloj. Todavía era un poco temprano para recoger a Frankie, así que decidió ir a casa primero. Tal vez alguna tarde podría traer a Kath a la farmacia y mostrarle el libro. Esa idea era desconcertante; empezó a imaginarse a las dos en el anexo de la parte trasera de la Farmacia Económica revisando los estantes de libros. Se visualizó a sí misma encontrando el libro, sacándolo del estante y entregándoselo a Kath. Se preguntó qué diría Kath al ver la portada con esas dos mujeres. Un estremecimiento de emoción la recorrió.

Perdida en sus pensamientos, Lily apenas se dio cuenta de cuando llegó a Clay Street. Subió la última cuesta arriba en automático e insertó su llave en la puerta de enfrente. Adentro estaba fresco y oscuro. Unas voces flotaban hacia abajo desde las escaleras de madera. Sonaba a que sus padres habían llegado a casa temprano, lo que no era inusual. Subió las escaleras y cuando se acercaba al piso de arriba escuchó a alguien llamarla desde la cocina, era su padre. Estaba parado esperándola en el rellano y todavía llevaba puesta su bata de doctor, como si hubiera venido directo del hospital y hubiera olvidado quitársela.

—¿Pasa algo malo? —preguntó.

Él la estudió casi clínicamente, ella se detuvo a unos pasos antes de llegar arriba, y se preguntó por un momento aterrador si él sabría de alguna manera que ella había estado pensando en ese libro.

—Deja tus cosas y ven a la cocina —dijo él—. Tú madre y yo necesitamos hablar contigo.

El tono de su voz era grave. Bajó, dejó su bolsa de libros en una banca, se quitó los zapatos, apresurada, y lo siguió a la cocina. Su mamá estaba sentada a la mesa, sosteniendo un vaso de agua. Todavía llevaba puesto su uniforme de enfermera; ni siquiera se había quitado los zapatos. Su padre estaba recargado contra la alacena y cruzó los brazos.

—Siéntate —dijo él.

Ella jaló una silla y se sentó. Su mente estaba corriendo a toda velocidad.

—¿Es Eddie? ¿O Frankie? —preguntó ella.

—No, ellos están bien —dijo su madre.

—Dos agentes del FBI me sacaron del trabajo hoy —dijo su padre—. Querían entrevistarme acerca de un joven que traté la semana pasada. Creen que es miembro de una organización comunista en el Barrio Chino.

Sus palabras fueron tan inesperadas que al principio ella solo se le quedó viendo, anonadada. Finalmente dijo:

—¿Pero por qué te preguntarían eso?

—El FBI y el Servicio de Inmigración están muy preocupados por los comunistas —su madre habló casi solemne, estaba completamente derecha en su silla. No hizo ningún movimiento para beber de su agua, solo mantenía los dedos apretados alrededor del paso, como si fuera una barandilla de seguridad.

—Cuando encuentran a alguien que creen que es comunista, entrevistan a sus conocidos como parte de la investigación.

Su padre puso su mano en el hombro de su madre brevemente, con algo de presión. Los dedos de su madre se contrajeron alrededor del vaso.

—Los agentes me preguntaron si yo sabía algo sobre este hombre, mi paciente, pero dije que no —dijo su padre—. Solo lo conocí como paciente. Entonces dijeron que él era parte de una organización que era simpatizante del comunismo, la Liga de la Juventud Democrática China-Estadounidense. Los miembros la llaman Man Ts'ing.

Un pequeño shock la recorrió.

—¿Es un grupo comunista?

—Eso dijeron los agentes —respondió su padre.

Lily se preguntó si alguno de los chicos en el pícnic sería el paciente de su padre.

—Son de izquierda —dijo su madre, escupiendo la palabra como si fuera algo sucio—. Son jóvenes y no saben lo que están haciendo.

—Los agentes del FBI dijeron que fuiste vista con los Man Ts'ing —dijo su padre—. Tú y Shirley. Las vieron en su cuartel general y también en el Parque Golden Gate.

Quedó boquiabierta.

—¿Alguien me *vio*? Solo fue un pícnic. Fui al pícnic porque... Porque Will Chan me invitó. —La idea de que Will fuera un comunista era ridícula y ella casi se rio, pero las expresiones en las caras de sus padres ahogaron la risa—. ¿Esto significa que Will está en problemas? Él no es comunista. ¿*Will Chan*?

Su padre pareció tensarse ligeramente.

—Creo que este grupo, los Man Ts'ing, tiene a alguien dentro diciéndole estas cosas al FBI —dijo su madre.

La declaración parecía salida de una película y Lily se le quedó viendo a su madre.

—¿En serio?

Su madre frunció el ceño.

—Lily, necesitas poner más atención. Pasas demasiado tiempo en un mundo de sueños. ¡Fantaseando con cohetes! Eres exactamente la clase de chica que intentarían reclutar. No te das cuenta de que están metiéndote ideas en la cabeza.

—¿Qué ideas? —preguntó Lily indignada—. Solo fui a un pícnic. ¡Un pícnic! Jugaron vóleibol, eso fue todo.

—Así se manejan —respondió su madre—. Te hacen pensar que son inofensivos y luego te lavan el cerebro.

—Grace —advirtió el padre de Lily.

Su madre apretó los labios en una línea fina, pero cedió. Lily cruzó los brazos, enojada. «¡Fantaseando con cohetes!». Su corazón palpitaba como si hubiera estado corriendo.

Su padre se quitó los lentes, se talló los ojos y se sentó a la mesa de la cocina.

—No podemos estar seguros de cuáles sean sus motivaciones, pero es mejor mantenernos alejados de ese grupo. —Se puso los lentes de nuevo y le dio a Lily una mirada sorprendentemente franca, como si fuera una adulta y no su hija—. No creo que tuvieras malas intenciones. Nunca has mostrado interés en la política, pero las cosas que hagas pueden dar mala imagen. Estamos viviendo tiempos complicados. La gente está asustada de lo que no comprende y debemos demostrar, antes que otra cosa, que somos estadounidenses. ¿Entiendes?

La seriedad de su tono la asustó.

—Sí, papá —dijo, aunque no entendía del todo.

Hace un par de años, durante la Guerra de Corea, ella recordaba que algunos niños del Barrio Chino habían marchado en el desfile del Año Nuevo Chino sosteniendo carteles que declaraban ABAJO EL COMUNISMO. Eddie había sido uno de ellos, ella lo había celebrado agitando una bandera miniatura de Estados Unidos desde fuera del desfile. Ella recordaba a su padre y a la tía Judy observando todo con expresiones muy raras en sus rostros, como si estuvieran orgullosos de Eddie, y un poco asustados del espectáculo. Ahora estaba confundida, como si hubiera estado leyendo un libro al que le hubieran arrancado varias páginas, y que no se hubiera dado cuenta de que faltaban hasta ahora.

Su padre todavía se veía preocupado, así que ella dijo:

—Yo ni siquiera quería ir al pícnic, papá. Yo no pretendía... —Su voz se apagó. No estaba segura de qué había hecho.

Él asintió y dijo:

—Y no volverás a ir.

—¿Qué hay de Shirley? ¿Y de Will?

—Hablaremos con sus padres. —Su padre se levantó y regresó la silla a su lugar—. Ahora debo regresar al trabajo. Tú deberías ir a hacer tu tarea. Tu madre estará en casa el resto del día, así que no tienes que ir a recoger a Frankie a la Escuela China.

Lily tenía más preguntas, pero sus papás ya se estaban levantando, haciendo planes para la cena, pasando de tema. Ella sintió como si la hubieran expulsado del cine a media película. Desconcertada, salió de la cocina, levantó su bolsa de libros y se la llevó a su cuarto. Abrió su libro de Matemáticas y se sentó en su cama para revisar los problemas que le habían dejado, pero los números y las letras nadaban ante sus ojos. Después de algunos minutos, escuchó a su padre irse, sus pasos se alejaban en las escaleras. Pensó en Shirley y en su interés por Calvin y se preguntó si se acabaría ahora.

—Lily.

Su madre estaba parada en el marco de la puerta. Entró al cuarto, se sentó al pie de la cama y el colchón se hundió y el lápiz de Lily rodó a través de la colcha y se alojó contra la cadera de su madre.

—¿Qué? —dijo Lily, un poco a la defensiva.

—Tu padre no quería que te lo dijera, pero creo que ya tienes edad suficiente para saber la verdad. El FBI le retiró sus documentos de ciudadanía.

Lily se incorporó y su libro de Matemáticas se deslizó de su regazo a la cama.

—¿Por qué hicieron eso?

El rostro de su madre estaba pálido, su labial demasiado rojo contrastaba con la blancura de su piel.

—Querían que él firmara una declaración admitiendo que Calvin, su paciente, es comunista, pero tu padre no lo hizo.

Calvin. Su madre evidentemente no pretendía decir su nombre. Parecía un poco inquieta, ahora tocaba nerviosa su placa de identificación que seguía adherida a su uniforme. SRA GRACE HU, R.N.

—Tu padre nunca diría algo sobre un paciente sin su consentimiento, y se negó a mentirle a los agentes. Así que le retiraron sus papeles como castigo.

—Pero ¿por qué el FBI castigaría a papá por… por no mentir?

—No están buscando la verdad. Están buscando chivos expiatorios. Tu padre debería de saber esto. Debería haberles dicho lo que ellos querían. Ahora está protegiendo a un chico que apenas conoce, solo porque se niega a decirles lo que quieren. Eso ha puesto a tu padre en peligro, lo que significa que tú, yo y tus hermanos estamos en peligro.

—¿Cómo que está en peligro? Es un ciudadano estadounidense. ¡Estuvo en el Ejército!

—Están usando estas investigaciones como un pretexto para deportar chinos —explicó la madre de Lily—. Como le retiraron sus papeles, ahora no tiene historial de su ciudadanía. Y tiene familia en China... tú tienes familia en China. Nunca los has conocido, pero eso no significa nada para el FBI. Y tú estabas en el pícnic, incluso si no tenías idea de quiénes eran los Man Ts'ing. No pinta bien.

—Pero... le regresarán sus documentos una vez que se den cuenta de que él no hizo nada malo, ¿verdad? No lo pueden deportar, ¿o sí? —Aunque estaba haciendo la pregunta, ya sabía la respuesta. Cada tanto, Lily escuchaba en el Barrio Chino que tal persona había sido interrogada por el Servicio de Inmigración, o que estaba por ser enviada de regreso a China porque había venido con documentos falsos. Entonces recordó a la tía Judy hablando sobre cómo el FBI había detenido al fundador, nacido en China, del Laboratorio de Propulsión a Reacción bajo sospechas de tener alianzas comunistas, aunque había apoyado a Estados Unidos durante la guerra.

—Todo lo que podemos hacer es cooperar con ellos —dijo su madre—. Estoy tratando de convencerlo de que firme la declaración.

—¿Y qué pasa si no lo hace? —Inmediatamente deseó no haberlo preguntado, sentía como si decirlo en voz alta haría que se hiciera realidad.

Su madre se veía preocupada.

—No pensemos en eso por ahora. De lo que necesitamos asegurarnos es de demostrar que somos una verdadera familia estadounidense, porque lo somos. Eso significa que tú estudies mucho y no tengas nada que ver con los Man Ts'ing. —Su madre se levantó—. Voy a recoger a Frankie, y cuando Eddie llegue a casa hablaré con ellos sobre esto. Tú concéntrate en tu tarea.

Su madre se paró en el marco de la puerta y agregó:

—Si sospechas que Shirley o alguna de tus amistades todavía está involucrada con ese grupo, me lo dices de inmediato.

Pensó en cómo Shirley había negado estar interesada en Calvin. Se preguntó si ella sabía de la conexión comunista. La posibilidad era inquietante.

—Lily, ¿me lo dirás?

Levantó la mirada hacia su madre y dijo:

—Lo haré.

1930	Japón invade Manchuria.
1932	Joseph Hu llega a San Francisco y asiste a la Facultad de Medicina de Stanford.
23 de septiembre de **1934**	**GRACE WING conoce a su futuro esposo, Joseph Hu.**
1936	Grace Wing se casa con Joseph Hu.
	El estudiante chino de posgrado Hsue-shen Tsien se une al «Escuadrón Suicida», un grupo de científicos espaciales del Instituto de Tecnología de California.
1937	Nace Lily Hu (胡麗麗).
	Japón invade China.
1940	Nace Edward Chen-te Hu (胡振德).
1941	Estados Unidos entra a la Segunda Guerra Mudial.

GRACE

Veinte años antes

La primera vez que Grace Wing lo vio, llamó su atención por accidente, cuando estaba esperando para servirse una taza de café en el salón de la comunidad después del servicio del sábado. Él estaba parado a la mitad del cuarto comiendo un sándwich. No se veía como ningún otro hombre chino que ella conociera. Su brillante cabello negro tenía una onda tipo Clark Gable al frente, y usaba un pequeño anillo de sello en su mano derecha. Ella pensó que era guapo.

Cuando sus ojos se encontraron, él todavía estaba masticando y Grace se apenó de que la hubiera visto mirándolo. Se volteó de inmediato, preguntándose quién sería. No creía haberlo visto durante el servicio. Ella estaba concentrada en prepararse su taza de café, leche extra y dos cucharaditas de azúcar, y se tomó su tiempo para elegir un sándwich para ella. Se decidió por uno de ensalada de huevo y pan blanco, la señora B. Y. Woo la abordó para pedirle un consejo sobre una dolencia que había estado padeciendo. Grace apenas era una estudiante de enfermería de veintidós años, pero la señora Woo siempre disfrutaba de compartir sus quejas mientras Grace la escuchaba compasivamente y ofrecía sugerencias de tratamiento, las cuales rechazaba inevitablemente la señora Woo porque no confiaba en la medicina occidental. Grace estaba a punto de dar su consejo cuando el reverendo Hubbard se acercó a saludarlas. El hecho no era sorprendente, pero traía al extraño hombre nuevo con él. Ya se había terminado su sándwich, pero Grace notó una migaja perdida aferrada a la solapa de su traje de franela de lana gris. Sus dedos ansiaban sacudírsela.

—Señorita Wing, señora Woo, quiero presentarles a uno de los recién llegados —dijo el reverendo Hubbard, un hombre caucásico de mediana edad con la coronilla calva y con la piel de la parte superior de su cabeza particularmente resplandeciente y brillante ese día—. Este es el señor Joseph Hu, acaba de llegar de China. El señor Hu es estudiante de medicina en Stanford. La señorita Grace Wing es estudiante de enfermería, así que tienen algo en común.

—Es un placer, señorita Wing —dijo Joseph, y le extendió su mano a Grace, como los estadounidenses.

—Bienvenido a San Francisco —dijo ella, estrechando su mano.

—Gracias —dijo Joseph—. Es maravilloso estar aquí al fin. He oído mucho de su ciudad.

—Oh, yo no soy nativa de San Francisco —respondió Grace—. Apenas llegué hace un par de meses. La señora Woo lleva aquí mucho más tiempo.

—Casi toda mi vida —dijo la señora Woo—. Llegué aquí desde Kwangtung, cuando era una niña. ¿Usted de dónde es?

—Shanghái.

La señora Woo lo vio con más curiosidad.

—¡Shanghái! ¿Toda su familia es de ahí?

—Sí, mi padre es amigo de un conocido del reverendo Hubbard.

El reverendo Hubbard sonrió.

—Me alegra que Paul te haya dicho de nuestra iglesia aquí. Estamos felices de recibirte.

Intercambiaron algunos comentarios amables sobre sus conocidos de la iglesia mientras Grace sorbía su café y trataba de que no pareciera que estaba observándolos. Supuso que él era algunos años mayor que ella. Había algo ligeramente travieso en la expresión del rostro de Joseph Hu, como si se estuviera conteniendo al responder a la plática de sus conocidos en común y sobre las diferencias entre el clima de San Francisco y Shanghái en esta época del año. (Reconoció que San Francisco era más agradable en el verano tardío). Grace no tenía nada que aportar a la conversación, por lo que se quedó callada. No conocía a este tal Paul y nunca había estado en Shanghái, aunque sabía que se suponía que era un lugar glamuroso. De hecho, justo esa mañana había leído en el *Chronicle* una historia sobre dos actrices rivales shanghainesas, se decía que eran tan hermosas que de alguna manera fueron las responsables de la caída de Manchuria ante Japón. No tuvo tiempo de terminar de leer el artículo, pero consideró mencionarlo en caso de que Joseph lo hubiera visto, aunque no hallaba la manera de introducirlo en la conversación. Además, el salón de la comunidad no parecía el lugar apropiado para una historia tan escandalosa.

Después de algunos minutos más de conversación banal, el reveredo Hubbard se disculpó y siguió dando sus vueltas; la señora Woo invitó a Joseph a unírseles a ella y a Grace. Grace estaba segura de que él declinaría educadamente —un hombre como él seguramente tenía cosas más importantes qué hacer— pero aceptó, sin dudarlo, y pronto los tres estaban sentados en la esquina bebiendo sus cafés.

—¿El reverendo Hubbard dijo que es estudiante de enfermería? —dijo Joseph, volteándose hacia Grace.

—Sí, en Parnassus —dijo Grace. Hablaron sobre su programa de enfermería por algunos minutos, mientras la señora Woo los observaba atentamente.

—Cuénteme de su familia, señor Hu —dijo la señora Woo, cuando tomaron una pausa—. ¿Su padre es…?

—Es profesor en la Escuela de Nan Yang en Shanghái.

Grace se imaginó a un mandarín con sombrero redondo y una larga barba blanca, luego se reprendió a sí misma, seguramente usaba trajes modernos como Joseph.

—¿Y usted es el hijo mayor?—preguntó la señora Woo.

Joseph asintió.

—Tengo dos hermanos menores y dos hermanas menores.

—¿Alguno de ellos está en Estados Unidos?

—No, solo yo por el momento, pero mi hermano menor Arthur espera venir en uno o dos años.

—¿Para estudiar medicina también?

—Tal vez. También está considerando ingeniería. —Joseph le lanzó una mirada fugaz a Grace, de nuevo ella sospechó que él se estaba conteniendo. Empezó a imaginar que él disfrutaría platicar sobre las escandalosas actrices shanghainesas en vez de las metas educativas de su hermano.

—Ah, ¿y usted está aquí gracias a la beca Boxer?

Joseph sonrió.

—No, me temo que no.

Grace le sonrió apenada a Joseph mientras la señora Woo continuaba cuestionándolo sobre su situación financiera, pero a Joseph no le importaba o era muy bueno fingiendo. Resulta que su viaje a Estados Unidos había sido auspiciado por una beca de una misión presbiteriana en China, lo que explicaba por qué había venido a la Iglesia Presbiteriana China hoy. Pero su colegiatura era financiada de manera privada, lo que significaba que era probable que su familia estuviera bien posicionada económicamente. Grace pensó de nuevo en el glamur, en Anna May Wong en *El expreso de Shanghái*, su vestimenta de seda seductora y sus esquivos ojos oscuros cubiertos de humo de cigarro. Le gustó mucho esa película cuando la vio hace algunos años, sin embargo, no podía admitir eso en la iglesia. (Su mamá se había negado a verla porque el ministro chino la desaprobó por ser inmoral).

La familia de Joseph seguramente era muy respetable y no tenía nada que ver con el mundo de guerra de los jefes militares ni con las mujeres perdidas representadas en pantalla. Sintió una leve decepción cuando ella misma reventó su propia fantasía.

La señora Woo se volteó hacia Grace y dijo:

—Señorita Wing, usted es la hija mayor de su familia, ¿no?

—Sí —dijo Grace, aunque la señora Woo ya sabía esto.

—Grace es la estrella de su familia —le dijo la señora Woo a Joseph—. No muchas chicas se gradúan del colegio, mucho menos entran a la Escuela de Enfermería.

—Señora Woo, me halaga.

—Pero es cierto, el señor Hu debe saber que está hablando con una de las jovencitas más inteligentes de San Francisco.

La señora Woo les sonrió a ambos, Grace estaba apenada y complacida por la obviedad de sus intentos casamenteros.

—Solo trato de hacer que mis padres se sientan orgullosos —dijo Grace tratando de ser humilde.

—Y estoy seguro de que lo están —dijo Joseph.

¿Sonaba admirado o entretenido? Grace no estaba segura.

—Oh, miren la hora. Debo irme y ver a la señora Leong antes de que se vaya hoy. Fue maravilloso conocerlo, señor Hu. Señorita Wing, le agradezco sus consejos médicos.

Grace y Joseph se pararon, mientras, la señora Woo se levantaba para marcharse, luego se vieron el uno a la otra, sosteniendo sus tazas de café de manera torpe, y Joseph dijo:

—Bueno, ahora que ya sabe todo sobre mí, ¿se siente segura sentándose sola conmigo?

Ella vio la comisura de su boca contraerse y pensó: «Definitivamente está entretenido ahora».

—Por supuesto, sentémonos —dijo Grace. Él la puso nerviosa, pero de una manera agradable.

Tomaron sus lugares de nuevo, ella puso su taza vacía y su plato en la silla abandonada de la señora Woo y Joseph puso los suyos al lado. Ella miró a su alrededor en el salón de la comunidad, el resto de la congregación estaba dando vueltas con sus cafés y sándwiches. Nadie parecía estar viéndolos en su rincón, pero Grace tenía la sensación de que todos sabían que estaban ahí. Cuando volteó con Joseph, su expresión había cambiado a una de curiosidad.

—Dijo que apenas llevaba unos meses aquí —dijo Joseph—. ¿De dónde se mudó? ¿No fue de China?

—No, de Santa Barbara. Nací ahí.

—Una chica estadounidense —dijo él. Las comisuras de sus ojos se arrugaron cuando sonrió.

—我係唐人[6]—dijo en cantonés, un poco descarada.

—你們老家在哪裡?[7] —preguntó Joseph en mandarín.

—你話咩話?[8]—preguntó Grace. No entendía.

La sonrisa de él se llenó de arrepentiimento.

—Lo siento, no hablo su dialecto.

Ella sabía poco de los académicos chinos que venían a estudiar a Estados Unidos. Casi todos eran de Shanghái, por lo general bien conectados o de familias ricas, no se involucraban mucho con los chinoestadounidenses, al menos no con los que Grace conocía. Joseph era el primer estudiante con el que ella hablaba directamente y le parecía difícil clasificarlo. No era lo que ella imaginaba de un mandarín; era demasiado joven y estaba demasiado occidentalizado. Tampoco parecía precisamente estadounidense, aunque casi no tenía acento al hablar inglés.

—¿Le está gustando San Francisco? —le preguntó él—. ¿Extraña Santa Barbara? Yo nunca he ido ahí. ¿Está lejos?

—Está a unas cuantas horas al sur en tren —respondió Grace—. Aquí es más cálido que en San Francisco, y extraño a mi familia, por supuesto.

---

[6] Soy china.

[7] ¿Cuál es tu tierra natal?

[8] ¿Qué dijiste?

—¿Cuántos hermanos y hermanas tienes?

—Solo dos. Dos hermanos menores. Somos una familia pequeña porque mi padre murió cuando yo tenía once.

—Eso debió haber sido muy difícil para su madre.

—Es una mujer fuerte. Ella se hizo cargo de la tienda de importaciones y exportaciones en el pequeño Barrio Chino de allá y la ayudé hasta que mis hermanos fueron lo suficientemente mayores, ahora ellos manejan la tienda con ella.

—¿Qué vende la tienda de su familia?

—Un poco de todo. Productos de China, atendemos a la población local. Ya sabe, verduras deshidratadas, hierbas, medicinas. Algo de porcelana, sedas, todo.—Grace se calló, preguntándose si lo estaba aburriendo. La tienda siempre la aburría.

Él le regaló una sonrisa alentadora y preguntó:

—¿Quiere regresar a casa después de terminar la Escuela de Enfermería para seguir ayudando en el negocio de su familia?

Ella no podía imaginarse regresando para trabajar en la tienda, pues apenas había logrado escapar para ir a la escuela.

—Tendré que ver qué necesita mi madre —respondió con diplomacia—. ¿Usted regresará? ¿A China?

—Por supuesto. China necesita doctores de formación occidental, e ingenieros y arquitectos... enfermeras también. Estamos en una situación difícil, como probablemente sabe.

Ella asintió con comprensión, aunque su conocimiento de la situación actual de China era mínimo. Sabía que Japón estaba amenazando constantemente con invadir y que el gobierno chino, liderado por el generalísimo Chiang Kai-shek, estaba teniendo problemas para contraatacar. China siempre había parecido imposiblemente lejana e incómodamente cercana al mismo tiempo, una tierra de emperadores con vestimentas de seda en antiguos palacios, pero también de aldeas marginadas que vivían en las historias de su madre. «No teníamos agua corriente», le dijo su madre cuando Grace se quejó de la plomería defectuosa de la tienda. «Dormíamos seis en una cama», dijo su madre cuando Grace deseaba su propio cuarto.

—¿Alguna vez ha querido ir a China? —preguntó Joseph.

—Tal vez, para visitar a la familia de mi madre. —Hubo un tiempo en el que la madre de Grace se lamentaba constantemente de estar separada de su familia, pero en años recientes había dejado de quejarse. Grace se preguntó si los había olvidado o si se había resignado a esta especie de exilio.

Grace nunca había considerado esta posibilidad. Tuvo una visión repentina de sí misma en un hospital moderno en alguna parte de China: brillante y limpio, con pacientes chinos reposando serenamente en camas blancas. Usaba una cofia de enfermera y llevaba una bandeja de medicinas en un carrito rodante por un pasillo verde pálido.

—¿Es eso lo que hará? —preguntó ella—. ¿Regresar y atender pacientes?

—Espero. También quiero usar mi entrenamiento de aquí para entrenar a otros doctores en China, a aquellos que no puedan costear venir a Estados Unidos a la Escuela de Medicina.

Sonaba tan abnegado, tan íntegro. Estaba avergonzada de su deseo anterior de hablar de las actrices shangainesas. Su conversación siguió por temas rebuscados, relacionados con China, con la medicina y con San Francisco, de la manera como muchas primeras conversaciones suelen ir, pero ninguno intentaba escapar de ella. Él le pareció fascinante, y la manera tan atenta en la que le preguntaba sobre su interés en la enfermería era halagadora. También le gustaban las pequeñas arrugas que se formaban alrededor de sus ojos cuando sonreía. Le hacían sentir cosquillas en su piel; quería que él le sonriera de nuevo.

Más tarde, cuando regresó al dormitorio de las estudiantes de enfermería, se acordó del artículo de las actrices shangainesas.

Fue a la sala para ver si la edición del domingo del *Chronicle* seguía ahí. Ya lo habían leído, entre las secciones dispersas con holgura en la mesa de consolas junto a la puerta encontró el artículo rápidamente. Era el reportaje principal del *Sunday Magazine* («Qué discusión en China por dos reinas rivales de película»), ilustrado con fotografías de dos mujeres que veían seductoramente hacia la cámara. Una de ellas usaba un vestido chino de rayas y estaba sentada en un puf, tenía las piernas cruzadas con una mano acomodada casualmente sobre su rodilla. La otra le sonreía a la cámara con unos labios pintados de un color oscuro y con las cejas arqueadas. Enroscada entre ambas fotografías, había una ilustración de hombres chinos luchando, supuestamente por las actrices; tenían los ojos rasgados y cejas en forma de barra, que los hacían verse cómicamente amenazantes.

El subtítulo que acompañaba el combate ilustrado declaraba: «Todo empezó cuando la señorita Cheong ganó la corona de un gran concurso de popularidad, en el que los seguidores de la radiante sirena, la señorita Wu, enfurecieron, ¡y la guerra comenzó!».

Grace se sentó en el sillón y leyó el resto del artículo. Las pasiones que levantaban el canto y el baile de la señorita Wu habían inspirado, según decían, a los oficiales militares chinos a ignorar sus labores, permitiendo así que Manchuria fuera invadida por Japón. («Eso es ridículo», pensó Grace). Seguía una carta amenazante escrita con sangre humana («¿Cómo podrían saber que es humana?») que exigía que la señorita Wu se marchara de China. Lo que sorprendía más al autor del artículo era la idea de que China —que la mayoría de los estadounidenses la percibían como un lugar rural apartado— tuviera una industria cinematográfica. (Grace puso los ojos en blanco). En la última columna, el artículo daba un giro inesperado.

«Sin duda han escuchado que los héroes y heroínas en las películas chinas no se besan, ya que no hay tal cosa como los besos en el comportamiento chino», explicaba el autor, con algo de picardía, y decía que en vez de besarse, las mujeres chinas «hacían el amor con las manos», besando con las puntas de sus dedos en vez de hacerlo con los labios.

Grace se sonrojó. El sensacionalismo, el persistente mal gusto en las fascinantes cualidades de las mujeres chinas, ¡la extraña idea de que la gente china no se besa! Gracias al cielo que no había mencionado esa historia a Joseph Hu. Se estremeció de vergüenza y rápidamente fue a enterrar el *Sunday Magazine* debajo de otros periódicos en la mesa de las consolas.

Subió la escalera de puntitas, preocupada irracionalmente de que una de sus compañeras de dormitorio la viera y supiera, al ver su rostro, que había estado leyendo ese sórdido artículo. Sin embargo, no podía dejar de pensar en él. Era verdad que nunca había visto a unos amantes chinos besarse en público, pero es que ¡unos amantes chinos jamás se besarían en público! Trató de sacar ese pensamiento extraño de su mente, pero la sensación no se iba: un retortijón enfermo en su estómago, ácido como el vinagre, al comprobar el interés lascivo de los estadounidenses por temas que deberían ser privados. Qué debe pensar Joseph Hu de este país, se preguntó.

Se sentó en su escritorio para repasar sus notas, tenía que analizar un capítulo completo antes de salir a cenar el domingo en la noche con las otras chicas de su piso, pero no se podía concentrar. En vez de eso, pensó en Joseph y en su callada confianza en sí mismo. Él nunca se arrojaría a una actriz, china o de donde fuera. Había cierta dignidad en él que ella no había visto en los hombres chinoestadounidenses que le habían puesto atención antes.

Los chinoestadounidenses estaban más desesperados, claro, porque había muchos más de ellos que mujeres chinoestadounidenses debido a las restricciones migratorias. Grace ya tenía muchos pretendientes demasiado entusiasmados, y ella sabía que era buen partido, aunque jamás lo admitiría. Pero un hombre como Joseph Hu no estaba limitado a un pequeño número de mujeres chinas en Estados Unidos. No había escasez de mujeres en China, él era un mejor partido que ella.

Ella vio de nuevo el hospital chino moderno que había imaginado antes, pero esta vez también se imaginó al doctor Joseph Hu dirigiendo la guardia con su bata blanca de doctor y el estetoscopio colocado alrededor del cuello. Junto a él, usando su uniforme de enfermera almidonado y tomando apuntes en un portapapeles, estaba Grace. Una emoción desconocida creció dentro de ella ante esta imagen, un agudo dolor por un lugar que ella nunca había visitado, por gente que se parecía a ella pero que no había conocido. Mientras miró inexpresivamente hacia abajo, a su libro de texto, pensó que tal vez era patriotismo, pero no por Estados Unidos, sino por China.

PARTE II

Disfruto ser una chica

OCTUBRE - NOVIEMBRE DE 1954

10

—¿Lily, has visto el panfleto sobre los trabajos en el Departamento de Educación? —preguntó Shirley.

Lily estaba hojeando algunos folletos de trabajos en el archivero del salón de la señorita Weiland, cazando algo que la ayudara a hacer su reporte de carrera. Metido con astucia entre un montón de folletos sobre trabajos de gobierno, había un panfleto que ofrecía «100 cosas que debes saber sobre el comunismo en Estados Unidos».

—No —dijo Lily, mientras Shirley se recargaba en el archivero—. Tengo este que habla sobre ser contadora. —Escondió el cuadernillo sobre comunismo detrás de este y se lo mostró a Shirley—. ¿Lo quieres?

—¿Quién quiere ser contadora? —refunfuñó Shirley.

—Bueno para quienes se especializan en Matemáticas —dijo Lily, llevándose los dos cuadernillos a su escritorio. Le echó un vistazo a Kath en la fila de al lado, pero ella estaba agachada tomando notas de un manual de trabajo diferente. Lily deslizó en silencio el panfleto de comunismo debajo de su cuaderno y abrió el de contabilidad encima de este.

Cuando Shirley regresó a su asiento unos minutos más tarde, dejó caer su panfleto elegido en su escritorio y luego giró para encarar a Lily.

—¿Adivina qué pasó? —susurró ella.

—¿Qué? — Lily volteó a verla.

—Louisa Ramírez se muda a San Jose y tiene que dejar el Comité del Baile. Se suponía que ella iba a estar a cargo de los bocadillos. —Shirley sonaba personalmente ofendida.

—Estoy segura de que se las pueden arreglar sin ella. Tal vez alguien más puede asumir sus tareas.

—Alguien va a tener que hacerlo, obviamente, pero el baile es en menos de dos semanas. Se nos va a complicar encontrar a alguien.

Will estaba sentado enfrente de Shirley y Lily vio que giró un poco su cabeza, como si estuviera escuchando. Todavía no hablaba con él sobre el baile.

—Bueno, yo podría hacerlo —dijo Lily impulsivamente.

—¿Tú? —Shirley estaba sorprendida.

Si Lily estaba en el Comité del Baile, tenía una buena excusa para no ir como la cita de Will.

—Siempre me estás pidiendo que me una al comité. Yo puedo sustituir a Louisa.

Shirley entrecerró los ojos, sospechosa.

—¿Estás segura? Tenemos mucho trabajo por hacer en las próximas dos semanas.

—¿Quieres que ayude o no?

—Chicas, este no es momento para socializar —dijo la señorta Weiland, acercándose a ellas por el pasillo—. Sigan trabajando, por favor.

Shirley le lanzó a Lily una mirada significativa antes de voltearse hacia su propia silla.

—Perdón, señorita Weiland —dijo Shirley.

—Perdón —Lily repitió. Levantó su lápiz y comenzó a tomar notas sobre la contabilidad.

Shirley puso a Lily al tanto del Comité de Baile en el almuerzo. Llevaron sus bandejas con sándwiches de jamón y pudín de caramelo a una mesa a la orilla de la cafetería, para que no las interrumpieran. Lily había estado poniendo a Shirley, Flora o Mary de por medio entre ella y Will siempre que era posible, así que esta medida solo la convenció de que había tomado la decisión correcta al unirse al comité de Shirley. Incluso la idea de arrastrar varias latas gigantes de jugo de piña al gimnasio de la escuela en un tranvía no parecía tan mala ahora.

Sin embargo, mientras anotaba todas las instrucciones de sus responsabilidades relacionadas a los tazones de ponche y servilletas, su mente estaba dándole vueltas al panfleto sobre el comunismo, a los Man Ts'ing y a Calvin. Shirley no lo había mencionado desde el pícnic, y Lily tampoco. Se sentía limitada por la advertencia de su madre de decirle si Shirley estaba involucrada con la Liga de la Juventud. Aun así, la evasión del tema solo la hacía querer hablar más de eso.

Al final del almuerzo, cuando regresaba su bandeja, cedió a la tentación y le dijo a Shirley:

—¿Puedo preguntarte algo?

—Claro, ¿qué?

Shirley se veía curiosa cuando Lily la llevó a la esquina de la cafetería detrás de uno de los pilares de concreto. El que estaba cubierto con carteles del baile del Espanto-Rama y de la Asociación Atlética de Chicas de la Liga de Boliche.

—¿Tus padres te hablaron de los Man Ts'ing? —preguntó Lily.

Shirley se tensó.

—Sí, me dijeron que no fuera a ningún otro pícnic. —Tomó una pausa y echó un vistazo alrededor, para asegurarse de que nadie podía escucharlas—. Me dio la impresión de que no debería hablar de eso. Parece que tú piensas lo mismo. ¿Por qué sacas el tema ahora?

Lily no pensaba que debiera decirle a Shirley que los agentes del FBI habían estado buscando información sobre Calvin, pero quería advertirle a Shirley de él de alguna manera.

—¿De verdad te gusta Calvin? —preguntó Lily, tratando de sonar dudosa.

Shirley frunció el ceño.

—¿Y qué si es cierto?

—No vas a... si él es parte de ese grupo, no puedes...

—Mis padres ya me sermonearon por media hora sobre cómo el gobierno nos pondría en campos justo como los japoneses, si piensan que somos comunistas —susurró Shirley enojada—. No soy estúpida.

—No dije que lo fueras —dijo Lily a la defensiva—. Solo preguntaba.

La cafetería ya casi estaba vacía, pero Shirley mantuvo la voz baja cuando agregó:

—Es una mentira, de todas formas. Will y Calvin no se involucrarían con los rojos. Es ridículo.

—¿Estás segura? —preguntó Lily—. ¿Qué tan bien conoces a Calvin?

Shirley entornó los ojos.

—Tan bien como tú. Las dos hemos conocido a Will desde siempre. No puedo creer... ¿Tú crees que son comunistas? —susurró la última palabra.

—No, claro que no, pero mi madre dijo que no se trata solo de eso. Están usando el comunismo como excusa para deportarnos. —Lily no sabía si debía decirle a Shirley que los agentes del FBI le habían retirado a su padre sus papeles de naturalización. La familia de Shirley tenía sus propios problemas con su ciudadanía; su padre había venido a Estados Unidos con papeles falsos después del terremoto de 1906.

Shirley se puso pálida, pero dijo:

—La gente de inmigración siempre es horrible con nosotros, pero no van a deportar a nadie. Somos estadounidenses.

La campana sonó, indicando el final del almuerzo, y empezaron a moverse en automático hacia la salida de la cafetería.

—Me alegra que te hayas unido al Comité del Baile —dijo Shirley inesperadamente—. Pero no tenías que hacerlo para evitar a Will.

—No lo hice por eso.

—No tienes que mentir —dijo Shirley—. No te hubiera obligado a ir al baile con él.

Esto sorprendió tanto a Lily que se quedó sin palabras.

Shirley se detuvo en la puerta de la cafetería y le sonrió un poco triste mientras decía:

—Te veo después en el Comité del Baile.

Esa noche en su cuarto, Lily sacó el panfleto sobre comunismo de su bolsa de libros y se subió a la cama. Estaba organizado en cien preguntas y comenzaba con: «¿Qué es el comunismo?». Las respuestas describían un sistema en el cual el individuo era despojado de toda libertad. Advertía que «los grupos dedicados a actividades idealistas», tales como la Liga de la Juventud Estadounidense por la Democracia, secretamente trabajaban para reclutar a personas desprevenidas para que se unieran a los rojos. El comunismo tomaría tu casa, tu cuenta del banco; declararía ilegales todas las religiones; no tendrías permitido ni siquiera elegir a tus propios amigos.

Seguía interminablemente, describiendo a una organización internacional despiadada que no toleraba oposiciones y que estaba empeñada en socavar cada valor estadounidense. Debería haber sido una lectura aterradora, pero el repiqueteo de horror tras horror había atenuado su efecto. Lily revisó superficialmente las preguntas más rápido, hasta que la número noventa y cinco llamó su atención: «¿Cuál es la mayor fortaleza del comunismo?».

La respuesta era extrañamente provocativa, incluso instigadora: «Su secreto es que apela a la sed de poder. Algunas personas tienen una urgencia natural de dominar a los demás en todo».

Y luego, en cursivas en un renglón separado decía: *El comunismo los invita a probar*.

Ella sabía que el panfleto estaba presentando el comunismo como una sed de poder, pero contra toda lógica, quizás, esta última advertencia le pareció inspiracional. Cuatro palabras parecían salir de la página en susurros: secreto, sed, natural, *probar*.

Se recargó contra su almohada, dejando que el cuadernillo cayera en su pecho, que se elevaba y descendía con el movimiento de su aliento.

Mañana, decidió, invitaría a Kath a ir con ella a la Farmacia Económica. Tenía que mostrarle aquella novela.

11

Lily de nuevo le dio vueltas al estante de libros de pasta blanda de historias de amor escandalosas, y empezó a revisar novela tras novela, en busca de aquella portada provocadora de *Strange Season*. La rubia (que debía ser Patrice) en su camisón de encaje en el piso; la castaña (Maxine, de ojos oscuros) arriba de ella en su seductora bata negra. Lily estaba consciente de que Kath estaba junto a ella, observando, y dijo:

—Llevaba semanas aquí. Pensé que todavía lo encontraría.

Kath sacó un libro del estante de al lado, una novela de detectives con la silueta de un cuerpo en la portada, y preguntó:

—¿Cuál es el título? Te ayudo a buscar.

—*Strange Season*.

Kath regresó a su lugar la novela de detectives y comenzó a revisar los demás libros. Cuando Lily terminó con el estante de los romances se siguió al de ciencia ficción, preguntándose si la habían puesto ahí por error, pero al fin tuvo que aceptar la derrota.

—Ya no está —dijo Lily con un suspiro—. Supongo que alguien lo compró. —No podía imaginar quién tendría la osadía de pagar por él en la caja. Alguien muy audaz.

—¿De qué trataba? —preguntó Kath.

Cuando decidió mostrarle el libro a Kath, Lily no había considerado la posibilidad de que ya no estuviera. Esperaba que el libro hiciera el trabajo de expresar lo que ella quería preguntar, pero sin él estaba de vuelta a donde había empezado. Ahora debía tomar una decisión: podía explicar de qué trataba o podía mentir. Kath la miraba a la expectativa y había algo en su expresión que le daba esperanzas a Lily de que tal vez ya supiera del libro, pero Lily se dijo a sí misma que era mera ilusión. En todo el tiempo que habían pasado juntas, todas esas caminatas por Columbus, nunca habían mencionado el Club del Telégrafo ni a Jean, la amiga de Kath. Ni una sola vez. Lily quería creer que la ausencia total de esos temas era indicio de su importancia, pero seguramente no significaba nada.

Sintió náuseas, Kath se estiró y tocó su brazo.

—¿Estás bien? —preguntó Kath.

Los dedos de Kath presionaron suavemente la parte superior del brazo de Lily. Ella vio curiosidad y preocupación en los ojos de Kath. Eran de un azul grisáceo, como el cielo cubierto de una fugaz capa de nimbus.

Lily retrocedió hasta la esquina del estante de ciencia ficción y el muro posterior de la tienda y Kath la siguió. Estaban completamente solas ahora y encima de ellas la luz fluorescente zumbaba, como si hubiera un mosquito atrapado dentro del foco.

—Era sobre dos mujeres. —La boca de Lily se sentía tan seca que pensó que se ahogaría hablando—. Ese libro, *Strange Season*, es sobre dos mujeres y se enamoraban, una de la otra. —Entonces hizo la pregunta que se había enraizado en ella, que ahora estaba desenrollando sus hojas y exigiendo ser mostrada al sol—. ¿Alguna vez has oído de algo así?

Los ojos de Kath se entrecerraron por un segundo, bajó la mirada hacia el piso, hacia el estante de ciencia ficción, y regresó hacia Lily, quien sentía su corazón palpitando como un tambor; su sangre corría acelerada por sus venas y enrojecía su piel mientras esperaba a que Kath respondiera. Pareció transcurrir una eternidad; el calor de la luz fluorescente en su cabeza se sentía como un sol artificial; la caja registradora al frente de la tienda timbró como alarma.

Finalmente, Kath dijo una palabra suave:

—Sí.

Salieron de la Farmacia Económica y caminaron cuesta abajo por Columbus, lejos del Barrio Chino y North Beach, hacia los restaurantes filipinos y los supermercados de Manilatown. La luz de la tarde hacía que las sombras se inclinaran hacia el este, cuesta abajo, como si las señalaran hacia delante mientras caminaban, Lily le contó más a Kath sobre lo que había leído.

—Se besaban —le contó ella, y decirlo en voz alta la emocionaba, la hacía sonrojarse. A pesar de ello, no podía pronunciar la palabra que el libro utilizaba para describir a esa clase de chicas: *lesbianas*. La palabra se sentía peligrosa, y también poderosa, como si pronunciarla pudiera invocar a alguien o algo, a un policía que las arrestaría por decirla, o peor aún, a una lesbiana real. Ella volteó de lado a ver a Kath y preguntó:

—¿Alguna vez has conocido chicas… así?

Se detuvieron en la siguiente intersección. Kath se veía muy seria. Su cara estaba bastante pálida, excepto por dos manchas ardientes debajo de sus pómulos, como si se hubiera aplicado rubor de manera incorrecta con los dedos. Dijo en voz baja:

—Mi amiga Jean. Ella… es así.

—¿La que te llevó al Club del Telégrafo?

Kath asintió.

—Todas ahí son así. Bueno, excepto las turistas, o tal vez también ellas.

La luz se había puesto en verde pero ellas no se habían movido. Estaban en Pacific, enfrente de International Settlement, caracterizado por un letrero de neón cubierto de coloridas banderas que se arqueaban sobre la calle. Más allá había letreros para los clubes Sahara Sands y Gay'N Frisky, y una mujer gigante desnuda pateaba la pierna desde el techo del Club Barbary Coast como una invitación obscena. Lily miró hacia otro lado, cohibida, mientras imaginaba lo que pasaba ahí dentro. Un hombre detrás de ellas chifló.

—¡Hola, chicas!

Lily se tensó.

—¿Están buscando divertirse? —Y ahora estaba junto a ellas, un hombre de mediana edad con un sombrero desgastado, parecía un contador desempleado.

—No, gracias —dijo Kath. Se acercó a Lily, dándole un empujoncito para que siguiera caminando, pero la luz se puso roja de nuevo y las atrapó contra el tráfico.

Él las miró lascivamente.

—Están un poco lejos de casa, ¿no? Amo a las muñequitas chinas, vaya que sí.

Lily agarró la mano de Kath y la jaló hacia el oeste, sobre Pacific, de regreso al Barrio Chino.

—Nada como un poco de cariño entre chicas, ¡siempre me hace el día! —dijo el hombre, riéndose.

Lily escuchó a otro hombre reírse también, como si hubiera estado viendo toda la escena, su cara ardió de vergüenza. Incluso si esos hombres eran horribles, ellas habían estado hablando precisamente de eso, y se sentía como una especie de juicio de un origen superior. Ella caminó más y más rápido, como si con eso pudiera rebasar la vergüenza, hasta que Kath, que venía detrás, la jaló de la mano y le dijo:

—Detente, Lily, ve más lento.

Ahí estaba Grant Avenue, con faroles rojos colgando y oliendo a cerdo asado, con el estruendo de los vendedores chinos anunciando su mercancía. Lily sintió una oleada de alivio: estaba en casa. Se detuvo en la esquina y soltó la mano de Kath.

—Lo siento —dijo Lily de inmediato—. Teníamos que irnos de ahí.

Estaban bloqueando el paso en la acera, así que Lily se hizo a un lado y Kath la siguió. Se quedaron paradas en silencio. Lily quería seguir con su conversación, pero no era posible de regreso en el Barrio Chino. Se sentía como si le hubieran puesto una mordaza en el instante que regresó.

—Tal vez debería ir a casa —dijo Kath.

—Ay, todavía no. —Lily temía que si Kath se iba en ese momento, nunca más volverían a hablar del tema que las había unido—. Vamos a Fong Fong's y comamos helado de jengibre.

Kath parecía sorprendida pero aceptó rápidamente.

—De acuerdo.

Lily rompió el silencio con una sonrisa de alivio.

—Es por aquí —Entrelazó su brazo con el de Kath y le mostró el camino.

12

Mientras caminaban a través del Barrio Chino, Lily vio las calles conocidas con nuevos y ojos y se preguntó qué pensaría Kath sobre su vecindario. La vio mirando hacia arriba a los balcones pintados y los techos de pagoda, los faroles rojos de papel y los letreros escarlata que sobresalían por encima de la calle como compradores chinos insistentes. ¿Le gustaba a Kath? ¿O todo le parecía abrumador y extraño? Su rostro revelaba poco. Parecía más concentrada en seguirle el paso a Lily que en curiosear en los letreros.

También había obstáculos que debían esquivar en la banqueta: cubetas de hielo con pescado alineado en filas nacaradas; manojos de bok choy verde y blanco, y montones de jengibre nudoso; turistas embobados ante los patos rostizados brillantes que colgaban de ganchos en las ventanas de los restaurantes. A través de todo, había una cacofonía de olores y sonidos: hierbas amargas con bollos dulces, el rápido y áspero cantonés de los vendedores trabajando, y la fétida peste de fondo de los mariscos de ayer.

Lily se sentía cohibida sobre todo por los olores; sabía que los caucásicos hacían caras ante olores desconocidos. Cuando vio la marquesina roja y blanca de Fong Fong's a una cuadra de distancia —como una señal completamente estadounidense entre los restaurantes chinos y las tiendas de recuerdos— jaló a Kath hacia allá, como si fuera un oasis. Pasó primero y abrió la puerta para ella con gallardía. Kath parecía divertida por este comportamiento, pero entró a la fuente de sodas sin decir nada.

Dentro, los gabinetes estaban alineados a la pared derecha y un mostrador largo con bancos llegaba hasta el fondo. Detrás del mostrador, los empleados del lugar, con delantales blancos y gorros de rayas, preparaban helados flotantes y sundaes de chop suey de frutos secos y galletas de ajonjolí. Lily vio un gabinete vacío al fondo, y se apresuró para apartarlo, deslizándose en uno de los asientos de banca, mientras Kath se sentaba en el que estaba frente a ella.

Lily había ido a Fong Fong's desde que tenía memoria, pero aun así abrió el menú. Había hamburguesas y papas fritas; banana splits y parfaits de helado; mil hojas y otros pastelitos que se podían comer con los ojos desde la vitrina de afuera.

—¿Qué me recomiendas? —preguntó Kath.

—Helado de jengibre —dijo Lily rápidamente.

Kath estaba echando un vistazo a la fuente de sodas, como si estuviera fascinada. Su mirada se detuvo en el mural de un hombre de jengibre en la pared, detrás del mostrador de panecillos.

—Este lugar es genial.

Lily también miró alrededor admirando las vitrinas brillantes de acero inoxidable, los meseros chinos y los que atendían la barra con sus delantales blancos impecables y sus gorros rayados. Se sentía orgullosa del lugar; hacía que el Barrio Chino se viera moderno y estadounidense.

—¿Te gusta?—preguntó. Nunca había venido a Fong Fong's con alguien caucásico.

Antes de que Kath pudiera contestar, el mesero llegó para tomarles la orden, hablando inglés con un fuerte acento cantonés. Por un breve y humillante momento, Kath no le entendió. Lily tuvo que hacerla de intérprete y eso la hizo preguntarse si debió haber llevado a Kath ahí. Su orgullo se transformó rápidamente en vergüenza.

Después de que se fue el mesero, ella cambió apresuradamente de tema y preguntó:

—¿Vas a ir al Espanto-Rama?

Kath se encogió de hombros.

—No lo sé. No me gustan tanto los bailes.

—A mí tampoco, pero tengo que ir por Shirley. Me uní a su Comité del Baile.

—¿Por qué? —preguntó Kath, como si fuera una decisión extraña.

Lily suspiró y volteó detrás de ella; no vio a nadie que conociera en el lugar.

—Porque era la única manera en la que me podía librar de ir como la cita de Will Chan.

—Suena un poco terrible —dijo Kath, en un tono seco.

Lily fingió fruncirle el ceño.

—Entonces, ¿vendrás al baile?

Una mirada graciosa cruzó la cara de Kath; Lily no estaba segura de si era sorpresa o renuencia.

—Tengo que preparar los aperitivos, pero no creo que tenga que trabajar toda la noche —dijo Lily, en caso de que Kath pensara que no iban a poder pasar un rato juntas.

Kath parpadeó y luego sonrió ligeramente.

—No sabría qué usar.

Le tomó un segundo a Lily comprender que Kath estaba bromeando, entonces las dos se rieron y, por alguna razón, Lily no podía parar, tuvo que agarrarse la panza para contenerse mientras el mesero les llevaba sus platos de acero inoxidable iguales de helado de jengibre.

Kath tomó su cuchara y lo probó; sus ojos se entrecerraron de la sorpresa cuando lo probó.

—¡Está muy bueno!

—Lo sé. —Lily sabía que sonaba engreída, pero no le importaba. Tomó un bocado con su cuchara. El fresco y dulce helado estaba repleto de pequeños pedazos de jengibre acaramelado.

—Iré al baile, si tú vienes conmigo a una reunión de la AAC —dijo Kath.

—¿Qué hacen en una reunión? ¿Calistenia o algo así? —dijo Lily, dudosa.

—No, no hacemos calistenia. Por lo general jugamos tenis o boliche. ¡Es divertido! La señorita Weiland es la profesora encargada de la AAC. Es un grupo genial.

—No soy tan buena ni en el tenis ni el boliche. Bueno, nunca he ido al boliche...

—¿Qué? Kath se veía escandalizada—. Tienes que venir.

Lily tomó otro bocado con su cuchara y dejó que se disolviera lentamente en su lengua antes de responder.

—Ojalá hubiera un Club de Ciencias de chicas o algo así. Supongo que podría unirme al Club de Ciencias normal, pero son puros chicos. No me gustaría ser la única chica.

—¿Qué hacen en el Club de Ciencias?

—Imagino que toda clase de cosas. Experimentos de química o desarmar motores o... ¿sabes qué me encantaría hacer? —Lily se inclinó hacia delante, emocionada—. Me gustaría construir un cohete a escala. Vi el anuncio de un kit de cohete a escala en *Popular Science* una vez, no se veía tan complicado, el problema es que necesitas un lugar dónde ponerlo en marcha.

Kath alzó las cejas.

—¿Qué quieres decir?

—Bueno, funciona gracias a un contenedor de dióxido de carbono para despegar en el aire. —Se quedó pensativa—. Supongo que se parece mucho a un petardo, así que tal vez podría probarlo en la calle.

—Suena peligroso —dijo Kath.

Por su tono, Lily se dio cuenta de que Kath estaba bromeando, y sintió que se ruborizaba de placer.

—Ay, es algo pequeño —dijo Lily, con tono despreocupado—. Nada que ver con un cohete de verdad. Espero poder ver uno real algún día.

—¿Dónde lo verías?

—Tendría que conseguir un trabajo en el gobierno. Ya lo planeé todo. Primero iré a Cal y me especializaré en Matemáticas. Mi tía Judy hizo su maestría en Matemáticas ahí, así que conoce a todos los profesores. Tal vez tenga que hacer un posgrado, pero no estoy segura. Si no lo necesito, voy a conseguir un trabajo como computadora humana en el mismo lugar donde trabaja mi tía Judy. Ahí diseñan cohetes, aunque ella no me puede contar mucho al respecto porque es ultrasecreto. Ya he leído bastante sobre ellos. Ya saben cómo construir cohetes que puedan llegar al espacio. Bueno, tienen teorías sobre cómo funcionaría, pero necesitan desarrollar mejores combustibles para alcanzar la velocidad correcta para dejar la Tierra. Aunque creo que van a desarrollar estos combustibles muy pronto.

—¿Qué tan pronto? —preguntó Kath, limpiando el fondo de su tazón de helado.

—Seguramente en las siguientes décadas. Estoy segura de que mandaremos cohetes al espacio para entonces. Podemos poner instrumentos automáticos a bordo para que nos envíen medidas y ¡tal vez incluso fotografías! Sin embargo, tomará más tiempo enviar gente al espacio. Tenemos que diseñar naves que puedan resistir los golpes potenciales de meteoritos, y tal vez incluso crear gravedad artificial, porque de otra manera la gente podría quedar flotando dentro de la nave.

—¿Flotando? ¿Por qué?

—Porque no hay gravedad en el espacio. Supongo que debe ser un poco como nadar, pero sin agua. Qué extraño debe ser.

—¿Es seguro para los humanos?

—No lo sé. ¡Tal vez! ¿No es emocionante? —Lily sonrió.

Kath le regresó la sonrisa, luego sacudió su cabeza ligeramente.

—De acuerdo. Iré al baile, pero tú tienes que venir al boliche.

—Trato hecho —dijo Lily y extendió su mano sobre la mesa, como si estuvieran cerrando un trato de negocios. Kath se estiró para estrecharla, pero cuando se tocaron no se sintió para nada como un trato de negocios. Lily recordó de repente una de las primeras escenas de *Strange Season*, donde Maxine tomaba la mano de Patrice para examinar su manicura y decía: «Qué dedos tan encantadores tienes».

Ella arrebató su mano de la de Kath y trató de disimular su pena comiendo el último bocado de su helado de jengibre. Quería hacerle a Kath otra pregunta, quería hacerle *la pregunta*, pero no pudo. A su alrededor, las risas, las pláticas y los sonidos tintineantes de las cucharas contra los vasos de helado le recordaron dónde estaba. Este brillante y limpio restaurante en el Barrio Chino que olía a azúcar y crema no era el lugar para preguntar, pero Lily sentía como si sus pensamientos estuvieran escritos en su cara. «¿También eres como las chicas en el libro? Porque creo que yo lo soy».

13

Los preparativos para el Espanto-Rama empezaron horas antes del horario oficial de comienzo del baile. A una de las chicas del comité le habían prestado el carro sus padres para hacer mandados, Lily la persuadió de que las llevara al supermercado más cercano para comprar jugo de piña, 7-up, pretzels y pesadas bolsas de hielo.

De vuelta en el Galileo, Lily asaltó el armario de suministros de la clase de Economía del Hogar para los tazones de ponche. Luego los llevó a través del túnel subterráneo que conectaba el edificio principal con el gimnasio, que pasaba por los vestidores de las chicas. La puerta estaba abierta y dentro vio el vestido de fiesta azul claro de Shirley colgado a la orilla de una puerta de los vestidores, como el caparazón de una chica flotando en el aire. Lily ya estaba usando su atuendo para el baile, una falda negra de rayón con un suéter rosa de algodón de manga corta. La falda ya tenía marcas de agua, del hielo que se estaba derritiendo y que había cargado al gimnasio. Esperaba que se secara antes de que Kath llegara.

Dentro del gimnasio, Shirley estaba supervisando la colocación de los adornos. Las chicas del comité ya habían decorado el lugar con serpentinas verde lima, recortes de fantasmas y esqueletos hechos de papel estraza blanco. A estos les habían pegado montones de lentejuelas como ojos, lo que les daba un aspecto vidrioso. Shirley probablemente tenía la intención de que se vieran fantasiosos, pero a Lily le parecían un poco perturbadores. Ahora las chicas estaban clavando las letras para formar la palabra "espanto-rama" en la pared, debajo de los banderines de futbol. Estaban hechas de papel aluminio con formas ondeantes, como el título de una película de terror. Había un pequeño escenario con una banda que estaba instalado al frente de las letras plateadas, Lily reconoció a un par de los miembros de la banda de la escuela.

La mesa de aperitivos estaba del lado lejano del gimnasio y, mientras Lily se dirigía hacia allá con los tazones de ponche, se empezó a preocupar de que Kath no fuera a venir al baile después de todo, si no venía, ¿eso significaba algo? La pregunta la puso incómoda y trató de olvidarse de eso cuando mezclaba el ponche, pero sentía la incertidumbre como una comezón inalcanzable entre sus omóplatos.

A las ocho en punto, Shirley abrió las puertas. Desde su puesto en la mesa de aperitivos, Lily tenía una buena vista del gimnasio completo. Sus amigos llegaron primero: Will y Hanson vistiendo chamarras deportivas; Flora y Mary en sus vestidos de fiesta verde y rosa. Algunos de los chicos del equipo de futbol y sus citas, después una gran multitud de alumnos llegaron juntos como a las ocho y cuarto. Al principio todos socializaron: los chinos y los italianos, los negros y los caucásicos. Las chicas estaban en círculos mientras admiraban los vestidos de las demás y comparaban sus *corsages* de claveles. Los chicos se movían entre la mesa de aperitivos, las chicas ofrecían vasos de ponche y merodeaban cerca con torpeza, en lo que juntaban el coraje para invitarlas a bailar.

Lily vio a Shirley revoloteando de un lado al otro, su vestido largo flotaba alrededor de ella como una nube de azul claro. Shirley había ahorrado todo su dinero para comprar ese vestido, luego Mary la ayudó a adecuarlo a su medida ajustando el busto para que mostrara mejor su figura. Compró un juego de collar y aretes de brillante circonia cúbica y encontró unos guantes de satén blancos al fondo de una boutique en el Barrio Chino. Parecía la princesa del baile y estaba deleitándose en ello. Cada tanto volteaba a ver a Lily e incluso una vez se acercó para preguntarle si todo estaba bien. Pero no sugirió que Lily los acompañara; Lily estaba aliviada de tener una excusa para ocultarse detrás de la mesa.

Fue Shirley la que hizo la primera valiente incursión hacia la pista de baile, arrastrando a Will con ella, y otras parejas los siguieron, sosteniéndose en brazos a la distancia reglamentaria mientras se movían como robots torpes a través del gimnasio. La mezcla y la convivencia terminaron con eso, pues las parejas se formaron con personas semejantes: chinos con chinas, negros con negras. Cuando Lily vio a Shirley y a Will, un fragmento de un recuerdo flotó dentro de su conciencia. ¿Acaso su hermano, Calvin, había causado una especie de escándalo hacía algunos años? No podía recordar exactamente qué había sido, pero tenía que ver con la chica que él había llevado al baile. Shirley seguro lo recordaba, porque ella recordaba todo, pero Lily no pensaba que ahora fuera un buen momento para preguntar.

Volteó hacia arriba a ver el reloj gigante en la pared del gimnasio, debajo del tablero de puntaje. Ya pasaban de las ocho y media, y mientras seguían pasando los minutos, no había señales de Kath. Había mantenido el tazón de ponche lleno, reacomodado las galletas y servido más pretzels, pero llegó el momento en el que no quedaba nada por hacer y ya no quería estar parada. Se desplazó hacia las gradas con su propio vaso de ponche, sintiéndose un tanto invisible y tratando de no ver con demasiada ansiedad las puertas principales.

Cuando la banda comenzó a tocar «*ABC Boogie*», casi todos se abalanzaron hacia la pista de baile. Los chicos les daban vueltas a las chicas, sus faldas revoloteaban cuando ellas regresaban a sus brazos. Había risas y gritos, alguien estaba cantando la letra de la canción por encima del sonido de la banda y las chicas se estaban quitando los tacones para bailar. Lily veía todo desde su lugar en las gradas. Por la comisura de su ojo vio que estaba totalmente sola, todas las otras chicas sin cita habían encontrado pareja de baile o habían elegido bailar con sus amistades. Lily cruzó sus brazos sobre su estómago y puso una expresión que intentaba declarar: «Estoy perfectamente bien aquí».

No siempre había sido así. Lily no solía preguntarse si debería ir al baile, o si lo disfrutaría, o incluso qué haría si nadie quisiera bailar con ella. Las chicas siempre cambiaban parejas de baile con libertad, porque nadie tenía permitido ir en citas. Al menos así solía ser entre sus amistades del Barrio Chino. Ahora todos sabían que Hanson y Flora salían en serio, aunque ellos no lo admitirían, porque sus padres todavía no lo permitían. Y todos los chicos y chicas que no eran chinos parecían tener parejas este año. Algunos incluso ya estaban comprometidos para casarse. ¿Cuándo había cambiado tanto todo? Ella sentía como si hubiera sido muy repentino.

Cuando la banda empezó a tocar otra canción popular, algunos de los que bailaban cambiaron de pareja, Lily se cuidó de no ver a nadie a los ojos, no quería que nadie la sacara a bailar. En vez de eso, volteó hacia la mesa de aperitivos —no parecía que el ponche necesitara ser rellenado— y hacia las puertas principales, y por ahí vio a una chica merodeando por la pared, con sus manos unidas frente a ella. Lily se paró abruptamente. La chica estaba oculta por las parejas de baile y Lily tuvo que bajar de las gradas para ver mejor. Sí, la chica estaba usando una ordinaria falda café y una blusa blanca debajo de su chaqueta: era Kath.

Lily corrió a través del gimnasio, apenas evitando a las parejas que daban vueltas, solo para tropezarse con unos tacones negros de charol tirados en el suelo. Kath le agarró del brazo y Lily se aferró a la mano de Kath, giraron en medio círculo como si estuvieran bailando antes de que Lily se separara, sin aliento.

—Vámonos de aquí —dijo y se dirigió a la salida.

14

Las puertas del gimnasio se azotaron detrás de ellas, amortiguando el sonido de la banda. Lily y Kath estaban paradas en el amplio rellano de afuera; debajo de ellas había escalones de concreto que descendían hacia la puerta exterior. El gimnasio era un edificio que estaba cruzando la calle de la preparatoria, lo que significaba que había unos cuantos lugares para que ellas pudieran ir: dos pisos abajo hacia los vestidores, o ir afuera hacia la oscuridad de la noche, Lily eligió la noche.

—¿A dónde vas? —gritó Kath, corriendo para alcanzarla.

—Adonde sea —dijo Lily y empujó las pesadas puertas para abrirlas.

Bay Street estaba llena de neblina. El parque acuático estaba solo a dos cuadras y el aroma del mar era espeso en el aire. Lily talló sus manos en sus brazos descubiertos y se dio cuenta de que había dejado su chamarra adentro, pero no podía volver, no todavía.

—Caminemos al parque acuático —dijo Lily.

—¿Estás segura? No traes tu abrigo.

—No hace tanto frío, o al menos no hace tanto viento. —Miró a Kath mientras se empezaron a dirigir hacia la esquina—. Solo necesito tomar un poco de aire. No me había dado cuenta de qué tan sofocante estaba allá.

—¿Pasó algo?

—No. Solo que ya no quería estar ahí.

Giraron justo en la esquina, bajando por Van Ness hacia el muelle. La neblina parecía absorber todos los sonidos, incluyendo el ritmo apagado de sus pasos, dejando la ciudad extrañamente silenciosa.

—Perdóname por llegar tan tarde —dijo Kath—. No pude llegar antes.

—Solo estoy contenta de que vinieras.

Se sonrieron una a la otra tentativamente, pero Lily se sintió un poco cohibida y tuvo que voltear a otro lado. A su derecha, el campo de futbol era una franja de oscuridad del largo de una cuadra. Ninguna de las luces del campo estaba encendida, solo las de las ventanas del largo gimnasio brillaban entre la bruma. Al final de la cuadra, Lily vio hacia el este por North Point Street hacia Fisherman's Wharf. El letrero gigante de Ghirardelli Square estaba iluminado como un espejismo flotando a la distancia, las letras normalmente brillantes se veían emborronadas por la niebla. En Fisherman's Wharf todos los restaurantes y clubes estarían rebosantes de luz y música a esta hora del sábado en la noche, pero aquí en las sombras de Fort Mason, la ciudad se sentía silenciosa y solitaria.

Continuaron por Van Ness en la oscuridad neblinosa. Pasaron a una pareja en la acera, el brazo de la mujer entrelazado con el del hombre. Ella estaba usando la gabardina de él, que parecía tragarse sus hombros, el cinturón golpeaba detrás de ella mientras caminaban. Hubo una carcajada inesperada, seguida de sonidos que se alejaban de una conversación que no se podía escuchar. La niebla era tan espesa que no podían ver más allá de tres metros hacia delante.

Las luces empezaron a hacerse más claras. Estaban cerca del Museo Marítimo, su larga forma de submarino blanco era una ligera curva en la noche. Gradas de concreto estaban apiladas a cada lado del museo creando una tribuna para la oscura bahía adelante. Allá abajo, Lily no podía ver nada del océano, pero podía escucharlo, las olas sonaban como un rítmico *shhh-shhh,* como si el océano mismo las estuviera silenciando. La niebla se había cerrado como cortinas detrás de ellas. Estaban completamente solas, al parecer, aquí a la orilla del agua.

Una sirena de niebla gimió a la distancia. Ahora Lily tenía frío. Sentía el escalofrío húmedo de la neblina contra sus antebrazos descubiertos y su cara, ella tembló visiblemente cuando el viento arreció y lanzó su cabello hacia atrás de golpe.

—Ten. —Kate se quitó su chamarra, ofreciéndosela a Lily.

—Pero entonces tú tendrás frío. Es mi culpa por no traer mi abrigo.

—Yo traigo manga larga. Tómala.

Lily aceptó. La chamarra estaba muy cálida, era de pana suave, la abotonó hasta arriba y metió las manos en los bolsillos forrados con satén.

—Gracias —dijo Lily.

Se quedaron en silencio y Lily miró hacia la oscuridad imaginando que podía discernir los ligeros movimientos del agua. Se sintió envuelta en un pequeño capullo privado con Kath. Sabía que estaban paradas justo a la vista, no tan lejos del brillantemente iluminado Museo Marítimo —su sombra se inclinaba abajo en las gradas, hacia el agua— pero la neblina hacía parecer que ella y Kath estaban ocultas a la vista.

—¿Cómo fue cuando fuiste al Club del Telégrafo? —preguntó Lily.

Kath no parecía sorprendida. Tal vez, pensó Lily, ella había estado esperando esta pregunta desde la primera vez que le contó a Lily sobre ese lugar.

—No sé cómo describirlo. Nunca había visto nada parecido. Las artistas eran medio famosas, ya sabes. Como Finocchio's, pero con mujeres.

—Finocchio's. ¿El de los imitadores femeninos?

—Sí.

—Los turistas van ahí. Vienen a cenar al Barrio Chino y luego van a Finocchio's. ¿También van al Club del Telégrafo?

—Algunos. —Kathleen se abrazó a sí misma contra el frío beso de la niebla—. Tal vez la mitad de la audiencia eran turistas, la noche que estuvimos ahí.

—¿Y quiénes eran la otra mitad?

—Mujeres.

El océano acallaba contra la arena abajo. La sirena de niebla sonó de nuevo.

—¿Tú viste… a Tommy Andrews? —preguntó Lily.

—Sí. Había un espectáculo. Tommy Andrews era una de las artistas. Ella cantó… algunas de las canciones tenían las letras cambiadas.

—¿Cómo?

—No puedo recordar la letra. Conocerías las canciones. Pero el punto era, tú sabes, que estaba vestida como un hombre. Ella les canta a las mujeres de la audiencia. Ella es muy… guapa. —Kath soltó un resoplido cohibido y nervioso que no llegaba a ser una risa—. Ella vino a nuestra mesa después… Bueno, se acerca a todas las mesas cerca del escenario, y este es tan pequeño que se acerca a todas; de cualquier forma, Jean no se cansaba de ella.

Lily había imaginado el show de Tommy incontables veces, pero escuchar a Kath describirlo en voz alta la hacía temblar de emoción. «Ella les canta a las mujeres de la audiencia». Ella respiró profundo el aire de la neblina.

—Oh, desearía poder verlo —Vio a Kath y ella la vio de regreso con una expresión extraña en el rostro, una mezcla de miedo y emoción—. ¿Qué? ¿Qué pasa?

—Bueno, podríamos ir. Al Club del Telégrafo.

Lily estaba sorprendida.

—Pero no tenemos veintiuno. Espera, ¿cómo entraste tú?

—Jean me consiguió una identificación falsa —admitió Kath. Entonces le ofreció—: Yo podría conseguirte una también.

—Eso es ilegal —dijo Lily. Pensó de inmediato en papeles de inmigración falsos. ¿Qué le haría la policía a alguien como ella si la descubrieran con una identificación falsa? Enroscó los dedos en un puño dentro de los bolsillos del abrigo de Kath—. No creo que sea buena idea.

—En realidad solo necesitas una identificación falsa para comprar bebidas. Nunca me pidieron la mía cuando fui.

Lily se preguntó si la despreocupación de Kath era una fachada.

—¿Entonces para qué tener una?

—Es solo… solo por si acaso. ¿Qué te parece si te consigo una y tú decides si decides usarla?

—No quiero que te metas en problemas.

—No te preocupes. Le preguntaré a Jean. Ella supo dónde conseguirlas antes.

El viento despeinó el pelo corto de Kath e hizo que Lily temblara de nuevo, a pesar de la chamarra de Kath.

—Si Jean no sabe cómo o no puede conseguirla, entonces… ya se nos ocurrirá algo.

Después de que la posibilidad se le presentó ante ella, la idea de que le pudiera ser arrebatada tan rápido le pareció insoportable. De nuevo se imaginó a sí misma en el club, sentada en una pequeña mesa redonda a la orilla del escenario, Tommy Andrews le estaba cantando a ella.

—Oh, está bien. Pregúntale a Jean —dijo Lily, antes de que pudiera cambiar de opinión—. ¿Cuándo le preguntarás?

—La veré pronto. Regresa una vez al mes para visitar a su familia. Hablaré con ella la próxima vez que venga, probablemente el fin de semana que entra.

—¡El fin de semana que entra! Es tan pronto. —Un estremecimiento recorrió a Lily. Vio a Kath romper en una sonrisa, luego empezó a temblar cuando el viento las envolvió de nuevo.

—Ay, tienes frío —dijo Lily—. Deberíamos regresar.

Y fue así como terminó su conversación, la capa de niebla que las había cubierto antes se movía de regreso con ellas por Van Ness y hacia el gimnasio, con sus ventanas iluminadas parpadeando a través de la bruma.

15

El Espanto-Rama todavía estaba a toda máquina cuando ellas regresaron, temblando, al cálido y seco vestíbulo del gimnasio. Lily se quitó la chamarra de Kath y se la regresó, ella se la volvió a poner cuando se abrieron las puertas del gimnasio, y emergió Shirley, buscando a alguien de manera evidente.

—Lily —la llamó Shirley—. Ahí estás. ¿Dónde te habías metido? Hay que rellenar los tazones de ponche.

Shirley bajó las escaleras y vio a Kath parada cerca, se detuvo un par de escalones antes de llegar hasta abajo.

—¿Kathleen? —dijo sorprendida.

—Hola, Shirley —dijo Kath, incómoda.

Lily estaba aliviada de haberle dado su chamarra a Kath antes de que Shirley las viera.

—Iba caminando al baño y... me encontré con Kath... Kathleen.

Shirley se quedó en las escaleras, como si no se quisiera acercar más.

—Te fuiste mucho tiempo.

—Bueno, ya volví. —Desde el gimnasio, el sonido de la banda se escuchó más fuerte, estaba interpretando otro número de baile animado—. Suena a que todo va bastante bien por allá —dijo Lily, tratando de sonar entusiasmada.

—Sí, así es —dijo Shirley—. Sin embargo, debiste haberme avisado antes de dejar la mesa de aperitivos.

Lily se tragó una oleada de irritación.

—Lo siento. No me sentía bien. —Lo cual no era una mentira del todo.

—Bueno, ¿ya te sientes mejor? —preguntó Shirley con impaciencia—. ¿Vas a regresar?

—Por supuesto —dijo Lily. No había manera de evadirlo y no había manera de traer a Kath con ella; Shirley nunca lo permitiría. Lily volteó a ver a Kath, preguntándose cómo le comunicaría esto, pero Kath pareció comprender. Se había abotonado su chamarra y había metido las manos en los bolsillos, donde Lily había calentado las suyas apenas unos minutos antes.

—Me voy a casa —dijo Kath.

Shirley no dijo nada.

Lily quería decir una docena de cosas diferentes, pero lo único que pudo decir fue: «Linda noche». Le dio la espalda a Kath y caminó hacia Shirley, quien empezó a subir las escaleras. Lily escuchó las puertas exteriores abrirse y cerrarse cuando Kath se fue y sintió una bocanada de aire frío en las piernas.

Shirley se detuvo afuera de las puertas del gimnasio y se volteó para estar un par de escalones arriba de Lily.

—Antes de que entremos, debería advertirte sobre Kathleen Miller —dijo Shirley.

—¿Advertirme? —dijo Lily, sorprendida.

Shirley cruzó los brazos, viendo a Lily con aires de superioridad.

—No deberías involucrarte con ella.

—¿A qué te refieres?

Shirley bajó un escalón para que estuvieran a unos centímetros de distancia y dijo en voz baja:

—¿No te acuerdas de lo que pasó con la amiga de Kathleen? ¿Jean Warnock?

Lily negó con la cabeza, inquieta.

—¿Qué hay de ella?

Shirley echó una mirada a las puertas detrás de ella, que seguían cerradas, luego vio a Lily de nuevo.

—Jean es *queer*. ¿No te acuerdas? Alguien la descubrió en el salón de la banda el año pasado con… —Aquí Shirley hizo un gesto de desagrado—. Con otra chica.

A Lily le cosquilleó la piel.

—Nunca escuché eso —dijo con neutralidad.

—En serio, a veces creo que no le pones atención a nada más que no sea tu tarea de Matemáticas y tus libros del espacio. —Shirley la miró divertida, entre maternal y exasperada.

Las críticas se le resbalaron a Lily, solo podía pensar en el hecho de que Shirley sabía sobre Jean. Lily se acordó de lo que recordaba a medias sobre Calvin, que había estado en el año de Jean. El escándalo. En su penúltimo año había empezado a salir formalmente con una chica (Lily no podía recordar su nombre), lo cual era bastante inusual para alguien del Barrio Chino, habría sido tolerado si lo hubieran mantenido oculto. El escándalo fue que ella no era china, era negra, y los habían descubierto juntos en el carro de Calvin después del baile.

Shirley seguía hablando.

—Así que deberías mantenerte alejada de Kathleen Miller. No quieres esos rumores cerca de ti.

Lily subió un escalón para estar a la altura de Shirley.

—¿Calvin te contó sobre Jean? —preguntó Lily.

Las cejas de Shirley se juntaron.

—¿Qué? No importa quién me lo dijo. Solo importa que entiendas lo importante que es. No puedes relacionarte con gente así.

Lily no respondió. Se sentía extrañamente desconectada del momento, aun así, nunca había sido tan consciente de la manera en la que se arrugaba la frente de Shirley cuando estaba molesta. Las dos pequeñas «v» que se formaban entre sus cejas, como apuntando de manera cómica hacia su nariz.

—Si sabes lo que te conviene, te reconciliarás con Will —Shirley continuó—. Hablé con él hace rato y está dispuesto a bailar contigo. Sería buena idea, en caso de que alguien te haya visto con Kathleen.

—No quiero bailar con él y desearía que no le hablaras sobre mí —dijo Lily fríamente—. Y no hay nada malo con Kath.

—«¿Kath?» —dijo Shirley con un dejo de burla en su voz—. ¿Te estás escuchando? ¿*Quieres* que la gente piense que eres su amiga?

—¿Por qué no? —preguntó Lily.

Shirley se veía genuinamente escandalizada.

—Te acabo de decir por qué. Estoy tratando de hacerte un favor.

Lily sabía que estaba por cometer un error, pero sentía que un aire de imprudencia se apoderaba de ella.

—No quiero ningún favor —dijo con brusquedad.

Shirley se veía anonadada.

—Bueno —dijo, pero no siguió.

Lily no podía retirar lo dicho. No lo haría. Las puertas del gimnasio se abrieron de golpe, un grupo de estudiantes caucásicos salió en avalancha: varias parejas agarrándose del brazo, las chicas riéndose. Lily y Shirley no los conocían bien, así que se hicieron a un lado para dejarlos pasar. La banda estaba tocando *I'll Be True*, y Lily estaba segura de que todos se dirigirían a la pista, pero ella y Shirley no se movían. Se preguntó si las dos se quedarían ahí, parada una frente a la otra por siempre, cada una reacia a ceder, pero al fin Shirley negó ligeramente con la cabeza, como si estuviera decepcionada de Lily, y subió a las puertas del gimnasio.

—¿Vienes? —preguntó Shirley.

Lily sabía que si no lo hacía habría consecuencias. Shirley lo había dicho, ¿no? La rareza de Jean era contagiosa, como un resfriado, podía transmitirse de Kath a Lily por apenas un rumor.

—No —dijo Lily.

Tan pronto dijo la palabra, la invadió el pánico —no podía haber dicho eso—, pero Shirley ya estaba abriendo la puerta y entrando, la cual se azotó tras ella.

Lily inhaló temblorosa. No le quedaba nada por hacer excepto regresar a casa, así que fue por su chamarra al vestidor de las chicas y salió. Afuera del gimnasio casi tenía la esperanza de que Kath la estuviera esperando, pero la calle estaba vacía. Solo la neblina se movía por el pavimento, silenciosa e incorpórea como un fantasma.

16

El lunes en la mañana, Lily y Eddie caminaron hacia la intersección de Washington y Grant como siempre, pero Shirley no estaba ahí esperándolos. En su lugar estaba Flora parada en la esquina, sonrojada con aires de importancia.

Todo el fin de semana, Lily se había preguntado cómo la castigaría Shirley exactamente por irse temprano del baile. No la había visto en la iglesia el domingo, y Shirley no la había llamado por teléfono para discutir el baile, como normalmente lo hacía. Lily sabía que ella haría algo, pero no había esperado esto.

—Shirley ya se fue a la escuela —anunció Flora—. Me pidió que te dijera que no la esperaras.

La humillación quemó a Lily, pero trató de ocultarla con una fría resignación.

—Entonces hay que irnos, o llegaremos tarde —dijo.

Estaba perfectamente consciente de que Shirley había enviado a Flora a hacer su trabajo sucio, para mostrar con su ausencia que Lily ya no estaba en su círculo cercano.

Notó que Eddie la miró con curiosidad, pero no lo vio a los ojos mientras subían por Grand Avenue. Era tan temprano que los trabajadores todavía estaban cargando cajas de vegetales de las aceras hacia los mercados. Lily esquivó unas cajas de col china y apenas evitó a dos hombres cargando la mitad de un cerdo hacia la carnicería. La piel era de un rosa encerado, la pezuña del cerdo sobresalía en un ángulo obsceno, como si estuviera a punto de patearla. Ella se apresuró, y sintió una contracción estomacal, como si la pezuña hubiera dado en el blanco.

Cuando se encontraron con el resto de sus compañeros en el camino de salida del Barrio Chino, las miradas disimuladas hacia ella le indicaron que ya sabían. Si a Lily le quedaba alguna duda de que Shirley le estaba aplicando la ley del hielo, esta quedó esclarecida cuando vio que Will no estaba esperando con Hanson. Will ya se había adelantado con Shirley, solo ellos dos.

Lily se mantuvo cabizbaja y metió sus manos sudorosas en los bolsillos de su chaqueta; siguió a Flora, Hanson y el resto, fingiendo que no le importaba. Se permitió quedarse rezagada hasta que fue la última del grupo. No vio nada, excepto la sucia acera gris a unos cuantos metros de ella y las piernas de Flora mientras caminaba; luego perdió a Flora de vista por completo y solo veía hacia abajo, al piso.

En Francisco Street, Eddie dio vuelta a la derecha hacia la secundaria y Lily giró a la izquierda. Mientras andaba laboriosamente por la calle, dejó que el hueco entre ella y sus amigos se hiciera más largo hasta que hubo cuadra y media de separación, hasta que apenas pudo oír fragmentos de su conversación que rebotaban en el viento. Una o dos veces Flora volteó por encima de su hombro para ver a Lily, y caminaba un poco más lento como para esperarla, pero nunca disminuyó la velocidad lo suficiente y Lily nunca hizo el esfuerzo para alcanzarlos.

Cuando ella y Shirley eran pequeñas, habían sido muy unidas. Les gustaban las mismas cosas: Smarties, que fingían que era una medicina recetada por el padre de Lily; *Bambi* y *Belleza Negra*; y más adelante *Archie Andrews* en la radio. Lily siempre había sido la Betty de la Veronica de Shirley. Rara vez peleaban, y cuando lo hacían, Lily a menudo se sentía como la mezquina que se aferraba a sus sentimientos heridos por demasiado tiempo. Shirley nunca guardaba rencores (al menos, abiertamente) y era la generosa de gran corazón que todos apoyaban. Ahora Lily comprendía que Shirley nunca se disculpaba por nada, ella simplemente asumía que Lily la perdonaría, y Lily lo hacía.

Cuando Lily llegó al Galileo, apenas quedaban unos minutos antes de que sonara la campana. En su casillero, vio a Shirley y sus amigos reunidos en un círculo cerrado en el vestíbulo. Algunos de ellos la miraron cuando pasó, otros susurraron cubriéndose con las manos. ¿Shirley les había dicho por qué habían discutido? ¿Había empezado un rumor sobre Lily y Kath? Esa idea la ponía nerviosa, pero también la hacía enojar.

Lily terminó en su casillero. Cargaba sus libros en sus brazos, le dio la espalda al grupo de Shirley y se dirigió al salón de la señorita Weiland. Kath venía caminando por el pasillo, evitando ver a Lily, cuidadosamente, como de costumbre. Lily de repente supo qué podría hacer.

—¡Kath! —la llamó—. ¡Espérame!

Por la comisura de su ojo, Lily vio que todos en el grupo de Shirley voltearon sus cabezas para mirar. Vio cómo Kath se detuvo y volteó a ver a Lily, sorprendida. Su mirada osciló entre Lily y Kath.

—¿Qué pasa? —preguntó Kath.

—Pensé que podríamos entrar a clase juntas. —Lily sintió su corazón latir un poco rápido en su pecho mientras esperaba que Kath respondiera, por un terrible momento se preguntó si había cometido un error. Tal vez Kath no quería ser vista con ella tampoco.

Entonces Kath inclinó su cabeza en dirección a Shirley y le preguntó en voz baja:

—¿No vas a ir con ellos?

—No.

Por un momento, la expresión de Kath cambió por completo. Algo parecido a la esperanza o la felicidad pasó por su cara y Lily recuperó el aliento.

—De acuerdo —dijo Kath—. Vamos.

Entraron juntas y Lily no miró atrás.

17

Las bolas de boliche estaban alineadas en el estante como una serie de planetas: azul cristalizado y violeta, rojo brillante y verde profundo con franjas blancas. Lily eligió la roja para la buena suerte, porque sospechaba que sería malísima en el boliche, y deslizó sus dedos en los profundos hoyos para los dedos.

—Esa es demasiado grande para ti —dijo Kath—. Prueba con esta. —Señaló una verde más pequeña—. Y no uses los dedos para levantarla, es muy pesada. Cárgala con ambas manos.

Lily estaba sorprendida por el peso de la bola.

—¿Cómo se supone que aviente esto?

Se escucharon carcajadas a lo lejos de un grupo de parejas mixtas en unos carriles alejados. Lily volteó a ver a un hombre colocando sus manos en la cadera de su novia, poniéndola en posición mientras ella le lanzaba una sonrisa coqueta.

—No la avientas —dijo Kath—. Ven aquí.

Lily cargó su bola de boliche verde hacia donde estaba parada Kath, algunos metros lejos de donde empezaba su carril. Todavía podía ver por la comisura de su ojo a la pareja que coqueteaba y cómo la mujer se apoyaba en las manos del hombre.

—Cuadra tu cadera —le dijo Kath.

Lily se volteó hacia ella.

—Perdón, ¿hacia dónde?

—Hacia el otro lado —dijo Kath, se veía divertida.

Y antes de que Lily se moviera por sí misma, Kath se estiró y tocó su cadera moviéndola con gentileza en dirección al carril. La tocó apenas por un segundo, pero Lily sintió la mano de Kath como un chispazo en su piel que atravesó la tela de su falda.

—Ahora, pon los dedos de tu mano derecha en los agujeros —dijo Kath—. Eres diestra, ¿no?

Lily parpadeó e intentó dirigir su atención hacia la bola.

—Sí, está muy pesada.

—Sostén el peso de la bola en tu mano izquierda. Sí, así. Ahora flexiona tus rodillas e inclínate hacia delante, ¡pero no tanto! Vas a empezar con tu pie derecho. Solo camina hacia el carril, mantén tus ojos al frente. Correcto, ahora balancea tu brazo y solo suelta, no, ¡no tienes que aventarla!

Lily arrojó la pelota con pesadez al frente del carril. Golpeó la madera pulida con un crujido estremecedor y luego se giró hacia el canal.

—Te dije que no soy buena en deportes —dijo Lily con pesar—. Tal vez debí haberme quedado en el grupo de la señorita Weiland.

A su izquierda, la señorita Weiland le estaba enseñando a varias principiantes, pero Kath la había convencido de que ella le podía enseñar. El resto de las chicas de AAC se habían dividido en media docena de carriles a lo largo del Boliche Loop. El conjunto de parejas mixtas y un grupo de cuatro hombres junto a ellas eran los únicos clientes que no pertenecían a la AAC esa tarde.

—Te debí haber mostrado primero —dijo Kath—. Mírame esta vez. Todo depende de la sincronización. Eso es lo que dice la señorita Weiland. Tienes que balancear tu brazo a tiempo con la manera en la que caminas. ¿Ves?

Lily vio a Kath levantar la bola y sostenerla frente a su estómago. Comenzó a caminar hacia el carril, empezando con la pierna derecha mientras balanceaba la bola hacia atrás con su brazo derecho. Dio cuatro pasos y deslizó su pie izquierdo por el piso de madera pulida, extendiendo su pierna derecha detrás de ella como si estuviera haciendo una reverencia hacia la pista de boliche, y dejó ir la bola. Rodó sobre la madera aceitada y derribó la mitad de los pinos.

—¡Eso fue genial! —exclamó Lily.

—Hubiera sido mejor si le hubiera dado a todos, pero trataré de nuevo. Tal vez puedo tirar los que quedaron.

Lily tomó asiento en la parte trasera de su carril para ver a Kath intentarlo de nuevo. Había un ritmo agradable en la manera en la que Kath se movía, la seguía una fluidez en el arco de su brazo justo antes de que soltara la bola. Cuando se deslizó en su cuarto paso, bajando un poco hacia el piso, su falda se levantó y expuso la concavidad detrás de sus rodillas. Esa vista era inesperadamente íntima, Lily apartó los ojos. Los hombres que estaban cerca de ellas parecían fumar y hablar más de lo que jugaban, y Lily vio a algunos de ellos ver a las chicas de la AAC y sonreír entre ellos.

Hubo un sonido de golpe cuando la bola de Kath derribó los últimos pinos y soltó un gritito triunfante antes de regresar con Lily.

—Ves, todo depende del impulso —dijo Kath—. No tienes que aventarla por el canal. El impulso la llevará. ¿Quieres intentarlo de nuevo?

Lily estaba sumamente consciente de los hombres del carril de al lado y jaló a Kath hacia la banca, a su lado, y susurró:

—Creo que nos están viendo.

—¿Quiénes?

Lily les dio la espalda a los hombres y dijo en voz baja:

—Esos hombres detrás de ti. Cuando lanzas, tu falda se sube.

Kath se veía sorprendida. Volteó a ver a sus compañeras, viendo cuando se deslizaban por el carril y extendían sus piernas hacia atrás. Cada vez que una chica soltaba la bola, se le subía la falda, exponiendo un destello de pierna o de muslo. Con esos hombres mirando, el movimiento ordinario de sus cuerpos de alguna forma se hacía indecente, como si las chicas estuvieran mostrando sus extremidades a los espectadores.

Kath miró sus manos, sus mejillas se pusieron ligeramente rosas.

—No les hagas caso —dijo, pero no sugirió que siguieran jugando.

Las chicas de la AAC estaban en la parte más alejada y no se habían dado cuenta de que tenían una audiencia. Todavía estaban en su lección con la señorita Weiland, que las estaba instruyendo en la manera correcta de caminar hacia el carril. Lily la escuchó decir:

—El trabajo de los pies es relajado, no tienen que correr hacia el carril. —Su voz se escuchaba claramente en una pausa entre el eco de los sonidos musicales de las bolas cuando se estrellaban contra los pinos. Ella vio a la señorita Weiland ponerse en postura y comenzar a acercarse al carril, su brazo balanceó la bola hacia atrás y la soltó, con la pierna derecha extendiéndose detrás de ella en el carril, en esa reverencia hacia la pista. La señorita Weiland estaba usando unos pantalones holgados en vez de una falda, y Lily se preguntó si lo había hecho a propósito.

—Ahora, ven, deben balancear la bola hacia atrás como un péndulo y tan solo dejarla ir.

La bola de la señorita Weland se fue hacia el lado derecho del carril y después se enganchó hacia el centro, girando directo al espacio entre el pino del centro y el que estaba a su derecha. El sonido de la colisión hizo eco mientras los pinos se caían. Lily podía imaginarlo ilustrado en una caricatura con una estrella con bordes irregulares de una explosión e inmediatamente pensó en cohetes.

—Es física pura —dijo de repente.

—¿Qué? —dijo Kath, perpleja.

—La bola cuando derriba los pinos, es la tercera ley de Newton. Cada acción tiene una reacción igual y opuesta. Así es como funciona un cohete.

—Creo que ya me perdí.

—Perdón. ¿Quieres que te explique?

—Seguro.

Lily alcanzó su bolsa de libros y sacó un cuaderno y empezó a dibujar un diagrama de un cohete y una figura humana de palitos. Kath, sentada a su lado, se acercó para ver mientras dibujaba.

—¿Cómo sabes todo esto? —preguntó Kath.

—He leído sobre ello —dijo Lily, tratando de ignorar el roce de la rodilla de Kath contra su pierna—. Y mi tía Judy me ha explicado algunas cosas.

—A mí me encantaría ir a bordo de un cohete.

—La gente no puede ir a bordo de un cohete, es demasiado peligroso.

—¿No es por eso que sería divertido?

Kath estaba tan cerca que Lily podía sentir la calidez de su cuerpo.

—No... no para mí. Yo me mareo cuando el tranvía baja demasiado rápido.

—Yo iría, definitivamente. —Kath se recargó, su hombro rozando el de Lily—. ¿Imaginas lo emocionante que sería ir a la luna o a Marte?

—Arthur C. Clarke dice que tomaría alrededor de doscientos cincuenta días llegar a Marte. Siempre y cuando un cohete pueda alcanzar una velocidad de escape, no requiere más energía para mantenerse a vuelo hasta Marte.

—¿Cuánto tomaría llegar a la luna?

—Cinco días o menos. ¡Si nos fuéramos mañana, podríamos llegar allá el martes! Pero todavía no tenemos la habilidad de lanzar un cohete que pueda escapar la gravedad de la Tierra, y es muy peligroso. —Lily golpeó su lápiz contra su cuaderno y abandonó sus ecuaciones—. Tendríamos que proteger a la tripulación —si hubiera una— de la radiación. Sería mucho más seguro enviar instrumentos automáticos. —Señaló emocionada con su lápiz y dijo—: ¡Robots!

El lápiz casi picó a Kath en la pierna.

—Cuidado —dijo Kath riéndose y alcanzó la mano de Lily.

—Lo siento —Lily se sonrojó.

Kath tomó el lápiz de los dedos de Lily y lo puso en la banca.

—Digamos que inventas un cohete que puede hacerlo…

—Es un problema de combustible —dijo Lily.

—Correcto, el combustible. Digamos que encontramos el correcto y que la gente puede viajar en este cohete. ¿Cómo crees que sería viajar a la luna?

—Hmm. —Lily todavía sentía el fantasma de la mano de Kath en la suya. Trató de concentrarse—. Bueno, necesitaríamos desarrollar trajes espaciales también. Arthur C. Clarke dijo que podrían verse como trajes de armadura, sería chistoso, ¿no?

—¿Por qué trajes de armadura?

—Por la presión. No hay presión en la luna, así que el traje probablemente tendría que ser rígido.

—¿Entonces estaríamos usando trajes de armadura en la luna? ¿Como el Rey Arturo y sus caballeros? Supongo que si conocieras a unos extraterrestres, ya estarías preparada. —Kath alcanzó el lápiz y lo blandió como si fuera una espada—. ¡En guardia, extraterrestres!

Lily rompió en carcajadas y su cuaderno se deslizó de su regazo al piso. Kath lo levantó para usarlo como escudo, enderezándose para hacer una pose heroica. Lily se cubrió la boca, todavía riendo, y por la comisura de su ojo vio al grupo de hombres de nuevo. Casi se había olvidado de ellos. Ahora parecían algo patéticos; eran hombres de mediana edad que empezaban a quedarse calvos y vestían feas camisas de cuadros. Había cierta desesperación en la manera que miraban a las chicas. Cualquier peligro que ella había percibido en su atención ahora se había vuelto lástima, y con un golpe de inspiración se levantó y fue al estante de las bolas.

—Verás, te lo mostraré, es pura física —bromeó con Kath. Sentía cierto placer al saber que Kath la estaba viendo, que mantendría sus ojos en el cuerpo de Lily mientras ella soltaba la bola para que girara en el último carril, sin experiencia, por supuesto. Cuando la bola golpeó solo uno de los pinos del lado izquierdo, ella se encogió de hombros.

—No soy buena, pero aun así es conservación del impulso. El momento en el que la bola golpea los pinos es exactamente como el momento en el que un cohete despega del suelo, es una explosión.

Kath se acercó a levantar su bola.

—Creo que me perdí con tu analogía, pero no creo que necesite comprender cómo funciona. Tú eres la que va a construir cohetes, ¿verdad?

Lily sonrió.

—Cierto.

Ella retrocedió para dejarle espacio a Kath para jugar, pero también para bloquear la vista de los hombres.

18

Kath se acercó al casillero de Lily a primera hora el lunes en la mañana, sus ojos brillantes de la emoción.

—La tengo —Lily sintió que se le revolvió el estómago. Alrededor suyo, todos los alumnos guardaban sus chaquetas, tomaban sus libros y lápices, y se dirigían a clase. La campana sonaría en cualquier momento y no había tiempo para hablar de eso ahora—. Te la mostraré después de la escuela —prometió Kath.

Todo el día los minutos pasaron arrastrándose. En Objetivos de Último Año, con Kath en la fila de al lado, el tiempo parecía pasar todavía más lento porque no podían hablar de eso. Ella notó que Shirley, quien apenas le había dirigido una palabra desde el baile, la estaba observando, sospechosa. Ella trató de reprimir cualquier muestra de impaciencia, pero no podía hacer que su rodilla parara de saltar por debajo del escritorio.

Para cuando terminó el día, Lily estaba exhausta de esperar y de mantenerse callada, mientras que Kath parecía llena de energía nerviosa. Tan pronto sonó la campana, se fueron de la escuela juntas, y tomaron Chesnut Street hasta Russian Hill. Al final de los escalones, se detuvieron para asegurarse de que estaban completamente solas y Kath removió una pequeña tarjeta de su bolsa de la escuela.

—No pensé que ya la tuvieras —dijo Lily, casi con miedo de mirar.

—Jean la consiguió con un amigo en Western Additon. Fuimos juntas y lo vimos ahí el sábado.

—¿Cuánto costó? ¿Te debo dinero?

—No, no te preocupes. Él le debía un favor a Jean. Aquí la tienes.

Era un poco más grande que una tarjeta de negocios, con letras blancas en un fondo oscuro. Las palabras LICENCIA DE OPERADOR CALIFORNIA estaban impresas en la parte superior, junto a la fecha de expiración y un número. El nombre en la tarjeta no era el de Lily, decía may lee wong. En un recuadro de la parte inferior derecha había una huella digital y una firma que estaba garabateada ahí abajo. Se veía sorprendentemente genuina.

—Les dije que eres china —explicó Kath—. Pensaron que era un buen nombre. ¿Está bien?

Lily sostuvo la tarjeta con cautela, como si la pudiera quemar.

—¿De quién es esta huella? ¿Quién la firmó?

—Es mi huella —dijo Kath—. Y el tipo que hizo la tarjeta la firmó. ¿No se ve real?

Kath parecía ajena a las posibles consecuencias de tener esta tarjeta, pero ver la declaración arriba de la firma («Por la presente certifico que a la persona descrita a continuación le ha sido otorgado el privilegio de operar vehículos motorizados») hizo que Lily se sintiera intranquila. No había imaginado que luciría tan auténtica, pero ahora estaba segura de que la condenaría si la policía la encontraba entre sus pertenencias. También se preguntó si los papeles de inmigración falsos se podrían obtener con tanta facilidad.

—¿Hay algún problema? —preguntó Kath. Parecía preocupada—. Te ves como si… ¿está mal el nombre?

Lily no quería ser una aguafiestas. Negó con su cabeza.

—Es un poco como llamarme Juana Pérez, pero está bien.

Kath frunció el ceño.

—¿Estás segura? No tenemos que hacerlo si no quieres.

Una punzada atravesó a Lily.

—Yo *quiero* hacerlo, es solo que... ¿Dónde está la tuya? ¿Puedo verla?

Kath sacó la suya y se la mostró a Lily.

—«Elizabeth Flaherty» —leyó Lily—. No pareces una Elizabeth.

Kath se rio y también lo hizo Lily, entonces su nerviosismo empezó a ser rebasado por la emoción.

—¿De verdad crees que esto funcionará? —preguntó, mirando a Kath.

Esas dos manchas rojas comenzaron a florecer en la cara de Kath de nuevo, justo debajo de sus pómulos.

—Solo hay una forma de averiguarlo —dijo—. ¿Cuándo quieres ir?

El recorte de periódico con la foto de Tommy Andrews estaba comenzando a suavizarse de las orillas. Lily lo retiró con cuidado de *The Exploration of Space* y lo desdobló contra el libro, teniendo cuidado de no emborronar la tinta del periódico. Ella y Kath habían decidido ir al Club del Telégrafo el viernes en la noche, pero la idea de que pudiera ver a Tommy en persona todavía se sentía como ciencia ficción.

Ella inclinó el anuncio del Club del Telégrafo para verlo con la mejor iluminación que le daba su lámpara de noche. La imagen era tan familiar que no tuvo que mirarla para recordar cómo lucía Tommy, pero de todas formas le gustaba verla, sentir la manera en la que tiraba de algo profundo dentro de ella. Un chispazo de reconocimiento o un brillo de esperanza.

Se recargó contra sus almohadas, dejando el recorte en la cama, a su lado. Cerró los ojos, tratando de imaginar a Tommy Andrews contándole a las mujeres de la audiencia, a *ella*, pero su imaginación parecía resistirse esta noche, como si se negara a mostrarle más esta fantasía porque estaba a punto de ver a la real. Para el final de esta semana, ella estaría ahí.

Cuando abrió los ojos, el cielo estaba de un amarillo oscuro sombreado por la luz de la lámpara. El departamento estaba callado. Todos se habían acostado, pero ella no tenía sueño. Tomó *The Exploration of Space* y lo abrió al azar en el capítulo sobre los planetas interiores: Mercurio, Venus y Marte. Ya lo había leído antes, pero ahora lo leía de nuevo con la esperanza de que la ayudara a dormir.

Clarke dedicaba varias páginas a los misterios de Venus, lo que parecía exasperarlo. El planeta estaba completamente cubierto de nubes que oscurecían cualquier trazo de la superficie. Él hacía teorías sobre la baja probabilidad de que Venus tuviera vida inteligente, pero especulaba animosamente que, si es que existían, los venusinos no tendrían conocimiento de las estrellas hasta que desarrollaran máquinas que pudieran volar por encima de las nubes. Marte, por otro lado, estaba ampliamente descubierto al espectador, incluso se habían trazado mapas de su superficie. El libro incluía un mapa de Marte, que a Lily le parecía tan fantástico como un mapa del País de las Maravillas de Alicia. Este Marte tenía etiquetas de nombres de lugares que ningún humano había visitado jamás: Elysium, Eden, Amazonia. También había una ilustración a color de un cohete automático que podría viajar a Marte. Tenía un cuerpo esférico montado en varios cohetes pequeños y brazos metálicos que extendían una antena satelital para la comunicación mientras merodeaba sobre el planeta rojo.

Hubo un estado entre la conciencia y el sueño cuando ella parecía ser capaz de dirigir su mente inconsciente, el problema era que nunca podía estar segura de dónde empezaba y dónde terminaba este estado. Cuando se estaba quedando dormida, vio un cohete parecido a un insecto reptando sobre la superficie de Marte, que no era roja como debería serlo, sino que estaba cubierta de nubes arremolinadas como las de Venus. Ella sabía que podía dirigir el cohete más cerca hacia su destino, ella misma lo había construido, pero de alguna manera nunca podía lograr que acelerara lo suficiente. El destino permanecía en un borrón plateado.

1942 — Joseph se une el Ejército de los Estados Unidos y se naturaliza como ciudadano americano.

1943 — La Ley de Exclusión China es derogada.

— GRACE y su familia asisten a los desfiles en honor a la visita de Madame Chiang Kai-shek a San Francisco.

1944 — Se formaliza el «Escuadrón Suicida al Laboratorio de Propulsión a Reacción».

1945 — La Segunda Guerra Mundial termina.

— Dan de baja a Joseph del Ejército de los Estados Unidos.

16 de noviembre de **1945** — **JOSEPH lleva a Grace al club Forbidden City.**

1946 — Nace Franklin Chen-yeh Hu (胡振業).

1947 — Judy Hu llega a San Francisco para comenzar estudios de posgrado en la Universidad de California-Berkeley.

JOSEPH

Nueve años antes

Organizar una salida de noche en la ciudad implicaba mucho más trabajo del que Joseph Hu había imaginado. Para cuando los niños se habían quedado con los Lums (Eddie tuvo la mala suerte de pegarse en la rodilla con la orilla de una caja de embalaje, lo que lo había llevado al llanto y luego a una pataleta), y él y Grace ya se habían puesto su ropa de noche, ya iban tarde para su reservación. Él llevaba su viejo pero recién planchado traje de franela de lana; ella, su vestido azul marino que él no podía recordar haber visto antes. Él pidió un taxi, Grace protestó por el precio, pero él lo hizo de todas formas. Ella estaba usando zapatos nuevos, él ya se había dado cuenta de que ya le estaban apretando los pies. El conductor tomó las subidas con demasiada velocidad, por lo que Grace se tambaleó hacia él en el asiento de atrás, las flores rosas de seda que se había prendido al cabello acabaron aplastadas contra la cara de él. Tuvo que reacomodarse las flores a ciegas mientras el carro aceleraba hacia Powell Street.

No parecía un comienzo muy prometedor para la noche, y él estaba seguro de que Grace estaba percibiendo todos estos pequeños errores en su registro mental, como si estuviera sumando augurios de mala suerte. Era uno de sus rasgos más chinos, algo que lo sorprendió cuando recién lo descubrió, no esperaba encontrar un grado de superstición tan del viejo mundo en una chica estadounidense.

Cuando llegaron al club Forbidden City, el letrero de neón del club despedía un brillo diabólico por encima de la marquesina ondulada que anunciaba el «Espectáculo de Piso Completamente Chino». Joseph ayudó a su esposa a bajar del taxi y ella le sonrió apenada, como si estuviera tratando de descartar el desafortunado comienzo de su noche.

Dentro, hicieron su primera parada en el guardarropa, donde una joven mujer china vestida con un cheongsam rojo y dorado recibió sus abrigos y su sombrero. Pasaron a través de un arco circular decorado con dragones serpenteantes en un fondo azul cielo y entraron al bar de recepción, donde el techo estaba pintado con blancas nubes esponjosas. Había clientes que le pedían bebidas al barman chino. Joseph fue con el jefe de camareros, que revisó su reservación y los encargó con un camarero, quien los guio a través de otro arco (estaba decorado con los mismos dragones) hacia una mesa cubierta con un mantel blanco a la orilla de una pista de baile rectangular. La experiencia era como un ritual o una ceremonia, pensó Joseph divertido, y ahora que habían cruzado tres umbrales (cuatro si contaban la puerta del taxi) y circunnavegaban el espacio ceremonial de la presentación, se sentaron a su mesa de dos y abrieron los menús para tomar una decisión difícil: ¿cena de lujo estadounidense o el especial chino?

Él vio a Grace leer el menú, consternada, y cuando examinó el menú por sí mismo, comprendió de inmediato. El especial chino sonaba horrible, solo eran huevos *fu yung* y *chop suey*.

—Creo que deberíamos pedir la cena estadounidense —dijo él—. Me gustaría pedir un filete.

La expresión de ella se relajó y asintió, doblando el menú y poniéndolo en la mesa.

—Claro, filete será.

Él echó un vistazo al restaurante mientras esperaban para hacer su pedido. Había un pequeño escenario para la banda y pinturas chinas de hermosas doncellas colgadas en la pared. Las meseras iban y venían con charolas de bebidas: Mai Tais, Singapore Slings, Zombies y ponches tropicales. Cuando su mesera llegó, Joseph pidió una bebida de ron llamada Tigre Volador. La eligió solo por su nombre, había conocido a un piloto de esos en la guerra. Cuando le entregaron su bebida, quedó muy decepcionado al descubrir que era 70 por ciento de hielo triturado con un poco de piña encima. A Grace le gustó más que a él, así que se la ofreció a ella y pidió un Mai Tai para él.

La cena fue una máquina bien engrasada. Cada tiempo proporcionado de forma sucesiva, las meseras revoloteaban por el restaurante casi como bailarinas, con amplias bandejas redondas que sostenían en lo alto, encima de su cabezas, antes de bajarlas al nivel de la mesa. La pareja de la mesa de al lado había ordenado la cena del especial chino, y el olor de la salsa dulce y ácida flotó hasta Joseph mientras cortaba su filete. Empuñando su cuchillo y su tenedor le recordó, de repente, una cirugía en una carpa cerca de Burma Road, y por un momento paró de comer. Vio de nuevo la mesa quirúrgica improvisada donde yacía un soldado, sedado con morfina, y con la carne entrecortada del brazo, donde había sido perforado por metrallas de una bomba japonesa.

Él parpadeó y vio su filete de nuevo, que reposaba en un charco de jugo café diluido, levantó la mirada hacia su esposa, que estaba masticando su primer bocado.

—¿Qué tal está? —preguntó, aunque se sentía parcialmente enredado en su recuerdo (el sonido metálico del bisturí contra la bandeja de metal). No entendía por qué estos recuerdos venían cuando lo hacían. Qué increíble era que la electricidad recorriera sus nervios; qué extraño cuando evocaban estos fragmentos de recuerdo.

—¿Estás bien? —le estaba preguntando Grace.

Joseph parpadeó de nuevo y llevó el pedazo de filete a su boca. Estaba salado y bien revestido de grasa que dejaba un rico sabor a res en su lengua. Masticó y tragó. Le dio un trago a su Mai Tai, probando el ron azucarado cortado con el ácido jugo del limón.

—Por supuesto —dijo él.

—Ojalá tu familia pudiera venir para Año Nuevo también —dijo Grace. Su madre y sus hermanos vendrían esta semana; se quedarían en el hotel del Barrio Chino, ya que no había espacio en su departamento de dos cuartos.

—No te preocupes por eso. —No había posibilidades de que su familia entera viniera desde Shanghái. Al menos, no todavía.

—Solo me preocupo por ti.

—No tienes que hacerlo. —Él deseaba que ella abandonara el tema.

—¿Cómo puedo no hacerlo? La guerra es una cosa, pero ahora... ¿Quién sabe cuánto tiempo más durará esta situación?

—Los comunistas han reconocido que los nacionalistas son los líderes legítimos de China. Creo que Chiang y Mao tienen los mejores intereses de China, de corazón.

Ella se veía escéptica.

—No sé a quién creerle.

—Créeme a mí. Aparte, Estados Unidos tiene mucho que perder si China no se estabiliza. No permitiremos que eso suceda, entonces iremos de regreso.

—Yo nunca he ido.

Ella nunca había conocido a los padres de él, solo a su hermano menor, Arthur, que había sido el único representante de su familia en la boda.

—Entonces irás por primera vez. Llevaremos a Lily y a Eddie a conocer a sus abuelos. Ya verás. Esta situación no va a durar para siempre. —Él sonrió proyectando una confianza que casi se la creía.

—Si tú lo dices —dijo ella, cuando la banda entonó sus primeras notas, pero sonaba dudosa.

Voltearon a ver a la banda, y para sorpresa de Joseph, todos eran caucásicos. El trío de mujeres chinas vestidas en velos diáfanos surgió, con los brazos alzados y los dedos extendidos con gracia, para dar vueltas en la pista de baile. El espectáculo había comenzado.

Sus lugares eran bastante buenos. Cuando las bailarinas pasaron a su lado, se acercaron lo suficiente para que Joseph pudiera oler su perfume dulce y floral. Sus cuerpos apenas estaban cubiertos por esos velos transparentes. Cada vez que giraban, la tela vaporosa volaba libre para apenas dejar asomar lo que yacía debajo: extremidades musculosas, tersa piel blanca, firmes pechos jóvenes. No eran tan fascinantes como las bailarinas que había visto en Shanghái antes de venir a Estados Unidos (admitía que él había sido más joven entonces, y probablemente más impresionable), pero se conducían con una energía directa y atractiva. Casi se veían intachables. Se preguntó si Grace las aprobaba. Ella siempre había tenido una vena puritana, que él le atribuía a su educación estadounidense.

Después de las chicas siguió un acto de cantantes. Había una mujer alta de espalda ancha con una voz ronca, que la presentaron como la Sophie Tucker china. Había un hombre alto y de espalda ancha, que lo presentaron como el Frank Sinatra chino. Eran bastante buenos, pensó Joseph, o al menos eran lo suficientemente buenos, y el hecho de que fueran chinos compensaba el resto. Él disfrutó en particular a los Mei Lings, una dupla de bailarines que evocaban a Fred y Ginger con sus levantamientos y descensos en la pista de baile. Tenían bastante elegancia.

Joseph volteó a mirar a Grace, enfrente de él, para ver si la estaba pasando bien. Ella veía el espectáculo con una expresión relajada mientras los Mei Lings revoloteaban cerca. Él se dio cuenta, con lentitud, de que no había visto a Grace esta noche, en realidad, hasta este momento. Había tomado nota de las flores de seda en su cabello (ligeramente torcidas ahora, debido a su encuentro previo con la cara de él), del vestido con escote en V que ella usaba y de sus tacones nuevos, pero no la había visto más allá de la superficie. A veces sentía que ya casi nunca la veía más allá de la superficie; era más seguro observar el mundo con una mirada desapegada, con un ojo clínico.

Cuando recién regresó de la guerra había habido cierta incomodidad entre ellos. Los años que habían pasado separados los habían distanciado. A pesar de que estaba deseoso de ver a su familia, comprendió en el momento en que puso sus ojos en ellos (recién bajado del barco de la Marina, el muelle lleno de esposas llorosas y niños gritando) que habían estado congelados en su memoria, y que ahora Grace, Lily y Eddie parecían extrañamente desconocidos. Eddie había estado renuente a acercarse a él, porque no recordaba a su padre. Fue Grace quien le dio un empujoncito alentador hacia delante; fue Grace quien llevó a Lily a que lo saludara.

Ahora, mientras la banda caucásica interpretaba un vals para los bailarines chinos, él miró a su esposa. Siempre había pensado que era bonita, pero su belleza se había suavizado con los años. Le línea de su mejilla, que había frotado ligeramente con rubor, estaba más rellena ahora. Era la misma chica que había conocido hacía una década y a la vez estaba innegablemente cambiada, y por primera vez en un largo tiempo sintió añoranza por ella. No era el mismo anhelo que habría sentido un hombre joven separado largamente de su amante. No era un simple deseo físico. Era algo completamente acientífico, ese sentimiento que se estaba apoderando de él, como si su cuerpo estuviera reconociendo de manera tardía qué tan lejos habían estado por tanto tiempo y su mente al fin estuviera poniéndose al día.

La había extrañado.

Desde que regresó de la guerra, sentía como si una parte de él siguiera en China, pero ya no estaba ahí. Esos hospitales del Ejército habían sido desmantelados hacía tiempo; esos chicos que él había tratado habían regresado a sus casas, o al menos estaban más allá del sufrimiento. Y él estaba ahí ahora, en este club de colores alegres e iluminación espectacular en Estados Unidos, sentado enfrente de su esposa estadounidense. La música era fuerte e impetuosa; el olor a perfume y cigarros era pesado en el aire. Levantó su Mai Tai a sus labios y le dio otro trago a su bebida, mientras las gotas que escurrían del vaso, por la condensación, se le escurrían por un lado de su mano como una descarga eléctrica. «Despierta. Estás aquí».

Grace volteó a mirarlo. Él bajó su vaso a la mesa y se acercó a ella. Ella estaba sorprendida, pero puso su mano en la de él.

PARTE III

Solo tengo ojos para ti

NOVIEMBRE DE 1954

19

El viernes en la noche, después de que sus padres se habían ido a dormir, Lily encendió su lámpara y salió de la cama. Desde que ella y Kath habían decidido ir al Club del Telégrafo, ella había pensado sin parar en qué debería usar. Apenas tenía una vaga idea de lo que la gente usa en los clubes nocturnos y deseaba poder consultarlo con Shirley. Incluso si no sabía en realidad, ella tenía instinto para estas cosas.

Shirley probablemente le diría que usara algo osado. Algo entallado, una blusa escotada fajada en una falda lápiz o un vestido de fiesta sin tirantes con una chalina transparente encima. No la falda negra circular de rayón que Lily pensaba usar, ni la aburrida blusa blanca de cuello de Peter Pan ni el vestido aniñado de manga corta azul que había mantenido como reserva, por si acaso. Todo era terrible: anticuado, poco atractivo y *equivocado*.

Shirley también le diría que para verse lo mejor posible había que comenzar con bases sólidas, la faja correcta, el brasier y las medias, y Lily estaba segura de nada de lo que tenía en su cómoda estaba bien. Su madre le había comprado un brasier nuevo ese otoño, pero ella sabía que Shirley diría que era la forma incorrecta.

Mientras se retorcía para entrar en sus calzones con faja, contempló su selección de medias y se dio cuenta de que ninguna era lo suficientemente transparente. Las usaba para la iglesia, no para ir a clubes nocturnos, eran gruesas y lisas. A pesar de ello, se las subió por las piernas y las sujetó a la faja; no iba a ir al Club del Telégrafo usando calcetines cortos. Eso definitivamente la haría parecer una colegiala. Esperaba, en el mejor de los casos, ser confundida con una joven secretaria o con una estudiante universitaria.

Shirley se tomaría su tiempo con su cabello, le acomodaría los tubos rizadores como una experta y le pondría los rizos en su lugar con una linda peineta o una diadema. El cabello de Lily nunca conservaba bien un rizo, a pesar de los mejores esfuerzos de Shirley, y aunque se había dado un baño un poco más temprano para que se acomodara su cabello, apenas habían sido un par de horas. No era suficiente. Cuando se puso su fondo, los tubos rizadores se atoraron con la tela de nailon y tuvo algunas complicaciones para maniobrar el fondo sobre su cabeza sin que se rasgara. Veía a medias a través del fondo, lo que también limitó el movimiento de sus brazos, y un arranque de enojo explotó dentro de ella. Odiaba su ropa, odiaba su cabello y odiaba, por encima de todo, su incertidumbre sobre todo lo que estaba haciendo.

¿De verdad iba a hacer esto?

Al fin logró liberar su cabeza del fondo y comenzó a retirar los tubos tan rápido como pudo. En el espejo vio que los rizos ya se estaban aflojando y que no conservarían su forma. Volteó a ver el reloj; se suponía que tenía que salir de la casa en menos de media hora. Si no se apuraba, llegaría tarde, y si llegaba demasiado tarde, Kath se iría. Habían acordado esperarse en la esquina de Columbus y Vallejo por cinco minutos, si la otra no había llegado para entonces, le daría una vuelta a la cuadra y esperaría otros cinco minutos. Si todavía estaba esperando sola pasadas las once, se rendiría y se iría a casa. Habían hecho este plan por si acaso, a pesar de que nunca verbalizaron cuál sería el caso. Era un miedo nebuloso que era mejor no mencionar.

El palpitar de su corazón era tan fuerte que la asustaba. El enojo que se había encabritado dentro de ella fue remplazado, ahora, por un pánico creciente. Nunca había hecho nada como esto. Pararse en medio de la noche, escabullirse... era algo sin precedentes. Lily Hu no hacía estas cosas. Retiró el último tubo de su cabello y lo dejó caer en la cesta, y casi como si estuviera saliendo de su cuerpo se vio a sí misma en el espejo como una extraña.

Su cara estaba muy pálida, pero dos manchas rojas ardían en sus mejillas, haciéndola parecer una muñeca de porcelana. Sus labios estaban casi morados, y su labio inferior, que había estado mordiendo mientras liberaba su cabello, se veía inusual, incluso obscenamente carnoso. Su cabello estaba alborotado en ligeras ondas negras, y el tirante de su fondo rosa se deslizaba de su hombro, revelando las copas de su brasier blanco de algodón, recordándole a Patrice con su camisón de encaje en la portada del libro. Su pecho se sonrojó y el color le subió por la garganta a la cara.

Si Lily Hu no hacía estas cosas, la chica del espejo por supuesto que sí.

Y definitivamente llegaría tarde si no se vestía.

Una nueva energía la invadió, una inquietud que le daba valor, e impulsivamente se puso su falda angosta gris nueva en vez de la de rayón. Se puso una blusa con cuello y un cárdigan azul. Se peinó su cabello hacia atrás con dos broches, dejando algunas ondas libres en la parte de atrás. Alcanzó su labial rojo que Shirley le había ayudado a escoger en la Farmacia de Powell Street Owl. Se puso una boina suave, acomodándola con cuidado sobre su cabello. Finalmente, dejó caer su labial dentro de su bolsa de mano junto con su identificación falsa, se puso su abrigo y apagó la luz.

El departamento estaba en silencio excepto por el sonido de su propia respiración. Cuando se acercó a la puerta corrediza para presionar su oreja contra una abertura, las tablas del suelo crujieron, e hicieron que se quedara congelada por un momento, por si sus padres la hubieran escuchado, pero solo se escuchaba silencio.

Comprendió poco a poco que los sonidos se filtraban desde la ventana hacia adentro: motores de carros ronroneando desde la calle, unas carcajadas ocasionales que le recordaban que era viernes en la noche en el Barrio Chino, el ruido metálico de un tranvía. Cuando se convenció a sí misma de que todos en el departamento estaban dormidos, abrió la puerta y fue sigilosamente hacia el pasillo, zapatos en mano. Bajó a tientas por las oscuras escaleras, y abajo abrió el cerrojo de la puerta. Estaba atorado. Tuvo que jalar con más fuerza y las bisagras emitieron un chillido, como el maullido de un gatito. Ella se dio la vuelta para asomarse hacia las escaleras, esperando no haber despertado a sus padres. Solo vio oscuridad.

Contó hasta sesenta tratando de respirar despacio y en silencio. Finalmente, salió al pórtico de enfrente con su pies cubiertos por las medias y jaló la puerta para cerrarla, poniendo el cerrojo tras ella. Estaba acalorada por los nervios, y los escalones de concreto estaban reconfortantemente fríos, debajo de sus pies calientes, mientras descendía hacia la calle. La acera llena de baches se enterraba bruscamente en sus plantas de los pies, pero tenía miedo de hacer el más mínimo ruido debajo de la ventana de enfrente, donde estaba el cuarto de sus papás. No se puso sus zapatos hasta que ya había recorrido media cuadra.

Nunca había estado fuera tan tarde sola, tal vez ni siquiera en compañía de sus padres. Las calles del Barrio Chino estaban iluminadas por altos letreros de neón que anunciaban CHOP SUEY Y TALLARINES, y las líneas del techo de pagodas de muchos edificios estaban delineadas con luces blancas. Las aceras estaban animadas con gente que entraba y salía de los bares de cocteles, la mayoría caucásicos, las damas con estolas de piel y los caballeros con fedoras. Risas y música se derramaban de Shanghai Low, el olor a pollo frito flotaba a través del aire. Ella no había pensado que tanta gente estaría fuera a esta hora, cuando pasó junto a un hombre chino que trabajaba en el quiosco de la esquina, mantuvo su cabeza hacia abajo y caminó rápidamente, temerosa de que él la pudiera reconocer. Cuando llegó a Broadway y cruzó hacia Columbus, se relajó un poco. North Beach estaba igual de animada, era viernes en la noche, después de todo, pero había menos gente china que la pudiera ver.

Su escape del Barrio Chino la había dejado acelerada; quería reírse, pero al último momento se reprimió por miedo a que alguien notara a una chica solitaria riéndose en la acera, y solo salió de ella una risita sibilante. Eso la despejó rápidamente y de repente Columbus Avenue pareció muy larga y tal vez peligrosa. Había hombres que pasaban junto a ella, sus caras oscurecidas por sombreros, mientras las mujeres hacían ruido con sus tacones. Sus zapatos comenzaron a apretarle conforme se acercaba a la esquina donde ella y Kath habían acordado reunirse; se preocupó de que Kath no estuviera ahí.

En Columbus y Vallejo no había nadie debajo de la luz de la calle. Lily empezó a caminar más lento, esperando que Kath apareciera pronto. Miró al noroeste, hacia Washington Square, buscando alguna señal de una chica que emergiera de la oscuridad, pero no veía a Kath. Lily se detuvo a unos tres metros de la esquina, temerosa de que fuera fácil que la vieran en la luz. Deslizó sus manos dentro de los bolsillos de su chamarra y miró alrededor con cautela. Cuando definieron su plan, tuvieron el sentido común de saber que no sería seguro quedarse solas en la esquina de la calle en medio de la noche, pero ahora Lily comprendía que cinco minutos era demasiado tiempo. Cada hombre que pasaba parecía una amenaza. Se movió hacia la pared del edificio de la esquina, para ocultarse en su sombra. Miró su reloj, deseando que los minutos pasaran más rápido. Observó a una pareja que venía bajando por Columbus hacia ella; el brazo de la mujer estaba entrelazado con el del hombre. Cuando pasaron frente a la luz de la calle, la mujer volteó su cara hacia él, sonriéndole. Se veía tan relajada, tan segura y natural. Lily se encogió contra el muro del edificio y se sintió avergonzada de lo que estaba a punto de hacer.

Comenzó a dudar de todo el plan. Empezó a calcular cuánto le tomaría escabullirse de vuelta al Barrio Chino y subir la cuadra hacia su edificio. Estudió su reloj de nuevo, inclinándolo para poder leer las delgadas manecillas, y alzó la vista, Kath estaba debajo de la lámpara de la calle, mirando alrededor expectante.

Lily exhaló con alivio.

—Kath —dijo, alejándose de la pared.

Kath caminó fuera de la iluminación y se encontró con ella en la orilla oscura de la acera.

—¿Estás lista?

—No lo sé —admitió Lily,

—¿Quieres irte a casa? —preguntó Kath, preocupada.

Ahora que Kath estaba aquí, que de verdad estaba aquí, apenas a unos centímetros de ella, la duda que había surgido en su interior se contuvo por algo más fuerte. Quería ver a Tommy Andrews. Negó con la cabeza.

—Vamos.

20

El letrero blanco de neón del Club del Telégrafo era más pequeño de lo que Lily había esperado, y brillaba sobre una marquesina circular que también tenía impreso el nombre del lugar. Debajo de la marquesina, a medio iluminar por un poste de luz, estaba una puerta negra, frente a esta había una persona de pie que Lily inicialmente pensó que era un hombre chaparro y robusto con traje, pero pronto comprendió que era una mujer. Lily había visto personas como ella antes (siempre las notaba, atraían su mirada de una forma magnética, de una manera que hacía que su pulso se acelerara), pero nunca en este contexto: como si fuera natural, e incluso esperado, estar vestida de esta manera.

—¿Chicas, están seguras de que están en el lugar correcto? —preguntó la cadenera.

Lily sintió su identificación falsa en su bolsa de mano, preguntándose si debería sacarla.

—Yo ya he venido antes —dijo Kath—. Estamos seguras.

La cadenera le sonrió un poco a Kath, señaló con su mano hacia adentro con un ademán.

—Bueno, entonces, bienvenida de regreso —dijo con alegría.

Aliviada, Lily siguió a Kath dentro del club, que estaba tenuemente iluminado. Lily en un principio no supo dónde mirar; quería verlo todo, pero tenía miedo de quedarse viendo fijamente. Había una barra con espejos a la izquierda donde las clientas se sentaban en bancos. Apenas había espacio para que Lily y Kath pasaran una detrás de la otra. A Lily la golpeó con bastante fuerza el aroma del lugar: una mezcla de alcohol, perfume, sudor y humo de cigarro. Mientras seguía a Kath por ese lado del club, notó que algunas mujeres volteaban a verla y que sus ojos reflejaban las luces de las bombillas que colgaban del techo.

Al final de la barra, se abría un espacio angosto por un arco hacia un cuarto más amplio, tal vez tres veces más amplio, y al centro de la parte trasera había un escenario diminuto donde los reflectores iluminaban un micrófono solitario. En el escenario, en la parte de atrás, había un piano vertical, y una mujer en un traje de corte cuadrado con un peinado estilo poodle estaba sentada en el banco, colocando sus dedos sobre las teclas. Alrededor del escenario había pequeñas mesas redondas y todas estaban llenas. Kath jaló a Lily a un lado y encontraron un pequeño espacio entre una mesa y la pared. La pianista comenzó a tocar, y el salón, que había estado animado con conversaciones y risas, empezó a callar.

La parte trasera del escenario estaba cubierta por una cortina negra y Lily se preguntó si alguien iba a salir de ahí. Ella había estado esperando esto por tanto tiempo que estos últimos momentos parecían interminables. Temblaba en sus zapatos, mientras miraba hacia el escenario, a la gente que estaba sentada cerca de la orilla —estaba celosa de su proximidad a ese micrófono— y a Kath, que estaba viendo el escenario como ella. Había un murmullo detrás de ellas y la gente amontonada en su sección se volteó hacia el arco.

Alguien estaba abriéndose paso entre la multitud.

Lily no podía ver a la persona con claridad, solo los movimientos de las demás para abrirle camino, como una ola, pero siguió la onda y volteó junto con las que estaban junto a ella mientras esa persona caminaba entre la audiencia y finalmente subía al bajo escenario y al centro de los reflectores.

Lily sabía que esta era Tommy Andrews, imitadora masculina. Ella sabía que todo el punto del espectáculo era el hecho de que la artista no era un hombre. Alguien cerca susurró: «¿De verdad es una mujer?». Lily se removió con vergüenza, porque esa pregunta la llevó a imaginarse cómo se vería el cuerpo de Tommy debajo de su traje, y eso le parecía muy irrespetuoso, como esos hombres que las habían visto lascivamente en el boliche. Lily sintió una inquietante confusión cohibida. Estaba mal mirar fijamente, pero Tommy estaba en escena y se suponía que tenían que verla. Sería grosero no mirar, así que lo hizo.

Al principio, Tommy estaba parada de espaldas al salón mientras la pianista seguía tocando, y las notas comenzaron a fundirse en una melodía que Lily reconocía. Los reflectores brillaban en el pelo corto de Tommy, resaltando la manera en la que estaba cortado limpiamente sobre la nuca de su cuello, justo arriba del cuello blanco que estaba enmarcado con cuidado por su chamarra negra de esmoquin. Tommy llevó el micrófono a su boca, de espaldas a la audiencia, viendo hacia la cortina negra, y empezó a cantar las primeras líneas de «*Bewitched, Bothered and Bewildered*».

La voz que brotó era de un tono bajo y ronco, como de una cantante de jazz con humo en su aliento. Un tenue grito ahogado recorrió a la audiencia, como si las personas estuvieran sorprendidas, pero Lily sabía que no era sorpresa. Era reconocimiento de lo inmaculada que era su imitación masculina, lo sorprendentemente bien montada. El contraste entre la voz de Tommy (en especial cuando subía con suavidad a las notas más altas) y la silueta (las piernas abiertas y los hombros ladeados) era deliciosamente escandaloso. Lily sintió el latir de su corazón vibrando en su pecho mientras miraba. Tenía miedo de parpadear, de perderse el momento que sentía se acercaba y que, finalmente, ahí estaba.

Al final del primer verso, Tommy se volteó con una sonrisa presuntuosa en la cara y la audiencia rompió en aplausos tan fuertes que ahogaron el resto del verso.

La fotografía del *Chronicle* había sido una mala imitación de la realidad, emborronada y desenfocada. Había dejado fuera todos los detalles importantes: el brillo de la cera en las ondas del cabello de Tommy; los dobleces precisos de su corbata de moño, el pequeño anillo dorado de sello en su meñique mientras acercaba el micrófono a su boca. No tenía sentido, comprendió ahora Lily, la corporalidad de Tommy. La manera en la que se paraba y se movía, su caminar, tan como un hombre, y aun así…

Era ese *aun así* lo que hacía que la piel de Lily se sonrojara con tibieza. El conocimiento de que a pesar de la ropa que Tommy usaba, a pesar de la actitud que invitaba a todos en el salón a verla, ella no era un hombre. Sentía que el entorno indescriptiblemente cargado, como si los deseos secretos más profundos de Lily estuvieran al descubierto en escena.

Tommy no cambió la letra. La canción era lánguida y líquida, con un dejo de reproche hastiado a sí misma, como si Tommy confesara que se había enamorado contra su voluntad. Escucharla cantarle a un «él» sin nombre mientras estaba vestida como otro «él», era algo sensacional. La audiencia le chiflaba pero ella les guiñaba el ojo, tan segura de sí misma que hacía que a Lily le ardiera la cara.

No quería que Tommy se detuviera nunca. Podría quedarse ahí parada en la multitud calurosa, estirando el cuello para echar un vistazo a las cabezas de aquellas que habían tenido la suerte de obtener una mesa para mirar a Tommy en su esmoquin por siempre. Ella había escuchado esta canción antes, claro, pero nunca así, nunca de la manera en la que Tommy la cantaba con un ronroneo en su voz, que se sentía como si le estuviera susurrando directamente al oído de Lily.

La blusa de Lily se aferraba a su piel húmeda y se sintió consciente en extremo de la presión de la gente a su alrededor y de la calidez que aumentaba en sus cuerpos. El aire estaba cerca y olía más fuerte que nunca a humo de cigarro y alcohol, y la corriente de fondo del perfume ahora parecía escandalosamente íntima, como si estuviera acariciando los cuellos de todas las mujeres ahí.

Y de repente fue casi doloroso ver a Tommy en el escenario. Tuvo que mirar a otro lado, como si fuera una persona ahogándose que estuviera emergiendo a la superficie por aire. Ella vio que había pocos hombres en la audiencia: algunos con sus esposas o novias, sentados en grupo a un lado del salón, como si se hubieran amontonado por su seguridad. Ellos parecían estarla pasando bien, aplaudiendo y sonriendo, lanzándose miradas de aprobación como para congratularse a sí mismos por su audacia. Las esposas y las novias tenían más bien expresiones mezcladas. Una se veía completamente mortificada y apenas podía mantener los ojos en el escenario; otra se inclinó hacia delante con una amplia sonrisa, sonriéndole de vez en cuando a su esposo con satisfacción. El gesto estaba tan cargado de insinuación que puso a Lily inquieta, aunque no supiera lo que significaba. No saber lo hacía todo peor; abría una caja de Pandora de implicaciones, y con todo se sentía dolorosamente consciente de su propia ingenuidad. No podía ni siquiera imaginar lo que la mujer quería, pero estaba segura de que era algo bochornoso.

Aparte de esas parejas, la mayoría de la audiencia eran mujeres, y algunas de ellas estaban vestidas como hombres. Ninguna con tanta elegancia como Tommy, pero algunas usaban corbatas y chalecos, mientras que otras llevaban sacos con camisas de cuello. Algunas mujeres estaban arregladas para una noche en la ciudad con vestidos de coctel, con aretes brillantes y collares alrededor de sus pálidas gargantas. Había pocas mujeres negras sentadas juntas, pero Lily era la única chica china en el salón. Eso significaba que no había nadie más del Barrio Chino que la pudiera reconocer, pero también la hacía destacar mucho más.

Retrocedió tan lejos como pudo y cuando su pie tocó un muro, se dio cuenta de que solo podría recular un poco más hasta que estuviera pegada a la pared por completo, Kath estaba algunos centímetros enfrente de ella, bloqueándole la vista parcialmente. Ahora se sentía más segura, cuando el salón rompió en aplausos, se quitó su chamarra y la dobló sobre su brazo. Su blusa estaba mojada donde había sudado de la espalda, y al menos ahora estaba más fresca.

Kath volteó a verla y le preguntó:

—¿Estás bien?

Lily asintió, pero no hubo tiempo para que elaborara, porque Tommy estaba empezando otra canción. Esta era más movida y ella bajaba del escenario para coquetear con las mujeres sentadas alrededor del perímetro. Lily ahora estaba muy contenta de estar oculta contra la pared más lejana. Ella había soñado con que Tommy visitara su mesa, pero ahora que estaba en el salón, la posibilidad de esa atención se sentía notablemente alarmante. En cambio, contuvo la respiración mientras Tommy se encaramaba en la orilla de cada mesa que visitaba, sonriéndole a la mujer que había elegido y bromeando con el hombre cercano. Ella parecía completamente cómoda con lo que hacía, como si usar un traje de hombre y coquetear con mujeres fuera la cosa más normal del mundo. Se inclinó hacia una mujer sonrojada que llevaba un vestido escotado verde y cantó «*You're Getting to be a Habit With Me*». Se volteó con su pareja y agregó: «Usted no, señor».

El salón rompió a carcajadas y Lily se rio con todas, nerviosa, aunque tenía miedo de no haber comprendido el chiste. Había querido venir aquí con tanta desesperación, pero la realidad del Club del Telégrafo no era lo que ella había imaginado. En su mente, Tommy Andrews era una figura pura y solitaria que podría ser admirada a la distancia. No había sido esta criatura fanfarrona que deambulaba hacia mujeres desconocidas y besaba sus manos, que regresaba al escenario y estudiaba el salón como un rey revisando su reino. Ella se había imaginado a Tommy como un ídolo de la matiné, con un rostro dulce y tierno. En realidad, Tommy era una mujer hecha de carne y sangre y eso asustaba a Lily más que nada.

21

Al final del acto de Tommy, la audiencia se relajó, se pararon y se estiraron, se movieron hacia la barra o lejos de ella. Kath notó que unas mujeres estaban dejando una mesa cercana y la apartó con rapidez. Lily la siguió.

Kath miró a su alrededor, emocionada, y preguntó:

—¿Qué piensas?

—No estoy segura. —Lily escuchó la timidez tensa en su voz y deseó haber dicho otra cosa.

Kath la observó, de verdad la observó, como si tratara de descifrar qué había detrás de las palabras de Lily. Esta bajó la mirada, incómoda, estudiando la madera llena de marcas de la superficie de la mesa y la vela votiva que parpadeaba dentro de un vaso de cristal rojo. Lily imaginó que podía sentir el calor que irradiaba en ondas invisibles.

—Si quieres irte, nos vamos —dijo Kath.

Lily miró con sorpresa a su amiga, quien se había quitado su abrigo y Lily notó por primera vez que llevaba una camisa de cuello y el primer botón estaba abierto.

—No me quiero ir —logró decir Lily, y Kath asintió.

Permanecieron sentadas ahí por un momento mientras el bullicio a su alrededor seguía: mujeres llevando cervezas a través del salón, copas de vino tintineando juntas, una voz fuerte preguntando cuándo comenzaría el próximo acto de Tommy.

De repente aparecieron dos mujeres en su mesa, y una de ellas preguntó:

—¿Están usando esas dos sillas? ¿Les importa si nos sentamos?

—No, adelante —dijo Kath, y las dos mujeres tomaron asiento, moviendo las sillas hacia atrás y un poco lejos para darles espacio. Una de ellas estaba usando un saco y una camisa de cuello y su cabello era corto, de forma varonil, pero el estilo podría considerarse femenino si se pusiera un vestido. La otra mujer traía blusa y falda, su cabello estaba ondulado y sujeto con un pasador plateado; no parecía ser mayor que una estudiante de último año de preparatoria.

Kath acercó su silla a Lily y le preguntó:

—¿Quieres algo de tomar?

—No podemos —susurró Lily, volteando su cabeza lejos de sus compañeras de mesa.

—Te voy a traer algo. Digo, Elizabeth Flaherty lo hará. —Kath sonrió.

—No quiero meterte en problemas —dijo Lily, preocupada.

—Todo estará bien —le aseguró Kath—. Vuelvo en un minuto. El segundo acto de Tommy todavía tarda un poco en comenzar.

Kath se levantó y la dejó ahí, sentada con dos mujeres desconocidas que le estaban dando la espalda. Lily inhaló de manera superficial y se quedó muy quieta, como si eso la fuera a hacer invisible. Las mujeres de la mesa estaban hablando de una película que acababan de ver, parecía que era una francesa, Lily se preguntó dónde la habrían visto. Parecían muy absortas en desentrañar los matices del filme. Se trataba de una colegiala y, aunque Lily no se permitía a sí misma mirar en su dirección, escuchó con mucha atención.

Cuando Kath regresó con dos vasos de cerveza, las mujeres le hicieron espacio para que se deslizara a su lugar y la del saco lo tomó como una excusa para decir:

—No las hemos visto por aquí antes, ¿o sí? Yo soy Paula y ella es Claire.

Kath se presentó y estrechó la mano de Paula.

—Yo he venido antes con mi amiga Jean Warnock. ¿La conocen? Estudia en Cal. Ella es mi amiga Lily.

Paula y Claire extendieron sus manos y Lily las estrechó con torpeza, como si todas fueran hombres, mientras tanto Claire dijo:

—Creo que no conozco a Jean. ¿Qué estudia? Yo voy a Cal también.

Lily tomó su vaso de cerveza, estaba frío y resbaladizo, lo levantó a sus labios para no tener que hablar. Tenía un sabor espumoso, como a agua jabonosa, pero estaba fría, y la pudo beber con más facilidad de la que había anticipado. Claire, Paula y Kath estaban hablando sobre Jean ahora, Lily pensó que había logrado evitar su escrutinio hasta que Claire dijo:

—No vemos a muchas orientales por aquí. ¿Hablas inglés?

Lily parpadeó.

—Por supuesto que sí.

Claire no pareció notar el resentimiento en su voz.

—¿Conoces a Mary Lee? Dirige el Club Candlelight al final de la cuadra.

Todas la miraron expectantes, ella tragó saliva.

—No, no la conozco.

El nombre Mary Lee era tan común que parecía ficticio, como su identificación falsa.

—¿Qué es el Club Candlelight?

—Es un lugar diminuto —dijo Claire—. Muy amigable.

—Si les gusta este lugar, les gustará Candlelight —dijo Paula, y levantó su vaso. También estaba tomando cerveza—. Por las nuevas amistades —añadió, y Kath chocó con gentileza su vaso con el de Paula.

Lily también levantó el suyo, parecía ser lo correcto, y lo hizo sonar contra el de Kath, un poco de cerveza se derramó por la orilla, escurriéndose fríamente sobre sus dedos. No había con qué limpiarse la mano y parecía que nadie le estaba poniendo atención, así que bajó su mano a su costado, dejando que la cerveza goteara de sus dedos hacia el piso en la oscuridad.

Tommy Andrews estaba retrasada para su segundo acto, y los rumores en el club decían que podría no regresar esa noche. El escenario permanecía oscuro y varios matrimonios se habían ido excepto uno, el de la mujer que había sonreído con insinuación ante el espectáculo de Tommy. Kath siguió hablando con Paula y Claire. Resulta que la película que habían visto, *Olivia*, era bastante famosa en Europa, pero acababa de estrenarse en Estados Unidos en un selecto grupo de cines. Sucedía en un internado de chicas donde varias alumnas y maestras tenían relaciones sugerentes entre ellas.

—En una escena incluso se besaron —dijo Paula, sonando impresionada.

—No de verdad —dijo Claire, negando con la cabeza—. La maestra besa a una chica en los ojos. ¡Sus ojos! —Se rio como si eso fuera ridículo.

Lily bebió su cerveza y permaneció callada. Nunca había bebido una completa ella sola, y conforme su vaso se fue vaciando se empezó a relajar. Se sentía un poco cálida, pero no de manera desagradable. El Club del Telégrafo perdió algo de su rareza, la oscuridad comenzaba a sentirse amigable. Las chicas también lo eran. Claire y Paula trataron de incluirla en su conversación. No era culpa de ellas que Lily sintiera que no tenía nada que decir. Después de que agotaron el tema de *Olivia*, empezaron a hablar de jugar softbol en una liga local y de conducir al Condado de

Marin para ver las secuoyas. Lily no quería contarles de sus fines de semana: ayudar a su madre a hacer mandados por todo el Barrio Chino, ir a la iglesia los domingos y ver ocasionalmente a la Banda Cathay tocar o ir a animar al equipo de basquetbol de la YMCA. Pensó en Shirley trabajando en La Perla del Oriente, doblando servilletas una y otra vez para que pudieran usarse para limpiar las bocas de los caucásicos. Miró el Club del Telégrafo a su alrededor y sintió como si se hubiera proyectado a sí misma en un cohete hacia otro planeta, parecía muy lejos de casa.

Tommy todavía no regresaba al escenario, y Kath preguntó si alguien más quería otra ronda de cervezas. Lily se dio cuenta de que necesitaba ir al baño y cuando se paró para disculparse, Claire dijo:

—¿Vas al baño? Voy contigo. Estoy que me muero. Paula, consígueme otro trago en lo que vuelvo, ¿sí?

Claire se adelantó y Lily la siguió a través del salón. Justo a la derecha del arco, Claire giró hacia un corredor poco iluminado que Lily había pasado por alto cuando entró. Se convirtió en un rellano que seguía hasta la parte trasera el edificio, a un costado estaban unas escaleras iluminadas por una sola bombilla amarilla hasta arriba, que dejaba ver una sucia pared blanca. Claire se tambaleó un poco en las escaleras y se agarró del barandal, y Lily sintió la barra de madera sacudirse ligeramente debajo de su propia mano. Hasta arriba de las escaleras, un rellano angosto corría desde el lado del hueco de las escaleras hacia el frente del edificio; media docena de mujeres estaban formadas afuera de la puerta del baño. Algunas voltearon a verlas brevemente, otras las miraron por un poco más de tiempo, en particular a Lily. Ella se encogió contra la pared y deseó ser invisible.

—¿Cuánto tiempo crees que tengamos que esperar? —le preguntó Claire a la mujer de enfrente—. ¿Está avanzando?

La mujer, que estaba vestida con pantalones y un saco, dijo amargamente:

—Uno de los baños está tapado. Va lento.

Claire refunfuñó.

—No debí haber esperado tanto para subir. Esta fila siempre me mata. Una pensaría que nos darían el baño de hombres también.

El sanitario de hombres estaba cruzando unas puertas al fondo del pasillo, aunque Lily no había visto a ningún hombre entrar o salir de él.

—Ve adelante y prueba —dijo la mujer con una sonrisa—. Nadie te detendrá.

Claire se rio.

—No estoy vestida para eso, cariño. —Se volteó con Lily y dijo—: Tu amiga de abajo, ¿Kath? Ella dijo que ya había venido antes, pero tú eres la nueva, ¿verdad?

—Sí.

Claire recargó su hombro contra la pared y dijo amigablemente:

—La primera vez que vine aquí fue… ah, hace dos años, ¿puedes creerlo? —Hizo una pausa del asombro, luego prosiguió—. No tenía idea de qué era este lugar. Estaba muy impactada. Yo crecí en San Mateo, ¿sabes?, solo veníamos a San Francisco de compras o para ocasiones especiales. ¿De dónde eres?

—Del Barrio Chino.

Le jalaron a un escusado y alguien en la fila soltó una tenue aclamación mientras las mujeres avanzaban.

—Del Barrio Chino, por supuesto. —Claire le sonrió con complicidad, pero Lily no le sonrió de regreso. La sonrisa de Claire vaciló antes de seguir hablando—. Digo, no hay nada como esto en San Mateo. Entonces encontré este lugar y… guau, fue como si las nubes se abrieran y yo hubiera llegado a la tierra prometida. —Claire se rio un poco.

Lily notó que había algo de actividad al fondo del vestíbulo y se asomó atrás de Claire para ver si alguien había salido del baño.

La puerta hacia un cuarto diferente se abrió y surgió una mujer rubia que llevaba un suéter ajustado azul claro fajado en una falda lápiz gris oscuro y tacones rojos. Directamente detrás de ella venía Tommy Andrews, todavía vestida en su esmoquin y corbata negra, su cabello tan brillante como siempre. Ella estaba fumando un cigarro y el humo la seguía en un delgado torrente blanco.

Cuando pasó la fila de mujeres, saludó a algunas por su nombre:

—Frannie, hola. ¿Cómo está, Midge? Tenía tiempo de no verte, Vivian.

Mientras tanto la rubia iba delante de ella, con una vaga mirada de preocupación en su rostro, hasta que vio a Claire, quien la saludó con la mano.

—¡Lana! ¿Lana, cómo estás?

La expresión preocupada de Lana se volvió una de placer.

—¡Claire! Qué bueno verte. —Se abrazaron, apenas a unos sesenta centímetros de Lily y le llegó el aroma del perfume floral de Lana.

Claire y Lana estaban hablando en susurros emocionados, y Tommy se acercó. Era más baja de lo que Lily esperaba, pero la manera en la que se manejaba la hacía parecer alta. Ahora estaba esperando detrás de Lana, porque el pasillo era tan estrecho que no podía pasar y sus ojos estaban recorriendo a Claire y luego a Lily y más allá de ella, y luego regresaron, curiosos. Lily sintió la mirada de Tommy como si fuera una respiración en su cara. Se le erizó la piel.

Tommy dijo:

—Tengo que ir abajo. Perdón por separarlas, chicas.

Lana vio a Claire a modo de disculpa antes de decirle a Tommy:

—Ella es Claire, ¿no la recuerdas? Tenía semanas de no verla.

Tommy asintió a Claire, y le brindó una breve sonrisa.

—Hola de nuevo, Claire.

—Hola, Tommy —dijo Claire, poniendo un pequeño y extraño énfasis en «Tommy». Tommy se inclinó hacia ella y se besaron en la mejilla una a la otra, como si fueran viejas amigas, aunque Lily notó un pequeño toque rosado en el rostro de Claire cuando se hizo para atrás.

—Ven y búscame, Lana —dijo Claire—. Tengo mesa abajo con Paula. Deberíamos ponernos al día.

—Lo haré —dijo Lana, y siguió su camino hacia las escaleras.

Tommy iba pasando frente a Lily ahora. Ella mantuvo su mirada clavada en el piso, por eso vio el pliegue perfectamente planchado de los pantalones de esmoquin de Tommy, la franja de satén que corría de forma líquida por su costado, el brillo de sus zapatos negros. Eran zapatos de hombre, oxford. Tommy se detuvo a media zancada y dijo:

—No vemos a muchas orientales por aquí. —Y luego—: ¿Habla inglés?

Lily miró a Tommy directo a los ojos; eran cafés y se arrugaban en las orillas en una pequeña sonrisa. El corazón de Lily estaba martillando, pero parecía que se había quedado sin voz.

—Viene conmigo —dijo Claire—. Ella es Lily.

Tommy asintió y le sonrió despacio, luego llevó su cigarro a su boca e inhaló, las brasas de la punta brillando rojas.

—Espero que estés disfrutando el espectáculo, muñeca china—dijo Tommy, y luego acompañó a Lana hacia las escaleras. Una fragancia la seguía, no una dulce y floral como la que se aferraba a Lana, pero algo más cálido, un poco picante.

Había un ligero estruendo en los oídos de Lily. Estaba vagamente consciente de las miradas de las otras mujeres; algunas se estaban riendo, otras se mostraban abiertamente curiosas. Claire decía:

—¡Mira, se quedó atónita! Pobre chica.

—Estoy bien —dijo Lily de manera automática, y trató de reírse de ello, pero su propia risa sonaba falsa, y pronto las demás mujeres perdieron el interés, porque la fila al fin estaba avanzando más rápido. Abajo, el piano sonaba de nuevo; el segundo acto de Tommy estaba empezando. Lily no podía distinguir la melodía a través del estruendo de sus oídos; todo sonaba amortiguado, incluso la cadena del escusado. Claire estaba enfrascada en una conversación con la mujer delante de ella, quien estaba intrigada de que Claire conociera a Tommy.

—Bueno, es a Lana a quien conozco, en realidad —dijo Claire con modestia.

Finalmente, ahí estaba la puerta del baño. Claire entró cuando otra mujer salió y rozó a Lily al pasar para apresurarse abajo. Al fin era el turno de Lily y entró al baño y descubrió que solo había dos cubículos y uno de ellos tenía un letrero escrito a mano que decía: fuera de servicio. Se dirigió al que Claire había desocupado. Ella se estaba lavando las manos en el lavabo y el cubículo olía a orines, pero Lily no tuvo otra opción que usarlo. Se agachó y se mantuvo por encima del asiento para no tener que tocarlo.

Cuando terminó, jaló la cadena del tanque y el agua se sumergió en el escusado. Se alisó la blusa, la falda y las medias, y cuando se estiró por el seguro de la puerta notó que había toda clase de mensajes grafiteados con pluma o tallados en la pintura beige. «Para pasar un buen rato llama a Joanie», había escrito alguien, y debajo una mano diferente había agregado: «solo no llames antes del mediodía». Había un corazón tallado arriba del mango de la puerta y dentro había dos nombres: Nancy + Carol.

Una oleada de aplausos subió por las escaleras. Se apuró a salir para lavarse las manos y afuera encontró a Claire parada en el pasillo, sonriéndole con alegría.

—No tenías que esperarme —dijo Lily, sorprendida.

—No te dejaría sola aquí arriba. Te veías un poco perdida allá atrás.

Solo había bondad en su voz y Lily se sintió abrumada por ella.

—Gracias —dijo Lily.

Claire se encogió de hombros.

—Vamos. El segundo acto de Tommy suele ser mejor, porque es después de que los turistas se van.

Lily la siguió de regreso al salón del escenario, donde Tommy estaba cantando justo al centro de los reflectores. Cuando regresaron a su mesa, Kath se inclinó cerca de ella y le dijo:

—¡Ya me estaba preocupando! Te traje otra cerveza.

La idea de beber otra cerveza parecía escandalosa, pero no quería ser grosera y prácticamente podía escuchar a Shirley diciendo: «No seas tan cuadrada».

—Gracias —le dijo a Kath y levantó su vaso. La cerveza estaba fría, y con cada trago se volvió más fácil mirar a Tommy en el escenario, reír y aplaudir cuando las demás lo hacían. Quizás fue porque el shock inicial de ver a una mujer imitar a un hombre ya estaba desapareciendo y ya tenía algo de idea de qué esperar. O quizás era porque casi todos los turistas se habían ido, como Claire predijo, y la audiencia consistía casi en puras mujeres. El club se sentía más holgado ahora, más ligero, como si al fin Tommy estuviera entre amigas. Uno o dos hombres que quedaban en la audiencia podían ser ignorados al fin, y eso estaba haciendo Tommy.

Lily pensó que Claire tenía razón, el segundo acto de Tommy sí era mejor que el primero. Ahora cambió las letras de las canciones, y los cambios eran tan evidentes que Lily apenas podía creer lo que estaba escuchando. «*When a beautiful lady like you / Meets an irresistible gay girl like me*». El resto de la audiencia no parecía sorprendido, o, si lo estaba, era una clase de sorpresa deleitada, porque se reía al escucharla.

Tommy coqueteó descaradamente con una mujer de vestido verde sentada en una mesa cerca del escenario con otras dos mujeres, y la del vestido verde lo estaba disfrutando tanto que Tommy la subió al escenario para cantarle «*Secret Love*». Esta vez Lily estaba bastante segura de que Tommy no había cambiado ni una sola palabra, como si varios lenguajes estuvieran escondidos en la letra. Tommy terminó su acto con la interpretación juguetona de *Keep It Gay*, y cuando terminó, deambuló fuera del escenario de regreso al bar, y por la manera en la que algunas mujeres estrechaban su mano o le palmeaban el hombro era obvio que la conocían.

Lily supuso que era hora de irse a casa, pero cuando vio a Kath, ella no parecía tener ningún apuro. Lily tocó su brazo y preguntó:

—¿Nos vamos?

—Podemos irnos, si quieres. Nos avisan cuando es la última llamada y entonces nos tendremos que ir de todas formas.

—¿Qué hora es?

Kath sostuvo su reloj más cerca de la vela votiva, inclinándolo para aprovechar la luz.

—Como la una y media.

Claire se levantó tan pronto terminó el acto de Tommy y ahora regresaba con Lana y dos copas de vino en mano. Jalaron una silla adicional y Claire les presentó a Lana:

—Hoy conocimos a Kath, y recuerdas a su amiga Lily.

Y la pregunta de si ya se iban pareció desvanecerse. Lily se terminó su cerveza y se preguntó si Tommy se les uniría. Comenzó a parecer inevitable, y su pulso se aceleró cuando se imaginó lo que podría pasar. Tommy acercaría una silla y se sentaría, sacaría su cajetilla de cigarros, les ofrecería y Lana aceptaría uno. Habría más cervezas y más conversaciones que Lily no entendía del todo, y todo esto mientras tenía que esforzarse mucho por no quedarse mirando, y no observar la manera en la que el pelo de Tommy estaba hábilmente peinado hacia atrás con esa pequeña onda, o la forma en que el cuello de su camisa estaba presionado íntimamente contra su garganta.

Un grito recorrió el salón:

—¡Última llamada!

Varias mujeres se levantaron a la barra para comprar sus últimas bebidas de la noche, mientras otras se dirigían al guardarropa.

—Deberíamos irnos —dijo Kath.

Lily asintió y comprendió con una mezcla de decepción y alivio que Tommy no se sentaría con ellas después de todo. Se puso su abrigo y ella y Kath se despidieron de Claire y Paula, Lana estrechó sus manos cortésmente, y comenzaron a moverse, a través del salón del escenario que empezaba a vaciarse, hacia el área más angosta de la barra. Tommy estaba caminando hacia ellas, cargando dos vasos altos de cerveza, y su corazón se detuvo por un instante cuando pensó que le llevaba una a ella. Tommy la pasó de largo rápidamente, el aroma de su colonia flotando tras ella. Lily volteó para ver su trayecto; por supuesto, se iba a reunir con Lana y Claire, y ahí estaba Paula parándose para recibir una de las cervezas. Lily sintió la mano de Kath en su brazo.

—¿Vienes?

—Perdón. —Lily siguió a Kath a través de toda la barra, pasando a las mujeres que estaban bebiendo sus últimos tragos, y a través de la puerta negra hacia la acera.

El aire fresco de la noche era bienvenido después del interior humeante y congestionado. Había mujeres paradas en pequeños grupos fuera del club, encendiendo cigarros y platicando, alargando su noche. Alguien dijo que había un club que seguía abierto a un par de cuadras de distancia; alguien más sugirió ir al Barrio Chino para un *chow mein* nocturno. Lily volteó a ver su reloj a la luz del poste de la calle, mientras ella y Kath se alejaban del club; eran las dos de la mañana, y todos los letreros de neón de Broadway seguían encendidos. Había hombres y mujeres saliendo de otros clubs, algunos se tambaleaban borrachos y otros se reían a carcajadas escandalosas. La ciudad entera parecía estar despierta, viviendo una segunda vida que hasta ahora ella no sabía que existía. Cuando ella y Kath llegaron a la intersección donde tenían que separarse, se detuvieron en la orilla de la acera para evitar a los demás peatones.

—Te veo el lunes —dijo Kath, un poco torpe.

—Nos vemos el lunes —respondió Lily. Pensó que debería decir algo más, pero se sentía inexplicablemente tímida, como si no acabara de pasar más de dos horas con su amiga en un club nocturno lleno de mujeres gay. Incluso pensar en esas palabras la ponía nerviosa; estaba agudamente consciente de que había gente a su alrededor y que apenas estaba a una cuadra del Barrio Chino.

Kath se volteó para irse, y al último momento Lily se estiró para tocar su brazo.

—Gracias por llevarme —dijo Lily.

—Con gusto —dijo Kath.

El tráfico era un río en movimiento de luces rojas, blancas y amarillas en miniatura en los ojos de Kath. Ella sonrió. Lily miró a otro lado, cohibida. Alguien tocó el claxon repetidamente y un carro negro avanzó a toda velocidad hacia Columbus; los peatones cercanos le gritaron al conductor que tuviera cuidado.

—Buenas noches —dijo Lily, dando un paso atrás.

—Buenas noches —dijo Kath.

Lily se obligó a sí misma a voltearse y a caminar a casa.

Se mantuvo en las sombras de Grant Avenue tanto como pudo, caminando rápidamente por las luces que se derramaban de las puertas del Sai-Yon, un restaurante que estaba abierto toda la noche, y del Café Lejano Oriente. Sus dedos fueron firmes cuando quitó el seguro en silencio de la puerta principal de su edificio; fue completamente silenciosa cuando se quitó los zapatos y los cargó mientras subía las escaleras. El departamento estaba en silencio y oscuro, tan callado que ella podía oír el sonido lejano de la respiración de sus hermanos cuando pasó la puerta entreabierta de su cuarto. La del cuarto de sus padres estaba cerrada, y pasó rápido de puntitas.

Corrió la puerta de su cuarto para cerrarla detrás de ella. Dejó la luz apagada. Se desabrochó su falda y pensó: «Esto es lo que usé la noche que conocí a Tommy Andrews». Se desabotonó la blusa y sintió rastros de la humedad de sus axilas, donde había sudado. Normalmente la colgaría al aire en el tendedero o la echaría a lavar, pero no podía hacer eso a mitad de la noche. Se desenrolló las medias demasiado gruesas, se despegó la faja y se desabrochó el brasier; las punteras, pliegues y costuras también estaban un poco mojadas. Era algo incriminatorio el residuo de su cuerpo en esos pedazos de tela. Sabía que debería encontrarlo repugnante, pero no era así; de alguna manera se sentía triunfante. Era la prueba de que había estado en el Club del Telégrafo y respirado su cálido aire perfumado.

Dobló su ropa en la oscuridad y la puso con cuidado en el último cajón de su cómoda. Tomó su camisón a tientas y se lo puso, el poliéster rosa se deslizó fresco como agua sobre su piel cálida. Su cama crujió ligeramente mientras ella se recostaba y atraía las cobijas hasta su mentón. Cerró los ojos, pero no tenía nada de sueño.

Recordó la forma en la que Tommy había inclinado el soporte del micrófono hacia sí misma con una mano, los reflectores habían hecho que su pequeño anillo brillara. Recordaba la curva en el labio de Tommy cuando le cantó *Secret Love* a la mujer del vestido verde. Y recordó el indicio de colonia que había olido en ella; había algo que se sentía clara y confusamente masculino. Una emoción vertiginosa la recorrió, como si Tommy hubiera pasado la punta de su dedo por su columna. Se quedó recostada en su cama por un buen rato tratando de capturar ese aroma de nuevo, como si fuera capaz de evocarlo tan solo con el mero poder de su memoria.

22

La mañana del sábado, Lily estaba cabeceando sobre el lavabo de la cocina, sus manos estaban flojas en la tibia agua jabonosa.

—Te has estado desvelando para leer de nuevo —dijo su madre.

Lily se sobresaltó y sacudió sus manos y salpicó agua en la alacena y en la parte frontal de su blusa. Una gota le voló al ojo y levantó su mano por instinto, el líquido sucio escurrió de su muñeca a su manga. Su madre le pasó la toalla de cocina en silencio.

Después de secar su cara y su blusa, regresó a lavar los platos y buscó el estropajo debajo del altero de los platos de arroz. Detrás de ella, Eddie estaba sentado en la mesa de la cocina haciendo su tarea. Su madre estaba guardando las sobras del almuerzo y al fondo del pasillo podía escuchar a su padre hablando con Frankie. Nadie parecía haberse dado cuenta de lo que había hecho o de a dónde había ido el viernes en la noche, aunque ella sentía que lo tenía escrito en la frente. Le daba cierta sensación de desorientación de que quizás había imaginado todo.

(El grafiti de la puerta del baño, *Nancy + Carol*. ¿Quiénes eran?).

El domingo en la mañana en la iglesia estuvo preocupada pues creía que de seguro alguien sabría que ella había ido más allá de los límites en su vida como una buena hija china. ¿Qué tal si alguien del vecindario la había visto el viernes en la noche?

(La puerta negra de enfrente del Club del Telégrafo, abriéndose para revelar una larga barra angosta, las luces brillantes por encima como lunas distantes).

Sobrevivió al servicio de la iglesia y al almuerzo en el buffet sin que una sola persona mencionara que había vislumbrado a una chica que se parecía a ella cruzando hacia North Beach en medio de la noche.

El lunes en la mañana, Shirley se portaba igual, manteniendo su fría cordialidad que había instaurado desde el día del baile. Lo que más le dolía era que Shirley no supiera. Hubo una época en la que Shirley notaba cada cosa nueva en ella: un nuevo listón en su cabello, la rasgadura en su puño, ojeras en sus ojos si no había dormido bien. Ahora Shirley apenas la miraba.

Solo Kath sabía. Cuando Lily la vio en la escuela sintió una rápida emoción que la recorrió y la cara de Kath se sonrojó un poco. (Los ojos de Tommy entrecerrados mientras canturreaba en el micrófono que sostenía hacia su boca). Por supuesto que Kath no dijo nada de eso. Se sentaban en la misma fila de Objetivos de Último Año y escucharon en silencio cuando la señorita Weiland anunciaba que habría un simulacro de ataque aéreo de rutina esa semana. Lily miró a Shirley, que se había sentado al otro lado del salón, cerca de Will, pareció que Shirley pudiera sentir su atención, porque levantó la cabeza y se encontró con la mirada de Lily.

Las cejas de Shirley se unieron como si estuviera confundida y Lily pensó: «Tal vez sí lo nota». ¿Cómo podría no hacerlo? Estaba sorprendida por la fuerza de su anhelo de que Shirley detectara algo diferente en ella, como si eso fuera a hacer que su experiencia fuera real.

(Tommy en el pasillo por el baño, con un cigarro en los dedos mientras miraba a Lily con una pequeña sonrisa en los ojos).

Shirley dejó de verla y el momento pasó. Lily se sintió desanimada. La señorita Weiland estaba distribuyendo folletos sobre nutrición para su siguiente unidad. En la portada brillante había una ilustración de una familia estadounidense: una madre rubia, un padre castaño, una niña rubia y un niño con mejillas pecosas y grandes ojos azules. Estaban sentados a la mesa de la cocina para la cena, donde un pastel de carne de un café rojizo surgía de una bandeja decorada con rebanadas de piña, y aparecía en un tazón verde una porción de mantequilla amarilla sobre un montículo de puré de papa. Lily solo había comido pastel de carne en la cafetería de la escuela, y la idea de su interior salado y resbaladizo la puso inquieta. Volteó el folleto para no tener que verlo.

El viento despeinaba el cabello de Lily mientras ella y Kath caminaban a casa. Habían desarrollado el hábito de subir los escalones de Chesnut Street juntas, y como menos alumnos tomaban esta ruta podían hablar sin que las escucharan.

—¿Alguien notó que saliste? —preguntó Kath.

—No. No lo creo. ¿Tu hermana se dio cuenta?

—No. Peggy estaba dormida cuando llegué a casa. Te divertiste, ¿verdad?

Había algo tentativo en su pregunta que sorprendió a Lily.

—Por supuesto.

—No estaba segura. Estuviste bastante callada toda la noche.

—En realidad no sabía qué decir —admitió Lily. Todavía no sabía. Quería hablar de ello con Kath todo el día, analizar lo que había pasado y lo que no había pasado de la manera en la que ella y Shirley habían diseccionado el baile de la YMCA. Pero ahora, mientras ella y Kath caminaban juntas en aquella tarde nublada y airosa, sintió la misma extraña timidez que se había aferrado a ella cuando se fueron del club el viernes en la noche.

—La primera vez que fui —dijo Kath—. Me sentí un poco... abrumada, supongo. Jean me dijo que a ella le pasó igual. Es como si toda tu vida te hubieran contado del chocolate pero nunca lo hubieras probado, y de repente alguien te da una caja entera y acabas comiéndotela toda y te sientes enferma. —Kath le lanzó una mirada rápida—. Solo tienes que acostumbrarte a comer chocolate más a menudo.

Habían llegado al final de los escalones y Kath se quedó callada cuando empezaron a subir. Esa mañana, cuando Lily se vistió, se topó con la blusa que había usado para ir al Club del Telégrafo, doblada al fondo de su cajón de la cómoda. Cuando la comenzó a mover, le llegó un ligero aroma a humo de cigarro y a otra cosa. La sacó y presionó su nariz contra la tela, donde olió a la barra misma, un olor rancio y a alcohol. (Parada contra la pared del club, despegándose la blusa del sudor de la espalda, el aire espeso con las exhalaciones de todas esas mujeres). Debería lavar la blusa antes de que su madre la descubriera, pero no se atrevía a ponerla en el cesto de la ropa sucia. Quería conservarla como un pedazo de evidencia.

«No era como el chocolate», pensó Lily. Era como encontrar agua después de una sequía y no poder beber suficiente, la sed le daba vergüenza, y esta la hacía enojar.

Desde arriba de las escaleras se detuvo y se volteó con Kath.

—Quiero ir de nuevo.

Vio una sonrisa subir de los labios de Kath hasta sus ojos. Las orillas se levantaron. Sus pestañas, Lily notó, eran de color café claro.

Un entendimiento parecía florecer entre ellas dos. Se sentía como una moneda cayendo en uno de esos dioramas automatizados en Playland's Musée Mécanique, un escenario mecanizado que ahora comenzaba a funcionar: mujeres miniatura en caminos circulares comenzarían a moverse hacia delante y alrededor de las otras, como un baile.

—Entonces iremos de nuevo —dijo Kath.

Lily le sonrió de regreso, sintiendo una felicidad creciente, y juntas continuaron subiendo la cima de Russian Hill.

Apenas habían recorrido media cuadra cuando Kath alcanzó su bolsa de libros.

—Casi se me olvida. —Sacó una revista—. Te guardé esto. Mi hermano la tenía y ya no la quería, pero pensé que podría gustarte leerla.

Kath estaba extendiendo un ejemplar de la revista *Collier's*. La portada era una pintura de naves espaciales voladoras extrañas en formación hacia un planeta rojo. El titular decía: ¿PODEMOS LLEGAR A MARTE? ¿HAY VIDA EN MARTE?

Lily sintió una presión repentina en el pecho. Tomó la revista de la mano estirada de Kath.

—Gracias, no puedo esperar a leerla.

23

Quince minutos después de las diez, en la mañana del miércoles, las alarmas de incendio se activaron. El latido del corazón de Lily se le subió a la garganta ante el sonido, hasta que la señorita Weiland agitó sus manos y gritó:

—De acuerdo, de acuerdo, ya sabían que esto iba a pasar. Todos en orden a sus posiciones, ¡en orden! ¡No corran!

Era el simulacro del ataque aéreo. Lily se había olvidado de él por completo. El último verano había habido uno en toda la ciudad, con evacuaciones de prueba y con lo que habían parecido horas de sirenas de ambulancias y camiones de bomberos subiendo y bajando por las colinas. En el periódico del día siguiente, Lily había leído que 169 000 san franciscanos habían muerto a consecuencia de una bomba atómica ficticia que había caído en Powell Street.

Ahora todos se levantaron, abandonaron sus cuadernos y lápices, y se dirigieron hacia el pasillo. Los alumnos de preparatoria eran demasiado grandes para agacharse y esconderse debajo de sus escritorios, así que les habían dicho que se alejaran tanto como les fuera posible de las ventanas que daban al exterior y que se acostaran bocabajo en el piso, cubriendo sus cabezas y nucas con sus manos. Los maestros también tenían que hacer el simulacro y siempre era desconcertante verlos tirarse al piso como los estudiantes.

Lily siguió a sus compañeros hacia el pasillo y encontró un espacio en el piso, se recostó y dobló sus brazos sobre su cabeza. Si presionaba sus codos sobre sus orejas, se amortiguaría un poco el sonido de la alarma, pero era una posición incómoda, pues con su frente y nariz recargadas contra el concreto pulido era difícil respirar.

La primera vez que se había visto obligada a soportar un simulacro de ataque aéreo había sido en primer grado; todavía lo recordaba porque la había asustado muchísimo. Su maestra les había dicho que tenían que practicar esconderse en caso de que los japoneses atacaran, y recordaba cómo había temblado debajo de su escritorio en Commodore Stockton, mientras varios de sus compañeros lloraban pidiendo a sus madres. Había tenido pesadillas después, pero no recordaba los detalles, solo a su madre despertándola en medio de la noche y diciéndole: «Estás soñando, estás soñando». Los simulacros continuaron año tras año, aunque el enemigo que podría atacarlos cambiaba. Japón fue derrotado, pero Corea y China podrían invadirlos, y ahora eran los soviéticos quienes podrían tirar bombas atómicas. Secretamente les daba la bienvenida a los potenciales invasores soviéticos, porque al menos nunca la confundirían con una rusa.

Ahora ella volteó su cabeza, aunque sabía que era contra las reglas, y descansó su cabeza sobre su brazo doblado. Shirley estaba recostada junto a ella, con la cara hacia abajo. Fue una sorpresa, porque Shirley no había estado cerca de ella en el salón, pero también parecía completamente normal y familiar. Lily recordaba haber estado recostada en el piso con Shirley durante otros simulacros en otros pasillos, y de alguna manera estaba bien que lo pudieran hacer en este también.

Mientras sonaba la estridente alarma, Lily movió su pie y empujó con suavidad la pierna de Shirley. Ella volteó su cabeza también y se miraron la una a la otra. Había algo gracioso en la situación: sus caras aplastadas contra el piso y sus manos como una protección endeble contra la radiación potencial. El rostro de Shirley se torció en una pequeña e irónica sonrisa y gesticuló: «Estamos perdidas». Lily se tragó una risita, las alarmas seguían sin parar, tan ruidosas que Lily pensó que se quedaría sorda, ¿cuál era el punto de esto de todas formas? El espectro de una aniquilación nuclear todavía era aterrador si lo pensaba de verdad, pero conforme pasaban los años había aprendido a no pensar en ello y a descartar los simulacros como algo inútil. Si los soviéticos sí tiraban bombas atómicas en San Francisco, Lily sospechaba que todos morirían, sin importar si sabían cómo esconderse en un pasillo.

Le hizo gestos a Shirley, como si fueran niñas, y ella tuvo que contener la risa también. Después de un rato, Shirley volvió a voltear su cara hacia el piso, Lily también lo hizo, porque percibieron que se acercaban los maestros con sus portapapeles para revisar que todos estuvieran haciendo lo que les habían indicado. Finalmente, se apagaron de repente las alarmas. El silencio que las siguió pareció resonar por un buen rato, dejando un apagado zumbido en los oídos de Lily. Se suponía que todavía no debían moverse, no hasta que su maestro designado como su líder de protección civil se acercara a decirles que el simulacro había terminado, pero la gente estaba empezando a moverse de lado, levantando sus cabezas para ver cuál era la demora.

Al fin sonó una voz a través del intercomunicador anunciando:

—¡Todo en orden! ¡Todo en orden! Levántense y permanezcan donde están para un recuento.

Lily se levantó atropelladamente. Sus brazos estaban tiesos de donde los había sostenido por encima de su cabeza. Shirley estaba sacudiendo su falda, susurrando algo sobre cómo las sirenas habían sido innecesariamente ruidosas. Lily vio a Kath más lejos en

el pasillo, estirando los brazos sobre su cabeza. Y ahí estaba la señorita Weiland, apresurándose por el pasillo con su sujetapapeles.

—Señor Anthony de Vicenzi —llamó

—¡Aquí!

—Señor De Armand Evans.

—Aquí.

—Señorita Lilian Hu.

—Aquí —respondió Lily.

—Señorita Shirley Lum.

—Acá estoy —dijo Shirley.

—Señorita Kathleen Miller.

—Aquí.

Lily volteó hacia Kath y se preguntó cómo se habían alejando tanto, habían estado sentadas una al lado de la otra en clase cuando las alarmas se activaron. ¿Qué pasaría si hubiera sido una bomba real y le hubiera perdido la pista a Kath en las prisas por evacuar? Ese pensamiento fue alarmante, sintió una necesidad urgente de ir con ella.

—¿Lily, vendrás a la Perla hoy en la noche? —preguntó Shirley.

—¿Esta noche? —dijo Lily, sorprendida.

—Sí, trabajo. ¿Vienes?

Todos iban en multitud de regreso al salón de la señorita Weiland. Lily seguía pensando en el pánico inesperado que la aterrorizaba, como un zumbido, ante la idea de separarse de Kath. Pero Shirley la estaba viendo expectante, como si todavía fueran mejores amigas y en su confusión dijo en automático:

—De acuerdo.

—Bien. Te veo después. —Shirley se despidió con la mano mientras se marchaba a su lugar al otro lado del salón de la señorita Weiland.

—¿Qué fue eso? —preguntó Kath, sincronizando sus pasos junto a Lily.

Lily estaba aliviada de verla y apenada por su alivio. Solo había sido un simulacro de ataque aéreo, todos estaban bien. Ella contestó:

—Shirley me invitó a su trabajo. Supongo que quiere hablar —respondió.

Ella y Kath regresaron a sus asientos juntas, donde habían dejado sus cuadernos abiertos, con oraciones sin terminar.

Era una noche lenta en La Perla del Oriente cuando Lily llegó. Shirley había hecho espacio para que Lily sacara un banco a su lado junto a la caja registradora y le ofreció té y wa mooi. Todo parecía tan normal que Lily sintió como si hubiera entrado a una dimensión alternativa, una en la que ella y Shirley nunca pelearon.

Se sentía bien, notó Lily muy a su pesar. Había extrañado el reconfortante aroma familiar de los tallarines fritos y el sonido de la madre de Shirley horneando órdenes en la cocina del restaurante. Quizás había extrañado a Shirley también.

—Mira a aquella mujer en el gabinete de la esquina —dijo Shirley en voz baja, mientras Lily se acomodaba en el banco—. Creo que debe ser una monja prófuga.

Lily volteó a ver a la mujer en cuestión. Estaba vestida toda de negro con un diminuto sombrero tejido en su cabeza, sentada sola frente a su plato de chow mein.

—No es una monja —objetó Lily—. Es una viuda.

—Es demasiado joven para ser viuda. Probablemente se enamoró del cura y tuvo que huir de su convento para evitar el escándalo.

—Si solo sentía cosas por el cura, no tenía que escapar —señaló Lily—. Pudo habérselo guardado. Si huyó, debió haber tenido un amorío con él.

Shirley se veía encantada.

—¡Sí! Probablemente es bastante apuesto, este cura. Es el Clark Gable de los curas. No, es demasiado viejo para nuestra monja, ¿qué hay de Rock Hudson? El Rock Hudson de los curas. ¿No piensas que es guapo?

—Claro —dijo Lily—. ¿Pero no es demasiado guapo para ser un cura?

Las cejas de Shirley se alzaron.

—No hay tal cosa. ¿Por qué? ¿Quién piensas que es adecuadamente guapo para ser un cura?

—Ay, no sé. No creo que sea una monja.

—Vamos, sígueme la corriente. ¿Quién sería tu cura guapo-pero-no-demasiado?

Lily tuvo la sensación repentina de que la había puesto a prueba.

—Quizás... No lo sé, ¿Jimmy Stewart?

—Demasiado viejo —dijo Shirley, decisivamente—. ¿De verdad piensas que es guapo?

—Supongo.

Shirley le echó una mirada escéptica.

—Claramente no lo piensas. Entonces ¿quién?

Había algo en el tono de Shirley que hizo que Lily se pusiera a la defensiva.

—¿Qué importa? Creo que es viuda. Su esposo... seguramente era feo. Tal vez lo mató y ella está huyendo para evadir la justicia.

—De acuerdo —cedió Shirley—. ¿Por qué lo mató? ¿Demasiado feo?

Lily ignoró la sonrisa desdeñosa de Shirley.

—Él era horrible con ella.

—Esto se está poniendo muy trágico.

—Perdón —dijo Lily—. Estoy fuera de práctica.

Shirley metió un wa mooi en su boca, quedándose callada mientras lo masticaba. Lily se preguntó si iba a traer a colación la razón por la cual Lily estaba fuera de práctica en su juego. Después de que Shirley se sacó la semilla de la boca, dijo:

—Hemos sido amigas por tanto tiempo, Lily. No lo olvidemos en nuestro último año.

Lily no podía decidir si esto era una disculpa o una manera disimulada de culparla por lo que había pasado entre ellas. Ella tomó un sorbo a su té para evitar contestar inmediatamente.

—¿Tregua? —dijo Shirley.

Entonces no era una disculpa. Si Shirley estaba ofreciendo una tregua, también estaba admitiendo que no era todo culpa de Lily.

—Tregua —aceptó Lily, y Shirley la recompensó con una de sus sonrisas más encantadoras.

—Bien. —Shirley se estiró para tomar su mano y la apretó—. Ahora hagamos esto más interesante. Aceptaré que es una viuda, pero debe tener una razón más interesante para haber matado a su esposo. ¡Quizás era un espía soviético!

La mujer en el gabinete de la esquina levantó un bocado de tallarines anchos de arroz a su boca con una expresión sombría. Una mujer sola en un restaurante era inusual. Debió de haber pasado por algo traumático, algo la había separado de todas las personas que amaba. ¿Qué tal si se había enamorado de alguien que no debía? Otra mujer, tal vez, como las chicas de aquella película, *Olivia*. Paula y Claire dijeron que una de esas maestras se había suicidado al final de la película. La mujer del restaurante no necesitaba haber matado a nadie para ser parte de una trágica historia de amor.

—¿Lily, qué piensas? ¿Estás escuchando?

Lily parpadeó y le dio un sorbo a su té.

—Sí, él debió haber sido un espía —dijo.

Ahora el juego se sentía incorrecto. Se sintió aliviada cuando la mujer de negro pagó su cuenta y se marchó.

24

El día de Acción de Gracias trajo cielos bajos y fríos, lluvias torrenciales. Lily por lo general disfrutaba las fechas, era el único día del año que su madre preparaba comida estadounidense, que siempre parecía una novedad, pero este año se sentía atrapada por el clima sombrío. Mientras ayudaba a su madre a pelar castañas, picar cebollas y *laap ch'eung*[9] para el pegajoso relleno de arroz, sus pensamientos regresaban una y otra vez al Club del Telégrafo.

Ella y Kath habían decidido ir de nuevo el viernes en la noche. Jean venía a casa por el puente, y Kath quería que Lily la conociera. De la escuela, Lily no podía recordar mucho sobre Jean, y sentía curiosidad por cómo era. Kath hablaba de ella a menudo con mucha admiración, como si Jean hubiera sido una exploradora heroica de nuevos mundos, pero Lily recordó el asco de Shirley hacia Jean y lo que había hecho en el salón de la banda. Lily sabía que era poco generoso de su parte, pero no pudo evitar pensar que Jean fue estúpida al dejarse descubrir de esa manera. Lo debió pensar mejor.

---

[9] Salchicha seca.

—¿Ya terminaste?

Lily casi tira el cuchillo cuando la voz de su madre interrumpió sus pensamientos.

—Pon atención —la reprendió su madre—. Necesito comenzar a freír ese laap ch'eung. Apúrate con esa última.

Lily se aguantó un suspiro y regresó su atención a las estrechas líneas de salchicha seca. Cuando terminó, llevó toda la tabla de corte a su madre, que ya había empezado a freír cebollas en la sartén de hierro fundido. Su madre deslizó el laap ch'eung dentro y lo removió un poco.

—Trae los champiñones —dijo señalando al tazón en la mesa de la cocina.

Sonó el teléfono en el rellano. Ella oyó unas pisadas corriendo cuando uno de sus hermanos fue a contestar, y Frankie gritó:

—¡Papá! ¡Es la tía Judy!

La tía Judy no venía a San Francisco para Acción de Gracias, ya que apenas eran un par de días y la familia del tío Francis estaba mucho más cerca de ellos en Los Ángeles, pero siempre hacía llamadas de larga distancia. Ella habló primero con su hermano, el padre de Lily, y luego el teléfono se pasó a los niños. Mientras Lily esperaba su turno, lavó la tabla de corte y el cuchillo. La lluvia todavía escurría por la ventana de la cocina, ella esperaba que dejara de llover antes del viernes en la noche. Se preguntó si debería usar la misma falda y blusa para ir al Club del Telégrafo. ¿Alguien lo notaría? Deseaba tener un vestido nuevo para usar, algo tan a la moda como el vestido que Lana Jackson había usado. ¿Sería capaz de lucir un vestido así? Se reflejaba tenuemente en la ventana de la cocina y escudriñó su figura de manera crítica. No creía tener las curvas necesarias.

—Estás soñando despierta de nuevo —dijo su madre.

—Perdón —dijo Lily. Se secó las manos y acercó el arroz glutinoso, que tenía que mezclarse en la sartén de *laap ch'eung* y champiñones, y luego aderezarse con sal y salsa de soya. Sería el relleno del pavo, que estaba esperando en la mesa de la cocina detrás de ellas. La madre de Lily le había tallado sal en la piel antes, y ahora que se acercaban con el relleno, Lily pensó que el ave se veía particularmente desnuda, la pechuga brillante y descubierta. Su madre sumergió su mano en la sartén de arroz glutinoso e insertó puñados de este en la cavidad del pavo, sosteniendo al ave en su lugar con la otra mano. Había algo perturbador en ello, y Lily se sintió aliviada cuando su padre apareció en la puerta de la cocina y dijo:

—Tú tía quiere hablar contigo.

Afuera en el rellano, Lily se sentó en la banca junto a la mesa del teléfono y levantó el pesado auricular negro a su oreja.

—¿Hola? Es Lily.

—Hola, Lily —dijo la tía Judy. Su voz sonaba con algo de estática por la línea desde Pasadena—. ¿Cómo va la escuela?

Lily le informó con diligencia lo que estaba aprendiendo en Matemáticas Avanzadas, la única clase sobre la que su tía estaba verdaderamente interesada en escuchar.

—Ay, también quería decirte —dijo Lily—. Una amiga mía me dio un número de *Collier's* con un artículo de Wernher von Braun sobre ir a Marte. —Nunca le había mencionado a Kath a nadie de su familia, una descarga de felicidad surgió de su interior.

—Lo vi —dijo la tía Judy—. Nos estuvimos pasando ese número en el LPR. También lo vi a él, al doctor Von Braun. Estuvo en el laboratorio recientemente.

—¡En serio! ¿Qué estaba haciendo ahí?

—No lo sé, y si lo supiera, no te lo podría decir —dijo la tía Judy, juguetona.

—En el artículo el doctor Von Braun dice que no seremos capaces de ir a Marte por otros cien años, no hasta mediados de los dos miles. ¿Crees que tenga razón? ¿No podemos ir antes?

—Oh, iremos antes —dijo la tía Judy, confiada.

—¿Cuándo? ¿Qué tan pronto?

—Bueno, no iremos en la nave espacial masiva que él imagina. Es un científico brillante, por supuesto, pero es poco práctico empezar con un proyecto tan grande.

Había un tono inusualmente formal en la voz de la tía Judy cuando describía al doctor Von Braun como un científico brillante, como si estuviera leyendo un comunicado de prensa. Lily quería preguntarle a su tía qué pensaba en realidad del antiguo científico nazi, pero antes de que tuviera la oportunidad su tía continuó:

—Mandaremos cohetes sin nombres primero, seguramente mientras vivas, y hay más cosas que podremos hacer antes.

—¿Como ir a la luna?

—Sí, pero incluso antes de eso tendremos que ir en órbita. Eso pasará muy pronto, creo.

—¿Qué tan pronto?

La tía Judy se rio.

—Bueno, no puedo decirlo con exactitud, pero 1957 será el Año Internacional de la Geofísica. Será una gran oportunidad para la investigación y la exploración. Exploración pacífica. ¿Sabes?, hay algunos otros números de *Collier's* que profundizan un poco en ello, una colonia lunar y estaciones espaciales. Trataré de encontrarlos y enviártelos.

La tía Judy cambió la conversación a la cena de Acción de Gracias (ella llevaría *hsin-jen tou-fu*[10] con la familia del tío Francis), luego a los exámenes de fin de semestre, y después le preguntó:

—Cuéntame, esta amiga que te dio el número de *Collier's*. ¿Quién es? Nunca habías mencionado a una amiga que estuviera interesada en estas cosas, ¿o sí?

Lily se sonrió a sí misma y bajó la cabeza para esconderla a pesar de que estaba sola en el rellano.

---

[10] Gelatina de almendra, un postre.

—Está en Matemáticas Avanzadas conmigo. Se llama Kath. Quiere ser piloto, ya se ha subido a un avión antes.

—¿Entró este año?

—Oh, no. Hemos estado en la misma escuela desde siempre pero nunca nos habíamos hecho amigas hasta ahora —agregó—. Quizás porque este año somos las únicas dos chicas que quedan en Matemáticas. Solo somos nosotras y todos los chicos.

—Me alegra que tengas una aliada. Yo era la única chica en mis clases de Matemáticas de la universidad. Tendrás que acostumbrarte si te vas a especializar en matemáticas o ingeniería, pero sé que tú no tendrás ningún problema.

Su tía siempre la había apoyado así, siempre tenía confianza en las habilidades y en los sueños de Lily, y ahora sabía de Kath —su *aliada*, qué manera tan graciosa de pensar en ella—. Lily se dio cuenta de lo inusual que era la tía Judy. Shirley pensaba que los sueños de Lily eran ridículos; Kath no les contaba a sus padres lo que quería hacer porque ellos pensarían que estaba loca.

—Aquí entre nos, creo que las mujeres son mejores que los hombres en matemáticas—la tía Judy agregó con disimulo—. No le digas a tu tío Francis.

Parecía un chiste tan de adultos. Lily se hinchó de orgullo de haber sido autorizada de escucharlo.

—Estoy segura de que él ya lo sabe —respondió con osadía.

La tía Judy se rio.

—Probablemente tengas razón. Ay, me encantaría seguir hablando pero tendremos que hacerlo después. Ve por Eddie, ¿sí?

Más tarde en la cocina, mientras Lily pelaba las papas bajo la dirección de su madre, se preguntó de nuevo sobre el tono en la voz de la tía Judy cuando había hablado del doctor Von Braun. El último Año Nuevo Chino, cuando la tía Judy y el tío Francis estaban de visita, se quedaron hasta tarde hablando con los padres de Lily sobre China y los comunistas. Lily ya se había ido a la cama para entonces, y sabía que todos pensaban que ella ya estaría dormida, porque nunca hubieran discutido esas cosas en la sala si sospecharan que podía escucharlos. Sus padres rara vez hablaban de política, incluso cuando mencionaban a China no hablaban de sus líderes comunistas.

El tío Francis primero habló de Von Braun. Él parecía especialmente irritado por la bienvenida que el gobierno estadounidense había desplegado para el antiguo nazi.

—Trabajó contra nosotros en la guerra —dijo el tío Francis en una voz baja y tensa—. Debería estar en prisión, no recibir carta abierta en el proyecto de misiles del Ejército. Y a pesar de ello, ahí está… ¡libre! Mientras el doctor Tsien está bajo arresto domiciliario.

Lily no había comprendido toda la historia la noche que escuchó al tío Francis, pero después se enteró de que el doctor Hsue-shen Tsien era uno de los cofundadores del Laboratorio de Propulsión a Reacción y que él había trabajado para los miliares estadounidenses durante la guerra a pesar de que era un ciudadano chino. Ahora que China había sido tomada por los comunistas, él había caído bajo sospechas y era acusado de espiar.

—Creo que el gobierno estadounidense hace lo mejor que puede —dijo el padre de Lily.

—¿Cómo lo sabes? —preguntó el tío Francis—. El doctor Tsien es un buen hombre. Él no se merece esto. No es justo.

—No se trata de justicia —dijo la tía Judy—. Se trata de miedo. Ellos están asustados del doctor Tsien, porque la China comunista se mantiene independiente y todavía podría reclamar derechos sobre él. La Alemania nazi ya no existe. El doctor Von Braun no tiene lealtades que lo puedan reclamar.

Al principio parecía descabellado que la tía Judy y el tío Francis tuvieran un trabajo que los pusiera en el mismo círculo que el famoso científico alemán, pero Lily recordó que su familia también tenía vínculos inusuales con personas poderosas. Su padre tenía un amigo en Berkeley que había sido alguna clase de oficial de gobierno del Kuomintang antes de la guerra, ahora había presentado una solicitud al gobierno de Estados Unidos para tener la ciudadanía estadounidense. La tía Judy describía a su madre —la abuela de Lily, a quien nunca había conocido— como un miembro influyente de la sociedad en Shanghái en los años veinte, que había estado en términos amigables con Soong Ching-ling, la esposa de Sun Yat-sen.

La conversación noctura sobre Wernher von Braun y Hsue-shen Tsien caía en la misma categoría: vistazos tentadores de un mundo adulto que parecía completamente separado de la realidad mundana de su vida cotidiana. Se sentía desorientada cuando ese mundo sangraba en este.

Ahora, de vuelta en la cocina, el pavo estaba empezando a perfumar el aire. Mientras Lily pelaba las papas, su madre se sentó enfrente de ella con una cesta de frijoles verdes y preguntó:

—¿Cómo está Shirley? La viste el otro día, ¿no?

—Sí. Toda su familia viene para la cena de Acción de Gracias. Harán tres pavos.

—¡Por Dios! Me alegra que tú y Shirley estén hablando de nuevo. Ustedes dos tuvieron una pelea, ¿no?

Lily estaba sorprendida.

—¿Cómo lo supiste?

Su madre arrancó las orillas de los frijoles verdes con eficiencia, *plack-plack-plack*.

—Llegabas a casa de la escuela todos los días y no ibas a visitarla.

Lily se estremeció internamente por lo transparente que había sido.

—No fue nada —dijo, restándole importancia—. Solo un desacuerdo bobo.

Su madre asintió.

—Las chichas pelean, en especial a tu edad. Es natural. Me da gusto que ya lo hayan superado. Shirley es buena amiga contigo.

La caracterización de su madre de su amistad irritaba a Lily, como si ella tuviera que estar agradecida de la amistad de Shirley.

—¿Qué pasó con papá y sus papeles? —preguntó Lily, cambiando de tema—. ¿Ya los recuperó?

Su madre paró de quebrar las vainas por un momento breve.

—Todavía no —dijo. Lo dijo con un tono contundente que le indicó a Lily que no debía insistir—. No has tenido que ver nada con los Man Ts'ing, ¿verdad?

Lily negó con la cabeza.

—No.

1952

Francis comienza a trabajar como ingeniero en el Laboratorio de Propulsión a Reacción.

Judy es contratada como computadora humana en el Laboratorio de Propulsión a Reacción.

13 de febrero de **1953**

JUDY lleva a Lily al Planetario Morrison en la Academia de Ciencias en el Parque Golden Gate.

Los combates cesan en la Guerra de Corea.

1954

El Departamento de Policía de San Francisco lanza una campaña contra los llamados «desviados sexuales», haciendo redadas en bares gays y otros puntos de encuentro gay conocidos.

El Senado de Estados Unidos condena a Joseph McCarthy.

JUDY

Veintidós meses antes

Judy Fong se bajó del taxi y sostuvo la puerta abierta para su sobrina de quince años. Lily se veía ligeramente ansiosa, pero a menudo se sentía así; Judy a veces se preocupaba de que Lily pensara demasiado. Cerró la puerta del taxi y se unió a Lily en la acera mientras esperaban a Francis, el esposo de Judy, que le estaba terminando de pagar al conductor.

El largo camino de la entrada frente la Academia de Ciencias de California estaba aglomerado de carros, sus faros delanteros creaban un mar en movimiento de luces en la oscuridad del atardecer. A Judy le hacía recordar otra noche, años atrás en Chungking, durante la guerra. Había salido del edificio que servía como su dormitorio universitario para ver lo que parecía ser un convoy de vehículos desplazándose en las calles oscuras, con sus faros delanteros como lámparas flotando río abajo. Eran camionetas del Ejército chino cargadas de soldados, con rifles en sus manos. Se había parado en el umbral del dormitorio hasta que se quedó tiesa del frío mirando en silencio a los jóvenes que se asomaban por la parte trasera de las camionetas, en cuyos ojos se reflejaban los faros delanteros.

Francis subió de un salto la acera, se puso junto a ella, tomó su brazo y lo deslizó por el de él.

—¿Listas?

Ella salió de su recuerdo con un brinco.

—Sí —dijo. A veces el pasado parecía deslizarse directamente sobre el presente y cuando regresaba a sí misma, el mundo en el que vivía actualmente parecía una fantasía.

Los tres se voltearon para ver de frente el museo. La Academia de Ciencias de California, con sus altas columnas iluminadas por luces blancas, era tan grandiosa como un templo griego que serenamente vigilaba el Parque Golden Gate. Judy no podía ver el domo del Planetario Morrison desde la posición privilegiada que tenían, pero sabía que se alzaba desde el techo más allá de la fachada frontal del edificio. Todos habían estado hablando de él desde que había abierto el verano pasado. Decían que era el planetario más actualizado del país, quizás incluso del mundo, y esta noche era su destino.

—Vamos —dijo Francis, y lideró el camino subiendo las escaleras.

El interior del planetario era circular, con un domo pálido que se arqueaba en lo alto, todos los asientos rodeaban un proyector mecánico gigante que estaba al centro del lugar. Sostenido por dos sólidos tripiés, parecía como una mezcla entre un robot y un gigante insecto sin patas, o tal vez un insecto robótico. Había docenas de lentes en él que parecían ojos viendo en todas direcciones. Cada lente proyectaría una estrella específica o un cúmulo de estrellas en el domo.

Francis le estaba explicando con entusiasmo a Lily toda la instalación mientras se abrían camino hacia sus lugares en la parte alejada del planetario.

—Todo aquí está hecho por la Academia de Científicos Estadounidenses —dijo Francis—. Así que no tuvieron que adquirir nada de productores alemanes detrás de la Cortina de Hierro. En la guerra aprendieron sobre óptica, cuando dirigieron un taller de reparación óptica justo aquí en el museo.

Judy volteó para asegurarse de que Lily no estuviera fingiendo interés, pero su sobrina parecía bastante interesada.

—¿Qué reparaban? —preguntó Lily.

Cuando llegaron a sus lugares, Judy entró primero en la fila, corroborando los números con sus boletos. Tenían buenos lugares, lo suficientemente lejos del centro para ser capaces de ver casi todo el domo sin estirar demasiado sus cuellos.

—Escuché que repararon miles de lentes binoculares —dijo Francis—. Para la Marina.

—¿Alguna vez usaron binoculares en tu unidad, cuando estuviste ahí? —preguntó Lily.

Francis también había estado en China durante la guerra, a veces Judy se preguntaba si habrían estado en el mismo lugar al mismo tiempo. Ella y Francis lo habían platicado al respecto, por supuesto, pero era difícil estar seguros. Ella le preguntó, en una de sus primeras citas, si él se hubiera fijado en ella si la hubiera visto en China. Aquí en Estados Unidos no había muchas mujeres chinas de su edad, pero en China la relación de hombres y mujeres era proporcional. Él la miró con ternura y dijo: «Por supuesto. Te habría notado en cualquier lugar». Ella se sonrojó por sus palabras, poco después, él la besó por primera vez.

Francis le estaba explicando que sí recordaba que hubieran empleado binoculares en su unidad, había sido un ingeniero en el Ejército, pero que no sabía si alguno había sido reparado aquí en San Francisco.

—¿No sería asombroso si lo hubieran hecho? —reflexionó, como si estuviera cautivado por esa idea.

El comienzo del espectáculo se anunció por un sutil *crescendo* de violines, mientras la música grabada comenzaba a sonar. Las luces se movieron, y recortes oscuros del horizonte de San Francisco se distinguieron con claridad alrededor de la periferia del domo. Todos se recargaron hacia atrás para ver el brillo pálido de arriba y el proyector se convirtió en una criatura alienígena fantásticamente delineada contra un cielo oscuro.

Comenzaron a surgir estrellas, una por una. Judy tembló mientras el domo se hacía más oscuro y las estrellas se hicieron tan numerosas que crearon arriba un universo centelleante y sin fondo. Sintió como si se estuviera hundiendo en su asiento, cayendo en un pozo de gravedad de la Tierra. Las estrellas encima de ella se movieron, representando el viaje nocturno a través del cosmos, y sintió como si se estuviera moviendo con ellas. Su estómago se revolvió y tuvo que cerrar los ojos por un momento, contra el movimiento, pero el atractivo de esa vista era demasiado fuerte y los abrió de nuevo y se maravilló ante la sensación que se apoderaba de ella. No había arriba; no había abajo. Estaba flotando suspendida entre el cielo y la tierra.

Un pequeño disco blanco apareció. Apenas era del tamaño del borrador de un lápiz, luego del tamaño de una moneda, y despacio, poco a poco, su cara verdadera apareció.

—Bienvenidos a la luna —dijo el narrador, y la audiencia soltó gritos ahogados—. Aquí estamos usando imágenes de tecnología de punta. Esta fotografía, que exploraremos a detalle, viene directamente del Observatorio Lick. Verán partes de la luna que muy pocos hombres han visto antes.

La luna se hizo más grande, colgaba arriba de ellos en un orbe gigante blanco y negro. Cráteres circulares gigantes tachonaban el paisaje. Había zonas blancas cegadoras, y oscuras y profundas sombras.

—La luna es un mundo de extremos —continuó el orador en su silenciosa voz profunda—. A la fuerte luz del Sol, su temperatura puede subir con facilidad a los doscientos grados Fahrenheit; pero simultáneamente, en sus partes más oscuras, puede ser tan fría como doscientos grados bajo cero.

Judy miró a Lily mientras el narrador hablaba. La cara de su sobrina estaba iluminada por la brillante luna de arriba, que se reflejaba como una esfera banca y negra diminuta en sus ojos. Su boca estaba un poco abierta. Se veía como alguien que estuviera descubriendo un mundo completamente nuevo.

—Puede que la superficie de la luna esté cubierta de polvo, pero no podremos estar seguros hasta que enviemos a alguien allá para revisarlo. Un día el hombre será capaz de viajar a la luna en un cohete espacial. Una vez que haya alcanzado la superficie de la luna, será capaz de impulsar una pelota a más de cientos de kilómetros con un solo golpe, porque la gravedad es muy ligera. Será capaz de saltar varios metros en el aire, si así lo desea. Se sentirá tan ligero como el aire.

Judy alcanzó la mano de su esposo. Él entrelazó sus dedos con los de ella mientras miraban juntos la proyección de la luna. Se sintió emocionantemente distanciada de la Tierra, pero también una cercanía reconfortante con estas personas que amaba. Francis, con su cálida mano en la suya; Lily, con su cara de asombro a su lado. «Estoy aquí», se dijo Judy a sí misma en silencio. «Esto es San Francisco».

Después del espectáculo, Lily se sentía mareada y tambaleante. Entrelazó su brazo con el de Lily cuando se unieron a la multitud que abandonaba el museo; todos parecían un poco temblorosos después de su viaje a la luna y de regreso.

—¿Crees que ese hombre tenga razón? —preguntó Lily mientras salían a empujones del lugar—. ¿Que un día podremos volar a la luna en un cohete espacial?

—Falta mucho para eso, pero sí —dijo Judy.

La cara de Lily se iluminó.

—¿Cuánto tiempo?

—Años —dijo Judy—. ¿Tú qué piensas, Francis?

—No lo sé. ¿Treinta, cuarenta años? Seguramente mientras tú vivas, Lily.

Afuera del museo caminaron a través de la amplia plaza hacia los escalones que llevaban hacia la calle, donde los taxis esperaban en el borde de la acera. Los motores de los carros rugían a la vida en el estacionamiento más allá de sus faros delanteros, iluminando a la gente que caminaba entre el fresco viento de la noche.

—¿De verdad serían capaces de saltar tan alto en la luna? —preguntó Lily.

—Bueno, la gravedad es más ligera allá —dijo Judy—. Estoy segura de que podría calcular qué tan alto podría saltar un hombre. —Judy consideró el cálculo y se rio—. ¡Uf, sería divertido ver eso!

—Podrían saltar en la luna —dijo Francis—. Como un conejo gigante. —Llegó a la acera y empezó a saltar torpemente, sacudiendo los brazos como si fuera una gaviota.

Judy se rio. Francis a veces podía ser como un niño, ella pensaba que era su lado estadounidense.

—¡Así no es como se vería!

—¿Cómo? —la desafió—. Muéstrame.

Judy notó que varios espectadores los veían disimuladamente.

—Ay, Francis, no puedo…

—¿Por qué no? —la llamó—. Vamos, hay suficiente espacio.

Judy negó con la cabeza pero deslizó su brazo fuera del de Lily y le entregó su bolsa.

—Sostén esto —dijo. Y antes de que pudiera arrepentirse elevó sus brazos como si fuera una bailarina de ballet y saltó ligeramente por la acera—. Muy poca gravedad —dijo por encima de su hombro—. ¡Ligera como una pluma!

Judy vio a Lily romper en carcajadas. Vio la cara de Francis, sorprendido y encantado al mismo tiempo. Saltó tras ella, y cuando la alcanzó, la envolvió en sus brazos. Ella soltó una risita mientras fingía que lo iba a empujar, pero después de un segundo cedió y permitió que la abrazara.

Francis era osado y la besó con gentileza en los labios.

—Mi dama lunar —dijo en voz baja.

En China, ella estaría apenada de que su esposo la besara en público, pero estaban en Estados Unidos. Las cosas eran diferentes aquí.

PARTE IV

El Barrio Chino, mi Barrio Chino

DICIEMBRE DE 1954

25

Jean Warnock llegó caminando de entre la oscuridad con Kath, fumando un cigarro; venía de saco y pantalones, su pelo estaba corto y tenía una sonrisa de satisfacción en la boca. Sus ojos recorrieron a Lily de arriba abajo una vez, dos veces, y después extendió su mano y dijo:

—¿Lily? Me temo que no te recuerdo.

Lily se sintió un poco agraviada, pero estrechó la mano de Jean. Fue débil, como si su apretón de manos todavía no estuviera a la altura de la ropa que usaba. Lily apretó con un poco más de fuerza de la necesaria, quería probar algo. Cuando soltó la mano de Jean dijo:

—Tú debes ser Jean. —Se contuvo de añadir: «Yo tampoco te recuerdo».

—Es correcto. —Jean intentó guiñar el ojo—. Vamos. Kath me contó que ustedes conocieron a un par de chicas la última vez.

—No fue así —protestó Kath.

Lily se quedó un poco atrás, porque la acera no era lo suficientemente ancha para que caminaran las tres juntas. Lily notó, para su sorpresa, que Kath se había puesto pantalones también. Lily se preguntó si debió haber hecho lo mismo, pero los únicos pantalones que poseía eran cortos, a media pantorrilla, como para un día en la playa, no para una visita al club nocturno.

Con Kath y Jean caminando delante de ella, casi como un escudo, Lily se sintió más libre de mirar a su alrededor y apreciar a las demás personas que estaban fuera a esta hora de la noche. Eran parejas en su mayoría, pero también había jóvenes que caminaban solos o en grupos hacia las luces de Broadway e International Settlement. A veces, algún hombre miraba a Kath y a Jean, y Lily notó que un hombre les sonrió con desprecio, pero no vio a Lily. Estaba agradecida de poder caminar a la sombra de las otras chicas.

En el Club del Telégrafo había una pareja hablando con la cadenera, que dijo algo que Lily no alcanzó a escuchar. El hombre terminó sacando su cartera y le entregó unos billetes. La cadenera tomó el dinero y lo guardó en el bolsillo de su chaqueta, entonces sostuvo la puerta abierta para ellos. Desde adentro del club, se escapó el sonido de conversaciones y risas hasta la calle, en una breve ola creciente que la puerta extinguió. Jean y Kath fueron las siguientes en acercarse y Lily se preguntó si tendrían que pagar, y empezó a buscar en su bolsa el dinero que había traído para pagarle a Kath las cervezas, pero Jean dijo:

—Ha pasado un rato. ¿Cómo estás, Mickey?

Mickey la miró dos veces de manera exagerada, como para asegurarse de que era ella.

—¡Jean Warnock! ¿De vuelta para Acción de Gracias?

—Es correcto. ¿Cómo está el espectáculo?

—Tan bueno como siempre —dijo Mickey—. ¿Ella es tu amiga? Oh, te recuerdo.

—Soy Kath, y ella es mi amiga Lily.

Lily se acercó, dudosa, sintiéndose fuera de lugar entre estas tres chicas de saco y pantalones.

—Hola.

Mickey le sonrió.

—Bienvenida de vuelta, muñeca. —Mickey abrió la puerta y les hizo un gesto para que entraran al oscuro y angosto lugar. El olor del club la golpeó de nuevo: cigarros, cerveza, perfume y sudor. En el salón del escenario las mesas estaban casi llenas, pero llegaron un poco más temprano que la última vez y Jean vio una mesa en un rincón que estaba medio tapado por un pilar negro. Solo había dos sillas, pero Jean insistió en que Kath y Lily las tomaran, porque ella iba a ir primero a la barra y regresaría con las bebidas. Lily no estaba segura de si se debería ofrecer a pagar. Se sentía incorrecto que Jean y Kath pagaran por ella, pero también se sentía rara de insistir, como si estuviera entre chinos discutiendo por la cuenta del restaurante. De todos modos, ya fue demasiado tarde para ofrecerse porque Jean ya se había ido a la barra.

Kath apenas se había sentado cuando saltó y se puso de pie de nuevo para atravesar el salón por una tercera silla para Jean, la cual consiguió y llevó a la mesa. Kath se sentó y dijo:

—Ojalá Jean vuelva antes de que comience el espectáculo.

Lily tenía su bolsa en su regazo, la abrió y sacó algunos billetes.

—Traje dinero. —Se lo estiró a Kath, quien parecía sorprendida—. Por la cerveza de la última vez. Te debo.

Kath le restó importancia con la mano.

—No, no me debes. Yo te invité.

Lily sospechaba que ella tenía una mesada mayor que la de Kath, pero había un deje de orgullo en el tono de Kath que sugería que ella quería pagar. Era confuso, pero también halagador. Los reflectores se encendieron y la pianista comenzó a tocar. Lily dejó que su mano se hundiera en su regazo, todavía sosteniendo el dinero.

Esta vez ella sabía qué esperar, pero saberlo no atenuó su anticipación, sino que pareció magnificarla: una lenta emoción eléctrica empezó a surgir desde lo profundo de su ser a medida que escuchó los primeros acordes de *Bewitched, Bothered, and Bewildered*. Cuando comenzó un murmullo en la parte trasera del salón, Lily volteó su silla para buscar en la penumbra la figura de traje oscuro de Tommy Andrews. Cuando finalmente apareció, su rostro entró a la luz en un momento de transición, Lily contuvo la respiración. Mientras Tommy subía al escenario, de espaldas al público, Lily sintió ese zumbido cálido y dulce recorriendo su piel, como si una carga estuviera subiendo desde sus mismos poros.

Cuando Jean regresó con las bebidas, Lily apenas lo notó. A diferencia de la primera vez que vino al club, cuando se había retorcido con la angustia de que alguien la fuera a notar, esta noche se permitió observar, sumergirse en lo que veía, hasta que lo único que vio fue a Tommy. Las manos de Tommy ajustando el nudo de la corbata negra, el pequeño anillo de sello brillando con la luz. La boca de Tommy era sorprendentemente rosada y bonita cuando cantaba, con una pequeña sonrisa de satisfacción, en el micrófono. Sus ojos oscuros entrecerrados perezosamente o guiñándole un ojo a una chica en la primera fila. Entre más veía, más empezaba a notar pequeños detalles femeninos que se le habían escapado la última vez. La cara de Tommy era tersa y suavemente redondeada; sus manos eran pequeñas y delgadas. Debajo de su camisa blanca almidonada y su saco de esmoquin a la medida, Lily detectó una ligera turgencia de pechos. Eso hizo que el rostro de Lily ardiera, y por un momento tuvo que bajar la mitada hacia la mesa, donde vio el vaso de cerveza que Jean le había traído. Se estiró por su bebida y se sorprendió al descubrir que todavía estaba agarrando su dinero, apachurrado y tieso por su mano sudorosa. Extendió los billetes húmedos debajo de la mesa. Le dio un trago tembloroso al frío y vagamente amargo líquido y luego otro, cuando levantó los ojos de vuelta al escenario podía ver de nuevo.

Lily se acercó al espejo del baño de mujeres y levantó su labial a la boca. Detrás de ella, la puerta de uno de los cubículos se abrió y salió una mujer en un esbelto vestido de cuello en V. Equilibró con cuidado su bolsa de mano a la orilla del lavado antes de voltearse hacia las llaves para lavar sus manos. Vio a Lily a los ojos en el espejo y le sonrió.

—Me gusta cómo se te ve ese color —dijo.

—Gracias —dijo Lily con timidez.

—¿Dónde lo compraste?

—En la Farmacia Owl, en Powell.

La mujer se secó las manos en la toalla giratoria.

—¿Cuál es el nombre del color?

Lily tapó su labial y miró la parte de abajo.

—Clavel rojo.

—Lo tendré que buscar. —La mujer recuperó su bolsa y sacó su propio labial, mientras Lily se colgaba su bolsa al hombro—. Nos vemos abajo —dijo la mujer.

—Nos vemos —dijo Lily y se marchó. Se sentía fortalecida por ese breve encuentro, como si la hubieran admitido en un club que no sabía que existía. Cuando pasó la línea de mujeres que esperaban en las escaleras, no le importó tanto si la miraban con curiosidad.

Abajo, en el salón del escenario, Jean y Kath habían conocido a un par de mujeres durante el intermedio, entre los actos de Tommy. Habían jalado otras dos sillas y las habían acercado en un círculo relajado alrededor de la mesa. El lugar de Lily seguía vacío, cuando Kath la vio le hizo un ademán para que se acercara, diciendo:

—Jean se encontró con unas amigas de Cal.

Jean las presentó. Sally era la chica del vestido camisero verde y blanco, y Rhonda la que llevaba un suéter lavanda y una falda lápiz gris. Ambas eran castañas y tenían un peinado casi idéntico, pero Sally apenas usaba maquillaje, mientras que Rhonda tenía la boca de un rojo oscuro, carnosa, y pestañas tan largas que Lily pensó que debían ser falsas. Jean parecía estarle poniendo bastante atención a Rhonda, halagándola y ofreciéndose a comprarle otra bebida aunque todavía no se hubiera terminado su gin tonic. Sally, mientras tanto, retomó su conversación con Kath. Parecían estar hablando de algo que habían visto en *Toast of the*

Town la otra noche, un acto que consistía en dos chicas y un mono bailarín. Lily no había visto el espectáculo y no tenía nada que agregar a la conversación; la fortaleza que había sentido antes comenzó a disiparse. Kath, por otro lado, parecía muy libre y relajada hablando con Sally, inclinándose ligeramente hacia al frente y sonriendo mientras le daba sorbos a su cerveza. Cuando Jean les ofreció una cajetilla de cigarros, Kath incluso tomó uno y lo sostuvo con rigidez, apenas fumándolo. Calculó mal la trayectoria de la ceniza cuando lo sacudió en el cenicero y ceniza gris cayó en la superficie rallada de la mesa, deshaciéndose y esparciéndose como migajas.

Había un alboroto al otro lado del salón, y por un momento todas voltearon a ver a una pareja que se levantaba —la esposa se tambaleaba y su esposo tuvo que ponerle el brazo en la cintura para darle estabilidad— y que después se fue. Rhonda volteó a la mesa y su mirada cayó en Lily.

—Hay una chica en mi clase de Psicología del Barrio Chino. Helen Mok. ¿La conoces? —preguntó Rhonda.

—No. Creo que no.

Rhonda alzó el cigarro hasta su boca, con el filtro manchado del rojo de su labial. Mientras exhalaba dijo:

—He visto a Helen por aquí una o dos veces.

Lily sintió una pizca de emoción ante la idea de que hubiera otra chica china en el Club del Telégrafo.

—¿En serio?

Rhonda asintió.

—Aunque no creo que siga viniendo. Tengo rato de no verla.

—La gente viene y va todo el tiempo —dijo Sally.

—Tal como estos bares —dijo Rhonda—. Aunque este lugar ha durado bastante. Me pregunto cuánto le estará pagando la dueña a la policía.

Los ojos de Lily se abrieron mucho, pero nadie pareció sorprendida por lo que Rhonda dijo, ni siquiera Kath.

—Escuché que el Club Cinco Veintinueve tal vez comience un espectáculo el sábado en la noche, con una nueva imitadora masculina —dijo Sally—. ¿Alguna vez han ido allá?

—Yo escuché que son puras prostitutas y *tortilleras*, y que puedes conseguir anfetas por debajo de la mesa —dijo Jean, con una sonrisa.

Las palabras impactaron a Lily, pero Jean las había dicho de manera tan casual, como si dijera «niña» o «niño» o «aspirina». Luchó contra el impulso de mirar por encima de su hombro.

Rhonda se encogió de hombros.

—A veces es divertido tener un poco de sordidez en tu noche fuera, pero es mejor que tengan cuidado si no quieren terminar en una redada.

Ellas se rieron, Lily se obligó a reírse también, aunque no estaba segura de qué era lo chistoso. Lily vio a Kath, que parecía casi eufórica por lo que se estaba diciendo, y se avergonzó de su reacción mojigata. Lo último que quería era comportarse como su madre. Se estremeció internamente. Trató de relajarse y bebió más cerveza.

—¿Qué piensan de Tommy Andrews? —preguntó Sally—. Creo que tiene mucha clase.

—Clase en el escenario, al menos —dijo Rhonda con malicia.

—¿Qué se supone que significa eso? —preguntó Jean—. ¿La conoces?

—No mucho. Pero sé de ella. Estuvo con una amiga mía el año pasado, antes de la femme con la que está ahora, se me olvida su nombre.

—Lana Jackson —dijo Lily, y todas la vieron sorprendidas. Su atención la ponía nerviosa, pero trató fingir como si todo esto —el club, la plática, estas mujeres desconocidas con su argot extraño— fuera completamente normal.

—La conocí la vez pasada cuando vinimos, en la fila del baño.

—Bueno, y ¿tú qué piensas de Tommy? —preguntó Rhonda, golpeando su cigarro contra el cenicero.

—Supongo que creo que es... talentosa.

Jean se rio y Lily se puso roja.

—No la molestes —dijo Sally—. Es una bebé. —Sally miró a Lily con empatía—. No te preocupes, Jean misma apenas acaba de dejar los pañales. Todas hemos estado donde estás tú. —Miró a Jean con desaprobación, ella levantó sus manos.

—De acuerdo, lo siento, no fue a propósito. —Jean le sonrió a Lily de una manera más amistosa—. A mí también me gusta Tommy. Quiero saber de dónde saca sus trajes.

—Obviamente son hechos a la medida. ¿Tú usarías uno? —preguntó Rhonda, inclinando la cabeza hacia Jean.

Jean se rio.

—No puedo pagarlo. —Le echó una mirada a Kath, al otro lado de la mesa—. Creo que a ti te gustaría uno.

Kath parecía contrariada.

—¿Un traje? —Negó con la cabeza—. ¿En dónde lo usaría?

—Oh, encontrarás un lugar —dijo Rhonda, lanzándole miradas de aprobación a Kath—. Puedo verlo.

Kath se veía incómoda.

—Nah, no es mi estilo.

—No todavía. —Rhonda sonaba divertida—. Las veo venir a unos kilómetros de distancia, esas bebés *butches*. —Su voz era dulce, en tono de broma.

Kath estaba sosteniendo el cigarro a medio fumar en su mano, lo levantó a su boca y lo fumó de manera superficial, el humo surgió como una nube en vez de un arroyo. Negó con la cabeza, pero había un dejo de una sonrisa en sus ojos, Lily comprendió que estaba tratando de ocultar el hecho de que estaba complacida. Rhonda aparentemente le había hecho un cumplido a Kath, y Lily sintió un apretón eléctrico en el estómago, «butch» como un listón azul otorgado en una feria de condado, «bebé» como una promesa.

Los ojos de Kath oscilaron brevemente hacia Lily, y de nuevo golpeó el cigarro contra el cenicero y esta vez no falló.

26

—¿Lily, qué harás hoy? ¡Yo no trabajo!

La voz de Shirley vibraba a través de la línea del teléfono por lo que Lily sintió como una energía excesiva para ser apenas pasadas las ocho de la mañana. Música dramática se escuchaba en el vestíbulo de la sala, donde sus hermanos estaban viendo *Tom Corbett, Space Cadet*, pequeñas notas se alzaban en una explosión mientras un cohete supuestamente despegaba. Lily se talló los ojos con la mano y respondió:

—Tengo unos problemas de trigonometría, ¿por?

—Hazlos mañana, vamos a algún lugar.

—¿A dónde? Lily estiró el cordón del teléfono tan lejos como pudo para ver a través de la ventana del cuarto de sus hermanos, pero las cortinas seguían cerradas—. ¿Va a llover?

—No, es un día perfectamente agradable. Es probable que vaya a estar asoleado. Vamos, tengo que salir del Barrio Chino.

Había un trasfondo de urgencia en la voz de Shirley que sorprendió a Lily.

—Tengo que preguntarle a mis padres. ¿Cuándo quieres…?

—Te veo en la esquina en una hora.

—Pero ¿a dónde quieres ir? Tengo que decirles…

—Diles que vamos al parque acuático. ¡Te veo en un rato! —Y colgó.

—En realidad no quiero ir al parque acuático —admitió Shirley mientras caminaban cuesta abajo por Grant Avenue—. Está demasiado cerca de la escuela. Estamos ahí todos los días.

—¿A dónde quieres ir? —preguntó Lily—. ¿Al embarcadero?

El cielo estaba nublado y la luz gris llana atenuaba los rojos y dorados del Barrio Chino, dándoles un tinte cenizo. Los vendedores estaban abriendo sus fachadas, quitándole el cerrojo a sus puertas y asomando sus cabezas hacia el cielo con el ceño fruncido, preguntándose si el día se abriría para ellos.

—Vamos a Sutro's. ¡Podemos ver las Seal Rocks! Y tienen ese museo, ¿no?, ¿que es gratis?

—¡Sutro's! Está muy lejos.

—Tengo todo el día. —Shirley dio un saltito de emoción—. ¿Tienes que volver pronto?

—No. —El viento hizo que la falda de Lily se agitara contra sus pantorrillas. Ella sospechaba que seguro haría muchísimo frío allá por Ocean Beach, pero había algo frenético en Shirley que le dijo que ella ya se había decidido y Lily sabía que no serviría de nada discutir.

Tomaron el tranvía B-Geary directo hasta el final de la línea, rodando a través de Western Addition y pasando Fillmore y por los carriles anchos de Divisadero. En el Richmond District, las avenidas comenzaban su desfile organizado hacia el Pacífico, cada cuadra delineada por casas casi idénticas pintadas de colores pastel o cubiertas de estuco color crema. Entre más al oeste se movían, más espacio reclamaba cada casa. Al principio estaban hombro con hombro con sus vecinos, pero con el tiempo, pequeñas porciones de tierra empezaron a separarlas, para que cada casa tuviera su propia entrada de estacionamiento y un diminuto espacio de jardín. Hasta acá la capa marina todavía no había desaparecido y las nubes de bruma se desplazaban por las calles, como fantasmas, como si las empujara el viento.

Shirley llevaba una bolsa de tela, y la abrió en su regazo para mostrarle a Lily su contenido: una caja de comida para llevar de La Perla de Oriente que contenía *chue yuk paau*[11] y *faat ko*,[12] un par de manzanas y una bolsa de papel de galletas de la fortuna. Shirley sacó una y la abrió. El mensaje, impreso en el diminuto pedazo de papel blanco, decía: «Serás próspero y afortunado». Shirley hizo una cara y rompió la galleta en pedazos, ofreciéndole algunos a Lily.

Lily tomó uno y lo metió en su boca, mascando el trozo ligeramente dulce. Cuando pasaron la Twentieth Avenue, ella dijo:

—Mi madre se quiere mudar acá.

Shirley se había atado una mascada de un patrón verde y rosa sobre su cabello, y se veía vagamente reflejada en la ventana.

—¿Crees que lo harán?

—No lo sé. No creo que mi padre se quiera mover tan lejos del hospital.

Shirley no respondió. Parecía pensativa, su entusiasmo anterior se había extinguido y Lily se preguntó qué estaba pensando. No habían hablado, hablado de verdad, en tanto tiempo; tenía un poco de miedo de ya no saber cómo hablar con Shirley. Pasaron de largo avenida tras avenida; estaban en la treintava, en la treinta y cinco, y pronto tendrían que bajarse y caminar el resto del camino.

—No creo que mis padres se muden del Barrio Chino nunca —dijo Shirley, al fin—. No pueden. —Había cierta tensión en su voz, como si se estuviera conteniendo.

—Claro que pueden, tal vez no quieren.

---

[11] Bollo de carne de cerdo.

[12] Pan chino al vapor.

—¿Qué van a hacer? ¿Abrir un restaurante acá? —dijo Shirley con desdén.

—Podrían mantener la Perla abierta y solo vivir acá.

—No, es demasiado caro. No pueden pagarlo. —Shirley miró a Lily—. Tus padres podrían. ¿Por qué no lo hacen?

Lily se sorprendió. El tono de Shirley era acusatorio.

—No lo sé.

—Ellos podrían salir del Barrio Chino. No sé por qué no lo hacen. —Shirley se volteó para ver fuera de la ventana, pero por la expresión en su rostro, Lily supo que su amiga no estaba disfrutando la vista para nada.

La Point Lobos Avenue descendía en una curva pronunciada desde Forty Eight Avenue hasta Cliff House, encaramada en la orilla de la tierra, antes de seguir hacia el sur en el largo tramo de Ocean Beach. La niebla todavía envolvía el Pacífico, pero era sábado y ya había carros formados en Point Lobos mientras Lily y Shirley, acompañadas por el viento, marchaban cuesta abajo en la acera, hacia Sutro's. El edificio se alzaba como un cine justo antes de Cliff House, con la palabra «Sutro's» erguida en letras gigantes sobre el techo volado inclinado de enfrente. Debajo había dos ventanas flanqueadas en una fila de puertas de cristal, y sobre una de las ventanas una pancarta anunciaba: SI NO HAS VISTO SUTRO'S... NO HAS VISTO SAN FRANCISCO.

—Hay demasiada neblina para ver las Seal Rocks —dijo Lily. Pasaron la entrada del Sutro's para asomarse por encima de la pared a la altura de sus cinturas hacia el océano, que chocaba rítmicamente contra las rocas irregulares a lo largo de la costa.

—La neblina se disipará —dijo Shirley, pero sonaba dudosa.

Allá abajo, los pabellones cubiertos de cristal de los viejos Sutro Baths eran visibles a través de la bruma como una fotografía descolorida. Una ráfaga de viento casi le arranca la mascada a

Shirley, y con su lonchera apretó la mascada en la parte baja de su cuello.

Delante de ellas, Cliff House estaba iluminada a través de la niebla, Lily vio a una familia de cuatro bajarse de su Buick y dirigirse a un restaurante, la madre se agarraba la mascada sobre el cabello. El viento se escabulló por debajo de la falda de Lily, le dio vueltas alrededor de sus piernas y la hizo temblar.

—Ay, vamos adentro. Esto es horrible —dijo Lily mientras el viento azotaba su cabello contra sus ojos.

—Como que a mí me gusta aquí afuera —dijo Shirley, pero cedió ante la mirada en el rostro de Lily.

Dentro de Sutro's subieron por la escalinata central a la galería que tenía vista hacia la pista de patinaje de hielo. Había letreros pegados alrededor de todo el perímetro que promocionaban las muchas atracciones que las esperaban: muñecas de todo el mundo y arte victoriano ¡velo ahora! En la galería había niños golpeando el juego de arcade Goalee, haciendo que timbrara y timbrara y timbrara; otros corrían de un lado a otro, libres de sus padres por un momento, mientras buscaban más juegos que funcionaran con monedas. Varias mesas estaban cubiertas por marquesinas de rayas alegres, como si estuvieran afuera, pero la luz del día que entraba a través del cristal del techo del atrio era débil y gris. Abajo, en la pista de patinaje, las luces estaban encendidas como si fuera de noche.

—Vamos por unos chocolates calientes —dijo Lily—. Todavía tengo mucho frío. —Trajo dos vasos desechables con chocolate caliente del carrito, encontraron una banca desde donde podían ver a los patinadores y se sentaron.

La música del carnaval sonaba por todo el edificio abovedado y Lily vio a los patinadores de abajo tratando de moverse al ritmo de la música. Solo unos pocos eran en verdad buenos: una chica con una falda que revoloteaba y se arremolinaba cuando ella daba vueltas; un chico que saltaba y luego aterrizaba, con los brazos abiertos para el equilibrio. Lily estaba sorprendida de que la gente no chocara entre sí. Ella misma nunca había patinado e imaginaba que sería malísima.

—¿Nunca deseas poder ser como ellos? —preguntó Shirley, dándole vueltas a su vaso de chocolate caliente en sus manos.

—¿Como quienes? ¿Los patinadores?

Shirley asintió.

—Solo van allá afuera y... ¡mira! Aquel se cayó. Ah, se está levantando. Es malísimo. Creo que solo quiere agarrarse de su novia.

Los vieron un rato más en silencio. El chocolate caliente estaba grumoso y no bien diluido. Lily trató de agitar el suyo en el vaso, pero no hizo mucha diferencia.

—Digo, nunca deseas no ser china —Shirley habló en voz baja, como si tuviera miedo de decirlo—. No tendrías que vivir en el Barrio Chino y podrías hacer lo que tú quisieras.

—Podrías ir a patinar en cualquier momento.

Shirley le dio un sorbo a su café caliente.

—No. No quiero hacerlo. No es eso a lo que me refiero. Es solo... patinar es tan bobo. ¿Por qué alguien lo haría?

—¿Por diversión?

—Exacto, por diversión.

Shirley sonaba resentida, lo cual no era habitual en ella.

—¿Te está molestando algo? —preguntó Lily—. ¿Pasó algo?

Shirley se encogió de hombros, como si quisiera desechar el humor negro que había caído sobre ella.

—No, nada. Solo que me canso de... la pequeñez del Barrio Chino, ¿sabes? Todos conocen a todos y siempre están metiendo sus narices donde no les incumbe y no puedes hacer nada solo por diversión.

Lily no estaba segura de cómo responder. Le dio los últimos sorbos a su chocolate caliente. Ahora era dulce y recubrió su lengua de azúcar como arena. Shirley tenía razón; Lily también sentía esas restricciones. Aun así, se sentía protectora del Barrio Chino. No quería que nadie lo menospreciara, ni siquiera Shirley. Cuando eran niñas, el Barrio Chino le parecía maravillosamente libre a Lily: un vecindario lleno de amistades, con vendedores que le daban fruta acaramelada y terrones de azúcar. Claro que todos se conocían entre todos, era como una aldea densamente poblada y su padre era el respetado doctor de la aldea. Era seguro. Fuera del Barrio Chino era otra historia. Todos conocían los límites. Te quedabas entre California y Broadway, sin ir más al oeste de Stockton, ni más al este de Portsmouth Square. No fue sino hasta la secundaria, cuando tuvo que caminar a través de North Beach para ir a la escuela, que Lily estuvo cómoda saliendo del Barrio Chino. Incluso entonces escuchó historias de niños italianos que golpeaban a chicos chinos que habían cometido el error de deambular por Columbus Avenue.

—Quiero ir a Nueva York —dijo Shirley abruptamente—. O París. Tal vez Londres… o Honolulu. Uno de mis primos vive ahí. Donde sea menos aquí. ¿Tú no quieres ir a algún lugar? —Miró a Lily, desafiante, y de repente se preguntó si Shirley sabía del Club del Telégrafo de alguna manera.

—Ay, no lo sé. —Lily se agachó para poner su vaso vacío en el piso, lo que le permitió mirar a otro lado.

—Sí quieres. Quieres ir al espacio. —Shirley se rio a medias, no fue capaz de esconder el dejo de condescendencia en su tono.

Lily se puso a la defensiva.

—¿Por qué querías que viniera contigo hoy? ¿Para molestarme?

—¡Molestarte! —Shirley bufó y se terminó su chocolate caliente, tragando las partes grumosas con un gesto—. Solo quería alejarme por unas horas, es todo. Mira, lo siento. He sido mala amiga. Lo sé. Lo siento. ¿Me perdonas?

El cambio repentino desconcertó a Lily. No estaba segura de si creerle o no.

—Ven, vamos a caminar. Hay un museo completo aquí, ¿no? Vamos. —Shirley se levantó y se estiró por alcanzar el brazo renuente de Lily, para jalarla y que se parara—. Vamos. Sé mi amiga hoy, ¿sí? Necesito una amiga.

Debajo del tono de broma de Shirley había algo urgente, incluso un poco desesperado. Lily vio los ojos de su amiga brillar por un instante como si estuviera conteniendo las lágrimas. Shirley soltó el brazo de Lily abruptamene, levantó su vaso y fue a tirarlo junto con el suyo a un bote de basura cercano. Cuando regresó, tenía una expresión compungida en el rostro y Lily tuvo que ceder porque había conocido a Shirley toda su vida y esta era la primera vez que pedía disculpas.

27

El Museo de Sutro estaba lleno de lo que algunas personas llamarían basura: calandrias en fila, directas del viejo oeste; una colección de momias egipcias en sus sarcófagos tallados; dioramas de pueblos fantasmas que venían a la vida mecanizada con algunas monedas. En una sala había un maniquí de tamaño real de una mujer japonesa llamada Señora Ito. Se veía infrahumana, en cuclillas en el piso con un brazo semidescubierto apuntando al lado, tenía indicios de calvicie y rasgos que asemejaban ligeramente a los de un simio.

Lily y Shirley se acercaron con recelo. Ella había sido tallada y pintada en madera, Lily se preguntó si se habrían basado en una mujer real y, de ser así, qué mujer habría consentido que se hiciera esta burla de ella.

Varios niños caucásicos estaban mirando la estatua con atención mientras sus madres estaban paradas detrás de ellos, hablando entre ellas. Uno de los niños señaló a Shirley y a Lily y anunció:

—¡Mami, son como la Señora Ito!

Una de ellas tuvo la cortesía de lucir apenada, pero otra dijo:

—¡Qué maravilloso! Disculpen, chicas, ¿son japonesas? ¿Les gustaría hablar con mis niños?

Lily se paralizó.

Shirley le agarró la mano para jalarla y dijo por encima de su hombro en un acento falso:

—¡No hablar ingrés, perón!

Una vez que estuvieron fuera del cuarto, huyeron corriendo a través de la exhibición de Muñecas del Mundo. Lily estaba segura de que habría unas muñecas chinas horribles ahí, y regresaron a la galería desde la que se veía la pista de patinaje como si las estuvieran persiguiendo. Correr hacía que todo pareciera más chistoso que horrible. Cuando llegaron a la Terraza Marina, donde había una larga fila de ventanas que sobreveían el océano, Shirley dijo insinuante:

—鬼佬.[13]—Y Lily se rio, aunque en realidad no era gracioso.

Había telescopios montados cada tantos metros frente a las ventanas, para permitir a los visitantes enfocar hacia las Seal Rocks, allá en el océano. La capa marina al fin se había levantado y las rocas eran visibles ahora en alta mar. Shirley fue hacia uno de esos telescopios y se asomó en él, luego volteó por encima de su hombro hacia Lily:

—Ven a ver… se pueden ver las focas.

Lily apoyó su ojo en el visor y lo entrecerró, moviendo el telescopio hasta enfocar las rocas. Vio algunas focas recostadas en las rocas, exhibiendo sus cuerpos cafés brillantes ante la isla inclinada. Una de ellas levantó su cabeza y Lily vio sus bigotes como de gato mientras se paseaba antes de echarse un elegante clavado de regreso al agua. Más allá de Seals Rocks, el Pacífico se extendía amplio y gris, punteado de espuma blanca, hasta que desaparecía en el horizonte nublado. Se sentía como si hubieran venido a la orilla del mundo —o al menos tan lejos como era posible del Barrio Chino, sin salir de San Francisco— y esas focas que descansaban estaban totalmente despreocupadas de sus pequeños dramas humanos.

---

[13] Demonios extranjeros.

Una familia entró en la Terraza Marina haciendo escándalo y Lily vislumbró a los niños por la comisura de su ojo. Pensó que podrían ser los mismos de la exhibición de la Señora Ito. A su lado, Shirley traía colgada al hombro su lonchera, y se abotonó el abrigo.

—Tengo hambre. ¿Quieres ir a almorzar algo?

—De acuerdo. —Lily se alejó del telescopio y las dos dejaron la Terraza Marina, ignorando a la familia a propósito. Lily sintió esos ojos en su espalda todo el camino a la salida.

Decidieron llevar su almuerzo hasta el Parque Sutro Heights, que tenía vista al océano. Lily le compró dos botellas de Coca a un vendedor en el camino. Hasta arriba de Point Lobos Avenue, la puerta principal al parque estaba flanqueada por dos leones gigantes de piedra; dentro, el camino estaba delineado con palmeras que ondeaban sus hojas al viento.

Aunque Lily vio a algunas personas deambulando por los senderos, el parque estaba casi vacío. Entrevió los restos de unas estatuas medio escondidas de concreto entre los arbustos. Había un venado caído, con las astas rotas, y la curva de unos senos de mujer de piedra, con un brazo regordete extendido. Ella y Shirley caminaron hasta el viejo parapeto que encerraba el lugar de la mansión victoriana de Adolf Sutro y encontraron una banca a la orilla, justo arriba de Cliff House. Algunos turistas estaban tomando fotos, pero no estaban preparados para un día fresco y se fueron temblando. Lily y Shirley tenían la vista del océano para ellas solas.

Lily abrió sus Cocas mientras Shirley abría la caja de comida para llevar. Lily escogió una de chue yuk y la mordió. El pan al vapor era agradablemente ligero en contraste con el salado y apetitoso relleno de cerdo molido.

—No sé por qué querrías ser caucásica —dijo Lily—. Tendrías que comer comida estadounidense todo el tiempo.

—Ellos pueden comer esta comida —dijo Shirley, mientras agarraba un pan para ella misma—. ¡Se las vendemos!

—No les venden estas, ellos solo comen las de *ch'a shiu.*[14] Normalmente ellos comen… ¿Qué comen? ¿Crema de elote o algo? ¡O guisado de atún!

Shirley escondió su boca detrás de su mano mientras se reía.

—¡Pastel de carne!

—¡Sandwiches de *leberwurst*! —Lily hizo caras.

—¡Pollo a la *king*! ¿Qué es eso, de cualquier manera?

—Una clase de platillo de pollo, con salsa de crema. Creo que lo comí en la cafetería de la escuela una vez.

—Una vez tenían espinaca a la crema, ¿recuerdas? Era esa cosa babosa y oscura nadando en leche. —Shirley hizo un sonido de asco.

—¿Por qué siempre tienen que poner sus vegetales en crema?

—Bueno, sí me gusta el helado.

—Eso no es lo mismo. —Lily le dio una última mordida a su chue yuk paau y deseó tener un poco de helado de jengibre para rematar las cosas—. ¿Quieres compartir otro baau?

—Seguro. No olvides que también hay faat ko.

—Ay, qué rico. —Lily metió la mano en la caja y rompió un pedazo esponjoso del dulce pan al vapor.

—Ojalá hubiera traído un poco de *tann t'aat*[15]—dijo Shirley.

—Mmm. O *tau sha paau.*[16]

—A ti te gustan esos. No son mis favoritos. Me gusta el *lin yung paau.*[17]

Lily le dio otro sorbo a su refresco, el dulce refresco burbujeaba en su lengua. Estaba satisfecha y a gusto, y cuando el viento no

---

[14] Cerdo a la barbacoa.

[15] Tartaleta de huevo.

[16] Bollos de frijol rojo.

[17] Bollos de semilla de loto.

estaba soplando era casi agradable estar ahí. Vio el gris cambiante del océano mientras se inflaba y se hundía, la espuma blanca como encaje que se arremolinaba en la superficie como crema, las olas que chocaban contra las rocas color hierro. Cambiaban constantemente y aun así eran siempre las mismas.

Shirley le pasó una galleta de la fortuna y la rompió para jalar el pedacito de papel. Se metió un pedazo de la galleta en la boca, masticó, y leyó la fortuna en voz alta:

—«La perseverancia trae buena fortuna».

Shirley abrió la suya y leyó:

—«Saber cuándo tienes suficiente es ser rico. Lao Tzu».

Lily aplastó el resto de su galleta y pensó en los dos mensajes.

—Se contradicen el uno al otro. ¿No? El mío dice que sigas y el tuyo que hay que saber cuándo parar. ¿O tal vez trabajan juntos?

—Son solo para turistas. No tienen sentido. —Shirley dejó ir su fortuna y vieron como el pequeño pedazo de papel volaba en el aire. Quedó atrapado en la corriente del aire que lo levantó por encima de la cerca de alambre antes de salir disparado hacia el Pacífico.

Impulsivamente, Lily se levantó para arrojar su fortuna por encima de la cerca también, siguiendo a la de Shirley, como si el vasto océano fuera un pozo de los deseos. Se recargó contra el frío barandal de metal para ver el pedacito de papel revolotear en la corriente de aire abajo hacia Cliff House hasta que desapareció de vista, demasiado pequeño para poder verse. Habían dejado camiones y cabrestantes ahí, junto con paquetes gigantes de alambre grueso. Un niño caucásico, quizás de cinco años, estaba parado afuera de la zona de construcción, aferrándose a la mano de su madre, quien se estaba agarrando el sombrero.

—Lily.

Ella se volteó.

—¿Qué?

—Voy a entrar al Concurso Señorita del Barrio Chino. —El viento arrancó la orilla de la mascada de Shirley y le soltó su cabello, ella la alcanzó para ponerla en su lugar. Parecía muy calmada, como si no acabara de anunciar algo extraordinario.

Lily regresó a la banca y se sentó.

—¿Por qué? Esta mañana dijiste que querías alejarte del Barrio Chino. Esto es... lo contrario.

Shirley bajó la mirada a su regazo, donde había equilibrado la caja de comida para llevar.

—No lo dije en serio, lo de esta mañana. No en realidad.

—Solo en parte.

Shirley cerró la caja y la puso en la banca a su lado.

—Solo odio los chismes del Barrio Chino, eso es todo. Y decidí que si van a decir chismes, ¿por qué no darles una razón para que hablen?

Lily estudió a su amiga; Shirley cruzó los brazos a la defensiva y no la veía a los ojos.

—¿Qué chismes? —preguntó Lily

—¿Qué importa? —dijo Shirley, desafiante.

En ese momento, el viento tiró la bolsa vacía de galletas de la fortuna al suelo y la voló a través del pavimento hacia la cerca. Shirley se levantó de un salto y corrió tras ella, justo cuando la caja de comida se escabulló hacia la orilla de la banca. Lily la agarró antes de que cayera al piso. Shirley regresó un momento después con la bolsa de papel arrugada, y abrió su bolsa de tela para que pudieran meter ahí la basura.

El acto de perseguir la basura había disipado algo de la tensión de Shirley; ahora parecía más suelta o, al menos, resignada.

—De cualquier manera —dijo ella—. George Choy vino a La Perla de Oriente el otro día para pedirle a mi papá que fuera un patrocinador del certamen de belleza y él dijo que yo debería entrar, el señor Choy, y yo pensé, ¿por qué no? Soy tan bonita como la ganadora del último año, y nunca consiguen suficientes chicas que entren, y sería bueno para el negocio. Si yo entro, La Perla de Oriente tendrá muchísima publicidad en el festival de Año Nuevo.

Hace algunos años, el concurso se había movido del 4 de julio al Año Nuevo Chino, y se había hecho más grande cada año. Se esperaba que la ganadora liderara el desfile de Año Nuevo.

—Creo que tengo bastantes posibilidades de ganar —dijo Shirley—. ¿No crees? —Durante su discurso, la postura de Shirley se había enderezado; corrió su mano por la mascada verde y rosa que le cubría el cabello. Inclinó su cabeza y le sonrió de manera casi coqueta a Lily.

—Bueno, sí —dijo Lily. Si alguien tenía buenas posibilidades de ganar el certamen Señorita del Barrio Chino era Shirley. Aun así, había una tristeza inexplicable debajo de la fanfarronería de Shirley, y Lily no estaba segura de cómo preguntar sobre eso. En vez de eso dijo—: ¿Qué tienes que hacer para entrar?

—Tengo que presentar una solicitud y hay una pequeña cuota, pero puedo pagarla con mis ahorros. Y luego tengo que conseguir patrocinadores. Les pediré a mis padres que sean ellos, por supuesto, y quizás a algunos de nuestros vecinos. La tienda de importación del señor Wong estaría bien, porque podría usar su joyería, ¿verdad? Y me preguntaba si tal vez tú podrías ayudarme.

—¿Yo? ¿Cómo?

—Todas las concursantes de Señorita del Barrio Chino tienen que vender boletos de rifa. Creo que casi todas las chicas que concursan tienen a gente que les ayuda a venderlos, algo así como un comité de apoyo. —Shirley le regaló una pequeña y modesta sonrisa a Lily—. Esperaba que tú dirigieras mi comité de apoyo.

Lily estaba perpleja.

—¿Por qué no se lo pides a Flora o a Mary? Ellas son mejores para ese tipo de cosas.

—Porque tú has sido mi mejor amiga desde que tengo memoria. —Un rubor le subió por las mejillas—. No Flora ni Mary. Quiero hacer esto contigo.

Una cálida ternura floreció dentro de Lily; se sentía como un moretón que duele cuando lo presionan. Shirley se acercó un poco, entrelazó su brazo con el de Lily y, al recargar su cabeza en su hombro, olió el ligero aroma del champú Breck de Shirley.

—Este es probablemente nuestro último año juntas —dijo Shirley pensativa—. Podrías estar en cualquier lugar el año que viene. ¿Qué tal si te vas a la universidad a Pensilvania?

—¡Pensilvania! —El tío de Lily, Arthur, el hermano menor de su padre, había ido allá a la Facultad de Medicina, pero Lily nunca había querido ir tan lejos—. No me voy a ir allá.

—¿Por qué no? Si obtuvieras una beca, que podrías tenerla, te irías. Siempre he sabido que te irías a algún lugar desde que éramos niñas. Siempre has sido la única que definitivamente se iría a algún lugar. Incluso si solo vas a Cal, ya no estarás más aquí.

Shirley sonaba terriblemente segura, y su certeza hacía sentir culpable a Lily, como si hubiera estado planeando escapar del Barrio Chino desde su infancia. Como si siempre hubiera planeado dejar a Shirley atrás.

—Tú podrías no estar aquí tampoco —dijo Lily, esperando que las palabras sonaran verdaderas. Por precaución, añadió—: ¿Qué no vas a ir a la universidad?

Shirley se sentó y retiró su brazo del de Lily.

—No soy de las que va a la universidad, ¿o se te olvidó?

Lily estaba apenada.

—Lo siento, no quise…

Shirley hizo un gesto con la mano, para detenerla.

—Es probable que vaya al colegio comunitario de la ciudad, pero no hará ninguna diferencia. Tendré que trabajar en La Perla del Oriente de todas formas, al menos hasta que me case. Eso fue lo que hizo Rosie. Este es mi último año de libertad y lo voy a hacer digno de recordarse. —Volteó a ver a Lily, con una mirada determinada en el rostro—. Sé que hemos tenido algunos desacuerdos este año, pero este es nuestro último año. Hagámoslo juntas.

En el B-Geary de regreso al Barrio Chino hablaron de su plan. Shirley planeba presentar su solicitud en las próximas dos semanas, después de persuadir a sus padres y al señor Wong para que la patrocinaran. Lily le preguntaría a su padre si el Hospital Chino podría patrocinarla de alguna manera, o al menos autorizarle vender boletos de rifa ahí. Shirley necesitaba conseguir un *cheongsam* para el concurso, así como un vestido de noche de estilo estadounidense, tenía que practicar su discurso y determinar cuál era la mejor manera de peinar su cabello. Durante Navidad, se sentarían con sus amigos y harían una estrategia sobre cómo vender tantos boletos de rifa como pudieran.

Shirley quería escribir una lista de lo que tenía que hacer, así que Lily encontró un pedazo de periódico olvidado en un asiento vacío y Shirley tomó prestado un lápiz de una mujer sentada enfrente de ellas. Mientras Shirley hacía algunas notas, Lily vio una pequeña historia sobre un proyecto de construcción en Cliff House. Había una ilustración de un «teleférico» que parecía como un tranvía solitario colgando de un cable grueso, que viajaría entre Cliff House y Point Lobos, apenas pasando los viejos Sutro Baths. Una vez que abriera el siguiente año, los visitantes podrían pagar veinticinco centavos para ir a Point Lobos y de regreso.

Lily comprendió que la construcción que había visto desde Sutro Heights debía estar relacionada con este teleférico. Se preguntó si alguien pagaría por subir a este circuito tan corto e inútil. ¿Valdría la pena pagar el precio para colgar por encima de acantilados rocosos y rocío salado y acercarse seis metros a las Seal Rocks? Los pasajeros simplemente irían de un lado al otro, cuando se bajaran al final de su viaje no habrían ido a ningún lugar.

28

Fue como si Shirley hubiera encendido un interruptor y de repente Lily estaba de vuelta en las garras de su grupo de amistades. En las semanas siguientes a su viaje a Sutro's, Shirley había monopolizado casi todo el tiempo libre de Lily. Tenía que acompañar a Shirley a llenar su solicitud para Señorita del Barrio Chino; tenía que reunirse con sus amistades para formar su comité de Señorita del Barrio Chino, y esas reuniones del comité inevitablemente terminaban en Fong Fong's, donde los chicos se reunían con ellas. Incluso las caminatas a casa después de la escuela se las había reclamado. Shirley casi siempre la buscaba ahora.

Eso significaba que Lily tenía menos tiempo para pasar con Kath. Conforme los días se hacían semanas se sentía cada vez más irritada. En un principio, congraciarse con Shirley de nuevo fue cómodo y familiar, pero no duró. La tía Judy le había enviado a Lily otro número de *Collier's*, y los artículos en la revista hicieron a Lily preguntarse si debería especializarse en Ingeniería Aeronaútica en la universidad, en vez de Matemáticas. Pensó en hablar con Shirley de eso, pero sabía que no estaría interesada, e incluso podría resultar resentida por sus aspiraciones. Cuando era más joven, Lily había aceptado las diferencias entre ellas dos, porque siempre habían sido iguales en todos los aspectos importantes. Pero ahora sus diferencias parecían tan vastas, quizas incluso insuperables. Se preguntó si se sentiría de la misma manera si no se hubiera hecho amiga de Kath.

Aun así, mientras el final del semestre se acercaba cada vez más, Lily comenzaba a preocuparse por la distancia creciente entre ella y Kath. Al principio, fue comprensiva cuando Lily no podía caminar con ella a casa, pero después de varias cancelaciones dejó de esperar a Lily después de la escuela. Ellas no habían sido amigas por tanto tiempo, claro está, tal vez su amistad tan solo se estaba encogiendo a su tamaño anterior. Kath tenía sus propias amigas, incluyendo a las chicas de la AAC con quienes almorzaba, aunque Lily tenía la impersión de que sus amigas más cercanas, como Jean, se habían graduado el año pasado. Lily se preguntó si Kath iba al Club del Telégrafo con ellas, y la idea provocó unos celos extraños en ella mientras que otra parte la hundió en una melancolía fatalista. Lo único que podía concluir es que no comprendía cómo funcionaba su amistad con Kath, pero lo que fuera que estaba pasando, o no, se sentía mal.

Para el último día de escuela antes de las vacaciones de Navidad, Lily no había hablado de verdad con Kath fuera de clases desde principios de diciembre, aunque Kath todavía era perfectamente amigable con ella en la escuela. Lily esperaba encontrar a Kath antes de la asamblea de Navidad, pero no había habido tiempo aquella mañana y luego ella casi llegaba tarde a la ceremonia. La señorita Weiland le estaba haciendo gestos de que se apurara mientras corría a través de las puertas al auditorio.

—¡Lily, por aquí!

Shirley estaba abajo, cerca del frente del auditorio, en la tercera fila casi en medio. Mientras Lily bajaba por el pasillo, finalmente vio a Kath. Se dio cuenta de que Kath la vio también, porque las miradas de ambas se deslizaron sobre la otra casi furtivamente.

Lily quería ir con Kath en ese momento, pero no podía. Tuvo que escabullirse por la fila de Shirley, chocando contra las rodillas de los demás mientras se disculpaba, hasta el lugar que Shirley le había guardado a su lado. Todos sus amigos estaban ahí también: Flora sentada presuntuosamente a la izquierda de Shirley, con Hanson al lado suyo, y Mary con un gesto amargo en el rostro.

Cuando Lily se sentó, Shirley le dijo:

—Vamos a ir a mi casa después de la escuela, no a la de Flora. Vienes, ¿verdad?

—Por supuesto —dijo Lily, pero todavía estaba pensando en Kath. Tenía que encontrarla después de la escuela, de lo contrario, no la vería sino hasta después de las vacaciones de Navidad.

La asamblea comenzó con el coro cantando villancicos de Navidad, antes de la representación del nacimiento de los de décimo grado. Lily estaba inquieta en su lugar, preocupándose de haber hecho enojar a Kath, de alguna manera, por haberse reconciliado con Shirley. Era claro que a Shirley no le agradaba Kath, y probablemente el sentimiento era mutuo. O quizas Lily había hecho algo mal la última vez que habían ido al Club del Telégrafo. Recordaba haberse sentado en silencio a la mesa y haber escuchado a Jean y a esa mujer Rhonda hablar sobre todas esas cosas que ella no entendía sobre tortilleras y sobre pagarle a los policías. Tal vez Kath estaba avergonzada de ser vista con alguien tan ingenua como Lily. La idea la hizo derrumbarse por dentro, segura de que había arruinado su amistad.

Después de que la representación del nacimiento terminó, el club de baile trotó en el escenario en sus zapatillas rosas de ballet con la música de *El Cascanueces*. Las chicas en sus tutús rosas revoloteaban con diferentes grados de pericia, levantando sus piernas en patadas con exuberancia mientras giraban. Cada vez que pateaban, sus tutús se levantaban, y dejaban ver sus leotardos negros debajo de breves y oscuros destellos. Lily había visto la rutina del club de baile de *El Cascanueces* cada Navidad durante la preparatoria, pero este año apenas estaba consciente de lo que estaba observando. Las piernas de las chicas y las sombras entre ellas, las curvas de sus músculos y pantorrillas, el escote visible debido a sus leotardos de corte bajo. Las bailarinas siempre debieron verse así, pero Lily sintió como si fuera la primera vez que las estaba viendo de verdad: el peso de sus cuerpos, la vivacidad y calidez de su piel rosada. Un par de chicos de la fila de enfrente de Lily chiflaron y se rieron, y cuando una maestra bajó por el pasillo para callarlos, Lily bajó la mirada a sus piernas como si la hubieran reprendido a ella también. Había una diferencia entre los silbidos de esos chicos y lo que ella estaba pensando, pero no estaba segura de cuál o cómo era. Ella solo sabía que se sentía atrapada y su rostro se sonrojó. Le alegraba que el auditorio estuviera oscuro.

Su mente revoloteó de vuelta al club, recordando la expresión complacida de Kath cuando Rhonda la llamó bebé *butch*. Lily había comprendido eso en un nivel visceral; lo había visto no solo en el asomo de sonrisa de Kath, sino también en la manera en la que se irguió. Casi como Tommy.

—Te veo en tu casillero en unos minutos —le dijo Lily a Shirley cuando salían de la asamblea.

—Tenemos que irnos pronto —dijo Shirley—. ¿Qué tienes que hacer?

—Tengo que ir por algo —dijo Lily vagamente, y se alejó antes de que Shirley la pudiera cuestionar más. Ella había visto a Kath dirigirse al fondo del vestíbulo hacia su casillero y quería alcanzarla antes de que se fuera, pero la mutitud parecía ponerse en su camino a propósito. Cada vez que esquivaba a una persona parecía aparecer otra frente a ella. Para cuando llegó al casillero, Kath no estaba por ningún lado. Lily giró, frustrada, buscándola, y al fin vio a Kath cuando se dirigía a las puertas principales. Corrió tras ella y al final la alcanzó, y se estiró para tocar el hombro de Kath.

—¡Kath!

Ella se volteó, sorprendida.

—Tengo que hablar contigo. —La mano de Lily se deslizó hasta el brazo de Kath. Tomó su mano y la jaló hasta la orilla del vestíbulo, mientras buscaba un lugar callado. Era un zoológico, con todos corriendo para juntar sus cosas e irse. Lily vio entreabierta la puerta del armario de suministros que estaba después de la puerta de la oficina princial, y tiró de Kath detrás de ella, sin detenerse hasta que estaban dentro con la puerta cerrada, el sonido del éxodo de los estudiantes se amortiguó abruptamente.

El cuarto era un poco más grande que un clóset, más largo que ancho, y apenas más amplio que la puerta. Las paredes estaban delineadas con estantes, y estos estaban llenos de resmas de papel bond, fólders manila y cajas de plumas y lápices. Arriba había un panel plano de luz fluorescente que le recordaba a Lily de la esquina trasera de la Farmacia Económica —no había ido ahí desde la última vez que fue con Kath— y se dio cuenta de que seguía sosteniendo la mano de Kath. La soltó. Su palma estaba sudada.

Kath estaba parada de espaldas a la pared de carpetas de archivos, se veía un poco confundida.

—¿Qué pasa?

Lily habló con prisa.

—Quería alcanzarte antes de Navidad. Perdón, he estado muy ocupada últimamente. Shirley está ocupando todo mi tiempo con lo de Señorita del Barrio Chino.

—Lo sé —dijo Kath—. Me dijiste.

La luz fluorescente hacía que la piel pálida de Kath se viera todavía más blanca y que sus ojos azules se vieran de un gris desvanecido. Lily se dio cuenta de que Kath se había cortado el cabello. Nada extremo, solo un despunte, pero estaba recortado más cerca de su cabeza ahora. Se dio cuenta de que se lo estaba peinando de manera diferente, y que casi la hacía verse como un chico. El pensamiento la sorprendió, y como si Kath pudiera leer su mente, deslizó sus manos a los bolsillos de su chamarra y modificó su postura, casi como un chico.

—¿Cambió algo? —preguntó Kath—. ¿También vas a competir como Señorita del Barrio Chino?

Las cejas de Lily se alzaron.

—¿Yo? Ay, no. Yo no soy ninguna reina de belleza.

Kath sonrió un poco.

—No estoy segura de eso.

La cara de Lily se calentó. Vio por encima del hombro de Kath los montones de fólders manila y se mordió el labio. Ya no podía recordar lo que quería decir. Se acordó salvajemente de Rhonda, de las bailarinas de ballet del Cascanueces y de su propia conciencia de la actitud de chico repentina de Kath, ¿o siempre había estado ahí?

—¿Qué pasa? —preguntó Kath de nuevo—. ¿Te molesta algo? Sé que has estado ocupada últimamente. —Kath la vio con incertidumbre.

—Lo siento —dijo Lily con torpeza—. Siento como si algo estuviera mal. ¿Hay algo mal? ¿Entre nosotras? —Torció sus manos juntas, su cara sonrojada se estaba poniendo todavía más caliente.

Kath la vio de manera graciosa, con una mezcla de cautela y sorpresa.

—Yo no… ¿por qué crees que algo está mal?

—¿Es por Shirley? Es muy demandante y no quiero que pienses que no quiero… que no quiero ser tu amiga. —Lily se estremeció ante su manera atropellada de verbalizarlo.

Kath se movió, reacomodando la correa de su bolsa de libros, su cautela parecía aumentar.

—Para ser honesta, ella no parece ser muy buena amiga.

—Ella es mi mejor amiga —dijo Lily, y luego suspiró.

—Está bien —dijo Kath. Sonaba como una pregunta.

—Es solo que la he conocido toda mi vida —dijo Lily, tratando de explicar—. Yo no… No puedo… no es fácil… estar cerca de ella a veces, pero no puedo darle la espalda. Es nuestro último año. —No sabía cómo hacerle entender a Kath que Shirley siempre había estado ahí, de la manera en que Lily sabía que siempre estaría ahí, incluso si Lily se iba a la universidad y Shirley se quedaba en el Barrio Chino. Lily siempre regresaría a casa—. Pero este es nuestro último año juntas. —Lily se dio cuenta de que le estaba citando a Kath lo que había dicho Shirley.

—Entonces, ¿qué es lo que me quieres decir? ¿Qué estarás ocupada hasta que termine lo de Señorita del Barrio Chino? —Kath frunció el ceño y negó con la cabeza—. Supongo que no entiendo. Pensé que éramos… —Kath se detuvo a sí misma, sonando frustrada.

—No, no es eso lo que digo. Yo… —La voz de Lily se fue apagando. Era como si el inglés le hubiera fallado. No podía hallar las palabras correctas para este sentimiento apresado en su interior, como si se estuviera negando a sí misma algo absolutamente vital y no sabía por qué.

Comprendió de manera abrupta que esto no tenía nada que ver con Shirley.

Extrañaba a Kath. Extrañaba hablar con ella, sí, pero también extrañaba que Kath la oyera. Los cohetes a la luna no sonaban tan descabellados cuando Kath la escuchaba. Ella había hecho que cosas previamente inimaginables parecieran posibles.

Quería preguntarle a Kath cuándo podría volver al Club del Telégrafo, pero ahora sentía que había empeorado todo y miró al piso sintiéndose miserable.

—Tal vez debería irme —dijo Kath en voz baja—. Siento que te estoy disgustando.

—No, yo estoy haciendo todo esto mal —dijo Lily. Una oleada de anhelo la invadió. Necesitaba arreglar esto. *Demostrarle* a Kath lo que no podía decir.

Lily se estiró y tomó impulsivamente la mano de Kath en la suya. Kath se sorprendió, pero dejó que Lily le agarrara la mano.

Lily supo inmediatamente que esto era diferente. No había sido solo tomar la mano de Kath para jalarla dentro del armario de suministros. Por instinto, Lily recorrió su pulgar por la palma de Kath, sintiendo el relieve de carne y el delicado hilo conductor de su vena en su muñeca, el aleteo de su pulso debajo de la punta del dedo. Escuchó a Kath contener el aliento.

—Vamos al club de nuevo —dijo Lily con suavidad, viendo sus manos unidas. Nunca había notado que la piel de Kath era tan blanca que casi hacía parecer la suya de un tono café dorado.

Hubo una pausa, que duró lo suficiente para que el corazón de Lily se empezara a hundir. Entonces Kath dijo dudosa:

—¿Crees que… crees que tendrás tiempo libre en las vacaciones de Navidad?

—¡Lo tendré! —Lily levantó la mirada, emocionada, y los dedos de Kath se apretaron contra los suyos—. ¿Cuándo quieres ir? —preguntó.

Kath se veía como si no lo pudiera creer.

—Jean quería ir en Año Nuevo, pero es demasiado caro. Cobran por entrar. Le pregunté si quería ir mejor el 30 de diciembre.

—¿Qué dijo?

—No ha decidido. Te iba a preguntar si querías ir, pero no sabía si… ¿Entonces, quieres ir?

El cabello de Kath estaba tan corto que Lily pudo ver las puntas de sus orejas, cómo se encendía su piel rosada, al igual que el color entraba en una rosa. Lily sabía que se estaba sonrojando también, pero por un momento emocionante no le importó.

—Sí —dijo ella—. Sí.

29

Cuando Lily era más chica, pensaba que la casa de Shirley era como un laberinto maravilloso. Todos los cuartos, grandes y pequeños, estaban repletos de cachivaches chinos: estatuas de jade en toda clase de recovecos; pinturas de paisajes, hechas con tinta y pincel, de un café y amarillo desteñidos; tapices de seda y biombos pegados a la esquina. A través de los años, varios miembros de la familia extendida de Shirley habían vivido aquí —tíos y tías, abuelos y primos de visita—, pero ahora era solo la familia inmediata de Shirley. Desde que la hermana mayor de Shirley, Rosie, se había casado y mudado, solo había seis de ellos ocupando los dos pisos arriba de La Perla de Oriente.

Hoy Shirley guió a Lily, Flora y Mary a la sala en el tercer piso. Sus ventanas daban a Sacramento Street; Lily y Shirley habían pasado muchas horas asomándose por esas ventanas, inspeccionando la actividad en la calle de abajo y echando un ojo para ver quién entraba al restaurante. Sin embargo, hoy estaba demasiado fresco como para tener las ventanas abiertas y Shirley tuvo que encender las lámparas para tener luz. Era una habitación formal decorada con un juego de muebles de palo de rosa chino y un trío de vasijas de la dinastía Ch'ing en un mantel encima de la chimenea fría. Había un altar familiar instalado en una esquina con pequeñas fotos en blanco y negro pegadas a la pared, por encima de un tazón con varas de incienso quemadas por la mitad. El vago y dulce aroma del incienso permanecía en el cuarto, por encima del aroma a tallarines fritos que siempre se aferraba a La Perla del Oriente.

La tarea de hoy era trabajar juntas en el discurso de Shirley. Mary estaba ordenando sus notas mientras Flora les informaba con orgullo que su padre compraría un par de cientos de boletos de rifa.

—Eso es maravilloso —dijo con entusiasmo Shirley—. Tienes algo de competencia, Lily.

Lily estaba sorprendida.

—¿La tengo?

—Estoy segura de que la junta directiva del hospital comprará mil boletos —dijo Flora con tranquilidad.

Mary casi sonrió, pero lo ocultó al estirarse por un poco de calamar seco que Shirley había vertido en un tazón en la mesa de centro.

Shirley abrió su cuaderno.

—De acuerdo. ¿Qué debería decir en mi discurso a los jueces? Se supone que debe ser sobre por qué soy la candidata correcta para ser Señorita del Barrio Chino.

—Bueno, ¿por qué quieres ser Señorita del Barrio Chino? —preguntó Mary.

—¿Porque eres ambiciosa?—sugirió Lily.

—No puede decir eso —objetó Flora—. Tiene que ser modesta.

—Porque eres hermosa —dijo Mary.

—Tampoco puede decir eso —dijo Lily—. ¿Qué dijeron el año pasado? La Señorita del Barrio Chino tiene que ser buena, serena y trabajadora. Bueno, eres trabajadora. —Se metió una tira de calamar a la boca; estaba fibroso, salado y sabía a pescado, con un ligero toque picoso.

Shirley pestañeó con coquetería.

—¡También soy serena!

—Entonces solo tendrás que mentir sobre la parte de ser buena —dijo Lily.

—Soy perfectamente buena —dijo Shirley.

—Depende de a qué te refieras por buena—bromeó Mary

Lily se rio, mientras Shirley fingía estar ofendida. Flora se tapó la boca con la mano mientras se reía.

—Escuché que Donna Ng ahora está bailando en el club Forbidden City —dijo Mary, con los ojos muy abiertos para demostrar que estaba escandalizada por el rumor. Dona Ng había sido finalista el año pasado.

—Escuché que la Señorita del Barrio Chino de Los Ángeles está haciendo audiciones para películas —dijo Flora.

Shirley posó en su silla e inclinó la cabeza hacia atrás, como si estuviera mirando al horizonte.

—¿Creen que debería audicionar para una película?

—¡Sí! —dijo Mary.

—No hay muchas películas con chicas chinas en ellas —dijo Lily—. No aquí, de cualquier manera.

—Deberías ir a Hong Kong —sugirió Flora.

—Bueno, primero lo intentaré en Hollywood —dijo Shirley con confianza—. Estoy segura de que me elegirían.

La luz de la lámpara de pie estaba perfectamente posicionada para brillar en la cara de Shirley, casi como un reflector. A Lily le pareció muy fácil imaginarla en la pantalla grande. Shirley disfrutaba la atención, pero también sabía cómo convertir el deseo que tenía de ser vista en algo coqueto, y de alguna manera, halagador para la persona que la estaba viendo.

Shirley dejó de posar y cruzó una pierna sobre la otra, meneando un pie con pantufla de arriba abajo en el aire.

—Vamos, chicas, ¿qué debo decir? —preguntó, inclinándose para agarrar varias tiras de calamar. Las masticó como una vieja mujer china a quien no le importa que la peste a pescado se aferrara a ella después.

—Ya sé —dijo Lily y todas voltearon a verla—. Quieres ser Señorita del Barrio Chino porque este es tu hogar. Creciste aquí, amas este lugar y quieres ayudar a representarlo al resto de Estados Unidos.

Shirley estaba apuntando lo que Lily decía.

—Sí, exacto. Es perfecto. —Le sonrió a Lily y agregó—: Estoy tan feliz de que estés aquí.

Esa fue la primera vez que alguien había reconocido, aunque fuera de manera indirecta, que por un corto tiempo Lily se había ido. Flora y Mary la miraron con algo de culpa. Lily tomó un poco más de calamar.

En Nochebuena, Frankie interpretó a un pastor en la representación navideña del nacimiento en la iglesia. Él había conseguido una barba café falsa y la había amarrado a su cabeza con un cordón de cocina. Debido a su papel, Lily y su familia tuvieron que llegar a la iglesia temprano. Mientras ella esperaba afuera del santuario con Eddie y su padre —su madre se había adelantado con Frankie—, se preguntó si Kath estaría asistiendo a misa en la iglesia de San Pedro y San Pablo y si estaría pensando en ella. ¿Qué tal si estaban pensando la una en la otra al mismo tiempo? La idea hizo que el pulso se le acelerara.

No pasó mucho tiempo antes de que sus amistades comenzaran a llegar, tuvo que fingir que estaba feliz de verlos. Primero, los colegas de su padre del Hospital Chino y sus familias, luego un grupo de estudiantes de China que estaban estudiando en Cal y querían que los presentaran con su padre. Tuvo que estrechar sus manos y hablar con ellos con su horrible mandarín. Finalmente, todos se dispersaron en las bancas: Lily con su padre y Eddie, Shirley con su familia del otro lado del pasillo, y los estudiantes chinos al fondo. Su madre se deslizó junto a Lily un momento antes de que el coro comenzara a cantar y Lily lenvantó la mirada al altar para ver.

Ella estaba inquieta mientras los jóvenes José y María tomaban sus lugares. Su abrigo estaba sobre sus rodillas y era demasiado parecido a una manta. Trató de doblarlo, pero le pegó a su madre con el codo en el proceso.

—Lo siento —susurró. Su madre le frunció el ceño mientras tomaba el abrigo y lo doblaba ella, como si Lily fuera una niña pequeña.

Lily volteó al otro lado de la iglesia buscando a Shirley, que estaba viendo la escena con una expresión en blanco en el rostro, como si su mente también estuviera en otro lugar. Lily se dio cuenta de que Shirley había cambiado su cabello. Lo había hecho de manera sutil, pero de algún modo lo había peinado hacia atrás y se había puesto pasadores, de tal manera que la hacía verse mayor, más sofisticada. Había algo en la postura de Shirley —hombros hacia atrás, cabeza levantada— que le recordaba a Lana Jackson.

Al instante Lily pensó en el aroma del Club del Telégrafo, el sonido del piano y los vasos chocando con la mesa. Su mente regresó a Kath y a la última vez que la había visto: la sensación de sus manos unidas, su promesa de reunirse en la noche antes de Año Nuevo.

Nadie en esta iglesia sabía que ella había estado en el Club del Telégrafo ni que iría de nuevo. Nadie. Pensar eso la desorientaba, como si estuviera viviendo una segunda vida en una dimensión separada, y tuvo que enroscar sus dedos sobre la dura orilla de la madera de la banca para recordarse a sí misma dónde estaba.

Uno de los niños estaba leyendo el evangelio de Lucas en una voz aniñada y aguda: «Y dio a luz a su hijo primogénito; lo envolvió en pañales y lo acostó en un pesebre, porque no había lugar para ellos en el mesón». La joven María, una niña china con un vestido campesino café y con una tela azul en el cabello, colocó cuidadosamente a un muñeco de bebé dentro del pesebre de madera acolchado con heno. Alguien había construido ese pesebre años atrás, Lily lo reconocía de navidades pasadas.

Lily había representado el papel de pastor una vez en una escenificación navideña, cuando tenía como nueve o diez. Ella fue la única niña en interpretar a un pastor y, de hecho, había discutido para conseguir el papel, porque habían elegido a Shirley como María y ese era el único papel para una chica. Recordaba haberle dicho al maestro de catecismo: «¡No es justo que Shirley sea la única niña en la obra!». El profesor cedió y le dijo que podía ser una pastora, pero Lily insistió en que quería ser un pastor, justo como los niños. Había estado muy orgullosa.

Ahora se preguntaba, un poco tensa, si eso había significado algo. ¿Kath también había interpretado a un pastor en la representación de su iglesia? De repente imaginó a todas las mujeres que había conocido en el Club del Telégrafo de niñas, cada una de ellas vestida como un pastor, o incluso como rey mago, en ropas de niño, escondiendo sus vestidos, con barbas falsas cubriendo sus caras.

Los pastores se estaban moviendo al frente del santuario, rodeando a María, José y al muñeco del Jesús. Frankie estaba agarrando su bastón de pastor con mucha fuerza, completamente entregado a su papel. Lily notó que ninguno de los pastores era niña este año, todos eran niños.

1937 — Japón invade China.

1940 — Nace Edward Chen-te Hu (胡振德).

1941 — Estados Unidos entra a la Segunda Guerra Mudial.

1942 — Joseph se une el Ejército de los Estados Unidos y se naturaliza como ciudadano americano.

1943 — La Ley de Exclusión China es derogada.

25 de marzo de **1943** — **GRACE y su familia asisten a los desfiles en honor a la visita de Madame Chiang Kai-shek a San Francisco.**

1944 — Se formaliza el «Escuadrón Suicida al Laboratorio de Propulsión a Reacción».

1945 — La Segunda Guerra Mundial termina.

GRACE

Once años antes

El Barrio Chino estaba lleno de banderas, serpentinas y flores: banderas estadounidenses y chinas, rojas, blancas y azules; largos listones rojos revoloteaban desde los postes de luz; flores de albaricoque de pétalos blancos con sus suaves corazones rosas se ruborizaban en las ventanas pulidas. Madam Chiang Kai-shek estaba visitando San Francisco, el sol mismo parecía brillar con una calidez particular para marcar su llegada, inclinándose entre los edificios para teñir cada bandera y serpentina de luz dorada.

A Grace Hu le había dado la fiebre que aquejaba a toda la ciudad. Más temprano aquella mañana, ella había esperado por un lugar en Grant Avenue entre el quiosco de la esquina y un poste de luz para ver la procesión de la primera dama de China a través del Barrio Chino. La madre de Grace había arrastrado una caja vacía hasta el borde de la acera y se sentó ahí con Eddie, de dos años, encaramado en su regazo, milagrosamente tranquilo por un momento. Lily, que tenía seis, se recargó contra Grace mientras esperaban. Esa tarde, Lily se uniría a los miles de niños del Barrio Chino en el desfile a través del Centro Cívico, y Grace marcharía con ella en una de las docenas de madres voluntarias que acordonarían a los niños a través de la ciudad. Ahora, Grace imaginó, era la calma antes de la tormenta.

—佢話佢好虛弱 —dijo la madre de Grace—. 無論佢走到邊度, 都有白車跟住佢.[18]

—但佢一定要好堅強先可以橫跨美國演講[19]—Grace comentó.

—為中國佢會忍受一切.[20]

El conocimiento que Grace tenía sobre el dialecto cantonés de su madre se limitaba a lo que se hablaba en casa. No siempre podía comprender del todo cuando su madre hablaba de política, pero conocía lo suficiente a su madre para escuchar el cinismo en su voz. Estaba por preguntarle exactamente a qué se refería, pero Lily la interrumpió.

—¿Mamá, cuándo llegará aquí? —le preguntó.

—Pronto —dijo Grace.

—Pero dijiste eso hace mucho —se quejó Lily.

Grace se rio y apretó a su hija cerca de ella, mientras Lily chilló entre protestas y risas, Grace se agachó y dijo:

—En cualquier momento. ¡En cualquier momento!

Eddie escuchó la anticipación en su voz y se estiró por ella, sus pequeños dedos bien abiertos. Ella le hizo cosquillas en su palma rosada con la punta de su dedo y sonrió mientras él se reía. Ver a su hijo reír en el regazo de su madre la hizo darse cuenta de que no quería discutir con ella sobre Madame Chiang. Quería disfrutar el día.

Su esposo se había unido al Ejército de los Estados Unidos hacía un año y hoy era el primer día que se sentía optimista sobre la guerra. Estaba segura de que la gira de Madame Chiang por Estados Unidos solo traería más apoyo estadounidense a China en su batalla contra el Japón imperial. Sentía un orgullo particu-

---

[18] Dicen que es muy frágil. Tiene a una ambulancia siguiéndola a dondequiera que va.

[19] Debe ser muy fuerte para soportar este viaje a través de Estados Unidos.

[20] Ella soportará lo que tenga que soportar por China.

lar de que su esposo fuera parte del esfuerzo. Aunque él no le podía contar mucho sobre lo que estaba haciendo, ella sabía que lo habían enviado a China y que estaba trabajando para salvar las vidas de los hombres de sus dos países: su tierra natal y su nueva nación adoptada.

Al fin, Grace escuchó el rugir creciente de la multitud que anunciaba la llegada de Madame Chiang a las puertas del Barrio Chino. La madre de Grace se puso de pie levantando a Eddie en sus brazos para que él pudiera ver también la caravana de autos que se acercaba. Aquellos en la multitud estaban ondeando sus banderas con emoción. Los vítores ahogaron el sonido de los motores de la caravana, todos se inclinaron al unísono, deseando echar un vistazo a la mujer que había venido a representar a toda China.

Se rumoraba que Madame Chiang podría salir de su limusina y caminar por Grant Avenue, cuando su auto apareció en la calle, todos esperaban que hiciera justo eso, pero ella no se detuvo. Los hombres de traje oscuro del servicio secreto que caminaban a los lados de la caravana de autos solo observaron a los espectadores por debajo de los bordes de sus fedoras. Finalmente, ahí estaba: la limusina adornada con banderas, las defensas pulidas y las ventanas brillando con la luz del sol. Grace instó a su hija a que se subiera a la caja de madera para que pudiera ver a la primera dama de China.

Grace vio el aleteo de un pañuelo blanco desde el asiento trasero: Madame Chiang estaba saludándolos, pero no se bajó del auto. Todos estaban diciendo que debía de estar demasiado exhausta, además, iba a ir a visitar a los líderes del Barrio Chino en el centro de operaciones de Six Companies. No había tiempo para permanecer aquí, saludando a los chinos ordinarios de Estados Unidos. Deberían vitorear más fuerte, para que ella supiera que los chinoestadounidenses la apoyaban. Grace se recordó a sí misma, no por primera vez, que Madame Chiang era prácticamente mitad estadounidense, pues había sido educada en Estados Unidos. Se aferró a esta idea mientras la caravana de autos desaparecía y era seguida por la agrupación de tambores de St. Mary, tocando con un ritmo alegre, justo como si fuera el Año Nuevo Chino.

—Mamá, pensé que el desfile era esta tarde —dijo Lily.

—Hay otro por la tarde. Este es para recibir a Madame Chiang en el Barrio Chino.

—¡Dos desfiles! ¿En un día?

—Sí, dos desfiles.

—Esta madame debe ser muy importante.

Grace le sonrió a su hija.

—Sí. Es una mujer china muy importante, en efecto.

La desventaja de ser parte del desfile, comprendió Grace, era que no podría ver al resto. El momento histórico debe ser apreciado, se dijo a sí misma, mientras marchaba de un lado al otro para vigilar a los veinte niños inquietos que le habían encargado supervisar. Su grupo era uno de varias docenas, y ella había escuchado que serían miles de niños. Todos estaban vestidos con ropa tradicional china, desde sus gorros de colores con borlas doradas hasta pijamas de seda bordadas con flores rosas. Lily y su amiga Shirley usaban pantalones de seda que hacían juego y chamarras de cuello mao con botones de rana amarillos. Estaban fascinadas tanto por sus trajes como por la importancia de su misión: representar a los jóvenes chinos en Estados Unidos. La responsabilidad, conferida a ellas por Grace y otras madres, parecía reposar con ligereza sobre sus pequeños hombros. Estaban sencillamente emocionadas de estar reunidas con sus amistades debajo del claro cielo de la tarde del mediodía en lo que debió haber sido un día de escuela.

Cuando al fin llegó su momento para unirse al desfile, Grace alineó a su grupo y lo guio hacia el Centro Cívico. Las multitudes que rodeaban Polk Street eran de treinta o cuarenta personas de profundidad. Grace no podía ver dónde terminaba. Conforme se acercaban al ayuntamiento, los vítores se hacían más escandalosos, y ella podía sentir cómo la emoción hacía vibrar sus huesos, como si un terremoto estuviera sacudiendo las calles cubiertas de confeti.

Decían que Madame Chiang estaba viendo el desfile desde el balcón encima de la entrada al ayuntamiento. Grace miró entre las columnas y distinguió unas personas diminutas, pero no pudo reconocer a nadie. Ni siquiera vio el destelleo blanco del pañuelo de Madame Chiang, que seguramente estaría sacudiendo hacia las multitudes debajo de ella.

Grace notó un avión volando por encima de sus cabezas, el gruñido de su motor fue absorbido por la multitud animada. Jalaba por el aire una amplia bandera blanca con un círculo oscuro pintado. Era un avión de guerra remolcando un blanco aéreo hacia el océano, donde se usaría para prácticas de uso de metralladoras por los pilotos de la Marina, para ensayar sus ataques contra los japoneses. Se preguntó si Madame Chiang lo había visto también.

Cuando los Lums invitaron a los Hus a cenar con ellos en su casa después del desfile, Grace aceptó agradecida. El día había sido emocionante pero fatigante, y no quería terminarlo llevando a los niños a casa, a su pequeño y oscuro departamento.

Grace a menudo envidiaba a los Lums en secreto. Le parecía que había algo muy llamativo sobre su gran y bulliciosa familia, con muchas generaciones y primos viviendo juntos sobre su restaurante. Admiraba la calma con la que Ruby Lum, la madre de Shirley, administraba toda la casa. Hubo un tiempo, antes de que Lily naciera, cuando Grace pensó que se mudaría a China con Joseph para ser parte de su familia, como una auténtica esposa china, pero la invasión japonesa a Shanghái había saboteado esos planes. Algunas veces todavía se sentía resentida por eso. Sabía que debía estar agradecida con su madre por haberse mudado con ella para ayudarle con los niños mientras Joseph estaba en el ejército, pero batallaba en encontrar esa gratitud. Se sentía como si de alguna manera se hubiera mudado de vuelta a casa, como la hija viuda sin dinero, aunque la situación era en realidad la opuesta.

Nunca permitiría que Joseph supiera que ella se sentía así. Pensar que ella envidiaba a la esposa de un dueño de restaurante —¡incluso aunque fuera exitoso!—, por encima de su posición como la esposa de un doctor que estudió en Standford. En China, la familia de Joseph estaría por encima de los Lum, pero aquí en Estados Unidos, Grace no estaba segura de que se aplicara la misma estratificación social. La gente trataba a Joseph con respeto de frente, pero Grace sabía que para varios residentes del Barrio Chino, para todos esos solteros viejos que se amontonaban hasta seis en un cuarto, el doctor Joseph Hu era un shangainés engreído que no hablaba su idioma.

Todo esto cruzó por su mente mientras seguía a su madre por las escaleras hasta la sala de los Lum. Su hogar estaba abarrotado de muebles chinos y pinturas, pero era un desorden agradable, hablaba del éxito de la familia. Lily y Shirley ya estaban corriendo hacia el cuarto que Shirley compartía con sus hermanas, y aunque Grace les dijo que estuvieran calladas, sabía que no la escucharían. Eddie estaba inquieto, y le tomó algo de tiempo calmarse para su muy necesaria siesta. Para cuando Grace regresó a la sala, Ruby ya había pedido que subieran comida del restaurante de abajo. En la mesa del comedor había bandejas de tallarines fritos, agua de espinaca y pescado a las brasas. Rosie, la hija mayor de los Lum, cargaba una pila de tazones, una docena de cucharas chinas y un contenedor con palillos; Ruby trajo una sopera con caldo de hueso de cerdo de la pequeña cocina de la familia.

La cena fue casual y ruidosa. Se sirvió vino de arroz y los hombres mayores de la familia (los jóvenes se habían enlistado en el Ejército) comenzaron a hablar descaradamente sobre la guerra. Cómo Estados Unidos enviaría aviones, armas, soldados y bombas; cómo los japoneses serían masacrados sin piedad, como lo habían hecho con los chinos.

Ruby y Grace compartieron una mirada escéptica que se convirtió en una sonrisa, y Ruby le hizo un ademán a Grace para que se movieran juntas al sillón. Uno de los meseros del restaurante había subido un cesto de bollos rellenos de crema, y cada una tomó uno junto con su taza de té, en la mitad callada de la sala, y se sentaron cerca de la madre de Grace.

—¿Crees que tengan razón? —preguntó Grace, viendo a los hombres—. ¿Estados Unidos en verdad mandará toda esa ayuda a China?

Ruby se encogió de hombros.

—¿Quién puede saberlo? El presidente dijo que lo haría, pero hasta ahora Estados Unidos no ha cumplido con sus promesas.

—Si alguien puede persuadir al presidente Roosevelt de ayudar a China es Madame Chiang —dijo Grace—. ¿Has visto la manera en la que los periódicos hablan de ella? La aman.

—Aman a la mujer que ella les presenta.

—¿Crees que está dando una impresión falsa?

Ruby negó con la cabeza.

—No falsa. Practicada. Preparada. Es tan estadounidense... por eso la aman.

—La aman porque es hermosa —dijo la madre de Grace.

Los hombres rompieron en cargadas por un chiste que Grace no escuchó, fue discordante en el contexto de la declaración de su madre. Grace dijo:

—También es inteligente.

—Claro que lo es —dijo Ruby—. Es lo suficientemente inteligente para asegurarse de ser hermosa. Ay, sé que te agrada, Grace. A mí también. Pero sigue siendo una mujer. ¿En realidad puede persuadir a todos esos hombres caucásicos de que ayuden a China? Puede que la amen a ella, pero no estoy segura de que amen a China.

—La aman más que a Japón —señaló Grace. Por la comisura de su ojo vislumbró a Lily corriendo dentro de la sala y la llamó—: ¡Lily, no corras!

Lily aminoró el paso, pero Shirley la agarró de la mano y la jaló hacia las ventanas al frente de la sala. Las cortinas estaban cerradas y el letrero de neón rojo y blanco de La Perla del Oriente brillaba a través del cristal. Shirley arrastró un reposapiés bajo hacia la ventana y se subió en él. Lily la siguió. Grace estaba por advertirle a su hija que tuviera cuidado cuando comprendió lo que estaban haciendo. Paradas en el reposapiés, el alféizar de la ventaba les llegaba a la cintura a las niñas y se recargaron contra él como si estuvieran en un balcón. Cada una sostenía una servilleta blanca del restaurante en su mano derecha y la ondeaba hacia la oscura calle de abajo.

PARTE V

Vida exuberante

DICIEMBRE DE 1954 – ENERO DE 1955

30

Kath estaba sola cuando Lily se reunió con ella en la esquina acordada aquella noche del 30 de diciembre.

—Jean no viene —dijo Kath, tan pronto vio a Lily—. Está ahorrando para mañana en la noche. Parece que será un gran espectáculo.

—Lamento que no puedas ver eso —dijo Lily, aunque sintió una punzada de alivio por la ausencia de Jean.

—Está bien —dijo Kath—. Prefiero ir esta noche.

Lily se preguntó si eso significaba que Kath prefería estar aquí con ella que con Jean, y sintió una breve oleada de emoción. Se enredó su bufanda, reacomodándola alrededor de su cuello. La noche estaba brumosa y totalmente fría, y ráfagas de viento le jalaban la bufanda y se la aflojaban.

—¿Cómo estuvo tu Navidad? —preguntó Kath, mientras comenzaron a caminar hacia el club.

—Me regalaron una bolsa de mano —dijo Lily. No pretendía sonar tan sombría, pero su actitud fue involuntariamente graciosa y ella y Kath rompieron en carcajadas.

—¿No querías una? —preguntó Kath.

Hablaron de Navidad un rato más, luego tuvieron que parar de hablar mientras cruzaban Broadway para evitar a un grupo de hombres que iban en dirección contraria. Cuando llegaron al otro lado, Lily dijo:

—He estado pensando en lo extraño que es que yo nunca solía hacer esto y ahora parece casi normal. —Hizo una pausa—. No exactamente normal, pero ¿sabes a lo que me refiero?

—Lo sé.

—¿No es extraño que nadie de nuestra vida normal sepa de esto? ¿Que piensen que estamos durmiendo en casa?

—Bueno, no quieres que lo sepan, ¿o sí?

—No —dijo Lily con rapidez. Por supuesto que no quería que nadie de su vida normal lo supiera. Tan solo pensarlo la horrorizaba. No, era mejor hacer esto en secreto.

En el club había una fila corta esperando afuera. Mickey estaba trabajando de nuevo, pero no reconoció a Lily al principio, así que tuvo que desamarrarse su bufanda.

—He estado aquí antes.

Detrás de ella una mujer dijo:

—¿Lily, eres tú?

Ella se volteó sorprendida y una mujer pequeña con un impermeable con cinturón dio un paso al frente y dijo:

—Soy yo, Claire. ¿Me recuerdas?

Lily estrechó la mano de Claire y esta estrechó la mano de Kath también. Claire estaba con Paula de nuevo, Lily la recordaba, y las cuatro entraron al club juntas. Encontraron una mesa del lado izquierdo del salón del escenario, cerca del fondo.

Esta vez, una mesera con un vestido de coctel negro y un pequeño delantal amarrado a la cintura se movía entre las mesas, tomando órdenes y entregando bandejas de bebidas.

—Hola, chicas, tenemos la champaña en especial esta noche —dijo ella, cuando llegó a su mesa.

—Una ronda para todas —dijo Paula—. Yo invito.

Pasaron varios minutos para que la mesera regresara; mientras esperaban, hablaron del próximo espectáculo: si Tommy interpretaría algún nuevo número o si retiraría alguno habitual.

—Ha estado aquí por un rato, en el Club del Telégrafo, quiero decir —dijo Claire—. Por varios meses al menos.

—Estoy sorprendida de que Joyce la haya conservado por tanto tiempo —dijo Paula.

—Debe estar atrayendo a la clientela —dijo Claire—. ¿Cuántas veces hemos venido? ¿Media docena al menos?

—¿Quién es Joyce? —preguntó Kath.

—Joyce Morgan. La dueña —dijo Paula—. Suele estar en la barra.

—¿Dónde estaba Tommy antes? —preguntó Kath.

—¿En el Paper Doll, quizás? —dijo Claire—. Nunca la vi ahí.

—Solía trabajar estacionando carros —dijo Paula—. Allá en un estacionamiento por Columbus.

—¿Pueden imaginarlo? —dijo Claire, riéndose—. ¿Que tu carro lo estacionara alguien como Tommy Andrews?

—No creo que se diera a conocer como Tommy Andrews en aquel entonces.

La mesera regresó, cargando cuatro copas de champaña en su pequeña bandeja redonda.

—Feliz Año Nuevo adelantado —dijo Paula, todas levantaron sus copas y las chocaron con cuidado para evitar derramarlas.

Lily le dio un sorbo vacilante. Era amarga y un poco suave.

Paula hizo una mueca.

—No creo que esto sea francés, pero hará su trabajo.

—Ay, Paula —dijo Claire.

La pianista salió y los reflectores se encendieron. Todas se quedaron calladas mientras esperaban que el espectaculo comenzara. Lily bebió su champaña barata demasiado rápido, y para cuando Tommy Andrews subió al escenario, ella ya estaba un poco mareada y sentía demasiado calor, como si un verano hubiera florecido en el interior del club y la hubiera envuelto en su perezosa calidez. A ella no le importó en lo absoluto.

En el intermedio, Claire y Paula subieron al baño, a su regreso traían a Lana Jackson con ellas. Lana había estado bebiendo un martini, y cuando la mesera regresó para tomar sus nuevas órdenes, Lana la saludó por su nombre. Paula y Claire pidieron martinis también y Lana sugirió que mejor Betty les llevara una jarra a la mesa.

—Yo solo quiero una cerveza, gracias —dijo Kath.

—¿Que hay de usted, señorita?—le preguntó Betty a Lily.

—Solo una cerveza, gracias.

—No luces como alguien que beba cerveza —dijo Lana, encendiendo un cigarro—. ¿Estás segura de que no quieres un martini?

—Nunca he probado uno.

Las oscuras cejas delineadas de Lana se levantaron y le sonrió a Lily antes de ver a Betty.

—La muñeca china tomará un martini también.

Lily no estaba segura si debería sentirse halagada o insultada.

Lana ofreció su cigarrera plateada en la mesa y Claire dijo:

—Tomaré uno. ¿Oíste lo de Ruth Schmidt?

—¿Ruthie de San Mateo? —dijo Lana.

—Sí. ¿Lo escuchaste?

—No, ¿qué pasó?

Claire se acercó al encendedor que Paula sostuvo para ella, inhalando con rapidez.

—Me dijo que unos agentes del FBI le pidieron que fuera su informante.

Lily y todas las demás vieron sorprendidas a Claire.

—¡Una informante! —exclamó Lana—. Pensé que estaba trabajando allá en el embarcadero.

—Sí, como mecanógrafa, pero al parecer los federales creen que su nuevo novio es un rojillo.

Las cejas de Lana se alzaron de nuevo.

—¿En serio? ¿Te refieres al chico ese Marty Coleman? ¿El vendedor de autos?

Claire se rio.

—El vendedor de zapatos, sí. Los federales creen que está involucrado con una organización comunista y quieren que ella lo espíe por ellos. Le dije que debería dejarlo por una mujer de verdad.

La palabra «comunista» le resultaba chocante a Lily, como si alguien hubiera arrojado una roca a través de una ventana de cristal, pero las mujeres en la mesa habían seguido hablando y fumando como si nada hubiera pasado.

—Pensé que ya habían terminado con esa clase de fisgoneos desde que McCarthy ya no está —dijo Paula.

—Parece que no —dijo Lana.

Claire exhaló un torrente de humo, impacientemente.

—Uno pensaría que evitarían pedirle a Ruthie que fuera una informante debido a su asociación con homosexuales en el pasado —dijo la palabra *homosexuales* con sarcasmo, como si fuera un chiste, pero la palabra todavía le parecía obscena a Lily.

—¿De verdad piensas que los federales saben? —preguntó Lana, dudosa.

—Ay, claro que saben —dijo Claire—. Ella me dijo que yo debería estar atenta en caso de que vinieran a entrevistarme, porque le dijeron que sabían de nosotras.

—No me habías dicho eso —dijo Paula, sobresaltada.

—No importa —dijo Claire casualmente, pero había tensión en la manera que llevó el cigarro a su boca y le dio una calada profunda—. No soy nadie. Trabajo en un consultorio de dentista. Ningún ruso podría estar interesado en nada de lo que hago.

Lily estaba cada vez más desconcertada con esta conversación. Estas mujeres estaban hablando como si todo fuera una buena broma, y aun así había un trasfondo en su tono que sugería algo más oscuro. Quería pedir más detalles, pero no sentía que tuviera el derecho. Apenas conocía a Claire, apenas conocía a estas mujeres. Volteó a ver a Kath, que tenía una expresión ligeramente perpleja en el rostro, como si tampoco comprendiera del todo.

La mesera regresó con sus bebidas y Lana movió su silla del paso para que Betty pudiera bajar la jarra de martinis, cuatro copas de martini y una cerveza.

—La casa invita —dijo Betty.

—Gracias —le dijo Lana—. Dime, ¿qué harás después del segundo acto esta noche? Vamos a tener una pequeña fiesta en nuestro departamento. ¿Quieres venir?

—Se supone que saldré con Cheryl —dijo Betty.

—Tráela. —Lana sonrió con malicia—. Tommy ama a Cheryl.

Betty se rio y negó con la cabeza.

—Si por «ama» quieres decir «odia»... No, pero gracias, muñeca. Le diré a Cheryl que le mandas saludos.

—Por favor, hazlo —dijo Lana. Betty tuvo que irse para atender otra mesa.

Lana sirvió los martinis y alzó el suyo para brindar.

—¡Salud! —dijo, mientras chocaba su copa contra la de Claire.

Lily hizo lo mismo, sosteniendo la suya con cuidado para evitar derramar el líquido transparente. La bebida tenía un olor astringente, casi medicinal, y cuando le dio un pequeño sorbo, sintió un toque brusco en su lengua y le costó trabajo tragarlo, era como fuego frío. No estaba segura de si le gustaba o no.

—También deberías venir, Claire —estaba diciendo Lana—. Todas ustedes deberían venir después del espectáculo. Sería encantador tener algunas caras nuevas. Ya me estoy cansando un poco de las amigas de Tommy —dijo la palabra «amigas» con sequedad, compartiendo una mirada significativa con Claire.

Lily se preguntó a qué se refería Lana. Se preguntó si la invitación a su fiesta en verdad las incluía a ella y a Kath, y empezó a desear que así fuera.

31

Después del segundo acto, Tommy caminó a través del salón concurrido con una botella entera de champaña barata y jaló una silla vacía entre Lana y Claire, quienes le hicieron un espacio sin que ella lo pidiera. Lily notó que Claire miraba a su alrededor algo cohibida, como si supiera que las demás en el club estaban pendientes de su proximidad a Tommy y se estuvieran preguntando quién era ella. Lana llamó a Betty para que se llevara las copas vacías y trajera unas nuevas. Cuando Tommy se estiró para servir la champaña, su colonia flotó hacia Lily. El aroma era irresistible, como embriagarse con el aroma de un sillón de piel, hacía que la piel de Lily se pusiera tibia.

Tommy se sentó en su silla de nuevo, encendió su cigarro y se tomó una copa de champaña de un solo trago.

—Esto es horrible —se quejó—. Le tendré que decir a Joyce que no sirva esto mañana en la noche.

—Está en oferta —dijo Lana, con un tono de voz aburrido—. Creo que está tratando de deshacerse de ella.

—¿Así que me la está endilgando a mí y a mis fans? Por supuesto, hay que guardar lo mejor para la señorita Rita Rogers.

—Había un escozor celoso en sus palabras, y Lily se preguntó quién era Rita Rogers.

Kath se inclinó un poco hacia ella y dijo:

—Voy a subir al baño. ¿Me acompañas?

Lily no quería dejar la mesa ahora que Tommy había llegado, pero la mirada en los ojos de Kath la hizo levantarse. Cuando llegaron al pasillo oscuro, que llevaba a las escaleras que iban hacia el baño de arriba, Lily distinguió a una mujer en las sombras, debajo de las escaleras. Se le quedó mirando por un momento, confundida. El cuerpo de la mujer se movía de manera inusual —sus hombros inclinados hacia adelante, su cabeza se agachaba—, de repente Lily comprendió que la mujer no estaba sola. Había otra mujer debajo de las escaleras, las orillas de su falda eran visibles alrededor de las piernas de la otra mujer. Estaban presionadas una contra la otra, sus cabezas muy cerca. Lily no podía ver exactamente qué hacían, pero se lo pudo imaginar sin problema.

Se apresuró para alcanzar a Kath, que ya estaba parada en la fila inusualmente corta del baño. Kath debió haber notado su cara enrojecida, porque preguntó:

—¿Qué pasó?

—Nada —dijo aturdida.

Kath parecía un poco tensa.

—¿Quieres ir a casa de Lana con todas las demás?

Lily trató de sacar de su cabeza la imagen de esas dos mujeres.

—¿De verdad crees que quería invitarnos?

—No lo sé. Tal vez. —La frente de Kath se arrugó cuando volteó a ver la fila y luego regresó su mirada a Lily—. Si vamos, se hará muy tarde. ¿A qué hora tienes que llegar a casa?

Kath nunca había estado preocupada por llegar a casa. Lily la miró detenidamente, pero no podía entender la expresión en su rostro.

—Bueno, ya es tarde —dijo Lily—. ¿Quién va a notar si llego un par de horas más tarde? Pero ¿qué hay de ti? ¿Tú quieres ir?

Los hombros de Kath se hundieron ligeramente.

—Solo si tú quieres.

—Bueno, sí. En realidad no quiero ir a casa. ¿Tú sí?

Kath parecía estar conteniéndose.

—Supongo que no.

Lily estaba por preguntarle qué sucedía, pero llegaron a la puerta del baño y ya era el turno de Kath, así que Lily se quedó esperando en el pasillo. Cuando ambas terminaron, el momento había pasado, así que Lily no dijo nada.

Bajaron las escaleras juntas y Lily miró hacia atrás, al anexo detrás de las escaleras, pero estaba vacío. De vuelta en su mesa, Tommy, Lana y las demás estaban levantándose y poniéndose sus abrigos, alistándose para irse. Lana las vio a ella y a Kath y dijo:

—Vamos al del Telégrafo Hill. ¿Vienen?

Kath tomó sus chamarras de los respaldos de sus sillas vacías y le entregó la suya a Lily.

—Seguro, vamos. Gracias.

No cabían en la acera, era un grupo de media docena. Lily se mantuvo cerca de Kath, mientras seguían a las demás cuesta arriba por una calle lateral que se cortaba con unas escaleras de lo empinada que estaba. Cuando salieron del club, estaban hablando felizmente, riendo y bromeando, pero cuando pasaron por North Beach sus voces se fueron callando. Lily perdió la noción de hacia dónde iban. A su alrededor el vecindario parecía vacío, un mundo fuera del ruido y la música de los clubes nocturnos que estaban a unas cuadras de distancia. Finalmente llegaron a una cuadra llana, justo debajo de la Torre Coit, que estaba iluminada en la cima de del Telégrafo Hill como un faro. Alguien sacó un aro de llaves y Lily escuchó un crujido mientras la llave giraba por la cerradura de un edificio de tres pisos. Una luz estaba encendida y se derramaba hacia fuera, amarillenta, sobre el pórtico de enfrente.

—¡Entren! —llamó Tommy, y todas se amontonaron a través del marco de la puerta, en el vestíbulo de enfrente, luego cruzaron una segunda puerta a la derecha hacia el departamento del primer piso.

En un principio, Lily tuvo la impresión de que había un revoltijo de bultos oscuros por todos lados, pero conforme Tommy y Lana recorrían el lugar e iban encendiendo lámparas, los bultos empezaron a tomar forma: un largo sillón rojizo, un set de sillas chinas con acabado de laca negra, como las que les venden a los turistas en las tiendas de Grant Avenue. Había una mesa de centro estilo misión, una mesa rinconera octagonal, que parecía salida de *Las mil y una noches*, y una banca de aspecto medieval cerca de la puerta, donde Lana les dijo a todas que pusieran sus abrigos. Pasando la sala de estar había una sala comedor con un set de comedor de formica blanca y cromo y una bufetera de espejos antigua, encima de la cual había varias botellas y copas de coctel. Lana fue a la cocina, anunciando que llevaría una cubeta de hielo, mientras Tommy desaparecía al fondo del pasillo, aflojándose la corbata.

Lily dejó su abrigo en la banca, con los demás, y se dirigió al sillón rojizo; sobre él había varias fotos enmarcadas, colgadas de manera un tanto desordenada. Había un par de fotos de Tommy con otras imitadoras masculinas en una calle concurrida; Lily pensó que debía ser frente al del Telégrafo Club. Había una foto de Tommy con su brazo alrededor de Lana, con el Golden Bridge de fondo. Tommy llevaba un suéter debajo de una chamarras sin abotonar, un cigarro inclinándose fuera de su boca. Lana tenía una mascada de lunares amarrada sobre su cabello rubio, usaba una gabardina y lentes de sol. Las dos sonreían con renuencia, como si el fotógrafo las hubiera estado regañando para que lo hicieran.

Centrada arriba del sillón había una fotografía lustrosa y grande de Tommy Andrews, que Lily reconoció como la original del retrato que se había impreso en el *Chronicle*. Ver la foto en la pared era de cierto modo impresionante: aquí estaba, en el departamento de Tommy Andrews. ¡Tommy Andrews! Había observado esta foto en papel, esta foto, infinitas veces, y ahora estaba en la casa de esta mujer. Era como si el tiempo se hubiera tropezado, estaba de vuelta en La Perla de Oriente arrancando con disimulo el anuncio del periódico. Todavía podía oír el sonido sordo al arrancarlo, las arrugas al doblarlo. Se sentía desconectada de su cuerpo, y cuando cerró sus ojos por un momento podría haber estado flotando, sin nada que la atara a la gravedad de la Tierra.

Escuchó el sonido de un disco al encajar en su lugar, y el rayón de la aguja al golpear el vinil. La canción *Black Magic* comenzó a sonar, sintió su rodilla presionada contra la orilla del sillón de Tommy. Abrió los ojos y miró a su alrededor, sintiéndose un poco mareada. No se había terminado su martini, estaba demasiado cargado, pero tal vez la champaña que bebió antes todavía la estaba afectando. Ella no sabía cómo comportarse en un lugar como este, y ¿dónde estaba Kath? No la podía ver por ningún lado.

Desde el comedor, Lana anunció que había preparado una sangría española y preguntó quién quería cocteles. Había un aire de propiedad en el comportamiento de Lana que hizo que Lily comprendiera que este no era el departamento de Tommy, era de Tommy y de Lana. Llegaron más personas —parecían ser mujeres en su mayoría, algunas con Levi's con el dobladillo enrollado hacia arriba—, y ella empezó a preocuparse sobre a dónde había ido Kath, pero al fin la vio saliendo de la cocina, cargando dos copas de vino. Aliviada, Lily le hizo un gesto con la mano y Kath se acercó al sillón con las bebidas.

—Es sangría —dijo Kath, entregándole la copa de líquido rojo—. Tiene fruta. No pensé que quisieras otro martini.

—Gracias —dijo Lily.

Kath se sentó a su lado, y la suavidad del sillón hizo que chocaran. Kath casi derrama su bebida y se disculpó, pero antes de que se pudiera mover reapareció Claire con un martini. Se sentó también, y el cojín se hundió en su dirección; luego llegó Paula y todas se tuvieron que apretar para hacerle espacio. Finalmente, las cuatro estaban bien sentadas, con la pierna derecha, la cadera y el hombro de Lily bien presionados contra el tibio lado izquierdo de Kath. Lily le dio un sorbo a su bebida; era azucarada y dulce, llena de pedazos de piña y mandarina.

Una de las mujeres con pantalones vaqueros se sentó en la silla china, del lado cerca de Lily. Estaba vestida como Marlon Brando en *El salvaje*, con una chamarra de piel, botas negras de suela gruesa, y su pelo corto estaba peinado en un fleco brilloso con cera. Tenía la cara redonda y los ojos cafés. Vio a Lily y a Kath con una mirada francamente curiosa y dijo:

—Ustedes dos son nuevas aquí, ¿no? Yo soy Sal.

Lily y Kath chocaron sus copas con la suya.

—Lily.

—Kath.

—¿Vienen del club? —preguntó Sal—. ¿Cómo estuvo el espectáculo esta noche? Me lo perdí.

Hablaron del Club del Telégrafo por algunos minutos, o eso hicieron Kath y Sal, mientras Lily le daba sorbos a su bebida e intentaba fingir que ella iba a este tipo de reuniones todo el tiempo. Por el rincón cerca del tocadiscos vio a dos mujeres riéndose, el brazo de una alrededor del cuello de la otra, como si fueran a empezar a bailar.

—No vemos a muchas orientales por aquí —le dijo Sal a Lily—. ¿Hablas inglés? ¿De dónde eres?

Lily se quedó rígida.

—Del Barrio Chino. Nací ahí.

Sal se veía impresionada.

—Ni siquiera tienes acento. Es impresionante.

—Nací aquí —dijo Lily de nuevo, de manera un poco más brusca.

—Pensé que todos los orientales del Barrio Chino solo hablaban chino.

—No. —Esperaba que su tono seco hiciera que Sal dejara el tema.

—Oye, Patsy —Sal la llamó a través del cuarto—, hay una oriental acá, ¿dónde conociste a la otra? ¿Allá en Blanco's?

En ese momento se sintió agradecida por ese sillón, por permitirle hundirse más, si tan solo pudiera hundirse hasta el otro lado, donde este la ocultaría del escrutinio.

Patsy resultó ser una pelirroja de vestido de cuadros blancos y rojos que le hizo pensar a Lily en un mantel de picnic. Se acercó y se encaramó en el reposabrazos de la silla de Sal, mientras esta envolvía su brazo en la pequeña cintura de Patsy.

—Hola, soy Patsy —dijo, extendiendo su mano.

Lily se enderezó con algo de esfuerzo y estrechó la mano de Patsy con renuencia.

—¿Dónde fue? —continuó Sal—. ¿Blanco's? ¿Fue donde viste a aquella chica?

Patsy se recargó contra el hombro de Sal.

—Nunca he estado en Blanco's. Ese lugar es para tortilleras filipinas. ¿Quién crees que soy?

Sal se rio y apretó la cintura de Patsy, haciendo que diera un gritito.

—¿Entonces dónde fue? Juro que fue hace poco, tú dijiste que había chicas gay ahí.

—En el Forbidden City —dijo con rapidez—. ¿Alguna vez has estado ahí, linda?

—No —dijo Lily de nuevo.

Hubo una conmoción en el comedor y un momento más tarde entró Tommy a la sala con un martini en una mano, escaneando caras, como si estuviera buscando a alguien. Tommy se había quitado el esmoquin y se había puesto unos pantalones grises de franela y una camisa azul de cuello, dejándose el botón de hasta arriba abierto. Por supuesto, Lily comprendió, el esmoquin era un disfraz y ahora Tommy estaba en casa. Aun así, caminaba de la misma manera, como si su personaje del escenario fuera apenas una versión más pulida de su vida real.

—¡Terry, por acá! —gritó Sal.

Lily no sabía quién era Terry, pero Tommy vio a Sal y se acercó para unírseles, jalando otra silla china. Patsy le sonrió a Tommy y levantó la cara para un beso, Tommy cedió y le plantó uno en la mejilla.

—Te ves bien, Pat —dijo Tommy. Luego se estiró para estrechar la mano de Sal—. Ha pasado un rato. Me alegra que pudieran venir.

—Gracias por invitarnos —dijo Sal—. Disculpa que no pude llegar a tu espectáculo esta noche, mi presupuesto está un poco apretado.

Tommy se encogió de hombros y se sentó, poniendo su copa de martini en la mesa de centro. Sacó una cajetilla de cigarros y encendió uno.

—Podrías sacar unos billetes extra con esas admiradoras tuyas —dijo Sal, sonriendo—. ¿Te acuerdas de aquella dama que te siguió hasta tu vestidor?

Tommy se veía resentida.

—Si hubiera descubierto que en realidad soy una mujer, hubiera llamado a la policía. —Negó con la cabeza—. ¿Cómo van las cosas contigo?

—Bien. Justo estábamos hablando de Forbidden City, ya que tienes a una invitada oriental aquí.

Hundirse en el sillón no era suficiente, pensó Lily. Deseaba poderse hundir hasta China. Al menos ahí pasaría inadvertida.

Los ojos de Tommy iban de Sal a Lily.

—Sí, la muñeca china ha ido a mi espectáculo algunas veces. ¿Te gusta, cariño?

La cara de Lily ardió y pudo sentir cómo Kath se tensaba a su lado.

—Por supuesto —se obligó a decir con amabilidad, recordándose que era invitada de Tommy—. Es maravilloso.

Tommy sonrió.

—Maravilloso. —Se recargó en el respaldo, cruzando las piernas y dándole una calada profunda a su cigarro—. Saben, escuché que Forbidden City tuvo a una imitadora masculina una vez.

—¿En serio? —dijo Lily con recelo, pero estaba interesada a pesar de su incomodidad—. ¿Cuándo?

—Hace algunos años —dijo Tommy—. ¿Tal vez durante la guerra? No puedo recordarlo, fue antes de mi época. Pero he escuchado de ella, se presentaba de traje, como Marlene Dietrich, Gladys Bentley. No exactamente como mi acto, pero me pregunto qué fue de ella. Escuché que era buena.

El elogio, pronunciado de manera tan improvisada, se enrolló a través de Lily, como si Tommy le hubiera hecho un cumplido personal. No podía imaginarse a una mujer china dando un espectáculo como el de Tommy, pero se sintió orgullosa de inmediato. Quería preguntarle más sobre ella, pero Lana entró a la sala buscando a Tommy.

—Ahí estás, te me escabulliste —dijo Lana—. ¿Dónde está el agua quina?

Tommy tuvo que levantarse y regresar a la cocina; Patsy y Sal se quedaron sentadas en silencio, sonriéndoles fijamente a Lily y a Kath, antes de que Patsy se levantara y ocupara la silla que Tommy había desocupado. Lily alzó su copa a su boca y se dio cuenta, para su sorpresa, de que se había terminado su bebida.

—Deja que te traiga otra —dijo Kath.

—No necesito otra —dijo Lily, pero Kath pareció no escucharla. Se paró de manera abrupta, haciendo que el cojín del sillón ondeara como una ola, tomó sus dos copas (la de Kath estaba vacía también) y se fue a la cocina. Lily sintió la distintiva ausencia de Kath a su lado, como si de repente una parte de su cuerpo le hiciera falta.

—¿Cuánto tiempo llevan juntas? —preguntó Patsy, después de que Kath dejó la habitación.

—¿Kath y yo? No… No estamos juntas. —Lily estaba desconcertada.

—Ah, error mío. —Patsy dejó entrever una sonrisa de complicidad.

Avergonzada, Lily miró a su alrededor buscando algo con lo cual distraerse y vio a una pareja junto al tocadiscos de nuevo, todavía estaban mirándose a los ojos; otra pareja atrás de ellas estaba compartiendo una silla mientras echaban un vistazo a los discos. La habitación estaba llena de parejas, comprendió Lily. ¿Qué tan ingenua había sido que no se había dado cuenta de esto hasta ahora? Con razón Patsy pensó que ella y Kath eran…

Dejó caer su mirada a su regazo, aturdida. Tal vez Patsy había visto algo en ella y en Kath, tal como Lily lo había visto en los otros pares, y supo que no eran solo amigas. La idea hacía que el corazón de Lily se acelerara.

Alguien puso *Shake, Rattle, and Roll* en el tocadiscos, y Patsy se levantó de un brinco declarando:

—Me encanta esta. Ven, Sal, baila conmigo.

Sal objetó por un segundo, pero era obvio que quería decir que sí y permitió que Patsy la jalara hacia el pequeño espacio que había entre la mesa de centro y la puerta de la cocina, donde empezaron a bailar. Un momento después Claire y Paula se levantaron del sillón para unírseles, dejando a Lily sola al fin.

«¿Cuánto tiempo llevan juntas?».

Su cara estaba ardiendo. Por la comisura de su ojo vio las manos de Paula en la cintura de Claire, los dedos de Claire deslizándose por los brazos de Paula, riéndose juntas mientras mecían sus caderas al ritmo de la música. Vio a Patsy en los brazos de Sal; vio a Sal extender a Patsy lejos de ella y luego de regreso, con su falda aleteando a su alrededor. Nunca había visto a dos mujeres bailar juntas así, como si fueran hombre y mujer.

Kath apareció en el marco de la puerta detrás de las parejas que bailaban, sosteniendo dos copas más de sangría, y a pesar de que Lily no se permitió ver a Kath a los ojos, estaba agudamente consciente de su cercanía. Había más espacio en el sillón sin Claire ni Paula, así que Kath no tendría que sentarse tan cerca de ella ahora. Tomó lugar como a treinta centímetros de ella y le entregó la sangría. El cojín se deformó bajo su peso y Lily se agarró para no deslizarse hacia Kath mientras tomaba la copa de vino. La pregunta de Patsy resonaba en su cabeza, como cuando alguien presiona un timbre una y otra vez.

«¿Cuánto tiempo...?».

Lily sentía como si debiera decirle algo a Kath, pero todo lo que pudiera decir o hacer ahora parecía completamente inadecuado. Su cabeza estaba confundida; era un desastre lodoso de pánico y dudas. El sillón se sentía como una trampa. Tenía que escapar.

—Tengo que encontrar el baño —dijo Lily abruptamente. Puso su copa de sangría en la mesa de centro y se tambaleó al ponerse de pie. La habitación parecía moverse bajo sus pies.

—¿Estás bien? —preguntó Kath, estirándose para darle equilibrio.

Sintió los dedos de Kath tocar su brazo y se apartó nerviosamente.

—Estoy bien —dijo, y se apresuró a salir de la sala, apenas esquivando el codo de Paula mientras le daba vueltas a Claire.

La cocina estaba llena de gente que ella no conocía, y no podía ver a Lana ni a Tommy por ningún lado.

—¿Dónde está el baño? —le preguntó a una de las mujeres, que señaló una puerta abierta al fondo de la cocina.

Salió hacia el oscuro y vacío pasillo, donde vio una puerta con un rayo de luz saliendo por debajo y supuso que era el baño. Cuando tocó, alguien respondió:

—¡Un momento!

Lily dio un paso hacia atrás y se recargó contra la pared. El sonido del tocadiscos y las risas de la sala se escuchaban amortiguados aquí, la penumbra la hacía sentirse invisible al menos.

El pasillo continuaba a una distancia corta a su derecha, donde otra puerta estaba entreabierta. Una suave luz dorada se derramaba de la habitación y vio un par de oxfords negros abandonados en el piso frente a una cómoda.

Apenas estaba unos pasos más allá del final del pasillo, no tenía que entrar al cuarto para poder ver lo que había dentro. Había una cama matrimonial cubierta con una cobija verde abultada y una mesa de noche con una lámpara amarilla. Junto a la cómoda había una puerta de clóset entreabierta; el esmoquin de Tommy colgaba de un gancho atorado a la orilla. Dentro del closet, más trajes acomodados junto a varios vestidos, la ropa de Lana. Encima de la cómoda, una bandeja de metal que contenía una variedad de cosméticos y un par de corbatines negros yacían inertes a su lado.

Por lo que Lily observaba, este era el único cuarto del departamento que Lana y Tommy compartían. Volteó por encima de su hombro hacia la puerta del baño, pero todavía seguía cerrada. Tomó una bocanada de aire y entró a la habitación. Estaba extremadamente consciente de la cama matrimonial detrás de ella cuando se acercó a la cómoda. Detrás de los corbatines de satén, recargada contra el espejo manchado había una postal de tonos sepia de un hombre en un esmoquin. Se acercó. No, la persona estaba identificada como «señorita Vesta Tilley». Usaba un sombrero de copa, tenía un cigarro entre los labios y había una luz traviesa en los ojos.

Lily se estiró para levantar la postal, pero antes de que la tocara, una puerta crujió y se escuchó un ligero paso en el piso de madera.

—Hola.

Lily se volteó hacia la puerta y ahí estaba Tommy, con las manos en los bolsillos, estudiándola.

—Disculpa, no… no pretendía…

Tommy entró en la habitación.

—¿Buscabas el baño? Está al fondo del pasillo.

—Sí, estaba... Lo siento. —Se dirigió a la puerta, pero Tommy estaba en el paso y no se movió. Lily tuvo que detenerse. Tommy parecía divertida al principio, pero su diversión se transformó en algo más parecido a la curiosidad.

—¿Cuántos años tienes? —preguntó Tommy.

Lily se estremeció.

—Veintiuno.

Tommy caminó hacia ella. Apenas fueron unos pasos, la habitación no era muy grande y ahora Lily podía oler su colonia de nuevo. Sintió que su estómago se le contraía, no sabía si de anticipación o de miedo. Tommy le sonrió con gentileza, la clase de sonrisa con la que uno calma a un niño nervioso, quizás, y dijo:

—Veintiuno acercándose a dieciséis, creo. —Tommy cerró la distancia entre ellas y levantó su mano a la cara de Lily, acunó su mejilla en su palma, volteando la cara de Lily hacia la suya.

Todos sus sentidos se enfocaron en ese sensible lugar donde la cálida mano de Tommy la estaba tocando, las puntas de sus dedos presionando suavemente contra su cuello, su pulgar recorriendo ligera pero deliberadamente su boca.

—Dulces dieciséis. —Había un tono empalagoso en su manera de hablar, un descenso en la inflexión de su voz que hacía que lo que decía sonara como un secreto.

Lily sintió como si Tommy estuviera en el escenario de nuevo. Su voz, su toque y la manera en la que miraba a Lily: una interpretación en la que se había sumergido sin esfuerzo alguno, como meterse al agua.

Por un momento, uno insoportablemente largo, Lily estuvo segura de que Tommy estaba pensando en besarla. Una calidez sedosa la recorrió como un río. Se balanceó en sus pies, como si estuviera parada en un muelle esperando un transbordador en la bahía, y Tommy se rio de manera breve y susurrante.

—Estás ebria, cariño.

—No —susurró. El dedo de Tommy todavía estaba recargado contra sus labios.

—Sí. —Tommy retiró su mano casi con renuencia.

—No tengo dieciséis. —Lily se sentía aturdida, como si tuviera que aclarar eso.

—¿Estás segura? —Tommy sonrió un poco, casi de manera coqueta—. No deberías estar aquí, muñeca —dijo con gentileza—. Será mejor que regreses con tu novia.

Lily sentía como si se estuviera hundiendo, como si el suelo se estuviera inclinando peligrosamente, pero, incluso en su estado, Lily sabía a quién se refería Tommy.

—Ella no es… No somos…—dijo Lily, e inmediatamente sintió como si hubiera traicionado a Kath.

Tommy alzó las cejas.

—¿Ella sabe eso, cariño? —Dio un paso hacia la puerta e hizo un ademán con la mano, como para mostrarle a Lily la salida—. Después de ti.

32

Kath todavía estaba sentada en el sillón. Sostenía una copa de vino medio llena de sangría en una mano, la otra descansaba en su muslo. Sus dedos estaban levemente enroscados como si le acabaran de quitar algo y todavía no se hubiera dado cuenta.

Cuando Lily la vio, sintió una nueva oleada de vergüenza. Había sido tan estúpida. Si había sido tan obvio para todas las demás, Kath seguramente lo sabría y nunca había dicho nada. Eso solo podía significar que Kath no…

Ni siquiera podía pensarlo. Tenía que irse. Tenía que llegar a casa.

Lily empezó a rodear la orilla de la sala, yendo alrededor de las parejas que bailaban y se encontró con la mirada de Kath en su camino. Kath se levantó inmediatamente del sillón, casi derramando su bebida. La enderezó justo a tiempo y la puso sobre la mesa, y se dirigió a Lily para encontrarla justo en la banca donde los abrigos de todas formaban una pila multicolor.

—¿Qué sucede? —preguntó Kath.

—Tengo que irme —dijo Lily, al mismo tiempo que Kath le habló.

—¿Pasó algo?

—Solo necesito irme a casa —insistió Lily. Bajó la mirada a su reloj, lo que le permitió desviar los ojos de Kath—. Ya son las tres de la mañana.

—De acuerdo. Iré contigo.

—No tienes que hacerlo.

—No puedes caminar de regreso sola.

—No quiero desviarte de tu camino.

—No lo haces.

—De verdad, no tienes que molestarte —dijo Lily, mientras buscaba entre los abrigos.

—¿Estás segura de que estás bien?

Uno de los abrigos, un chaquetón de lana azul, se cayó al piso y varios otros le siguieron.

—Estoy bien —dijo Lily, agachándose para levantar los abrigos caídos. Estaba avergonzada por su encuentro con Tommy, pero no le iba a contar a nadie lo que había sucedido, menos a Kath—. Si quieres venir conmigo, ven. Pero ya no me puedo quedar aquí.

Fue incómodo después de eso, pero Kath no la dejaba irse sola a casa. Kath la ayudó a encontrar sus abrigos, que estaban casi hasta abajo, y cuando Lily desprendió el suyo al fin, un sobre se cayó al piso. Se agachó para levantarlo; era para alguien llamada Theresa Scafani. Lo metió de regreso en la pila. Kath había separado a Lana del grupo de las que bailaban para desearle buena noche. Lily deseó que no hubiera hecho eso, porque ahora ahí estaba, sonriéndoles con el rostro sonrojado de estar bailando.

—Gracias por venir —dijo Lana, y se estiró y tomó la mano de Lily en la suya.

—Gracias por invitarme… invitarnos —dijo Lily.

—¿Estarán seguras de regreso a casa?

—Sí, nos vamos juntas —dijo Kath.

—Buen. Tengan cuidado, chicas.

Mientras Lana retomaba el baile, Lily vio a Tommy salir de la cocina, con un cigarro en la boca y una copa de coctel en la mano. Los ojos de Tommy se encontraron con los de Lily y una pequeña sonrisa cruzó por la cara de Tommy, la misma sonrisa coqueta que le dio en la habitación, Lily se volteó y se dirigió a la puerta.

Se fue tan rápido que Kath tuvo que correr tras ella.

—¿Qué tienes? —le preguntó, mientras Lily salía a la calle.

—Solo estoy cansada. —Lily cruzó los brazos contra el escalofrío brumoso y comenzó a alejarse del edificio de Lana y Tommy.

Kath la jaló del codo.

—No es por ahí.

Lily se detuvo y miró hacia arriba. Estaba caminando directo a la Torre Coit, que todavía estaba iluminada en la oscuridad. Volteó a su alrededor, confundida, y comprendió que no tenía idea de dónde estaba.

—Es por allá. —Kath señaló la dirección opuesta.

Volvieron a pasar por el edificio de Lana y Tommy. La cortina de la habitación de la sala estaba cerrada, pero a través de las aberturas Lily vio luz y movimiento, y un lejano sonido de música se colaba afuera hacia la noche. Al final de la cuadra, Lily vio el letrero de la calle, Castle Street, justo antes de que se hiciera una bajada. No habían avanzado mucho antes de que Kath la agarrara del brazo y dijera:

—Espera. Espera.

Lily sintió la mano de Kath deslizarse por su brazo y acomodarse en su muñeca, luego en sus dedos, deteniéndola.

—¿Qué pasó? —preguntó Kath—. Sé que algo pasó.

El poste de luz estaba detrás de Kath, así que Lily no podía ver su rostro con claridad, pero podía escuchar la preocupación en su voz y, detrás de eso, el dolor de que Lily no le dijera qué era lo que sucedía. Lily no estaba segura de que ella misma lo comprendiera, esta combinación de vergüenza ardiente y de miedo absoluto. Esas mujeres desconocidas en la fiesta parecían verla con más claridad de la que ella tenía de sí misma, y eso la desorientaba, como si su cuerpo no fuera suyo, pero si fuera capaz de actuar sin la dirección consciente de su mente, que le estaba gritando que soltara la mano de Kath y se fuera a casa tan rápido como pudiera. Que se metiera a su cama y jalara las cobijas encima de su cabeza y se olvidara de toda esta noche, se olvidara de Tommy Andrews y del Club del Telégrafo y de todas esas mujeres que la veían a ella y que percibían que ella y Kath eran… ¿qué?

—¿Tommy hizo algo? —preguntó Kath, con la voz endurecida.

—Piensa que soy una niña—dijo Lily, las palabras saliendo de su boca antes de que pudiera detenerlas. Lágrimas saliendo de sus ojos—. Soy tan estúpida.

—No —dijo Kath, acercándose, todavía sosteniendo la mano de Lily—. No eres estúpida. ¿Sientes… sientes algo por ella? —susurró Kath.

—¿Por Tommy? —Lily quería reírse, pero empezó a llorar y su risa salió como un sollozo ahogado—. No. Siento algo por ti —dijo esto demasiado fuerte, sus palabras parecieron reverberar por la calle vacía y se forzó a hablar en susurros cuando dijo:

—Todas lo notan. ¡Incluso Tommy! Soy tan estúpida. Tan estúpida.

Kath exhaló en una ráfaga de sorpresa.

—Tengo que ir a casa —insistió Lily, tratando de alejarse, pero Kath no se lo permitía.

—Espera —dijo Kath—. Por favor. —Volteó a su alrededor, nerviosa. La calle empinada estaba desierta, pero las luces y los ruidos de la ciudad parecían alzarse como una advertencia: el motor de un carro rugió y los postes de luz parpadearon; calle abajo, una lámpara ardía en una ventana salediza.

Kath tiró de Lily hacia la orilla de la acera y a la sombra de un edificio. Había una abertura angosta ahí, un callejón, Kath la jaló dentro, y quedaron fuera del alcance de la luz de la calle principal. Los edificios de cada lado se alzaban varios pisos arriba, hacia el cielo nocturno, todas sus ventanas negras. Todo parecía estar engullido por la oscuridad aquí, dejándolas en una quietud nocturna y aterciopelada.

—No estaba segura de que te sintieras así —dijo Kath, se acercó a Lily—. Digo, lo esperaba.

El corazón de Lily se aceleró ante esa palabra y lo que implicaba.

—¿De verdad? —Su vergüenza ante su propia inconsciencia fue remplazada abruptamente por asombro. La hizo tambalearse, la rapidez de esto, la manera en la que sus sentimientos se precipitaban, empujando una emoción fuera y metiendo otra—. Pensé… Pensé que solo estabas siendo amable conmigo, digo, no es posible… Soy tan estúpida. ¿No quieres a alguien como… como Rhonda?

—¿Rhonda? —Kath sonaba anonadada—. No, ¿por qué pensarías eso?

—No sé. Porque al menos ella sabe cosas. Yo no… no entiendo cómo funciona esto.

Kath soltó una respiración, con un dejo de risa.

—Yo tampoco, solo sé…

No terminó su oración, pero tomó otro paso hacia Lily, cerrando el espacio entre ellas. Lily podía sentir la calidez que el cuerpo de Kath irradiaba, podía oler los rastros de cigarro y cerveza en su aliento, junto con una nueva fragancia que no reconocía, algo limpio y brillante. Hacía que la piel le homigueara.

—Lily —dijo Kath con suavidad.

—No digas nada —susurró Lily. Sentía que todo podría arruinarse si hablaran, pues entonces tendrían que ponerle nombre a este sentimiento entre ellas, a esta calidez que crecía con rapidez y al anhelo que cargaba de electricidad las astillas de aire entre sus cuerpos. Podría jurar que sentía que el aire tarareaba.

Nunca había notado que ella y Kath eran de la misma altura. Si se inclinaba solo un poco, su nariz rozaría la de Kath, y entonces sus narices ya se estaban tocando con gentileza, prácticamente acariciándose, era gracioso y sorprendente. Lily soltó una risa nerviosa mientras Kath soltaba su mano, deliberadamente, para tocar la cintura de Lily. La sensación de las manos de Kath deslizándose por su cuerpo silenció su risa. Dejó de respirar y la boca de Kath tocó la suya, su camino se encontró en la oscuridad. Sus labios estaban frescos y secos en un principio, pero rápido, muy rápidamente, florecieron en calidez y suavidad. El cuerpo de Kath estaba tan cerca, sus formas la dejaron impresionada: sus pechos, su cadera y los huesos de su cadera contra ella, y sus manos la acercaban más y más.

Lily no había sabido, nunca había imaginado cómo un primer beso podía convertirse tan deprisa en un segundo, tercero y luego en un continuo abrir, presionar, tocar, la punta de su lengua contra la de Kath. La calidez de su boca y la manera en que esta se abría camino por su cuerpo y despertaba un dolor indescriptible entre sus piernas. Tuvo que acercarse más a Kath; era lo único en lo que podía pensar. Puso sus manos sobre Kath y las deslizó por su chamarra, se aferró a su espalda y hubo un toqueteo torpe mientras se movían juntas en el callejón oscuro buscando algo contra lo cual recargarse, hasta que la pared de un edificio estuvo en la espalda de Lily y pudo jalar a Kath hacia ella.

No supo por cuánto tiempo se besaron, no lo suficiente, pero en algún punto Kath tuvo que separarse para tomar aire, Lily abrió los ojos y vio a su derecha el leve brillo de la calle más allá de su callejón oscuro. Comprendió con sorpresa lo que estaba haciendo, dónde lo estaba haciendo y con quién lo estaba haciendo, y supo que debería sentirse avergonzada, pero todo lo que sentía era el movimiento agitado del pecho de Kath contra el suyo y la sensibilidad en sus labios, donde Kath la había besado.

33

—No sé por qué te esfuerzas tanto por un vestido de noche —dijo Lily, hojeando un ejemplar de *Seventeen*—. La competencia solo requiere un cheongsam. ¿Cuándo tendrás tiempo siquiera para cambiarte?

Shirley, Flora y ella estaban reunidas en la mesa al fondo de la tienda del padre de Flora, esperando a Mary, quien iba retrasada. Se suponía que irían a Union Square para comprar el vestido de Shirley para Señorita del Barrio Chino. Lily no quería estar ahí. En vez de eso, deseaba poder estar con Kath, y si eso no era posible, prefería encerrarse sola en su cuarto y recordar. (La sensación de la boca de Kath contra la suya, las manos de Kath en su cintura).

—Es para destacar —dijo Shirley—. No voy a dar mi discurso en cheongsam. Lo usaré en la mayor parte del certamen, pero no quiero ser como las otras chicas durante el segmento del discurso. Quiero demostrar que también soy estadounidense.

Lily estaba escuchando a medias, sus ojos se habían posado en una columna en la portada de la revista titulada *Una mirada al mañana: El desafío de los planetas*. Para su sorpresa, estaba escrita por Arthur C. Clarke y trataba los problemas de viajar al espacio exterior.

—Dame eso —dijo Flora, estirándose por la revista.

—Espera, estoy leyendo…

Flora vio a Lily con reproche (Lily pensó que Flora todavía no aceptaba que Shirley la hubiera recibido de regreso en su grupo de amistades) y le quitó la revista de las manos, buscando la nota de vestidos de noche.

—Este se te vería precioso —dijo Flora, señalando una fotografía de un vestido de noche de tul blanco.

Shirley frunció el ceño ante las letras pequeñas.

—¿Por qué cuesta tanto?

—Podemos confeccionar algo parecido —le aseguró Flora.

—¿Dónde está Mary? —preguntó Shirley, volteando al frente de la tienda—. No podemos seguir sin ella que sabe confeccionar.

—Iré a ver si ya viene —se ofreció Lily.

Dejó el cuarto de atrás y fue al área principal de la tienda, pasando los estantes que exhibían jarrones, estatuas, porcelana blanca y azul, y cajas de abanicos de seda. Había pocos clientes en la tienda, como todavía era relativamente temprano para ser domingo, estaba casi vacía. Abrió la puerta de enfrente y se asomó a través de esa mañana lluviosa, esperando ver a Mary caminando en la acera, pero no la vio.

Se metió con renuencia, pero en vez de regresar con Shirley y Flora, deambuló por los pasillos de la tienda, retrasando el momento en el que estaría obligada a tener opiniones constructivas, de nuevo, sobre vestidos. La tienda del padre de Flora tenía una variedad de piezas de arte y baratijas para turistas; siempre había algo gracioso o interesante que descubrir. Cuando era más pequeña, en vísperas navideñas le permitía elegir un pequeño juguete del exhibidor del fondo, y ahora se descubrió yendo hacia esa misma esquina. El estante giratorio seguía ahí, Lily lo movió despacio, examinando los juguetes. Había carros del tamaño de cajas de cerillos, pintados de colores vivos (rojo y amarillo), y muñecos bebé con ojos que se abrían cuando los levantaban. Había pequeñas cajas de matatenas, dados que sonaban cuando los agarraba y una hilera de soldados verdes de juguete. En el anaquel de hasta abajo, en el último lado del estante, había una fila de aviones miniatura, con cabinas de plástico de burbujas a través de las cuales eran visibles las cabezas de los diminutos pilotos. Lily levantó uno, encantada; el avión estaba pintado de plateado y blanco, con la bandera de Estados Unidos en la cola y con llantas negras que giraban de verdad.

Los aviones de juguete la hicieron pensar en Kath. Habían pasado tres días, bueno tres mañanas, desde que se habían separado en la oscura esquina de Columbus y Broadway. Se habían abrazado la una a la otra rápidamente, y Lily comprendió justo en ese momento que nunca podrían darse un beso para despedirse en público. (Sintió una opresión en el pecho mientras se volteaba con desgano).

No se habían visto ni hablado por teléfono desde entonces, pero eso no era inusual. Lily todavía no conocía la dirección de Kath ni su número de teléfono. Solo se veían en la escuela o de noche, cuando iban al Club del Telégrafo. En retrospectiva, parecía muy obvio que su amistad siempre había cargado un peso adicional de algo que ninguna estaba preparada para señalar de manera abierta. Era más fácil y más seguro fingir que su amistad era tan solo algo ocasional. Pero el tiempo de fingir se había terminado, Lily era dolorosamente consciente de la responsabilidad que implicaba admitir lo que sentían la una por la otra. Era arriesgado compartir este secreto.

Lily volteó el avión en sus manos. En la parte de abajo tenía una estampa que decía HECHO EN JAPÓN. Recorrió la orilla con su uña por debajo y la levantó con mucha facilidad, como si apenas hubiera estado ahí. Un residuo pegajoso permaneció, un rastro del origen oculto del avión.

Escuchó a Shirley y a Flora romper en carcajadas en la parte trasera de la tienda. Puso el avión de vuelta en el anaquel y, de regreso con sus amigas, pasó junto a una mujer estadounidense que usaba un abrigo color camello y que inspeccionaba una exhibición de figuritas de jade en rebaja.

—Disculpa —dijo la mujer—, ¿me puedes ayudar con estos?

—No trabajo aquí—dijo Lily.

La mujer era de mediana edad y usaba lentes de montura carey, a través de los cuales veía a Lily de forma malhumorada.

—¿Puedes encontrar a alguien que trabaje aquí?

Desconcertada, Lily dijo:

—Por supuesto. —Fue a buscar al padre de Flora, que estaba detrás de una vitrina de joyería al otro lado de la tienda haciendo un inventario de los artículos de Navidad que no se habían vendido—. Señor Soo, hay una señora por allá que quiere que alguien la ayude.

El señor Soo miró a Lily por encima de sus lentes de montura negra.

—¿Dónde?

Ella señaló, él gruñó y fue a buscar a la señora. Lily se detuvo por un momento frente a las sobras navideñas, con la mirada fija en la pared detrás de la vitrina de joyería. Era un tablón en el que pegaban anuncios de eventos en el Barrio Chino: una mezcla de conciertos de la Orquesta Cathay, rifas de caridad de la YWCA y buffets navideños para los necesitados. En el lado derecho había un póster que Lily no recordaba haber visto antes, adornado con un titular grande y oscuro: JURAMENTO DE LEALTAD. Le dio la vuelta al mostrador de joyería para poder leer lo que estaba impreso abajo.

1. *Nosotros, los ciudadanos chinoestadounidenses, juramos lealtad a los Estados Unidos.*
2. *Apoyamos al gobierno nacionalista de la China libre y a su gran líder, el presidente Chiang Kai-shek.*

3. *Apoyamos el estatuto de las Naciones Unidas y los esfuerzos hechos por las tropas de las Naciones Unidas que están luchando por la libertad, la independencia y la unidad de Corea.*
4. *Los chinos comunistas son siervos de la Rusia Soviética. Aquellos que invaden Corea son los chinos comunistas, no los chinos, gente que ama la paz de la China libre.*

El papel estaba ligeramente amarillento y por los hoyos de tachuela que tenía Lily comprendió que debió haber estado colgando ahí por mucho tiempo, oculto debajo de otros anuncios. El tercio inferior estaba parcialmente oscurecido por un anuncio de un concierto de Año Nuevo. Curiosa, despegó el anuncio del concierto y debajo de este se leía: «Juramento de los miembros patrióticos de la YMCA y la YWCA chinas, 1951».

Ella estudiaba en la secundaria en ese entonces. Era de hacía apenas unos años, pero se sentía como más tiempo, como si hubiera sido una persona completamente diferente a quien era ahora. Apenas conocía a Kath en aquella época, y solo era una de las pocas chicas de su clase de Matemáticas. No había comenzado a hojear aquel libro secretamente en la Farmacia Económica. No había ido al Club del Telégrafo ni al departamento de Lana y Tommy, ni se había detenido en un callejón oscuro a besar a una chica. (La manera en la que su cuerpo había embonado perfectamente contra el de Kath, el dolor exquisito que esto había provocado).

Detrás de ella, se abrió la puerta de la tienda, sonó la campana y escuchó la voz de Mary:

—¿Shirley? Disculpa mi tardanza.

Lily se volteó, irracionalmente segura de que alguien había leído su mente, pero estaba sola. Ahí estaba Mary, cruzando apresuradamente la tienda, su cabello estaba despeinado y su paraguas húmedo por la lluvia; también estaban Shirley y Flora saliendo del cuarto de atrás, poniéndose sus abrigos. Lily se tuvo que obligar a ir con ellas, aplacando el sentimiento cálido y aterrador que surgía en su interior, como si algo sórdido se pudiera derramar contra su voluntad.

—¿Por qué tardaste tanto? —le preguntó Shirley a Mary.

—Mi hermano estaba enfermo en la mañana y mis papás... Ay, olvídalo —dijo Mary—. ¡Ya vámonos!

34

Shirley sacó un vestido de un perchero lleno en la sección de júniors del sótano de ofertas en Macy's.

—Este es el indicado —declaró. Lily se acercó desde un perchero cercano, mientras Shirley lo sostenía sobre sí misma—. ¿Qué piensas?

Eran dos piezas en vez de una: una blusa cuello hálter azul pálido fajada en una falda voluminosa que hacía juego, acentuada con un cinturón amplio de un azul más oscuro.

—Es bonito —dijo Lily—, pero pensé que querías un vestido sin tirantes.

Flora se acercó con un montón de abrigos.

—Tienes que probarte este, es muy Hollywood.

Shirley miró a su alrededor.

—Es de mi talla. ¿Dónde están los vestidores?

El vasto espacio sin ventanas estaba lleno de gente que buscaba ofertas, iban de los contenedores gigantes con suéteres hasta los percheros giratorios de vestidos de tallas raras. Lily no podía encontrar los vestidòres en ningún lugar, pero sí vio a una empleada de Macy's doblando blusas por uno de los contenedores cercanos.

Shirley la vio también y dijo:

—Lily, ¿puedes ir a preguntarle a esa mujer?

Lily sabía que Shirley la mandaba porque no quería ir ella misma y arriesgarse a encarar a una vendedora poco amable; ellas a menudo parecían dudar que cualquier china tuviera dinero para pagar. Lily tampoco quería ir, pero tenía menos ganas de discutir con Shirley, así que enderezó los hombros y se acercó a la mujer.

—Disculpe, ¿dónde están los probadores? —preguntó Lily, educadamente.

La mujer se volteó hacia ella.

—Están en el otro extremo. Permítame llevarla…

Lily se quedó congelada de sorpresa, porque era Paula. No la que había visto en el Club del Telégrafo, con su saco y pantalones, pero era Paula al fin y al cabo. Su cabello corto estaba peinado de manera femenina ahora y estaba usando un vestido camisero café junto con su blusón de Macy's y su placa de identificación que decía: SEÑORITA WEBSTER. Lily supo que Paula la reconoció también porque lo vio en su mirada, cuando sus ojos se abrieron mucho, lo que fue seguido casi al instante por una expresión neutra, como si se hubiera puesto una máscara. La idea de que Paula del Club del Telégrafo tuviera un trabajo como vendedora en Macy's era sorprendente. ¿Se suponía que Lily debía reconocer que se conocían? Y si lo hacía, ¿Paula admitiría que conocía a Lily? Lily estuvo inmediatamente segura de que hacerlo era peligroso para ambas. El mundo de medianoche en el que se habían conocido no pertenecía aquí a un mediodía público bien iluminado.

Ella y Paula se vieron la una a la otra, por lo que se sintió como un momento muy largo, pero probablemente no fueron más de unos cuantos segundos. Paula bajó la mirada a la blusa que estaba doblando y dijo formalmente:

—Permítame llevarla al probador.

—No es para mí. Es para…—Lily señaló a Shirley, que todavía estaba parada detrás de ella junto al perchero con Mary y Flora.

Paula asintió. Terminó de doblar la blusa y se dirigió a Shirley, sin mirar a Lily.

—¿Necesita un probador, señorita?

—Sí —dijo Shirley—. ¿Dónde están?

—Por favor, sígame —dijo Paula.

Shirley, Flora y Mary siguieron a Paula por todo el piso, Lily les siguió el paso con nerviosismo. Se empezó a preocupar de que Paula dijera algo, de que le preguntara por Kath o por qué se habían ido de la fiesta tan abruptamente. Se esperó atrás cuando llegaron a los probadores, dejando que sus amigas se adelantaran. No era tan agradable como el probador del departamento de júniors. Aquí no había alfombras, los espejos eran más pequeños y estaban astillados en las orillas.

—¿Puedo ayudarles con algo más? —preguntó Paula, después de que Shirley ya estaba instalada en el pequeño probador.

—No, gracias —dijo Shirley, vio a Lily parada afuera, detrás de Paula y dijo—: Lily, ven con nosotras, necesito tu consejo con esto.

Paula se hizo a un lado en silencio y en ese momento Lily comprendió que Paula no iba a decir nada que sugiriera que la conocía, y Lily tampoco iba a decir nada. Las paredes invisibles de sus dos mundos diferentes se deslizarían de vuelta a su lugar y cad una de ellas regresaría a sus vidas separadas sin decir nada. Mientras Lily entraba al probador, vio a Paula escapar de vuelta al sótano de ofertas sin mirar atrás.

El encuentro hizo que Lily se sintiera incómodamente vulnerable, como si sus secretos más íntimos pudieran ser expuestos en cualquier momento y como si este cuarto diminuto no le dejara espacio para ocultarse. Las cuatro apenas cabían dentro y Lily tenía que pararse de espaldas a la puerta. Shirley se estaba desvistiendo y entregándole cada artículo de su ropa a Flora para que los sostuviera con cuidado. Era el trabajo de Mary, al parecer, ayudar a Shirley a ponerse los vestidos, lo que significaba que

Lily no sabía para qué estaba ahí, ya que lo único que le quedaba por hacer era mirar.

Ella y Shirley se habían desvestido una frente a la otra innumerables veces, antes en probadores o habitaciones, y nunca había habido nada indecente en ello. Lily a veces se había sentido cohibida sobre su cuerpo, pero Shirley siempre había sido muy abierta sobre sus medidas mientras crecían y compartía emocionada con Lily cada nuevo desarrollo: el primer brasier que compró, su primer periodo. De hecho, la primera vez que Lily tuvo su periodo, como un año después de Shirley, le preguntó cómo usar una toalla sanitaria. Su madre le había dado los artículos, pero Lily no había entendido sus instrucciones y era menos vergonzoso preguntarle a Shirley cómo manejar los seguros, la gasa y el cinturón. Shirley se había hincado frente a ella en el piso de su baño y prácticamente había puesto su mano entre las piernas de Lily para enseñarle. Había sido incómodo, pero también emocionante, porque significaba que Lily al fin había alcanzado a su amiga.

Todo esto significaba que Lily no debería sentirse cohibida de ver a Shirley desvestirse. Ella sabía cómo se veía el cuerpo de Shirley y no le atraía. Pero ahora estaba consciente de los cuerpos, de su aspecto físico, de lo que podían sentir, de una manera que no lo había estado antes. (Kath presionó su cuerpo contra el de ella, firme y suave a la vez).

No pudo ver a Shirley sino hasta que se puso un vestido. Y no pudo evitar notar la suave elevación de sus pechos en las copas del corpiño, la manera en que se movían cuando se torcía hacia delante y hacia atrás para ver cada ángulo en el espejo. La espalda del vestido era baja, por lo que dejaba ver el brasier de Shirley; tendría que conseguir uno diferente si iba a usar ese vestido. También revelaba la expansión descubierta de su espalda, los huesos de su columna como un mapa para los dedos de alguien. (La sensación de la espalda de Kath debajo de sus manos, a través de la tela de su blusa, cómo ansiaba tocar su piel descubierta).

—No me decido con este —estaba diciendo Shirley—. Creo que es un poco… llamativo, ¿saben?

Mary soltó unas risitas y Flora también.

—¿Tú qué piensas, Lily? —preguntó Shirley.

Lily tragó saliva.

—Probablemente tengas razón. ¿Qué tal si te pruebas el de dos piezas?

Shirley asintió.

—Sí, Mary, ¿puedes ayudarme a quitármelo?

Entonces le empezaron a quitar el vestido; mientras ella levantaba los brazos, Mary lo jalaba hacia arriba y se lo sacaba por la cabeza. Lily bajó la mirada al piso y vio los pies de Shirley enfundados en medias en el piso. Las costuras negras se habían movido del centro de sus pantorrillas, pero no se ofreció a enderezarlas.

Caminando a casa desde Union Square más tarde aquel el día, Lily se preguntó si se toparía con Paula de nuevo, o tal vez con Claire, incluso con Sal. Comprendió, con un sobresalto, que la ciudad debía estar salpicada de mujeres que frecuentaban el del Telégrafo o clubes similares, mujeres que veían artistas como Tommy Andrews y que se hacían amigas y novias entre ellas. En cada intersección lanzaba miradas nerviosas a las mujeres que esperaban a que cambiara la luz del semáforo, preguntándose si ella sería una de ellas también, o ella, o ella.

35

Al fin, era el primer lunes de regreso a clases después de las vacaciones de Navidad. Lily había estado excesivamente nerviosa de ver a Kath de nuevo, pero cuando el momento llegó —ahí estaba ella, parada en su casillero con una blusa y una falda común y corriente— fue lamentablemente anticlimático. El pasillo estaba lleno de estudiantes apurados, de profesores y de luces fluorescentes que brillaban por encima, borrando cualquier diminuta posibilidad de romance.

Entonces, Kath encontró su mirada como a tres metros de distancia y un rubor coloreó su rostro, la piel de Lily se puso caliente cuando recordó la manera en la que Kath la había abrazado en las sombras del callejón.

No podían hablar de eso en la escuela, por supuesto, excepto en código. Cuando Kath la saludó, preguntó:

—¿Estás… bien?

Había miles de preguntas ocultas en esas palabras. Lily aferró sus libros con fuerza a su pecho, como para encerrarse a sí misma detrás de ellos, y respondió:

—Sí, estoy bien, ¿y tú?

Una sonrisa osciló por la cara de Kath y sus ojos se precipitaron detrás de ella por un momento. Lily sabía que Shirley estaba en algún lugar detrás de ella, Kath pareció tragarse su sonrisa antes de contestar de manera semiformal:

—También estoy bien.

Y tuvieron que separarse.

—Te veo en clase —dijo Lily.

Kath asintió y, hasta el último momento posible, se dio la vuelta.

Después de la escuela, caminaron a casa juntas, pero nada era como solía ser. Lily estaba extraordinariamente consciente de cada vez que se tocaban: cuando el codo de Kath rozó el suyo tras irse del Galileo, o cuando el dorso de la mano de su mano chocó con la cadera de Kath al frenarse en la intersección. Estaba incluso más consciente del espacio ondulante entre ellas, como una barrera invisible que no podía ser cruzada, no en público.

—No puedo parar de pensar en eso —dijo Lily nerviosa—. En lo que pasó.

Kath la observó con timidez.

—Yo tampoco. No puedo dejar de pensar en ti.

Lily miró a su alrededor para asegurarse de que nadie pudiera escucharlas.

—¿Desde cuándo...desde cuándo has sabido sobre... cómo eres?

—No lo sé. Supongo que siempre supe que era... diferente. No me pareció muy sorprendente cuando lo descubrí.

Cruzaron Polk Street en Chesnut y se dirigieron a las escaleras hacia Russian Hill. Era un día fresco, el aire estaba húmedo y el viento jalaba constantemente el pelo de Lily.

—¿Qué hay de ti? —preguntó Kath—. ¿Desde cuándo lo sabes?

—No estoy segura. Tal vez un largo tiempo, de alguna manera. Pero no mucho, en verdad. No… No hasta que llegaste tú —Lily miró a Kath de lado.

—Estoy contenta de ayudar —dijo, sonriendo.

Lily se rio y luego se estremeció. No estaba segura de si fue por el viento o por la sonrisa de Kath.

—¿Te acuerdas del día en Objetivos de Último Año cuando dijiste que no era extraño que yo quisiera ir a la luna?

—Lo recuerdo.

—Creo que ese fue el primer día que en verdad te puse atención.

—¿Te tomó tanto? —la molestó Kath.

—Tal vez soy de las que maduran un poco más lento—dijo Lily agriamente—. ¿Por qué? ¿Cuándo me notaste tú a mí?

Kath le sonrió.

—¿De verdad quieres saber?

—¡Sí!

—Bueno… el año pasado me ayudaste con una comprobación de geometría. Seguro no te acuerdas. Haces esta cosa que… —La voz de Kath se apagó, se veía un poco tímida.

—¿Qué? ¿Qué hago?

—Te muerdes el labio cuando resuelves un problema de matemáticas difícil —dijo Kath—. Es lindo.

Lily se puso roja y se rio.

—Más me vale no hacerlo en la universidad, sino nadie me tomará en serio.

Cuando llegaron a las escaleras, empezaron a caminar lado a lado y, a veces, cuando subían, chocaban una con la otra, accidentalmente a propósito. El brazo de Lily contra el de Kath, sus manos rozándose con gentileza, sus dedos casi entrelazándose.

Justo antes llegar arriba, Kath dijo con mucha suavidad:

—Quiero besarte de nuevo.

Un estremecimiento recorrió a Lily, tuvo que detenerse para recuperar el aliento, y Kath se detuvo también, entonces se voltearon para verse la una a la otra. El viento se había quedado quieto, el cabello de Kath estaba volando de lado, como si alguien lo hubiera despeinado con los dedos. Lily podría ver a Kath por siempre, pero ver no era suficiente. No había nada que quisiera más que tocarla, pero el espacio entre ellas parecía zumbar como una advertencia. Estaban en la cima de Russian Hill ahora, en la cima de la ciudad misma, completamente expuestas.

—¿Dónde? —preguntó Lily—. ¿A dónde podemos ir?

El último cubículo del baño de las chicas del segundo piso tenía puerta completa, pero todas las chicas sabían de él y trataban de usar ese cubículo cuando tenían su periodo. Había un rincón oscuro debajo de las escaleras del gimnasio por los casilleros, pero cualquiera podría pasar por ahí y verlas. Lily recordó entonces el armario de suministros de Economía del Hogar en el tercer piso, que se cerraba con llave, y ella lo sabía porque había estado en el Comité del Baile.

Pasaron varios días antes de que Lily consiguiera la llave. Los preparativos para el concurso de Señorita del Barrio Chino se estaban intensificando (ya solo faltaban tres semanas); después de la escuela, Lily tenía que ayudar a vender boletos de la rifa en el Hospital Chino, en la tienda del padre de Flora o en La Perla de Oriente. Descubrir una manera de evadir las muchas demandas de Shirley era como participar en una carrera de obstáculos, pero Lily temía negarse de manera tan obvia y levantar sospechas.

Finalmente, el jueves después de la escuela, Lily se vio con Kath afuera de la cocina de Economía del Hogar, donde sacó la llave del tablero de clavijas de encima del lavabo, y la guio hacia una puerta, sin señalamientos, al final del pasillo. Lily revisó para asegurarse de que el pasillo estuviera vacío antes de abrir el armario. Luego, ella y Kath se metieron rápidamente y cerraron la puerta detrás de ellas.

Era un lugar estrecho y polvoso, costaba trabajo ver. La única luz venía de la grieta debajo de la puerta, y Lily de inmediato chocó con un altero de tazones de metal que hizo un ruido horrible.

—Perdón —susurró Lily.

—Con cuidado. —Kath alcanzó su mano para alejarla de los tazones y fue la primera vez que se tocaron, de verdad, desde la noche en el callejón.

Lily se sintió tímida de repente, Kath estaba muy cerca. No podía ver más allá de la tenue silueta de la cabeza y los hombros de Kath. El armario de almacenamiento olía vagamente a jugo de piña, y Lily escuchó los sonidos de fondo de la escuela. Puertas lejanas que se azotaban, voces que se alzaban y se callaban indistintamente, pasos que se acercaban con vivacidad por el pasillo hacia ellas y luego, por fortuna, las pasaban de largo. El armario no se cerraba de adentro, por supuesto; cualquiera podría abrir la puerta y encontrarlas. Ella estaba consciente de su propia mano, que se estaba poniendo resbalosa en la de Kath.

—¿Estás bien? —susurró Kath—. Te ves… tensa.

—No, yo… —*Tensa* no era la palabra correcta. Aterrorizada, quizás.

Había pasado casi una semana desde su primer beso, que había sido tan sorpresivo que se sentía casi como si hubiera sido un accidente. Hoy no era ningún accidente. Habían planeado encontrarse aquí, en este armario, mantener este secreto. Ellas sabían lo que podría pasar si las descubrían; Jean se los había mostrado.

Por un horrible momento, Lily quiso escapar. Podría abrir la puerta ahora mismo, podría decir que todo esto fue un error, podía sentir el alivio esperándola en el pasillo, y quizás Kath lo percibió porque le preguntó:

—¿Estás cambiando de opinión?

Su voz era tenue y vulnerable, hizo que Lily se sintiera avergonzada.

—No —susurró, y dio un paso para acercarse a Kath. Su boca casi estaba tocando la de ella; podía sentir el calor del aliento de Kath en sus labios. Podía oler la fragancia de la piel de Kath, le erizaba la piel de los brazos. Sacó su mano de la de Kath con gentileza para colocar sus manos, con suavidad, alrededor del cuello de Kath, como si fueran a bailar. Escuchó la inhalación y exhalación en el aliento de Kath en la oscuridad, entonces Kath deslizó sus manos alrededor de la cintura de Lily y se inclinó a besarla.

Se sintió diferente esta vez, más fuerte. Estaban tomando esta decisión juntas. Lily sentía la seriedad con la que Kath la tocaba. Su boca la cuestionaba con cada beso: «¿Es esto lo que quieres?». Lily quería decirle que sí con la manera en que acercaba a Kath hacia ella, en la manera en que acariciaba los finos cabellos suaves en la nuca del cuello de Kath, en la manera en que presionaba sus pechos contra el cuerpo de Kath.

36

El viernes, Kath buscó a Lily después de la clase de Matemáticas. Con disimulo, sus dedos se enroscaron brevemente, con un efecto electrizante, alrededor de su brazo. Mientras los estudiantes las pasaban de largo en el pasillo, Kath dijo:

—La señorita Weiland va a llevar a la ACC al boliche el próximo miércoles.

—¿Quieres ir al boliche otra vez? —preguntó Lily, sorprendida.

—No. Su salón estará vacío. —Kath lanzó una mirada hacia atrás de Lily y se inclinó un poco más cerca para poder susurrar—: ¿Te veo ahí el miércoles? Quince minutos después de la escuela. La puerta tiene seguro.

El sábado, Shirley llamó a Lily a su casa.

—¿Todavía vas a ir hoy al hospital a vender boletos de la rifa? —preguntó Shirley.

—Sí, ¿por?

Shirley suspiró con pesar.

—No te molestes. Otra de las concursantes convenció a algunos miembros del consejo de Six Companies de comprarle miles de boletos de golpe. No le voy a ganar.

—¿Qué? Eso no es justo —dijo Lily.

—Flora dijo que yo ganaría con mi discurso —dijo Shirley, sombría.

Lily lo dudaba, pero no iba a hacer que Shirley se sintiera peor.

—Todo va a estar bien —dijo Lily, tratando de sonar positiva—. Todavía puedo ir al hospital, tal vez papá pueda ayudarme a que el consejo del hospital compre bastantes.

—¿Dos mil? —dijo Shirley dudosa.

Lily respingó.

—Tal vez no tantos, pero uno nunca sabe. ¿Quieres venir conmigo?

—No, no puedo. Gracias por lo que has estado haciendo, de verdad, pero no voy a ganar con la venta de boletos.

Después de que Lily colgó, permaneció por un minuto en el rellano, preguntándose si debería llamar a Kath. Su tarde ahora estaba libre y no tenía que ir al hospital por Shirley. Antes de que pudiera arrepentirse, fue a su cuarto por su cuaderno de matemáticas, donde Kath había escrito su número de teléfono apenas hace algunos días. Lily había hecho lo mismo en el cuaderno de Kath, pero ninguna había llamado a la otra todavía.

Corrió de vuelta al teléfono y marcó con dedos nerviosos. Cada rotación del disco parecía eterna, pero al final escuchó que la llamada pasó y entró el tono. Imaginó el teléfono en casa de Kath cobrando vida, pero sonó y sonó y nadie contestó. Finalmente Lily colgó.

—¿A quién llamabas?

Lily dio un brinco y se volteó a ver a su madre que estaba parada en el marco de la puerta de cocina.

—A una amiga, Mary —dijo Lily, y en ese mismo instante deseó no haber dicho ningún nombre.

—¿Todavía vas a ir a vender boletos de la rifa esta tarde? —preguntó su madre.

—Sí —mintió Lily.

—¿Pasarías al Mercado Dupont cuando vengas de regreso? Necesito un poco de jengibre y tu padre necesita más café.

Su madre le dio un billete de cinco dólares y Lily lo tomó sin decir una palabra. Temía que su madre se diera cuenta, de algún modo, de que había mentido, pero su madre solo regresó a la cocina, dejando a Lily de pie junto al teléfono.

Después del almuerzo, Lily subió por Grant Avenue hacia North Beach. Giró hacia Jackson Street y entró en algunas tiendas, miró despreocupadamente algunas vitrinas exhibidoras, llenas de joyería barata. No tenía un plan real para la tarde ya que no tenía que ir al hospital, pero se sentía llena de una impaciencia que la hacía ponerse inquieta y ansiosa. En una tienda encontró una peineta con diamantes de imitación y la compró en un impulso, pensando que podría usarla una noche en el Club del Telégrafo, para que la viera Kath.

El pensamiento se encajó en ella como un gancho y empezó a considerar qué más podría comprar. Un nuevo vestido, quizás. Medias nuevas, de adulta. Un brasier nuevo, eso la hizo imaginar a Kath viéndola, lo que hizo que algo se contrajera en su estómago.

Siguió hacia el norte, y entró en un par de boutiques del Barrio Chino. Como no encontró nada que le gustara siguió por Broadway, por Columbus y hasta North Beach. Los cafés estaban animados esta tarde. Cuando pasó de largo por sus grandes ventanales vio a las parejas dentro, sorbiendo espressos y mordisqueando panecillos italianos. Niños y niñas, hombres y mujeres, sonriéndose los unos a los otros o hablando animadamente, tomándose de las manos, sin miedo de ser vistos juntos. Sintió unos celos crecientes en la boca del estómago ante la injusticia de aquello.

Antes de que se diera cuenta, ya estaba en el Washington Square Park, cruzó Columbus y se paró en la orilla del jardín. Estaba fresco y no muchas personas estaban afuera. Las catalogó una por una: un hombre y una mujer caucásicos; tres hombres caucásicos (italianos quizás) fumando en una banca; dos mujeres negras mayores caminando con lentitud juntas; una niña china como de diez años con una mujer que probablemente era su madre, sosteniendo su mano. Lily había tenido la esperanza de ver a Kath, pero no había señales de ella.

Volteó a ver su reloj, era hora de ir al Mercado Dupont y luego a casa. Se volteó de regreso al Barrio Chino y decidió caminar por Powell antes de tomar un atajo hacia el supermercado. En la intersección de Powell y Green Street se detuvo para esperar a que pasara el tráfico antes de cruzar; en la esquina en diagonal hacia ella se detuvo un carro frente a la acera. El carro era conocido, pero no estaba segura de por qué hasta que se abrió la puerta del copiloto y salió Shirley.

Lily casi levantó el brazo para saludarla, pero algo la detuvo, tal vez la manera furtiva en la que Shirley se estaba moviendo, la forma en la que bajó su sombrero como para ocultar su cara. Lily reconocería a Shirley en cualquier lugar; la había acompañado a comprar el abrigo azul pastel que estaba usando. Había sido su compra favorita el año pasado. Shirley dio la vuelta hasta el lado del conductor, la ventana se abrió y apareció el rostro de un hombre. Lily reconoció a Calvin Chan con un ligero estremecimiento.

Shirley se agachó hacia Calvin y lo besó. Una sonrisa atravesó su rostro y sacó el brazo del carro y puso su mano en la cintura de ella, acercándola para otro beso. La manera en la que Calvin tocaba a Shirley, cómo prolongaron el beso, hizo que a Lily de diera un escalofrío al darse cuenta de la situación. (Antes de que ella y Kath dejaran el armario de Economía del Hogar, sus dedos se entrelazaron hasta el último momento posible).

Cuando Shirley finalmente retrocedió, ella también estaba sonriendo.

La calle estaba despejada ahora, pero Lily no se movió. Se quedó parada en la esquina, viendo a Shirley despedirse de Calvin con un gesto de mano y apresurarse por Powell hacia el Barrio Chino. Calvin giró su carro hacia Columbus. Shirley no volteó hacia donde estaba Lily. No la vio para nada, pero Lily notó la forma alegre en la que caminaba, con la cabeza en alto y los hombros hacia atrás, despreocupada.

El lunes, Lily observó a Shirley de cerca, pero ella parecía ser la misma de siempre, excepto que tenía una motivación renovada para ganar el concurso Señorita del Barrio Chino. Deleitó a Lily y sus amigas con su plan para mejorar su discurso del certamen, que practicaría en la prueba de vestido el viernes en la noche. Lily y Kath tenían planes de ir al Club del Telégrafo el viernes en la noche también, pero aceptó ir a la prueba de vestido, pues habría terminado para cuando fuera hora de reunirse con Kath.

El martes, Kath le dejó una nota a Lily en su casillero. Habían comenzado a dejarse notas después de las vacaciones de Navidad, solo algunas líneas y nunca las firmaban. Lily sabía que debería esperar y leerlas en privado, pero siempre era muy impaciente y hoy no fue la excepción. La desdobló dentro de su casillero, y para tener algo de privacidad entrecerró la puerta de metal. Kath tenía una letra pequeña y limpia, la nota era corta e iba al punto. «No puedo esperar a mañana.»

Lily sonrió. Sacó su lápiz y escribió debajo: «Yo tampoco». La dobló de nuevo en un cuadrado pulcro y en clase de Matemáticas lo deslizó dentro de la mano de Kath, mientras sus dedos se rozaban como plumas contra la palma de Kath.

El miércoles llovió. Todo el día la lluvia golpeó contra las ventanas como un redoble. Después de la escuela, Lily hizo tiempo en su casillero, enderezando sus libros, poniéndose y luego quitándose su abrigo, mirando con impaciencia su reloj.

Finalmente llegó la hora. Entró al salón de la señorita Weiland sola, que estaba abierto y desierto. La luz de la tarde lluviosa se colaba a través de las persianas entreabiertas, proyectando pálidas franjas a través del suelo. Se asomó por una de las ventanas que tenía vista al patio y miró hacia fuera. Estuvo ahí apenas por un minuto antes de escuchar pasos, cuando se volteó, vio a Kath cerrando la puerta del salón.

Lily cruzó el salón y alcanzó la mano de Kath, su pulso ya se estaba acelerando.

—Espera —dijo Kath. Primero cerró la puerta por dentro y luego atravesó el salón para cerrar las persianas.

Lily fue a ayudarle. Cuando terminaron, el salón estaba casi a oscuras, aunque la delgada ventana rectangular de la puerta dejaba entrar la luz del pasillo. Si alguien se paraba por ahí y se asomaba dentro, podría ver la mayor parte del salón. Lily y Kath se dirigieron al rincón más lejano, que estaba bloqueado a la vista de la ventana por un archivero metálico. Sobre él, la señorita Weiland había pegado un póster de viajes que mostraba unas palmeras y una playa, con las palabras LOS ANGELES escritas en el cielo.

Lily agarró la mano de Kath y la acercó hacia sí, con el corazón acelerado por la anticipación. Tenía que estar en Commodore Stockton para reunirse con Frankie en hora y media, lo que apenas les dejaba una hora para estar juntas. Ya sentía que los minutos estaban pasando demasiado rápido, pero parte de ella comprendió que había algo delicioso en prolongar el momento, en esta pausa intolerable antes de besarse. Aquí, todo era posible.

En la luz tenue, la cara de Kath era puras sombras. Estaba tan cerca que ahora Lily podía oler un leve rastro de menta en su aliento y el ligero y cálido aroma de su piel. Rozó su nariz contra el cuello de Kath, quería enfrascar su fragancia. Sintió el pulso de Kath debajo de sus labios, mientras la mano de Kath sostenía la parte trasera de su cabeza. Al fin, la boca de Kath tocó la suya.

Todavía le causaba una fuerte impresión sentirlo: la conexión de sus cuerpos, como si se hubiera alzado desde la médula de sus huesos, espesa, cargada y dulce. Antes había estado asustada de que la descubrieran, de descubrirse a sí misma, pero entre más se besaban, menos miedo sentía, hasta que su miedo se subsumió debajo de sentimientos más poderosos.

Quería tocar la piel de Kath. Desfajó la blusa de Kath de su falda y deslizó sus manos por debajo, finalmente sintió la calidez de su piel de la espalda y el estremecimiento de Kath cuando la tocaba. Ella retrocedió brevemente y alcanzó los botones de la blusa de Lily, preguntando:

—¿Puedo?

Lily la ayudó a desabotonarlos y Kath puso su mano en la piel desnuda de su cintura, Lily cerró los ojos. La mano de Kath se deslizó por sus costillas y tocó la curva de su pecho, con su pulgar arrastrándose eléctricamente por encima del contorno del pezón de Lily por encima de su brasier. Luego empujó su pierna entre los muslos de Lily, ella jadeó por cómo se sentía; la presión y el movimiento ahí era exactamente lo que quería. Estaba anonada por la manera en que esto funcionaba entre ellas, tan instintivamente, como si estuvieran hechas para hacer esto juntas.

Pero Lily sentía como si no hubiera tiempo. No podía olvidar del todo que solo tenían una hora para estar juntas. El deseo de algo más se estaba alzando dentro de ella mientras Kath se movía contra su cuerpo y sus faldas se levantaban mientras sus cuerpos se frotaban uno con el otro. Sentía una urgencia, como si estuvieran contando los segundos para que una bomba explotara. No había tiempo, tenían que hacer esto ya. Alcanzó el dobladillo de su falda y lo jaló hasta su cadera, tomó la mano de Kath y la movió hasta la hendidura de su cuerpo.

Kath dudó.

—¿Estás segura? —preguntó.

—Por favor —dijo Lily sobrecogida.

Así que Kath puso su mano entre las piernas de Lily y ella le ayudó, buscando a tientas entre su ropa interior. Fue torpe, pero cuando los dedos de Kath la tocaron, ambas jadearon.

—¿Estoy en el lugar correcto? —preguntó Kath.

—Sí —susurró Lily.

Se sentía como el lugar correcto. Los dedos de Kath frotaron y frotaron, era tan maravilloso, tan intoxicante —ella ni siquiera se había tocado a sí misma de esta manera jamás— y ahora estaba recargada contra el lado del archivero, e hizo el ruido de un golpe metálico cuando su mano golpeó contra este.

—Perdón —jadeó, pero en realidad no podía disculparse porque todo estaba pasando tan rápido, tan inesperadamente. Aferró a Kath muy cerca de ella mientras las sensaciones la invadían y su cuerpo se estremecía; ella presionó su cara contra el cuello de Kath hasta que terminó.

Hubo un minuto en el que estuvo inhalando y exhalando, inhalando y exhalando; Kath la sostenía con gentileza, su cabeza recargada contra el archivero. Kath le besó el cuello, se movió a hacia el muslo de Lily y susurró:

—¿Puedo? ¿Está bien esto?

—Sí —dijo Lily, y se inclinó hacia Kath, sosteniéndola mientras ella se movía, sintiendo la humedad de Kath deslizarse contra su pierna.

Era extraordinario, pensó Lily. No había nada como esto en el mundo. Qué tan diferente era a cuando Lily estaba sola en su cuarto. Qué tan diferente y cuánto más: una cantidad desbordante de más. Kath seguía meciéndose contra su muslo, su aliento entrecortado contra la mejilla de Lily, y ella le pasaba la mano por el cabello a Kath con ternura, sintiéndose imposiblemente cerca de ella. Qué preciosa y milagrosa era.

37

Todo este tiempo, Shirley no había dicho nada sobre Calvin. Antes, Lily hubiera estado resentida o incluso celosa, pero su propio secreto era mucho más importante ahora.

El viernes en la noche, Lily llegó a casa de los Lum para encontrar a Shirley y a Flora en la sala. Shirley ya se había puesto su vestido de Macy's, y cuando Lily entró, le preguntó:

—Mira lo que tengo… ¿te gustan mis aretes?

—Son de la tienda del señor Woong —dijo Flora.

Lily se quitó su abrigo y se acercó a ver los aretes, de clip, azules de gota en las orejas de Shirley. Parecían zafiros.

—Lindos —dijo Lily.

—Van muy bien con el vestido —dijo Flora.

—¿Qué piensas, Lily?—preguntó Shirley, dando vueltas. El vestido le quedaba bien. Había elegido un vestido azul pastel de gasa con una falda con vuelo y drapeado estilo griego en el cuello. Estaba usando tacones de charol blanco y estaba completamente maquillada, con una boca carmesí y las comisuras de los ojos resaltadas por un toque de delineador. Se había rizado el cabello y lo había peinado con una peineta con diamantes de imitación.

—¿Me veo como una buena chica china? —Shirley batió las pestañas con coquetería.

Lily se sentó en el sillón y eligió sus palabras con cuidado.

—Te ves como una reina de belleza —dijo.

Shirley apretó los labios y caminó hacia la mesa de centro, donde había dejado un borrador de su discurso.

—Bueno, más vale que los jueces lo piensen —dijo Shirley.

—Sé que lo harán —dijo Flora.

Escucharon pasos en las escaleras y un momento después apareció Mary, cargando el cheongsam de Shirley en una funda.

—Lamento llegar tarde —dijo Lily, apresurándose a entrar en la sala. Colocó la funda en el respaldo del sillón y la abrió para mostrar el vestido, que su madre, que era costurera, había arreglado para Shirley—. Deberías probártelo para estar seguras de que te queda.

El cheongsam era azul cielo, bordado con flores blancas, para hacer juego con el vestido de Macy's.

—Oh, ¡es hermoso! Pero voy a dar mi discurso con este vestido —dijo Shirley, señalando el que traía puesto—. Déjame practicar con este primero. ¡Prueba de vestido! Y luego me pruebo el cheongsam. Aquí, todas deberían sentarse y ser mi audiencia, mis jueces. —Shirley movió su cheongsam hacia una de las sillas vacías, mientras Mary se unía a Lily y a Flora en el sillón.

Shirley estaba parada frente a ellas, su espalda iluminada por las ventanas. Sostuvo su discurso en ambas manos y les hizo una reverencia.

—Buenas noches, caballeros —comenzó.

Flora y Mary respondieron con unas risitas, porque por supuesto que no eran caballeros. Lily logró sonreír.

—恭喜發財.[21] Gracias por permitirme el honor de hablarles esta noche. He pensado a detalle en quién debe ser Señorita del Barrio

[21] Felicidad y prosperidad (saludo común de Año Nuevo).

Chino y humildemente espero que me consideren la más adecuada para esta tarea. Una de las responsabilidades más importantes es guiar las festividades de Año Nuevo como representante de nuestra comunidad. El Festival de Año Nuevo es una tradición antigua que data de miles de años, aun así, también celebra la oportunidad de tener un nuevo comienzo en Año Nuevo. Cada año honramos a nuestros ancestros y les agradecemos sus bendiciones, cada año preparamos nuestros hogares y nuestras familias para el Año Nuevo, pagando nuestras deudas y limpiando el polvo del año viejo.

»Nosotros, los chinoestadounidenses, vinimos a este nuevo mundo de Estados Unidos para crear nuevas vidas para nosotros y nuestras familias. La señorita del Barrio Chino debería representar lo mejor de las dos tradiciones: lo antiguo y lo moderno. Ella debería honrar la fortaleza de la familia y la tradición china, pero también abrazar lo mejor del nuevo modo de vivir estadounidense.

»Soy hija de inmigrantes trabajadores de Cantón. Nací aquí, justo en Kau Kam Shaan.[22] Crecí trabajando en el restaurante de mis padres, donde vi que la cultura china puede ser abrazada por los estadounidenses. Soy hija del viejo mundo tanto como del nuevo, y estoy lista para representar al Barrio Chino conforme avanzamos hacia el Año de la Cabra. Me presento humildemente ante ustedes, honorables jueces, como una obediente y diligente hija del Barrio Chino. Gracias».

Shirley hizo una reverencia, sosteniendo su falda hacia atrás con delicadeza, como si fuera una princesa, y Lily, Flora y Mary aplaudieron.

—Creo que es bastante bueno —dijo Flora—. Muy humilde.

—Y virtuoso —dijo Mary.

Lily no estaba segura de que le gustara el discurso. Se sentía como un fraude, como si Shirley estuviera tratando de adular a los jueces para que votaran por ella.

---

[22] San Francisco; literalmente, «montaña del oro viejo».

—Me gusta la reverencia al final —dijo Lily.

—¿Pero crees que es suficiente para ganar? —preguntó Shirley—. No vendí suficientes boletos de la rifa.

—Todavía puedes ganar —declaró Flora—. Eres mucho más bonita que las otras chicas. Vi a la que vendió todos esos boletos a Six Companies, tiene cara de vaca.

—Flora —la reprendió Mary—. Eso es grosero.

—Es verdad —insistió Flora—. Si se supone que la Señorita del Barrio Chino debe ser una reina de belleza, entonces Shirley debería ganar.

—¿Qué piensas, Lily? —preguntó Shirley—. Estás muy callada.

Había un desafío sutil en el tono de Shirley, Lily supo que debía decir algo alentador, que Shirley era la más bonita de todas, que seguro ganaría, o de lo contrario los jueces serían unos ciegos idiotas. Ese era el precio de admisión en el círculo de Shirley, y Lily lo había pagado antes. Era muy fácil seguirlo pagando, pero ya no quería hacerlo. Lily comprendió que hacía mucho que había dejado de querer pagarlo. Todo lo que quería ahora era que terminara la prueba de vestido e irse al Club del Telégrafo con Kath.

—El concurso de Señorita del Barrio Chino se trata de apoyar a los negocios del Barrio Chino —dijo Lily al fin—. A los jueces no les importará qué tan bonita seas, todas las chicas son lo bastante bonitas. Solo les importa cuánto dinero aportes. Ya sabes cómo funciona.

Flora soltó un grito ahogado y Mary frunció el ceño, pero Shirley vio, renuente, a Lily con una mirada de respeto.

38

Cuando Lily llegó a casa después de la prueba de vestido, Frankie dijo que se sentía mal del estómago. Mientras esperaba a que él se instalara y a que sus padres se acostaran, vio las manecillas del reloj avanzar y pasar la hora a la que usualmente se reunía con Kath. Para cuando el departamento estuvo callado, supo que Kath ya se habría ido de su punto de reunión. Esperaba que Kath se hubiera adelantado al club para esperarla allá.

Afuera, las calles estaban espesas por la niebla; Lily aseguró la bufanda alrededor de su cuello. Cada faro, cada poste de luz tenía *nimbus* a su alrededor, un brillo de otro mundo, y el aire parecía presionar contra el cuerpo de Lily. Se aferraba a ella como humo, como una capa, haciéndola sentir como si ella fuera invisible. Era como si la ciudad misma la ayudara a ocultarse.

El letrero de neón del Club del Telégrafo destellaba a la distancia. La música se escuchaba por Broadway; risas inconexas en el aire. Era un fantasma deslizándose por las calles. Era un pez surcando aguas oscuras. Llegó a la puerta del club y ahí estaba Mickey, quien le dijo:

—Tu amiga ya está adentro.

—Gracias —dijo Lily, y atravesó la puerta.

El club estaba tibio y ruidoso, olía como siempre a perfume, cigarros y cerveza. Lily escuchó a Tommy cantando por las bocinas. El área de la barra, por la que nunca había pasado sola, era una larga fila de mujeres volteándose a verla. Se sentía expuesta, y parte de ella quería esconderse, pero otra estaba emocionada de ser vista, como si cada persona que la veía la estuviera creando de nuevo.

Se detuvo en el arco, entre la barra y el salón del escenario, aflojó su bufanda dentro del cuarto cálido y buscó a Kath en las mesas. Todas las caras estaban volteadas hacia el escenario, donde Tommy cantaba *Secret Love* bajo los reflectores. Como en las ocasiones anteriores, había algunas parejas —hombre y mujer— sentadas cerca del escenario, las mujeres estaban entre fascinadas y apenadas, y los hombres sonreían con complicidad. Lily se preguntó qué creían saber. Estaba segura de que estaban equivocados.

Lily vio a Kath sentada con Jean y sus amigas de la universidad en un rincón al extremo izquierdo. Lily podría no haberla visto, porque estaba entre las sombras, pero Kath se inclinó hacia delante para encender un cigarro y el destello del encendedor iluminó su cara; su cabello estaba peinado hacia atrás con una raya de lado, como un hombre. Tomó a Lily por sorpresa verla así y de repente se sintió cohibida. Estaba usando su vestido nuevo, el que le dijo a su madre que era para el certamen, pero en realidad lo había elegido para esta noche. Era más ajustado que los vestidos que usaba normalmente, con un escote en V más pronunciado de los que solía usar, aunque todavía era bastante modesto. Pero en este lugar, entre estas mujeres, su nuevo vestido era una declaración. Si iba con Kath y se sentaba a su lado, todo el mundo sabría lo que eso significaba.

Tommy comenzó otra canción, una animada, que implicaba que ella coqueteara con las mujeres a la orilla del escenario. Lily recordó cómo había fantaseado con Tommy cantándole a ella en una de esas mesas; su fantasía parecía tan ingenua ahora, tan boba. Un sueño de colegiala. Reconoció la sonrisa en el rostro de

Tommy mientras se inclinaba a darle serenata a la castaña del vestido de coctel granate. Se veía tan halagada, tan dispuesta.

Lily miró hacia otro lado. Empezó a abrirse camino hacia Kath, quien parecía estar buscándola también. Lily creyó ver a Kath bajar su cigarro, pensó que había una sombra un poco más pálida en su cara, como si se estuviera poniendo de pie.

—Disculpe —susurró, chocando con las sillas de unas desconocidas, deslizándose alrededor de las mujeres de pie al fondo del salón. ¿Cuándo se había hecho tan grande el pequeño salón del escenario y con tantos obstáculos? Ya ni siquiera le estaba poniendo atención al espectáculo de Tommy.

Al fin estaba ahí, y Lily reconoció los hombros de Kath aunque no podía ver su cara, que era un borrón en la oscuridad humeante.

—Kath —susurró con alivio. Apenas habían pasado algunas horas desde que la había visto en la escuela, pero sentía como si hubieran pasado días.

—¿Qué pasó? —susurró Kath—. Te esperé, pero se hizo muy tarde.

Alguien cerca las calló y Lily agarró la mano de Kath y la jaló a través del salón del escenario hasta el pasillo que llevaba a las escaleras. El anexo debajo de las escaleras estaba vacío y Lily llevó a Kath hacia sus sombras, mientras su piel se sonrojaba con anticipación.

—Perdón por haber llegado tarde —dijo Lily—. Frankie estaba enfermo y tuve que esperar hasta que se durmiera.

Había algunos barriles de cerveza y unas cajas de madera almacenadas debajo de las escaleras, pero había suficiente espacio para ellas dos. Por encima de sus cabezas, grietas en los escalones dejaban pasar rayos de luz amarilla tan delgados como el papel. Se proyectaban sobre la cara de Kath, mientras ella cerraba el espacio entre ellas y decía:

—Me alegra que estés aquí. —Y besó a Lily.

—A mí también. —Lily la besó de regreso.

Cuando se separaron, Lily recordó que le había traído un regalo a Kath y sacó un avión de juguete de su bolsillo.

—Esto es para ti —dijo.

Kath lo sostuvo para examinarlo con mejor luz.

—¿Para qué es? —preguntó sorprendida.

—Me hizo pensar en ti.

El padre de Flora asumió que era para el hermano más pequeño de Lily y ella no lo corrigió. Había querido meterlo en una caja y envolverlo, pero no tenía una del tamaño adecuado y el único papel para envolver que quedaba en la casa eran sobras del de Navidad. Ahora, viendo a Kath sostener el pequeño avión de juguete desnudo en su mano, se sintió avergonzada.

—No es nada —susurró Lily—. Está bien si no te gusta.

Kath le dio vueltas a las ruedas y sonrió.

—Me gusta. —Guardó el avión en su abrigo y deslizó sus manos alrededor de la cintura de Lily de nuevo—. ¿Quieres volver para ver el espectáculo?

—En un minuto.

—¿Solo un minuto? —la molestó Kath.

Lily se rio, jaló a Kath cerca de ella; sintió la sonrisa de su boca contra la suya. Lily recordó la vista de la otra pareja debajo de las escaleras y fue como si el tiempo se doblara sobre sí mismo y ella no pudiera distinguir si era ella o alguien más. ¿Cuántas chicas habían estado debajo de estas escaleras, besándose? Lily imaginó una larga fila de chicas como ellas envueltas en este hueco oscuro con olor a cerveza.

Un grito se alzó, de repente, desde la barra, y unas luces iluminaron el pasillo, lo que hizo que se separaran.

Tommy dejó de cantar abruptamente. La pianista se detuvo a media frase y luego la voz de Tommy sonó en las bocinas:

—Lamento decir que esta noche cerramos temprano, amigos. —Varias voces se alzaron al mismo tiempo, confundidas y sorprendidas; las luces destellaron de nuevo, de manera repetida.

—¿Qué pasa? —preguntó Lily. Volteó hacia el pasillo, que continuaba después de su anexo debajo de las escaleras y terminaba en una puerta cerrada.

Alguien pasó corriendo por el corto pasillo desde la barra y pasó junto a ellas, pegándole a Lily en el hombro. Abrió la puerta al final del corredor y la atravesó. Justo cuando Lily salía de debajo de las escaleras, más mujeres vinieron —docenas, todas ellas al parecer— dirigiéndose atropelladamente hacia la puerta.

Kath agarró a una extraña del brazo y preguntó:

—¿Qué pasó?

La mujer estaba usando un traje; jaló su brazo y gritó por encima de su hombro:

—¡Policías! ¡Están haciendo una redada en el club!

Lily todavía estaba sosteniendo la mano de Kath y ella le apretó los dedos, mientras se asomaba hacia el corredor de la puerta. Era la salida trasera.

—Vamos —dijo Kath y jaló a Lily hacia el corredor, uniéndose al éxodo. Lily podía oler la niebla filtrándose dentro.

Kath se detuvo abruptamente y la arrastró fuera del camino.

—Espera, dejé mi abrigo.

El pánico de la multitud era contagioso y el único pensamiento de Lily era escapar.

—¿No puedes dejarlo?

Kath negó con la cabeza.

—Mi identificación está en el bolsillo. Adelántate. Te veo allá.

—¿No es falsa? ¡Déjala! —Lily no iba a soltar su mano.

—Olvidé dejar la verdadera en casa. Tengo que ir por él. Tú ve… nos vemos en nuestra esquina, ¿sí? —Kath apretó la mano de Lily una vez más, luego regresó por el pasillo a contracorriente de la marea de mujeres, dejando a Lily sola.

Una mujer la rozó al pasar y le aconsejó:

—Más vale que salgas de aquí a menos que quieras que te atrapen.

Con el corazón martillando, Lily siguió a todas las demás afuera y hacia un callejón angosto. Estaba muy oscuro y olía a orines. Hacia arriba, los edificios se vislumbraban oscuros contra el cielo de noche, cubierto de nubes. Solo algunas ventanas se veían encendidas, lo que le recordó a Lily lo tarde que era. Todas las que salían del Club del Telégrafo parecían dirigirse a uno o a otro lado del callejón. Lily se fue hacia la izquierda —pensó que ese era el camino a Columbus Avenue—, pero cuando salió a una calle lateral que no reconoció, se detuvo. Miró hacia atrás, al callejón. La puerta abierta proyectaba una luz amarilla en el piso, iluminando un charco maloliente que varias mujeres habían pisado mientras corrían fuera del edificio. No había señales de Kath.

Ahora venían unas voces, fuertes e insistentes. Voces de hombres y luego hombres de uniforme, blandiendo linternas.

Lily huyó hacia una calle desconocida. Había un grupo de hombres ahí, parados y fumando a la orilla de un edificio. Las brasas en las puntas de sus cigarros parecían flotar en el aire como diminutos ojos rojos. Probablemente la habían visto quedarse en la boca del callejón; agachó la cabeza y se dio cuenta de que había perdido su bufanda en algún lugar.

Siguió avanzando, aunque no sabía a dónde iba. Estaba acercándose a luces y ruidos, pero mantuvo su mirada abajo, hacia las manchas y marcas en la acera. La sombra más oscura de la alcantarilla corría como un río a su lado.

La calle era corta y terminaba en una amplia avenida; había encontrado Broadway de nuevo. A su izquierda había un caleidoscopio de luces azules y blancas, rotando como un juego de Playland. Un letrero blanco de neón colgaba del lado del edificio cerca de las luces: EL CLUB DEL TELÉGRAFO. Se detuvo y comprendió que había varias patrullas estacionadas afuera del club. Un grupo de mujeres estaban paradas cerca de la marquesina, amontonadas, como si fuera por su seguridad. Un policía se alejó de una de ellas y Lily no comprendió en un principio lo que estaba viendo.

Fue solo cuando la mujer se volteó, con sus brazos en una posición antinatural, que entendió que el policía la había esposado.

Se giró de inmediato y se dirigió a Columbus Avenue. En su vistazo rápido de las mujeres esposadas, no alcanzó a ver a Kath. Tal vez se había ido por el callejón en la otra dirección. Quizás ya estaba en Columbus. Lily aceleró el paso. El tráfico gritaba a su paso y alguien se estaba riendo muy fuerte; hombres arrojaban cigarros encendidos en la acera como pequeños misiles que debía evitar. Alguien le gritó:

—¡Camina más lento y sonríe, cariño! —Ella lo ignoró, ya casi llegaba. Ya podía ver su esquina a la distancia.

Pero no había nadie ahí cuando llegó. El poste de luz brillaba en la acera vacía.

No estaba segura de cuánto tiempo se quedó ahí, temblando. Se sintió como horas. Cuando vio una patrulla atravesando Columbus, se encogió en las sombras, pero sabía que no podía esperar ahí toda la noche. Con una desesperada sensación de vacío se dio la vuelta hacia casa y se decidió a llamar a Kath a primera hora en la mañana. Ella comprendería por qué Lily no se había quedado en su esquina.

Cuando llegó a casa, trató de ser lo más silenciosa que pudo, pero estaba torpe por el frío y se tropezó en las escaleras. La puerta de su cuarto se atoró y tuvo que forzarla, con un ruido, para que se abriera.

El silencio después fue insoportable. Escuchó el crujir de unos resortes, el chillido de la puerta del cuarto de sus padres.

Se apuró a desvestirse, metiendo su ropa debajo de su cama, y a ponerse su camisón tan rápido que casi se atoró con las mangas. Se golpeó el dedo del pie contra una de las patas de la cama por accidente y no pudo reprimir el aullido de dolor. Con lágrimas escociéndole los ojos, se subió a la cama y jaló las cobijas justo a tiempo, su padre estaba deslizando la puerta para abrirla, y le dijo:

—¿Li-li, estás bien?

Se volteó, fingiendo estar adormilada.

—Sí, papá.

—¿No podías dormir?

—No.

Entró y se sentó en la orilla de la cama, encendiendo su lámpara de noche. Ella se tuvo que voltear para encararlo, forzando una cara inexpresiva. Él colocó una mano tibia contra su frente.

—Estás un poco caliente.

—Estoy bien, solo no podía dormir.

La estudió por un momento y ella se obligó a verse normal —desvelada quizás, pero normal— y debió haberlo logrado, porque después de un momento él removió su mano.

—De acuerdo. Bueno, si no te sientes bien en la mañana, me avisas.

—Lo haré.

—Buenas noches. —Apagó la lámpara de noche y se fue, deslizando las puertas para cerrarlas.

1950 Judy Hu se casa con Francis Fong.

Lily asiste al tercer pícnic de la Alianza Independiente de Ciudadanos Chinoestadounidenses y al Concurso Señorita del Barrio Chino.

1951 El doctor Hsue-shen Tsien es puesto bajo arresto domiciliario bajo la sospecha de ser comunista y simpatizante de la República Popular de China.

12 de agosto de **1951** **Judy lleva a Lily a Playland, en la playa.**

En Stoumen contra Reilly, la Suprema Corte de California declara que los homosexuales tienen el derecho de reunirse públicamente, por ejemplo, en un bar.

1952 Francis comienza a trabajar como ingeniero en el Laboratorio de Propulsión a Reacción.

1953 Judy es contratada como calculadora humana en el Laboratorio de Propulsión a Reacción.

Judy lleva a Lily al Planetario Morrison en la Academia de Ciencias en el Parque Golden Gate.

JUDY

Tres años y medio antes

El diorama de Opium Den estaba localizado en el lado izquierdo del Musée Mécanique en Playland, apenas pasando un adivino mecánico cuyos ojos se ponían en blanco cada vez que metían una moneda en la ranura de la máquina. Judy había visto el Opium Den antes, y aunque había estado horrorizada la primera vez, nunca le había dado tanto asco como hoy.

Aquella mañana, mientras ella y Francis se preparaban para recoger a Lily, Frankie y Eddie para su largamente planeada salida del sábado, ella trató de convencer a Francis de que haría demasiado frío para un viaje a Playland.

—Habrá neblina y viento —había dicho—. Mejor vamos a un lugar cerrado.

Pero Francis se resistió.

—Los niños quieren ir a Fun House, Frankie quiere subirse por primera vez a la montaña rusa, desde el mes pasado les prometí que los llevaríamos.

Así que se amontonaron en el Mercury de Francis y manejaron a Playland en la playa. Judy miró cómo Francis llevaba a Eddie y a Frankie a la montaña rusa de madera, mientras Lily deambulaba por el Musée Mécanique introduciendo monedas en los dioramas automatizados. A Lily, cuando era más pequeña, no le gustaban mucho los juegos mecánicos, pero podía ver los figurines miniatura recorrer sus mundos pintados de madera por horas, asombrada por sus pequeños y metódicos detalles. Lily tenía catorce ahora, y Judy sospechaba que su interés en estas maravillas mecanizadas había menguado, así que siguió a su sobrina adentro para esperarla.

Había una banca a unos cuantos metros del Opium Den y Judy se sentó ahí, sacando un libro de pasta blanda de su bolsa para leer. Era *Crónicas marcianas* de Ray Bradbury, que le había prestado Francis, quien tenía un gusto por la ciencia ficción. Pensaba que algunas de las novelas que le gustaban a él eran terribles, pero estaba disfrutando esta. Sin embargo, no podía concentrarse en la historia. Desde su punto de vista era difícil ignorar cada vez que el Opium Den tomaba vida con un zumbido y los niños no paraban de darle monedas.

El diorama no era muy grande, tal vez unos sesenta centímetros de ancho y unos treinta de largo, pero contenía varias criaturas extrañas que se movían o saltaban cuando la máquina estaba en funcionamiento. Era un fumadero de opio clandestino poblado por figurines de ojos rasgados, piel fantasmagórica y expresiones en blanco, posiblemente con la intención de representar a los hombres en la agonía de la euforia inducida por el opio. En la parte trasera del fumadero yacía un hombre chino en un anexo en una pared, levantándose de un jalón y cayendo una y otra vez. Una figura perturbadora con cara como de esqueleto descendía al fumadero desde una escalera a la izquierda. A la derecha se abría una puerta para dejar ver un esqueleto colgante. Y lo más extraño de todo, una cobra gigante saltaba repetidamente desde detrás de una cortina con flecos en la parte de atrás.

A los niños les encantaba el Fumadero de Opio —en especial les gustaba reírse y señalar a la cobra—, pero, entre más lo veía Judy, más repugnancia le causaba. La cobra, con su cabeza bulbosa y su movimiento de empuje, parecía obscena. El adicto en el anexo trasero, que saltaba de arriba abajo, era humillante. No tenía poder, era incapaz de escapar de esta representación mecanizada de una tragedia de la vida real.

—¿Cuánto tiempo tenemos que quedarnos?—preguntó Lily, sentándose en la banca junto a ella.

—¡Lily! ¿Ya terminaste? —dijo Judy. Había estado tan absorta en su enojo por el diorama que no había visto a Lily acercarse.

La mirada de Lily siguió la de Judy hasta el Fumadero de Opio y frunció el ceño, mientras veía la humillación repetida.

—Odio ese —dijo Lily.

—Yo también —dijo Judy—. Vámonos. No tenemos que quedarnos aquí.

A veces Judy sentía una profunda y ardiente furia hacia su país adoptado y nunca sabía qué hacer con ella. Había venido a Estados Unidos por una educación, pero primero conoció a Francis y luego los comunistas tomaron el poder, y ahora, desafortunadamente, no podía irse. Estados Unidos le había dado mucho en los cuatro años desde que había llegado, pero también le recordaba con regularidad cómo consideraba a la gente como ella.

—¿A dónde vamos? —preguntó Lily, corriendo tras ella.

—Vamos a la playa —dijo Judy, abriendo la puerta.

—¿Qué hay de Eddie, Frankie y el tío Francis?

Judy miró su reloj.

—Acordamos reunirnos en Fun House a las tres. Tenemos cuarenta y cinco minutos. Ven, quiero ver el océano.

Judy se había enamorado de Ocean Beach la primera vez que la vio, casi cuatro años atrás, justo después de haber llegado a San Francisco. Había sido un día frío también, y recordaba el viento azotando su cabello contra su cara mientras caminaba por encima de las dunas.

No era una playa cálida ni soleada, como las de las guías turísticas. Era fría y vasta, como el océano Pacífico, que retumbaba en salvajes olas con crestas de espuma. Amaba Ocean Beach porque, cuando se paraba ahí, al fin podía comprender, hasta los huesos, cuan grande era el Pacífico. Casi podía ver la curva de la tierra en el horizonte del mar, o imaginaba que podía hacerlo, y esto le daba un sentido físico de qué tan lejos de casa había viajado.

Sí, en verdad había venido de muy lejos. No, no iba a volver a casa pronto.

Había un sentido extraño de libertad en esos pensamientos. La dejaban libre para estar aquí, en este lugar, en este momento.

El océano hoy era gris y se mezclaba casi fluidamente con el cielo en el horizonte. Recordaba su paso por el océano, dieciséis días en un buque de transporte de tropas estadounidense convertido en una cabina de segunda clase para varias mujeres chinas. Había pasado tanto tiempo con esas mujeres y aun así ahora apenas las recordaba. Se preguntó si alguna vez pensarían en ella: estudiosa y callada, con la cabeza metida en sus libros de matemáticas y de inglés el viaje completo. Estaba segura de que habían pensado que era extraña.

Ahora Judy veía a Lily alejarse de ella por la arena compacta cerca de la orilla de las olas, buscando caracolas. Lily pasó de largo un bulto de algas que había acabado en la costa. Parecía una masa de oscuras de serpientes verdes enredadas, y cuando el agua volvió sobre ella, una cola se movió de adelante hacia atrás como la cobra en el horrible fumadero de opio.

Justo ahí, Judy recordó la sangre y el tejido retorcido como serpiente en el escusado el último abril, cuando tuvo un aborto. Había sido tan pronto el embarazo que apenas había comenzado a aceptarlo. Ella y Francis habían estado casados por diez meses y era tiempo de empezar una familia, todos lo decían, pero ella había estado renuente a ir al doctor para confirmar el embarazo.

Después, se preguntaba en secreto si su renuencia había condenado al bebé nonato. Había estado planeando presentar una solicitud a unos programas de doctorado en Matemáticas cuando se embarazó. Ella soñaba con continuar sus estudios, no con tener un bebé.

Había estado abrumada por la culpa. Todavía lo estaba. ¿Cómo pudo haber sido tan descuidada? Debió haber ido al doctor antes. Debió haber sabido, de alguna manera, que algo estaba mal. Seguramente era su culpa por no poner más atención a su cuerpo. Había estado perdida en sus pensamientos, en números, patrones y teoremas. Siempre había sido una rareza, no como las chicas normales que se emocionaban con los bebés y ponían todo su corazón en planear, prepararse y esperarlos. Ella no era una de esas, nunca lo había sido. Tal vez eso quería decir que había algo malo en ella, su cuerpo lo supo y rechazó la maternidad.

De cierta forma, la culpa era más dolorosa que el aborto.

Levantó la mirada de las algas serpenteantes y buscó a Lily, por la playa. Comenzó a caminar hacia su sobrina. Se sentía temblorosa, siempre se sentía así cuando recordaba aquella terrible época de la última primavera. Se preguntó cuándo pasaría. A veces se descubría temiendo que no pasara nunca y se decía a sí misma que estaba siendo melodramática. Había vivido horrores durante la guerra que había aprendido a olvidar.

(La mujer con las vísceras de fuera a la orilla del camino después de una bomba; el brillo de sus órganos).

—¡Lily! —la llamó deliberadamente, alejando esos pensamientos.

(Su padre clavando tablones sobre las ventanas, bloqueando la luz del día).

Lily la escuchó y se volteó, esperó a que la alcanzara. Lily era muy afortunada. De vivir en el mismo país en el que había nacido, de no tener que vivir una guerra a la puerta de su casa.

—¿Qué encontraste? —preguntó Judy.

Su sobrina extendió su mano y reveló una concha de mejillón morada y negra, completamente vacía, con un interior blanco color hueso.

—Todas las conchas bonitas están rotas hoy —dijo Lily—. Solo estaba esta.

Levantó el brazo y la arrojó de vuelta al océano, pero cayó en una ola crestada de espuma que volvía a la costa y el agua regresó la concha a ellas depositándola a sus pies.

Caminaron de vuelta a Playland, lado a lado, permaneciendo en la arena compacta tanto como les fue posible, hasta que tuvieron que atravesar las dunas de arena movediza. Judy echó un último vistazo al horizonte, imaginando que podía ver más allá de la orilla y a través de esos miles de kilómetros de agua abierta hasta el puerto en Shanghái.

Cuando llegaron al parque de diversiones, ella vio a Francis antes de que él las viera a ellas. Estaba parado afuera de Fun House, riéndose, mientras Frankie y Eddie jalaban largos hilos de algodón de azúcar del palito que sostenía en la mano. Judy supo, de alguna forma, que Eddie iba a voltearse y alzar un puñado del brillante dulce rosa y agitarlo hacia Lily cuando la viera, y así lo hizo. Lily lo saludó de regreso, sonriendo.

似曾相識,[23] pensó Judy. La sensación de haber conocido a alguien antes, o lo que los franceses llaman *déjà vu*, la sensación de ya haber visto algo. Probablemente exista una explicación científica para eso, pero entre más crecía esta percepción, más se inclinaba a ceder a la impresión de que estos momentos eran vistazos a un mundo más grande que este plano físico. Era como si hubiera ciclos que se repetían una y otra vez, pero la mayoría de la

[23] *Déjà vu*

gente nunca veía la repetición, estaban demasiado enmarañados en su propio camino para verlo.

En un ciclo, ella ya había vivido este día en Playland, y una parte de su cerebro lo recordaba. ¿Eso significaba que siempre había estado destinada a venir aquí, a esta ciudad en esta tierra tan lejana de su hogar? Deslizó su mano a su bolsillo para sentir la concha de mejillón, que había levantado por una especie de vaga superstición. Si el océano se las había regresado, eso debía significar que debían llevársela. Todas estas señales, pensó, la llevaban a este momento, y luego a este, una y otra vez.

PARTE VI

Amor secreto

ENERO DE 1955

39

El titular de la página principal abarcaba todo el ancho del periódico que el padre de Lily estaba leyendo: CHICAS ADOLESCENTES SON «RECLUTADAS» EN UN BAR DE DESVIADOS SEXUALES. Lily sintió que toda la sangre se le iba a la cabeza cuando lo vio. El pan tostado que estaba masticando se sintió seco como polvo en su boca y tuvo que tragárselo con un sorbo de café.

A su padre no pareció causarle mucha impresión la historia. Terminó el artículo que había estado leyendo, dobló el periódico a su posición original, ocultando la página principal, luego volteó a ver el reloj arriba de la estufa. Eran las ocho veintiséis del sábado en la mañana y tenía guardia en el Hospital Chino ese día.

Lily apenas había podido dormir anoche, esperó despierta a que amaneciera para poder llamar a Kath. Ya casi era una hora apropiada, pero entre más cerca estaba de marcar el número de Kath, más nerviosa se ponía.

La madre de Lily estaba empacando el almuerzo de su padre mientras le hablaba.

—¿Estás seguro de que puedes recoger un pato rostizado? No tengo tiempo. Tenemos que limpiar la casa.

—Sí, te dije que lo haría.

—¿Y volverás antes de que lleguen Judy y Francis?

—Por supuesto, no llegan hasta las ocho de la noche.

—¿Mamá, cuándo empiezan los fuegos artificiales? —preguntó Frankie.

—A medianoche, pero tú estarás en cama.

—¿Por qué no puedo ir a verlos?

—Habrá mañana, estarán todo el fin de semana.

Eddie, que había estado masticando su cereal azucarado, servido en un tazón de desayuno, dijo:

—¿Lily, qué pasa?

Lily había parado de comer su desayuno. Levantó su pedazo de pan tostado y se obligó a darle otra mordida.

—Nada.

Su padre la vio por encima de la orilla del periódico.

—¿Te sientes enferma?

—No.

—Bien. —Dejó el periódico en la mesa y se levantó—. Es mejor que me vaya.

—¿Por qué le preguntaste si estaba enferma? ¿Estás enferma, Lily? —preguntó su madre.

—No.

—Estuvo despierta hasta muy tarde ayer —dijo su padre—. Pensé que se había contagiado de lo que tenía Frankie.

—Estoy bien —dijo Lily.

Su padre tomó su almuerzo de la encimera.

—Los veo en la noche.

Lily se levantó y tiró su pan tostado a medio comer en la basura, antes de que su madre notara que no había comido nada.

—Lily, necesito que hoy te quedes en casa con Frankie —dijo su madre—. Tengo muchos mandados que hacer.

—No necesito que se quede conmigo —dijo Frankie—. Eddie se puede quedar conmigo.

—Eddie tiene tarea que hacer y tú todavía te estás recuperando. Lily estará aquí. Espera, ¿a qué hora tienes que reunirte con Shirley?

—Hasta las seis. La valoración de los jueces empieza a las siete, pero tenemos que llegar una hora antes.

—Todo debería salir bien, pero asegúrate de comer antes de irte. No tendré tiempo de hacerte de cenar.

—Lo sé.

—Podrías traer las sábanas, ¿por favor? Necesito que empieces a lavar la ropa esta mañana.

—Sí, mamá.

Lily dudó antes de salir de la cocina; el periódico estaba reposando en la esquina de la mesa, abandonado. Quería agarrarlo, pero antes de que pudiera hacerlo, su madre se sentó a la mesa y levantó el periódico, yendo directo a las columnas de sociedad, en la parte de atrás. Lily la observó por un momento, preguntándose si vería la página principal, pero no lo hizo.

Lily tuvo que esperar hasta que su madre se fuera para usar el teléfono. Para entonces, ya era casi media mañana y apenas podía contener su ansiedad. Después de asegurarse de que Eddie y Frankie estaban en la sala, fue hacia el teléfono y levantó nerviosa el pesado auricular negro, marcando el número de Kath de memoria. Hubo un click en su oído, luego la llamada conectó. El sonido *brr-brr* se repitió una y otra vez mientras esperaba de pie a que alguien contestara, pero nadie lo hizo. Después de diez timbrazos colgó, su corazón estaba acelerado.

Marcó el número de nuevo.

Una vez más contó diez timbrazos; una vez más nadie contestó. Esta vez, cuando colgó se hundió en la banca. Se sentía mareada de la angustia. Se dijo a sí misma que el hecho de que nadie contestara no significaba nada. Tal vez habían salido. Su propia madre había salido, así que quizás todos en la familia de Kath habían salido también. Se imaginó brevemente a toda la familia en el supermercado, en el parque o en...

De repente, recordó el artículo del periódico, se paró de un salto y regresó a la cocina. Encontró el *Chronicle* en el bote de basura, las orillas estaban humedecidas por los granos de café. Se los sacudió tan bien como pudo y lo desdobló. La página principal estaba húmeda en el cuadrante derecho bajo, pero el encabezado todavía estaba bien definido e impactantemente grande.

CHICAS ADOLESCENTES SON «RECLUTADAS»
EN UN BAR DE DESVIADOS SEXUALES

La policía realizó una redada en un bar conocido como el Club del Telégrafo el viernes en la noche, después de recibir varias denuncias de que era un territorio de caza para gente «gay» que usa el establecimiento para reclutar a chicas adolescentes en el libertinaje. El club, localizado en 462 Broadway, ha estado bajo investigación secreta por meses. El inspector J. L. Herington de la Policía de San Francisco reporta que al menos una docena de chicas adolescentes han sido seducidas por mujeres mayores en esta academia del vicio, en la que eran iniciadas en la marihuana y la Bencedrina, y eran alentadas a asistir a fiestas secretas a altas horas de la noche en los hogares de desviadas sexuales.

Según el testimonio de varias chicas adolescentes entrevistadas en el Centro Juvenil de Orientación, órdenes de registro fueron emitidas en contra de la dueña del Club del Telégrafo, Joyce Morgan, y de Theresa Scafani, quien actúa en el club como intérprete masculina bajo el nombre artístico de Tommy Andrews. Ambas mujeres fueron arrestadas y acusadas de contribuir a la corrupción de menores; Scafani fue acusada de conducta indecente.

> El inspector Herington narró una historia sórdida de actos abominables que en algunos casos es imposible imprimir, y que involucraba a estudiantes de preparatoria de las edades de 16 a 18, muchas de ellas de buenas familias. «Había un patrón», explicó el inspector Herington. «Las chicas iban al Club del Telégrafo a ver un acto de un club nocturno, y una vez que estaban ahí eran manipuladas con alcohol e invitadas a citas por mujeres mayores, que eran desviadas sexuales. Una vez que una chica estaba enredada, ella reclutaba a sus amigas de la escuela.
>
> Al principio, las chicas pensaban que era «pura diversión», dijo el inspector Herington. Pero pronto algunas de las chicas comenzaban a usar ropa masculina y se daban a conocer como «*butch*», imitando a las mujeres mayores que las habían seducido. Estas desviadas sexuales tomaban la iniciativa de invitar a esas chicas adolescentes desprevenidas a departamentos privados en los vecindarios de North Beach y del Telégrafo Hill, donde les ofrecían cigarros de marihuana y les vendían Bencedrina, conocida como «*bennies*».

La historia seguía hasta la página cinco e incluía un recuento sensacional de un departamento abarrotado en North Beach, presuntamente el hogar de la dueña del Club del Telégrafo, Joyce Morgan, donde habían encontrado una reserva de marihuana junto a una novela de detectives. Aunque dijeron que había varias chicas adolescentes, no mencionaron el nombre de ninguna. Lily leyó la nota varias veces, esperando, y temiendo al mismo tiempo, haber pasado por alto el nombre de Kath, pero no estaba ahí. Entre más la leía, la historia parecía todavía más extraña. Era como si un reportero hubiera tomado la verdad y la hubiera deformado en una novela barata. Leerla la hacía sentir como si la hubieran salpicado de algo sucio y no importaba qué tan fuerte se tallara, nunca podría limpiarse del todo.

Hizo bola el periódico y lo metió de vuelta a la basura, tenía el estómago revuelto. Se sirvió un vaso de agua que luego no se pudo tomar; en vez de eso, se quedó parada medio paralizada de pánico, mientras veía inexpresivamente por la ventana. Solo podía pensar en Kath. La recordó debajo de las escaleras en el Club del Telégrafo, la oscuridad era un capullo a su alrededor mientras se besaban, el sonido de la voz de Tommy de fondo, como un disco viejo en bucle. Necesitaba descubrir qué le había pasado a Kath.

Corrió de vuelta al pasillo, levantó el auricular y marcó el número de Kath otra vez, pero de nuevo nadie contestaba. Deseó conocer la dirección de Kath, así podría ir allá y esperarla a que llegara a casa. En ese momento vio la esquina de un directorio telefónico en el piso, pasó las páginas hasta llegar a Miller, recorrió los números con su dedo buscando el de Kath. Como a la mitad de la página lo encontró. Tomó un lápiz y arrancó un pedazo de papel de una libreta cerca del teléfono, anotó la dirección de North Beach.

El timbre sonó ruidosamente. Lily dio un brinco y tiró el lápiz, que de inmediato rodó debajo de la mesa del teléfono. Se agachó para recuperarlo, pero el timbre sonó de nuevo, había un dejo de impaciencia en los toquidos repetidos.

Eddie asomó su cabeza fuera de la sala, al fondo del pasillo.

—Lily, ¿vas a abrir la puerta?

Dejó el lápiz y se puso de pie, descompuesta y tensa, pensando irracionalmente que debía ser la policía.

—Quédate allá con Frankie —le dijo a su hermano.

—¿Por qué?

—¡Solo hazlo!

Los ojos de Eddie se abrieron de sorpresa, pero retrocedió, viéndola con preocupación. Mientras el timbre sonaba de nuevo, Lily bajó las escaleras. Ya abajo, puso su mano en el cerrojo y gritó:

—¿Quién es?

—¿Lily? Soy Shirley. Déjame entrar.

Confundida, Lily abrió la puerta. Shirley estaba parada en el umbral de la puerta cargando su bolsa y una funda de vestido.

—¿Qué haces aquí? —preguntó Lily—. ¿Pasa algo con tu vestido? Pensé que nos íbamos a reunir en la valoración de los jueces.

—Acabo de recoger mi vestido de la tintorería. Necesito hablar contigo.

Había algo raro en la expresión de Shirley.

—¿Sobre qué? —dijo Lily; se preguntó si los padres de Shirley se habían enterado de lo de Calvin.

—¿Puedo pasar?

Lily la dejó pasar y Shirley subió las escaleras. Lily cerró la puerta y la siguió.

—¿Pasó algo? —preguntó.

Lily escuchó a Eddie saludar a Shirley, quien respondió con rapidez. En lo alto de las escaleras, Shirley se quitó los zapatos y bajó sus bolsas.

—¿Están en casa tus padres? —preguntó.

—No.

—Vamos a la cocina.

—¿Por qué? ¿Qué pasa?

Lily siguió a Shirley hacia la cocina, y esta cerró la puerta. Se dirigió a la mesa como si se fuera a sentar, pero pareció pensarlo mejor y caminó hacia el fregadero, con los brazos cruzados.

—No sé cómo decir esto —comenzó Shirley.

—¿Decir qué? ¿Tu familia está bien?

—Están bien. Esto es sobre… es sobre ti. —Shirley bajó la mirada como si le doliera ver a Lily—. Alguien te vio anoche… esta mañana, muy temprano… saliendo de un club nocturno en North Beach. Hubo una redada anoche por… en serio, ni siquiera puedo decirlo. Le dije que era un error, porque ¿qué estarías haciendo tú en lugar como ese? Pero insistieron en que eras tú. No eras tú, ¿verdad? Dime que no eras tú.

Lily tuvo que sentarse. En un principio no creyó realmente lo que Shirley estaba diciendo, pero lenta, muy lentamente, como si de repente se hubiera activado una explosión que solo ella podía oír, comprendió.

Shirley lo sabía.

—... le dije que tú no eres así. ¡Te he conocido desde que somos niñas! Yo sabría si tú fueras así, pero no lo eres. Lily, ¿por qué no dices nada? No eras tú, ¿verdad?

Comprendió de pronto, en una gran oleada sobrecogedora, lo estúpida que había sido —qué ingenua, qué ridículamente tonta— de pensar que podía ir al Club del Telégrafo una y otra vez sin consecuencias. Quizás una vez, si era extremadamente cuidadosa, pero había ido varias veces. Había salido de su casa en medio de la noche y había caminado por Grant Avenue, ¡Grant Avenue!, enfrente de restaurantes y tiendas que pertenecían a gente que la había conocido desde que nació. Ni siquiera se había preocupado por esconder su rostro. Había asumido despreocupadamente que en North Beach seguro nadie la reconocería. Había pasado por alto de manera conveniente, descuidada, que sería la chica china sola en Broadway a las dos de la mañana, había sido lo más obvia que se pudiera ser. El peligro siempre había estado ahí, pero ella había elegido ignorarlo y ahora aquí estaba Shirley, viéndola, rogándole que mintiera sobre dónde había estado.

Lily sabía que podía mentir. Debería decirle a Shirley lo que ella quería escuchar. Tal vez quien fuera que le había dicho a Shirley no le había dicho a nadie más, y si lo negaba, Shirley podría ser capaz de ponerle fin a los chismes; pero tan pronto pensó en eso, supo que era demasiado tarde. Las noticias viajaban a velocidad luz en el Barrio Chino.

—¿Quién me vio? —preguntó Lily.

Shirley estaba notablemente sorprendida.

—¿Qué importa?

—Quiero saber. ¿Quién me vio?

Shirley frunció el ceño.

—Wallace Lai, un amigo de Calvin.

Por supuesto.

—¿Estás diciendo que dijo la verdad? —preguntó Shirley.

Lily no respondió. No tenía que hacerlo. Vio la certeza pasar por el rostro de Shirley como una onda en un estanque. Su expresión se endureció y se tornó fría, desvió sus ojos de Lily, como si no pudiera soportar mirarla.

—¿Por qué irías a un lugar así? ¿Estabas con Kathleen Miller? —Shirley pronunció el nombre de Kath con amargura.

Lily se irritó.

—¿Qué importa?

—La arrestaron anoche.

Lily sintió como si le hubieran sacado el aire de golpe.

—¿Qué? ¿Cómo lo sabes?

—Una de las vecinas de Kath está en el comité del baile y me llamó para contarme. La policía fue a casa de Kathleen esta mañana. Todos los vecinos lo saben.

—¿Está en casa ahorita? ¿Está bien? —Quería sacarle la información a Shirley.

—No lo sé —dijo Shirley, remilgada—. ¿Kathleen y tú...? —Shirley miró brevemente a Lily y, en esa mirada rápida y nerviosa, Lily vio asco—. Olvídalo, no quiero saberlo. Vine a decirte esto porque soy tu amiga, o al menos pensé que lo era antes de descubrir que me has estado mintiendo. Y mintiendo sobre algo tan antinatural. No puedo creer que hicieras esto. ¿Kathleen te hizo esto?

Había acusación en su tono, pero también un indicio de esperanza, como si Shirley fuera a perdonar a Lily por todo mientras hubiera sido Kathleen quien la hubiera forzado a *hacer eso*. Dolía. Ahora era ella la que desviaba la mirada. Shirley nunca creyó que Lily pudiera hacer algo por su cuenta. Siempre pensó en Lily como una seguidora, y quizás Lily nunca le había dado ninguna razón para dudarlo, hasta ahora.

—Kath no me hizo nada —dijo Lily.

—Claro que lo hizo. Ella es… ella es *kwai lo*.[24] La gente china no va a lugares así. La gente china no es así. Puedo ver que estás confundida. Te han de haber hecho un numerito, ay… ¡estoy tan enojada con ellas por hacerte esto!

—Nadie me hizo nada —insistió Lily.

—¿No lo entiendes? —Shirley se acercó a la mesa, sacó una silla y se sentó, para verla de frente—. Lily, tienes que volver a la realidad. Es obvio que te llevaron ahí contra tu voluntad, o te estaban seduciendo. No quiero ni siquiera imaginar qué querrían con una chica china. Es asqueroso, pero puedes luchar contra ello. No dejes que te arruine la vida. Kathleen Miller está fuera del mapa ahora que ha sido arrestada, gracias a Dios por eso, pero tienes que admitir tus errores. Tal vez no es demasiado tarde para Will y tú. Yo hablaré con él.

Mientras Shirley seguía hablando sobre Will, sobre cómo todavía sentía cosas por ella y sobre cómo esto era solo una fase, el corazón de Lily latía más y más rápido. Se agachó y puso su cabeza en sus manos, mientras tomaba varias respiraciones profundas. Debajo de ella el piso de madera estaba cubierto de migajas que debían habérsele caído cuando comía su pan tostado, horas antes. Pensó, tontamente, que tendría que limpiar eso antes de que su mamá volviera.

—También hablaré con Wallace Lai —continuó Shirley—. Le diré que todo fue un error, y que le puede decir a quienquiera que ya le haya dicho, que se equivocó.

—Basta —dijo Lily, sus palabras amortiguadas por sus manos.

—Desafortunadamente no estaba solo cuando te vio. Algunos otros podrían saberlo ya, pero le dije a Calvin que le dijera a Wallace que tú no eres así. Le dije…

---

[24] Demonio extranjero, despectivo.

—¡Basta! —Lily se puso de pie, empujando con violencia su silla hacia atrás. Las patas chillaron contra el piso.

—Lily…

—Nadie me obligó a ir —dijo Lily enojada—. Nadie me forzó hacer nada. Fui ahí porque yo quería. ¡No quiero tener citas con Will Chan y tú sabes que él no quiere nada conmigo! No vamos a tener citas dobles con Calvin y Will, ¿es eso lo que quieres, no? Sé que estás saliendo con Calvin. Lo vi dejarte en North Beach.

La cara de Shirley se puso blanca.

—¿Qué tiene que ver eso con esto?

—Dijiste que yo te estaba mintiendo. Tú me estabas mintiendo a mí también.

Shirley, que había estado viendo a Lily boquiabierta, se puso de pie.

—Si sabes tanto, ya sabes por qué me lo guardé.

—Porque es comunista.

—¡No es comunista! No te portes como una niña. No es comunista, es un estadounidense con el derecho de ir a las reuniones que quiera. No hay nada malo con Calvin. Lo amo. —Shirley se sonrojó mientras hablaba, su voz se alzó—. Pero todo está mal con ese club nocturno y con Kathleen Miller. La vergüenza que le traerás a tu familia…

—¿Vergüenza? —interrumpió Lily. ¿Sabes qué es peor que la vergüenza? Que te deporten.

Shirley se estremeció.

—Puedes creer lo que quieras de Calvin, pero no importa si en realidad es comunista mientras el gobierno crea que él lo es. ¿Sabes que el FBI interrogó a mi padre sobre él? ¿Te lo dijo Calvin? Querían que mi padre dijera que se sabe que Calvin es comunista, y no lo hizo, así que le quitaron sus papeles de ciudadanía. ¡Mi padre está en peligro por proteger a tu novio! Si deportan a mi padre porque tu novio quiere ser un estadounidense que va a las reuniones que quiera… ¡Estás siendo muy estúpida!

Lily se había quedado sin aliento del coraje; todo se había derramado de ella en una oleada hirviente.

El rostro de Shirley se cerró por completo. Toda emoción se le borró mientras ella se convertía en un maniquí; incluso las dos manchas en sus mejillas parecían pintadas. Tomó una respiración rápida y brusca.

—Si eso es lo que piensas, no queda nada que decir entre nosotras. No creo que debas venir conmigo a la valoración de los jueces de Señorita del Barrio Chino. No puedo tener a alguien como tú ahí. Deberías saber que tus padres van a enterarse. Todos se van a enterar porque Wallace Lai es un chismoso y tú ni siquiera te molestas en negarlo. No puedo ayudarte, lo intenté. Te lo dije el verano pasado, ¿no te acuerdas? Te dije sobre Kathleen Miller. Te lo advertí, pero no me escuchaste. He estado tratando de cuidarte. —La voz de Shirley la traicionó con un ligero cambio de tomo. Hubo un brillo repentino en sus ojos, que se lo quitó parpadeando—. Obviamente no lo apreciaste —dijo Shirley, y se dirigió a la puerta.

Alguna vez Lily había admirado la manera en la que Shirley navegaba el mundo con tanta confianza, como si usara una armadura impenetrable que la protegiera de todas las ofensas, reales o imaginarias. Lily había envidiado esa armadura, pero ahora podía ver que era una mera ilusión y que aquellos que poseían el conocimiento correcto podían perforarla a su antojo. Lily conocía a Shirley mejor que nadie; la podía herir sin pensarlo y lo había hecho.

«Lo amo», había declarado Shirley. El amor era la justificación para todos sus secretos, pero también la hacía vulnerable. Lily comprendió y de repente se sintió terrible.

—Shirley, espera —dijo Lily. Se estiró para alcanzar el brazo de Shirley cuando ella pasó, para jalarla.

La expresión en la cara de Shirley la detuvo en seco. Era repugnancia pura. Los ojos de Shirley bajaron a la mano de Lily y se apartó.

Horrorizada y humillada, Lily dijo:

—No puedes pensar…

Shirley no la miró.

—Creo que es mejor que a partir de ahora te mantengas alejada de mí.

Lily casi se rio

—Oh, por Dios. Piensas… Yo *nunca*… —Su voz se apagó, su cara estaba ardiendo.

Shirley caminó hacia la puerta de la cocina y la jaló para abrirla e ir por sus cosas a la banca en el rellano. Lily no se movió, no podía creer lo que Shirley había insinuado. Lily escuchó cada golpe y cada paso mientras Shirley se ponía los zapatos, cada susurro mientras se colgaba su funda del vestido al hombro. De repente Shirley regresó a la puerta de la cocina. Estaba sacando algo de su bolsa, extendiéndoselo a Lily.

Su bufanda. Colgaba de la mano de Shirley como una serpiente de lana café, los bordes de flecos descoloridos, como si la hubieran arrastrado por la coladera.

—Es tuya, ¿verdad? —dijo Shirley.

Al final de la bufanda una etiqueta de tela estaba cosida en la lana y un nombre estaba bordado en ella, con hilo blanco: L HU. Lily lo había hecho ella misma. Recordaba haber perdido su bufanda después de que huyó del club, pero le había parecido algo tan insignificante en el momento. Se sintió débil.

—Wallace la encontró en la calle —dijo Shirley—. Se la llevó a Calvin esta mañana. Yo les dije que tenía que ser un error, que tal vez alguien te la había robado… —Shirley negó con la cabeza—. Pensé que debería regresártela, para que al menos ellos no la tuvieran.

Cuando Lily no dijo nada, Shirley aventó la bufanda a la silla más cercana y se fue.

Mientras bajaba las escaleras, Lily escuchó el crujido distintivo de la llave en el cerrojo, escuchó el rechinido de las bisagras de la puerta delantera al abrirse, luego escuchó la voz de su madre.

—¡Shirley! ¿Qué te trae por aquí?

En la pausa antes de que Shirley respondiera, Lily estuvo fatídicamente segura de que le contaría toda la historia a su madre en ese momento, pero solo dijo:

—Vine a hablar con Lily sobre lo de Señorita del Barrio Chino. No viene esta noche.

—Pero pensé que… ¿qué paso?

—Es mejor así. Es mejor que me vaya.

Lily imaginó a su madre mirando con perplejidad a Shirley. Imaginó a Shirley evadiendo esa mirada y dando con rapidez sus últimos pasos para bajar las escaleras. Un momento después, la puerta se cerró detrás de ella. Apresurada, Lily agarró su bufanda de la silla y fue a colgarla en el perchero del rellano. Escuchó los pasos de su madre subiendo con lentitud y luego pudo verla, cargando dos cajas blancas de la pastelería. Colocó las cajas en la banca mientras se quitaba su abrigo y sus zapatos.

Lily estaba parada afuera de la cocina, nerviosa. Una ansiedad paralizante la había sobrepasado, y hacía que su cabeza palpitara con fuerza.

—¿Qué pasa? —preguntó su madre con calma—. ¿Volvieron a pelear Shirley y tú?

Lily recordó que los tíos Judy y Francis llegaban esa noche y que el tío Sam traería a toda su familia mañana temprano. La idea de todos ellos convergiendo en su casa ahora —estarían ahí todo el fin de semana, para las festividades de Año Nuevo— hacía que la palpitación en su cabeza se sintiera peor, así que tuvo que estirarse y agarrarse del marco de la puerta de la cocina para mantener el equilibrio.

—¿Estás bien? —dijo su madre.

Apretó los ojos por un momento, tomando aire de manera superficial en un intento fútil de aplacar su pánico creciente. «Wallace Lei es un chismoso». Había una amenza inconfundible en lo que Shirley le había dicho, comprendió que tenía dos opciones:

podía esperar a que el chisme es esparciera por todo el Barrio Chino hasta que sus padres se enteraran o podía decirles ella misma en este momento. No sabía cuánto tiempo tardaban en correrse los rumores, pero dado que era la semana de Año Nuevo, probablemente sería rápido. Era posible que toda su familia estuviera aquí cuando se enteraran. La idea de enfrentar a sus tíos, ay Dios, su abuela también venía...

Apenas podía seguir respirando. Se sentía con naúseas, y su madre preguntó:

—¿Estás enferma? ¿Tal vez te contagiaste de lo que Frankie tenía.

—No —dijo, pero no se resistió cuando su madre se acercó a ella y la jaló del brazo de vuelta a la cocina, justo por donde pasó Shirley cuando la vio como si fuera una pervertida.

—Siéntate —dijo su madre, y Lily obedeció. Su madre puso su mano fresca en la frente ruborizada de Lily y fue a servirle un vaso de agua. Era el mismo vaso que había tratado de beber antes; paradójicamente, la vista de este la calmó, porque le parecía ridículo. Todo se estaba moviendo en círculos. No podía salir de la cocina, solo cambiaba la persona con la que hablaba. Aquí estaba su madre, sentada enfrente de ella, tomando sus manos y frotándolas como si estuvieran congeladas. Sintió el roce de la argolla de matrimonio de su madre contra su piel, y al fin pudo enfocar la cara de su madre, sus ojos cafés llenos de aguda preocupación, de amor, y Lily pensó: «Nunca me volverás a ver de esta manera de nuevo».

40

Lily fue al bote de la basura y recuperó el periódico hecho bola. Lo trajo a la mesa de la cocina y lo extendió, aplanando las orillas arrugadas y mojadas. La mitad derecha de la página principal estaba rota y las letras del encabezado emborronadas, pero la nota todavía era legible.

—¿Qué es esto? —preguntó su madre.

—Yo estuve ahí anoche. En el Club del Telégrafo. Shirley vino a decirme que alguien me vio. —Lily se sentó de nuevo y esperó, bajando la mirada hacia sus manos. La tinta del periódico le había manchado de gris las puntas de los dedos.

—No entiendo. Esta nota no tiene nada que ver contigo.

—Yo estuve ahí —repitió—. No sé de qué otra manera decírtelo —agregó con un poco de desesperación.

Su madre jaló el periódico hacia ella y se acercó para leerlo. Cuando volteó la página para leer la segunda mitad del artículo, Lily cerró los ojos. El tic tac del reloj sobre la estufa sonaba como una cuenta regresiva. Sentía casi como si estuviera flotando desprendida de su cuerpo. No estaba aquí del todo, no podía estarlo.

—Tú no estás en la nota —dijo su madre, sonando muy lejana.

—No, pero estuve en el club —dijo Lily—. Wallace Lai me vio afuera.

¿Dónde la había visto? Recordó a los hombres en ese lado de la calle, con sus cigarros luminosos.

—No pudiste haber estado cerca de ese lugar —dijo su madre—. Estabas en casa anoche, ¡dormida!

Lily abrió los ojos. El rostro de su madre era pálido debajo de su maquillaje; se veía inusualmente blanca.

—Salí —dijo Lily. Estaba segura de que su propia cara estaba de un rojo brillante; sintió la sangre correr a su cabeza mientras hablaba—. Fui a ese club. Wallace Lai me vio ahí y Shirley vino a decírmelo. Todos van a saberlo pronto. Quise decírtelo antes.

La mirada de su madre bajó de nuevo al periódico. Había un anuncio de medias de dama en la página siguiente al lado de la segunda mitad de la nota, con la ilustración de las piernas de una mujer vestidas con medias de nailon traslúcido. El anuncio le pareció deliberadamente obsceno a Lily, y como si su madre estuviera de acuerdo, cerró el periódico y lo volteó.

—Debe haber sido un error —dijo su madre con firmeza—. Tú eres una buena chica china. Quien sea que vio Wallace Lai… no eras tú.

Lily sintió como si estuviera atorada en el trayecto roto de un diorama, como si ella no fuera ella misma sino tan solo el figurín de una chica china que seguía regresando hasta el inicio en vez de continuar a través de su mundo miniatura. Era claro que si coincidía con su madre y Shirley, si solo les dijera lo que ellas querían oír, podría seguir por su camino trazado. Pero eso implicaba borrar todas sus visitas al Club del Telégrafo, significaría borrar su deseo de ir. Significaba reprimir sus sentimientos por Kath, y en ese momento sus sentimientos parecían hincharse dentro de ella tan dolorosamente que estaba aterrorizada de reventar. ¿Así se sentía amar a alguien? Deseaba poder preguntarle a Shirley cómo lo había sabido ella.

Su madre estaba esperando a que ella dijera que había sido un error, pero Lily no podía hacerlo.

—No —dijo. Su voz sonaba tan fea en sus propios oídos, pero alivió algo de la presión que se estaba acumulando en su interior—. No se equivocó —insistió—. Yo estuve ahí.

—Lily, no sabes lo que estás diciendo.

—Sé exactamente lo que estoy diciendo —dijo frustrada.

—Estás diciendo que estabas en este… ¿este club para homosexuales?

La voz de su madre se alzó en la última e impactante palabra. Lily nunca había escuchado a su madre decirla antes. Todo lo que pudo hacer fue asentir, la cara de su madre se puso todavía más pálida.

—¿Por qué? —exigió su madre.

—Quería ir —dijo Lily. Se sentía como confesar algo obsceno.

Su madre negó la cabeza.

—Alguien te influenció… ¿Quién? No pudo ser Shirley. Tú no harías esto por tu cuenta.

—Lo hice —dijo Lily. Sintió que sus ojos se le calentaban.

—Eres una buena chica china, Lily. No entiendo. ¿Qué te haría ir a un lugar así? —Su madre se veía muy confundida.

Lily tomó aire, temblando.

—Creo… creo que soy como ellas.

Los ojos de su madre se abrieron.

—Crees… No. No lo eres. ¡Ni siquiera has tenido novio! Crecerás y te casarás y te darás cuenta de que todo esto fue un error, un lapso…

—No es un error —protestó.

—Lily. 胡麗麗![25] —gritó su madre, diciendo su nombre completo en mandarín, como lo hacía su padre—. ¿Qué te está pasando? Si solo una persona te vio afuera de este club, podemos

---

[25] Hu Li-li.

lidiar con ello. Eres joven. Encontrarás novio en la universidad. No volverás a ir a ese lugar de nuevo y olvidarás todo de inmediato. ¿Me estás escuchando?

No era Lily el figurín en el diorama, era su madre. Su madre daba vueltas y vueltas en el sendero, escuchando solo lo que quería escuchar.

Su madre se levantó, arrancó el periódico de la mesa y lo arrugó con las manos. Lo aventó a la basura de nuevo.

—No hay homosexuales en esta familia —dijo, su voz espesa de asco.

El pecho de su madre se movía con esfuerzo, Lily vio que su mano ahora estaba manchada como la suya de tinta del periódico. En el bote de basura el periódico se estaba desdoblando lentamente, se estaba desenrollando como si fuera algo vivo, las palabras «desviados sexuales» gritaban a través del cuarto.

—Eres joven —dijo su madre con dureza—. Ni siquiera tienes dieciocho años todavía. Algunas veces las chicas tienen estas ideas, cuando son más jóvenes, antes de conocer a sus esposos. Las chicas aman a sus amigas y confunden eso con el amor que tendrán por sus esposos. Solo se convierte en una enfermedad cuando no sueltas esa idea. Le diré a tu padre. Él podrá ayudarte. No le diremos a tus tías ni a tus tíos de esto. No le dirás una palabra de esto a tu abuela. ¿Me escuchas? Todos saben que eres una buena chica china. Esto es solo un error.

Entre más insistía su madre que era un error, más segura estaba Lily de que no lo era. Quizás esa era la parte más perversa de esto: la sensación de que todo estaba al revés, como si la negación fuera a hacer que esto desapareciera, cuando lo que hacía era que el dolor en su pecho se contrajera, y que sus emociones se aclararan más.

—No es un error —dijo Lily miserablemente.

Su madre atravesó la cocina y le dio una cachetada.

Lily se sacudió hacia atrás, impresionada. Su madre no le había pegado en años, desde que tenía ocho o nueve, y al instante se sintió como una niña de nuevo, encogiéndose de miedo de que la golpeara de nuevo. Con el terror vino una culpa paralizante y la creencia de que debió haber hecho algo horrible, que merecía este castigo.

Levantó su mano a su cara punzante, salían lágrimas de sus ojos. Su madre se veía horrorizada y aterradora, su rostro pálido de repente enrojecido, sus ojos cafés brillantes del enojo.

—No hay homosexuales en esta familia —escupió su madre de nuevo—. ¿Eres mi hija?

Las lágrimas se derramaron, calientes, de los ojos de Lily. Le dio la espalda a su madre y huyó de la cocina. En el pasillo vio a Eddie y a Frankie parados con incertidumbre afuera de la sala.

—¿Lily? —dijo Eddie.

Ella no le contestó. Se puso los zapatos, pero sus dedos no podían atar los cordones bien. Se aferró al barandal mientras se tropezaba bajando las escaleras. Ella escuchó que su madre la llamaba; no, estaba llamando a Eddie, diciéndole que se detuviera, y entonces ella llegó a la puerta principal. La abrió de un azotón, dio un paso afuera y bajó a la acera. Estaba llorando abiertamente ahora. El aire estaba fresco y húmedo. Ella no sabía a dónde se dirigía, solo sabía que tenía que salir de ahí.

41

«No hay homosexuales en esta familia».

Los letreros rojos y dorados de Grant Avenue que celebraban el Año de la Cabra se deformaban por encima, goteando sobre Lily, mientras ella cruzaba la calle. Un grupo de niños pasaron junto a ella y la empujaron con los brazos llenos de petardos sin encender, gritando y riendo.

«No hay homosexuales en esta familia».

Portsmouth Square estaba adelante. Deseaba haberse puesto un abrigo, sus zapatos de lona se mojaban más y más con cada paso que daba, pero no podía regresar.

Habían arrestado a Kath. El estómago de Lily se contrajo.

«No hay homosexuales en esta familia».

Siguió caminando. Pasó el Hotel International, pasó las luces llamativas del International Settlement. El letrero de neón del club nocturno Barbary Coast, incorporado a la pierna desnuda de una mujer, que brillaba a través del atardecer, anunciando: BAILARINAS.

«¿Eres mi hija?».

Lily siguió por la izquierda a lo largo de Columbus, caminando rápido y tratando de calentarse un poco. Cuando llegó a Broadway y bajó por la calle, vio el letrero iluminado. La letra "l" en la palabra «Club» estaba descompuesta y parpadeaba cada tanto, como si estuviera dando un mensaje en clave.

Aturdida, se cruzó por Broadway, y apenas pudo evitar un taxi que le tocó el claxon mientras la esquivaba. Frenó su paso hasta detenerse enfrente del club. Notó por primera vez una pequeña ventana a la izquierda de la puerta. Estaba llena de bloques de vasos, así que no podía ver dentro, pero debía de estar al final de la barra. Empezó a absorber otros detalles a su alrededor. El concreto sucio bajo sus pies, manchas oscurecidas como si la gente hubiera aplastado innumerables cigarros contra el piso. El vago aroma de alcohol y humo, como un perfume amargo, flotando en el aire fresco. Una capa de mugre que parecía estar adherida a la parte baja de la pared del edificio, que estaba cubierta con estuco sucio que pudo haber sido blanco alguna vez, pero que se había vuelto de un café grisáceo con el tiempo. Un espacio en una parte de la pared, debajo de la ventana donde estaban los vasos, de un color rojizo particularmente asqueroso. La puerta trasera en sí misma parecía como si hubiera sobrevivido un incendio, estaba cubierta de hollín y golpeada; había un pequeño letrero blanco pegado a ella.

Tuvo que caminar hasta ella para leerlo en la luz grisácea: CERRADO POR ÓRDENES DE LA POLICÍA DE SAN FRANCISCO.

No debió haberse sorprendido por el aviso, pero sí se sorprendió. Comprendió que había pensado estúpidamente que si iba al club, Mickey podría abrirle la puerta, que alguien podría ayudarla, o al menos dejar que se sentara ahí en lo que pensaba qué iba a hacer. Abruptamente tomó conciencia de que estaba parada enfrente del club en la acera, a la vista de todos. Una vez más se estaba poniendo en peligro de ser vista.

Se volteó presa del pánico, sin importarle a dónde iría, quería poner distancia entre ella y cualquiera que la pudiera conocer. Fue cuesta arriba, corriendo por la acera empinada, y cuando llegó a la cima tuvo que detenerse para recuperar el aliento. Cuando levantó la mirada y vio el letrero de la calle más cercano, se sorprendió al descubrir que era la calle en la que Kath vivía.

Se había olvidado por completo del pedazo de papel con la dirección de Kath, pero recordaba los detalles: 453 Union Street. No podía estar muy lejos.

La casa de Kath era un edificio de tres pisos con una entrada central, con ventanas saledizas en cada lado. En la tarde nublada, una lámpara brillaba en la ventana del primer piso, pero los dos pisos de arriba estaban oscuros. Subió los escalones al recibidor y miró las tres puertas, examinando las placas con nombres al lado de cada interfón. Había una a la derecha: MILLER. Alzó el dedo para presionar el botón.

Sonó distantemente en el interior del edificio, demasiado lejos como para estar en el primer piso, en donde estaba la ventana encendida.

Nadie respondió.

Presionó el interfón de nuevo y se acercó para escuchar con cuidado, pero nadie venía.

Retrocedió en los escalones y miró intensamente el edificio de Kath, como si pudiera conjurarla y hacerla aparecer de la nada, pero por supuesto que no pudo. En la ventana del primer piso distinguió a una anciana que la veía con sospechas. No podía quedarse ahí parada para siempre. La mujer llamaría a la policía.

Lily le dio la vuelta al edificio y se fue por la calle de bajada, caminando sin rumbo hacia el corazón de North Beach. Este vecindario era un laberinto para ella, algunas calles resultaban ser callejones sin salida, mientras que otras culminaban en empinados escalones de madera de subida a del Telégrafo Hill. Después de un rato caminó derecho hasta la Torre Coit, uniéndose a los turistas que se reunían para contemplar la ciudad brumosa. Permaneció ahí por un tiempo, su mente se estaba quedando adormecida, como sus pies. Entró a una tienda de regalos para pasar un rato en un lugar cálido. Usó el baño público y fingió considerar comprar una miniatura de la Torre Coit, pero cuando el vendedor comenzó a pasar cerca de ella repetidamente, se fue.

«Tal vez deberías ir a casa», pensó, pero de inmediato rechazó esa idea. No podía enfrentar a su madre, a su padre, a la familia entera. «No hay homosexuales en esta familia».

Siguió por la calle de bajada y tomó calles aleatorias hasta que llegó a Washington Square Park. Recordó aquella tarde soleada de septiembre de nuevo: las piernas de Kath estiradas en el pasto, el frío y dulce *sorbetto*, la cuchara de madera rozando su lengua.

El recuerdo casi le dolía físicamente. Se dirigió a la banca más cercana, a la orilla del parque, y se sentó.

Sentía cómo la desesperanza la inundaba. La niebla estaba haciéndose presente; se colaba a través de su cárdigan ligero y de su blusa, se metía debajo de su falda de algodón para asentarse en su piel. No importó cuánto tallara sus manos en la parte superior de sus brazos, todavía tenía frío. Washington Square Park estaba silencioso. La tarde se estaba convirtiendo en el crepúsculo, cada vez más oscura, había pocas personas fuera, pero gradualmente se hizo consciente de la presencia de otros. Había un bulto de alguien estirado en una banca no muy lejana a la suya, que había estado inmóvil desde que ella llegó, pero después de un rato comenzó a moverse y la asustó. La figura pareció moverse y rodar, ella comprendió que era un hombre volteándose sobre su espalda. Estaba durmiendo ahí, expuesto al aire frío. Ni siquiera tenía una manta.

El sonido de vidrio vibrando contra metal la hizo voltear a su derecha. Alguien estaba revisando un bote de basura. Estaba usando un largo abrigo de lana debajo de una manta que no paraba de deslizarse hacia abajo, sus orillas estaban deshilachadas y se arrastraban contra el suelo húmedo.

Ella cruzó los brazos y las piernas, abrazándose a sí misma, tratando de ignorar el miedo creciente en su interior. Evocó el recuerdo de la boca de Kath contra la suya, mientras se besaban debajo de las escaleras en el club. *Anoche*. Si cerraba los ojos, todavía podía sentir a Kath.

Escuchó unos pasos que se acercaban a su izquierda. Caminaron más lento y alguien se sentó en la banca a su lado. Ella parpadeó, mientras un hombre le decía:

—Nay ho, pequeña.

Él era delgado y desaliñado, con la barbilla sin rasurar y una peste que emergía de él, comprendió que estaba tratando de hablarle en chino.

El miedo que había estado tratando de mantener a raya la inundó. Se paró de un brinco y corrió, lo escuchó llamarla, riéndose:

—No te voy a lastimar, muñeca china. Solo estaba saludando. Nay ho, ¡nay ho!

Se le erizó la piel y corrió más rápido, dejando el parque atrás mientras iba por una calle empinada. La Torre Coit se vislumbraba en la distancia. Recordó cuando salió de la fiesta de Tommy con Kath aquella noche, la Torre Coit era como una vela detrás de ellas, mientras emergían de Castle Street.

Castle Street. Lana y Tommy vivían ahí en el número cuarenta y algo.

La idea la sorprendió bastante y se sintió tan bien que casi se ríe en voz alta. Pero el alivio le duró poco; de repente recordó que el *Chronicle* decía que habían arrestado a Tommy. Probablemente estaba en la cárcel.

Lana podría estar ahí y ella podría saber qué hacer.

Lily miró hacia la Torre Coit, tratando de recordar cómo había llegado desde ahí al departamento de Lana. North Beach no era tan extensa, pero este no era su vecindario. En la siguiente tienda de la esquina entró y le preguntó al hombre de la caja dónde estaba Castle Street. Él la miró de forma graciosa, pero también le dio indicaciones. Ella se dirigió a la parte más empinada de Green Street, pasando franjas de callejones oscuros a su izquierda —uno de ellos podría haber sido en el que la jaló Kath—, y ahí estaba.

Se volteó hacia la cuadra y empezó a estudiar los números del edificio. Le daba miedo no reconocer el edificio de Lana, pero cuando llegó, estuvo segura. Recordó el pórtico de enfrente y la manera en la que las cortinas colgaban sobre la ventana. La luz brillaba por una grieta entre las cortinas. Había alguien en casa.

Dudó. Había muchas razones por las cuales no debería tocar a la puerta. Lana apenas y la conocía. Sería prácticamente una desconocida llegando como una mendiga a su puerta. Y si Tommy estaba en la cárcel, este debía ser un momento terrible para Lana. El viento se azotaba a su alrededor, apelmazando su cabello húmedo por la neblina sobre sus ojos, así que tuvo que hacerlo a un lado con los dedos congelados.

No tenía ningún otro lugar a dónde ir.

Subió los tres escalones, encontró un botón etiquetado con jackson y lo presionó. Lo escuchó timbrar. Justo cuando estaba a punto de asomarse a través de una grieta en las cortinas de la ventana, la puerta se abrió.

Ahí estaba Lana, con su pelo rubio peinado hacia atrás en una coleta, vestida con unos pantalones azules de cuadros entallados, un suéter rosa y un par de pantuflas chinas rojas y doradas.

Sus cejas delineadas se levantaron, de la sorpresa.

—Eres esa chica del club, Lily, ¿no? Por Dios, luces como un gatito ahogado. —Lana miró detrás de ella, hacia la calle vacía—. Bueno, será mejor que entres.

42

—Quítate ese suéter, te vas a enfermar —dijo Lana—. Y deja tus zapatos ahí. Te traeré una manta.

Había algo en Lana, una disposición gentilmente cautivadora. Lily tuvo una sensación de alivio al entregarse a sus órdenes. Se despegó su cárdigan y se quitó sus zapatos y calcetines mojados, y los colocó frente al calentador eléctrico. Lana regresó del cuarto con una manta tejida blanca y morada, que envolvió en los hombros de Lily. Dio un paso hacia atrás y miró a Lily con aprobación, como si estuviera examinando una obra de arte bastante triste y dijo:

—Siéntate, te prepararé una bebida caliente.

—No tienes que hacerlo —dijo Lily.

—Solo voy a calentar algo de café.

Sola en la sala, Lily se sentó en el sillón rojizo, metiendo sus pies debajo de los bordes de la manta.

—¿Quieres crema y azúcar? —preguntó Lana, desde la cocina.

—Sí, por favor.

Una pila de correo sin abrir en la mesa chocaba contra un plato manchado de lo que parecían ser restos de huevos revueltos. Un cenicero medio lleno estaba cerca, junto con una copa de vino manchada, media botella de vino, un encendedor de mesa con forma de una mujer desnuda y un paquete de Lucky Strikes. El tocadiscos estaba abierto en la mesa octagonal de la esquina y algunos discos estaban inclinados contra ella en el piso. Solo una lámpara estaba encendida, dándole a la sala un cálido brillo dorado. El lugar se sentía diferente a la noche de la fiesta, más acogedor, como el hogar de alguien. Cuando recordó a Sal y a Patsy bailando juntas en el pequeño espacio entre la banca y la puerta de la cocina, le pareció una extraña fantasía.

Lana salió de la cocina con una taza de café, y cuando se la entregó a Lily, dijo:

—Le agregué un poco de whisky, creo que lo necesitas.

—Gracias. —Lily le dio un sobro al café, dudosa. Estaba caliente y dulce, le dejó una calidez agradable en el estómago.

Lana se sentó enfrente de Lily. Alcanzó los Lucky Strikes y sacó uno, sosteniéndolo entre los labios mientras usaba el encendedor. Una llama surgió de la cabeza de la mujer desnuda.

—Esto fue un regalo de broma de una amiga de Tommy —dijo Lana—. Es horrible, ¿no? Al menos no le tienes que apretar los pechos para lograr que funcione. He visto de esos también. —Puso el encendedor de vuelta a la mesa y acercó el cenicero hacia ella—. Disculpa el desorden. Ha sido un día duro, pero creo que también lo ha sido para ti.

Lily rodeó la taza de café con sus manos.

—Lamento haber venido sin invitación.

Lana movió su mano, el humo del cigarro la siguió.

—Creo que si estás aquí es porque no tienes otro lugar a donde ir. —Se inclinó hacia delante para servirse vino en la copa sucia, luego se recargó en el asiento y pateó sus pantuflas para quitárselas y meter sus pies debajo de ella, le dio un sorbo a la copa—. ¿Quieres contarme qué pasó?

Resultó, para sorpresa de Lily, que sí quería contarle. La sala se sentía tan íntima, y Lana parecía alguien que había escuchado de todo y que no se sorprendería con nada. Lily acabó soltando toda su historia, desde el momento en que dejó a Kath en el Club del Telégrafo, sus confrontaciones con Shirley y su madre, hasta la caminata helada a través de la ciudad que la llevó a la puerta de Lana.

—¿Crees que debí haber hecho lo que mi madre quería? —preguntó Lily cuando terminó—. Ella seguía diciendo que era un error, como si todo fuera a estar bien mientras yo dijera que era un error. Pero eso sería una mentira. No quiero mentir sobre eso, pero no puedo evitar pensar que sería más fácil si lo hiciera.

Lana había oído en silencio todo el tiempo, fumando mientras Lily hablaba. Ahora apagó la colilla del cigarro en el cenicero y dijo:

—Si mientes sobre eso, hará las cosas más fáciles en un principio, pero tu madre no volverá a confiar en ti de nuevo. Porque sabrá que le mentiste. Y cada vez que hables con ella se preguntará si estás mintiendo, incluso cuando hables sobre lo que cenaste y especialmente sobre con quién cenaste. Es mejor ser fiel a ti misma que darle una razón para no confiar en ti.

Lily le dio otro sorbo a su café. Tal vez el whisky estaba funcionando porque se sentía más tranquila ahora, como si un puño apretado en su interior se estuviera aflojando.

—Pero de todas maneras no confía en mí —dijo Lily.

—No, sí confía en ti. Ahorita le cuesta trabajo porque no eres lo que ella esperaba. Pero nunca somos lo que nuestros padres esperan. Tienen que aprender esa lección. —Lana soltó una risa breve—. Mi hermano y yo les enseñamos a nuestros padres esa lección y no les gustó, con ninguno de nosotros. Se suponía que él iba a crecer y convertirse en abogado, igual que papá, pero en vez de eso decidió irse a Nueva York y hacerse actor. Ellos pensaron que seguro eso significaba que Russ, mi hermano, era homosexual, pero resultó que la homosexual era yo, y eso tampoco les gustó.

—Ellos… ¿todavía no lo aceptan?

—Ah, lo están asimilando. Ayuda que Russ se casó con una mujer encantadora y tienen un hermoso pequeño. Todavía están trabajando las cosas en lo que a mí respecta. Al menos ahora me escriben. Por varios años no lo hicieron.

—Te escriben… ¿quieres decir que no están aquí? —preguntó Lily.

—No, en Detroit. Ahí crecí. Me mudé aquí cuando tenía diecisiete porque escuché que San Francisco era amable con las personas como yo. Russ dijo que nuestros padres tenían miedo de que yo acabara desamparada y trabajando en la calle —Lana hablaba en un tono cortante, pero cuando se estiró por los cigarros de nuevo había un toque de nerviosismo en sus movimientos—. Están contentos de que tengo un trabajo estable ahora. Quizás si vieran a Tommy me darían por perdida, pero siguen esperando que yo conozca al hombre indicado. Mi madre trató de organizarme una cita la semana pasada con un banquero, que es primo de una de sus compañeras de bridge. No se rinden.

Lily bajó la mirada hacia su café.

—Mi madre dijo que no hay homosexuales en nuestra familia.

—Tal vez no hay, pero puede que haya una lesbiana.

Era un chiste muy malo, pero le pareció dolorosamente gracioso a Lily en ese momento. Pensar que estaba sentada en la sala de la novia de Tommy Andrews, ¡escuchando su historia de vida! Y luego la realidad de su predicamento se vino abajo, y ya no fue gracioso. Aquí estaba, en la casa de una desconocida, sin tener a donde ir.

La expresión en su rostro debió haber sido tan clara como el día, porque Lana la vio con empatía y dijo:

—Estarás bien.

—No sé qué hacer —dijo Lily. Las palabras salieron, vergonzosamente, como una súplica de ayuda. Lana no respondió nada, solo le dio una calada profunda al cigarro y la estudió, viéndola de la misma manera que cuando llegó. Pero ahora Lily pensó que Lana más bien estaba tratando de decidir qué hacer con ella: como si fuera un paquete inesperado que al principio había sido interesante, pero que rápidamente se estaba tornando en una carga.

El timbre sonó y Lana se enderezó.

—Esa debe ser Claire, olvidé que venía. Espera.

Lana fue a la puerta, Lily puso su café a medio tomar en la mesa. Un momento más tarde entró Claire cargando una bolsa de papel café con una botella de vino metida bajo el brazo.

—Disculpa que llegue tan tarde —dijo Claire—. Se tardaron mucho en el restaurante.

—Está bien. Mira, tenemos una invitada sorpresa. —Lana tomó el vino y la bolsa de papel, asintiendo hacia Lily.

—¡Hola! —exclamó Claire—. ¿Lily, verdad? —Se desenrolló la mascada del cabello. Lily no se había dado cuenta antes de que era bastante pelirrojo y de que su cara estaba repleta de ligeras pecas cafés.

—Lamento molestarlas —dijo Lily, levantando la manta para doblarla—. Me puedo ir ahora.

—No seas ridícula. —Claire se sacó las botas de un jalón y se quitó el abrigo—. Estos sándwiches son enormes, deberías acompañarnos.

Lily protestó de nuevo, pero débilmente. Los siguientes minutos estuvieron llenos de tareas mundanas de llevar la comida y el vino al comedor, encender las luces, sacar platos, cubiertos y vasos. Claire abrió el vino y sirvió tres copas llenas, sin siquiera preguntarle a Lily si quería, Lana desenvolvió los dos sándwiches en una tabla de corte. En efecto, eran enormes. Claire los había comprado en un restaurante italiano y dijo que eran de salami, mortadella, fontina y algo más que no podía recordar, todo apilado en un pan fibroso de masa madre con mostaza granulada y capas de pepinillos. Lana cortó cada sándwich grande en tres más pequeños, sacó una bolsa de papas de la cocina y un montón de servilletas de un armario antiguo. Para cuando las tres estaban sentadas a la mesa, Lily se sentía casi normal de nuevo, en vez de una intrusa en la reunión privada de alguien. Claire reclamó toda la atención de Lana en ese momento y hablaron como en clave de sus asuntos, como viejas amigas, lo que hizo que Lily no entendiera buena parte de su conversación y pudiera comer su sándwich sin decir gran cosa.

—... hasta Sandy me llamó por eso —dijo Lana, entre mordidas.

—¡Sandy! Por Dios, pensé que estaba muy lejos —dijo Claire.

—No, solo se mudó a San José.

—Todavía le gustas, supongo.

—Quizás, pero no lo suficiente como para ofrecerse a ayudar. Solo quiere el chisme. Parker también me llamó.

—Bien, eso es bueno. ¿Puede hacer algo?

—Nos vamos a reunir mañana. Ojalá que tenga algunas ideas.

Claire le dio un sorbo a su copa de vino y cuando volvió a colocar su copa en la mesa volteó a ver a Lily, que casi se había terminado su sándwich.

—Así que, ¿qué te trajo por aquí esta noche?

—Es probable que no quiera hablar de ello —dijo Lana.

—Ah, lo siento —dijo Claire—. ¿Metí la pata?

—No, está bien —dijo Lily. Le explicó entrecortadamente lo que había pasado, mientras Claire la veía con creciente empatía.

—Lo lamento, linda —dijo Claire—. Anoche fue duro para muchas de nosotras, al parecer. —Se estiró y apretó la mano de Lily.

El gesto pareció liberar todas sus preocupaciones por Kath, a quien no había mencionado desde que llegó a casa de Lana.

—Tengo que encontrar a Kath —dijo—. ¿Cómo puedo descubrir dónde está?

Claire y Lana intercambiaron miradas, luego Lana dijo:

—¿Cuántos años tiene? ¿Cuántos años tienes tú?

—Diecisiete. —Lily recordó a Tommy haciéndole la misma pregunta; recordó el pulgar de Tommy en su boca y se sonrojó—. Ambas tenemos diecisiete.

—Un poco jóvenes para el Club del Telégrafo —dijo Claire con gentileza.

Lily se sonrojó aún más.

—Yo tenía dieciséis la primera vez que fui a un bar gay —dijo Lana—. Apenas puedo creerlo ahora. ¡Era tan joven! Pero estas son buenas noticias, si Kath solo tiene diecisiete eso significa que no pudieron haberla arrestado. Legalmente no es un adulto. De seguro la llevaron a la correccional.

—¿Pero cómo puedo descubrirlo? Traté de llamarle a su casa, incluso fui, pero no había nadie.

—Deberías preguntarle a Parker —le dijo Claire a Lana—. Él debe conocer a alguien.

Lana asintió con lentitud.

—Sí. Tal vez Parker podría hacer una llamada. Le puedo preguntar mañana.

—¿Quién es Parker? —preguntó Lily.

—Un abogado que conozco —dijo Lana.

—Es uno de los nuestros —dijo Claire significativamente.

Lily asintió, para que no vieran su confusión.

—¿Él sabrá dónde está Kath?—preguntó ansiosa.

—Quizás —dijo Lana—. Al menos él sabría cómo descubrirlo.

—¿Crees que le retiren su licencia para vender alcohol a Joyce? —preguntó Claire.

—Espero que no —dijo Lana.

El ánimo pareció decaer un poco, Lana fue a la sala por los cigarros y el encendedor de mesa obsceno, del que Claire se rio. Luego Lana y Claire encendieron sus cigarros y se sirvieron más vino. La conversación se alejó de la redada del bar, pero después de un rato regresó a ella, como si no hubiera manera de escapar del arrastre de la red. Lily gradualmente comprendió que Claire había venido a hacerle compañía a Lana porque Tommy, por supuesto, estaba en la cárcel. Parker era su amigo abogado, y Lana era secretaria en su despacho de abogados. Él estaba tratando de sacar a Tommy, pero no había tenido éxito todavía. Tenía algo que ver con un dinero, del que Lana no quería hablar. Había otra mujer involucrada, también, de la cual no mencionaron su nombre, pero que había estado relacionada con Tommy en el pasado y le desagradaba a Lana. Lily se sentía un poco como un detective, uniendo fragmentos de la historia y pedazos de su conversación en clave.

En algún punto Lana dijo:

—Ay, ¿cuál es el punto? Se va a meter en problemas de nuevo. Debería dejarla. —Volteó a ver a Lily entonces, sentada en silencio a la mesa, y pareció irritada—. Supongo que estás escuchando todos nuestros secretos esta noche.

—Lo siento, me iré —dijo Lily, hizo su silla hacia atrás.

—¿A dónde irás? —preguntó Lana, sin rodeos.

—No... No lo sé. A algún lugar. —No podía regresar a casa. Pensar en cómo la verían sus padres, con asco y desaprobación, la hacía sentir enferma. Se puso de pie, sintiéndose mareada y acalorada por el vino y regresó a la sala, donde había dejado su suéter, zapatos y calcetines, que todavía no estaban secos. A pesar de ello se sentó en la banca para ponérselos.

Lana la siguió.

—Lily.

—Gracias por recibirme... y por los sándwiches —dijo Lily, metiendo sus pies en sus zapatos húmedos.

—Detente. Quédate.

Detrás de Lana, Lily vio a Claire asomarse por la puerta, se veía preocupada.

—Puedes quedarte aquí esta noche, ¿de acuerdo? —dijo Lana—. Está fresco y húmedo allá afuera y sé que no irás a casa.

Lily se limpió las comisuras de los ojos, que se le estaban llenando de lágrimas de repente.

—Lo siento.

—Deja de disculparte. No has hecho nada malo.

—Es un momento terrible para que yo esté aquí.

Lana alzó el cigarro a su boca y le dio una calada, luego exhaló con lentitud.

—¿Te gustaría un poco más de vino?

La sala estaba llena de humo, flotaba por la luz amarilla de la lámpara como neblina, Claire se levantó de donde había estado acomodada, contra un brazo del sillón, para abrir la ventana.

—Dejarás que se salga todo el calor —objetó Lana. Ahora estaba en el piso, recostada en una almohada color granate que parecía pertenecer a un harem turco.

—Y algo del humo también, espero —dijo Claire—. De lo contrario nos vamos a sofocar. —No regresó al sillón, donde Lily estaba acurrucada en el otro extremo, y en vez de eso se dirigió al tocadiscos y empezó a revisar los álbumes recargados contra la mesa octagonal.

—Ah, me encanta este.

—¿Cuál es? —preguntó Lana.

—«The Lady is a Tramp».

—Ay, ponlo. No puedo lograr que Tommy cante esa.

Claire puso el disco y se dejó caer de vuelta en el sillón, alcanzando el vino. Habían abierto una segunda botella y Lily vio cómo las dos se volvían más lánguidas y relajadas, se reían con más facilidad. Lily tomó una copa o dos también, no llevaba la cuenta. Sintió como si la noche hubiera dado un giro en algún punto, no estaba segura de en qué momento, pero cuando comenzaron las trompetas de la canción pareció perfectamente natural que Claire y Lana empezaran a cantar.

Después, Claire preguntó:

—¿Por qué no la canta? A la gente le encantaría.

—Oh, no es una canción de Tommy —dijo Lana—. Aunque he escuchado que la canta en la regadera. Dice que la solía cantar hace años, cuando era Theresa Scafani, la ingenua de North Beach.

—¡La ingenua de North Beach! —Claire se rio—. Ojalá la hubiera visto en aquel entonces.

—Theresa Scafani era apenas una cantante mediocre de salón —dijo Lana—. De esas hay montones, ¿sabes? Hay menos competencia para Tommy Andrews.

—¿Cómo eligió ese nombre? —preguntó Claire—. Siempre tuve la duda.

—Pensaba en sí misma como la hermana perdida de Andrews. ¿No es ridículo? Quería cantar de uniforme, como si fuera un soldado.

—Bueno, a las chicas les encantaría eso. Tal vez puede hacer un número en uniforme alguna vez.

—¿Todavía conoces a esa chica del ejército?

—¿Barbara Hawkins? No, ya no estamos en contacto. Lo último que escuché fue que estaba viviendo con una enfermera.

Lana se rio, recargándose en su codo para poder ver a Claire.

—Fue tu primera, ¿verdad? Recuerdo cómo morías por ella. Barbara Hawkings, qué gracioso.

Claire le sonrió Lily.

—Nunca olvidas del todo a tu primera. En serio, si Barb volviera a aparecerse, podría salir con ella de nuevo, lo siento, Paula.

Lana se enderezó, recargándose contra la mesa de centro.

—¿De verdad te gusta Paula? ¿En serio? Es tan…

—¿Sólida? —sugirió Claire y rompió en risas—. Es buena conmigo. No es de las peligrosas que tú siempre eliges…

—¡No lo hago!

—Estuvo Nicky, luego Kate y ahora está Tommy Andrews. ¿Siempre la llamas Tommy?

—Por supuesto.

—¿Pero qué no es su nombre artístico? Siempre he pensado que es muy raro que la llames así.

—Nunca la he conocido como Theresa. Algunas personas la llaman Terry, Sal lo hace. ¿La recuerdas?

—¿La tortillera de la chamarra de motociclista?

—Sí, pero nunca conocí a Terry. Solo he conocido a Tommy, por lo que así la llamo. Creo que es más una Tommy de cualquier manera. —La mirada de Lana osciló hacia Lily, que había estado escuchándolas en silencio y dijo:

—Te ves con sueño.

—Quizás bebí demasiado.

—¿Quién fue tu primera, Lily? —preguntó Claire, volteando para verla—. ¿Tu primer amor?

Kath. Pero no podía decirlo. Pensó en Shirley y en lo segura que sonaba.

—¿Cómo se supone que deba saberlo? —preguntó en vez de responder—. ¿Cómo se supone que es?

Lana y Claire intercambiaron pequeñas sonrisas y Claire preguntó con gentileza:

—¿Cómo se supone que es qué?

Lily se hundió contra el sillón, sintiéndose endeble y confundida.

—Enamorarse, supongo.

—Lo sabrás —dijo Claire—. Es inconfundible.

(Cómo podía reconocer a Kath al otro lado del pasillo concurrido del Galileo por su forma de caminar).

—Es como… bueno, es como caerse —dijo Lana—. Caer, flotar o hundirse.

(Cada vez que se besaban).

—No sabrás cómo salir de eso.

—Es como tener fiebre.

(La manera en la que el mundo parecía reducirse a las puntas de los dedos de Kath).

—Es como estar ebria, ebria por días.

—Pero todo esto es tan específico —dijo Lily—. ¿Cómo supieron que estaban enamoradas de… de Barbara Hawkings o de Tommy?

Ella sabía que sonaba petulante, como una niña, pero su cabeza estaba confundida y el humo estaba arremolinándose hacia la ventana y no le importaba. En un impulso alcanzó la cajetilla de cigarros. Estaba casi vacía, pero Lana la tiró hacia ella. Lily sacó uno y lo colocó entre sus labios. Claire le pasó el encendedor de mesa, su pulgar quedó en los pechos de la mujer y presionó el interruptor. La flama saltó, ardiente y brillante, e hizo que la punta del cigarro comenzara a crepitar. Inhaló con torpeza y tosió.

—Así, toma aire de esta manera —dijo Claire, demostrándole.

Lily le copió, el humo se sentía horrible cuando entraba en sus pulmones, pero también lo necesitaba, como si con él pudiera quemar el estupor del vino y el día horrible que había tenido. Exhaló, y el flujo de humo que salió de su boca la hizo recordar a Tommy fumando en este mismo lugar, en la noche de la fiesta. Y ahora aquí estaba y todo lo que era importante había cambiado.

Lana también alcanzó otro cigarro, y después de encenderlo, dijo:

—La primera vez que me enamoré... bueno, no sabía qué era. Solo sabía que quería estar con ella. —Lana volteó a ver a Claire—. No era Nicky. Fue alguien que no conociste, allá en Detroit. Me escabullía de la casa para estar con ella, y cuando mis padres se enteraron... —Lana hizo una pausa y vio a Lily con franqueza—. No lo aprobaban, es por eso que me mudé acá. Enamorarte te hace hacer cosas que nunca harías.

El cigarro le quemaba la parte trasera de la garganta a Lily. Levantó su copa de vino y le dio otro trago; el alcohol no la calmaba en realidad, pero se sentía como algo adulto.

—¿Te arrepientes? —preguntó Lily.

Lana golpeó su cigarro contra el cenicero.

—No. Siempre la voy a amar, porque incluso si ya no estamos juntas, ella me trajo aquí de cierta manera. ¿Qué hay de ti, Claire? Cuéntale a Lily de Barbara.

Claire suspiró.

—¿Estás segura de que quieres saberlo? Barbara me rompió el corazón. Ella fue mi primer amor, pero yo no fui el suyo, y me tomó bastante tiempo comprenderlo. Pero antes de eso fue maravilloso. Ella me hacía sentir como... como si yo pudiera hacer cualquier cosa. —Claire miró a Lily—. ¿Sabes a lo que me refiero?

Sí. Pero no podía decirlo. Para su horror, comenzó a sentir los ojos y la cara calientes. Si ya estaba sonrojada por el vino, sentía todavía con más calor, quemante, y se inclinó para golpear el cigarro en el cenicero. (Kath inclinándose hacia delante en la oscuridad del Club del Telégrafo, la ceniza de su cigarro desmoronándose en la mesa).

—Ay, linda —dijo Claire. Se estiró y puso su mano en la espalda de Lily, como para sostenerla—. Vas a estar bien.

Lana levantó la botella de vino y vertió las últimas gotas en la copa de Lily.

43

Lily se despertó con el sonido del repicar de las campanas. Sonaban inusualmente fuerte, trató de amortiguar el sonido con su almohada, pero no la podía acomodar como siempre. Ahí fue cuando despertó por completo y recordó que estaba en el sofá de Lana. Su cabeza estaba descansando en la almohada turca, una manta estaba envuelta a su alrededor y la luz brillaba a través de una grieta en las cortinas.

Era domingo en la mañana. Por eso estaban sonando las campanas.

Cuando el sonido se apagó, el departamento parecía anormalmente silencioso. No podía recordar hasta qué hora habían permanecido despiertas. En algún punto, Claire decidió ir a casa y Lana le pidió un taxi. Tardó tanto en llegar que Lily había comenzado a cabecear en el sofá, pero al fin Claire se fue y Lana trajo otra manta para Lily antes de irse a acostar.

Lily recordó, con una punzada, que la tía Judy y el tío Francis debían de haber llegado la noche anterior, mientras ella estaba comiéndose los sándwiches de Lana y Claire y bebiendo vino y fumando. ¡Había fumado un cigarro! Se sentó demasiado rápido y la golpeó una ráfaga de mareo, seguida de un sonido de gorjeo de su estómago. Se moría de hambre.

Se hizo consciente de otra necesidad, más apremiante, se quitó las mantas de encima y se levantó para ir al baño. Después de eso, cuando le jaló, el sonido parecía tan fuerte como una explosión, y por un segundo se paralizó, temiendo haber despertado a Lana, pero no escuchó nada en su cuarto.

En el lavabo, se salpicó agua en la cara y usó una toalla que encontró en una barra cercana para secarse. Su cara estaba un poco pálida y se veía el contorno de un botón de la almohada rojiza que había estado presionada contra su mejilla izquierda, pero cuando corrió sus dedos por su cabello y lo jaló en una coleta, se veía bien. No parecía alguien que hubiera estado despierta hasta altas horas de la madrugada después de huir de casa. Apenas podía creer que hubiera hecho eso. A la luz del baño, en este extraño departamento, todo parecía surrealista.

Vio un pequeño mueble blanco detrás de ella, reflejado en el espejo. Tenía puertas de gabinete en la parte de abajo y dos repisas en la parte superior. Había varias botellas y contenedores amontonados en esos estantes, y aunque sabía que no debía husmear, no pudo resistirse. Había una caja de labiales y una cesta de sombras, varias lociones y un frasco de cristal con bolas de algodón. También había una selección de perfumes en una bandeja de plata: Tabú, Shalimar, Knize Ten. Lana olía a Shalimar. Abrió el Knize Ten, y su fragancia pura y pronunciada la atravesó como un shock eléctrico, eso era Tommy. Lo puso de vuelta en su lugar apresuradamente, haciendo un ruido de golpe contra la bandeja de plata.

Sintió culpa, apagó la luz del baño y abrió la puerta, temerosa de que Lana estuviera parada ahí afuera, pero el pasillo estaba vacío. Caminó de puntitas por la sala, tratando de ignorar su estómago vacío.

Para ocuparse en lo que Lana se levantaba, Lily dobló las mantas, abrió las cortinas, separó el correo en dos pilas diferentes: una para Lana Jackson y otra para Theresa Scafani. Limpió las copas y los platos sucios, apilándolos tan silenciosamente como le fue posible en la encimera que estaba junto al fregadero de la cocina, y vio con anhelo el tazón de fruta, que contenía dos manzanas magulladas y una pera que empezaba a ponerse café. Volteó a ver su reloj innumerables veces, mientras el minutero avanzaba lentamente un poco después de la diez. Finalmente escuchó que se abría la puerta de la recámara. Estaba un poco pegajosa e hizo un breve sonido como de algo desprendiéndose.

Se levantó del sillón de un brinco. Había preparado un discurso completo sobre lo agradecida que estaba con Lana por permitirle quedarse esa noche, pero al ver a Lana en el marco de la puerta, amarrándose la cinta de su bata de rayón de estampado de rosas, el discurso murió en sus labios. Comprendió, mientras esperaba a que Lana se acabara de despertar, que había dejado su hogar en el Barrio Chino sin nada: sin un abrigo, sin una sola moneda, sin siquiera las llaves de la casa de su familia. Estaba completamente a merced de Lana, y esta se veía exhausta y algo sorprendida de encontrar a Lily todavía ahí. Ahora no parecía un buen momento para pedirle nada más de lo que ya le había dado.

—Hola —dijo Lana somnolienta—. ¿Qué hora es?

—Pasadas las diez.

Lana bostezó de nuevo.

—Por Dios, la cabeza me está dando vueltas. ¿Tú cómo estás? ¿Necesitas una aspirina?

—No, estoy bien.

Lana sonrió débilmente.

—Qué suerte. Vamos, prepararé café para las dos.

Poco después de las once, Lana se fue para almorzar con su amigo Parker. Le dio a Lily una llave de repuesto, en caso de que quisiera salir.

—Cuando vuelva —dijo Lana, mientras se ponía su sombrero— podremos hablar sobre lo que quieres hacer.

Sola en el departamento, Lily limpió los restos del desayuno. Lana solo había comido pan tostado, pero le había dado unos huevos revueltos a Lily y se los comió hambrienta y agradecida, sintiéndose todavía más como una vagabunda que había acogido por lástima. En ese momento, lavó los platos cuidadosamente, sintiendo como si tuviera que irse sin dejar rastro alguno de ella ahí. Cuando terminó, se dirigió a la sala y se sentó tensa a la orilla del sofá. La luz que se colaba a través de la ventana de enfrente era llana y sin vida, y hacía que la surtida gama de muebles eclécticos se vieran como unos cachivaches, que probablemente eran. El sillón estaba visiblemente desgastado y raído en algunas partes. La mesa octagonal estaba astillada en varias esquinas; las sillas chinas con acabado de laca negra se veían sin brillo y eran obviamente baratas. Su madre nunca habría comprado esas sillas.

Sus pensamientos daban vueltas y regresaban implacablemente a Kath. La imaginó en una fría celda de cemento o frente a un juez o encerrada en una habitación acolchada de alguna institución. Se dirigió a la ventana y se asomó hacia la calle silenciosa, como si Kath pudiera aparecer de repente, pero no sucedió, por supuesto.

Tenía que ir a casa de Kath de nuevo. Alguien tenía que haber regresado a casa a esta hora, sabrían qué habría sucedido con Kath, y Lily haría que le dijeran.

Lily se apuró a amarrarse los zapatos. Tomó la llave que Lana le había dado y salió del departamento, cerrando la puerta detrás de sí.

El aire estaba frío y húmedo, deseaba haber pensado en tomar prestada una de las chamarras de Lana. North Beach parecía una ciudad extraña a su alrededor; a diferencia del Barrio Chino, el vecindario estaba prácticamente desierto, y el silencio que la rodeaba la hacía sentirse especialmente notoria. Vio a un par de personas que iban a la tienda de la esquina y le parecieron sospechosas, como si supieran que no debían estar afuera.

Escuchó el tronido de unos petardos en la distancia. Podía verlos en su mente: destellos de una brillante luz blanca y humo fluyendo hacia arriba, las envolturas de papel flotando en el aire como confeti.

No estaba tan lejos del Barrio Chino. Por un momento, consideró regresar. Hoy su madre estaba cocinando una cena especial para el Año Nuevo y se suponía que ella debía ayudar. Pero se imaginó cómo sería regresar a casa, verse obligada a tocar el timbre porque no tenía llaves, esperar a que alguien le abriera la puerta y la dejara pasar. Se imaginó la mirada de decepción y asco en el rostro de su padre y supo que no podía volver a casa.

Cuando llegó a la calle de Kath caminó más lentamente mientras se acercaba al edificio. Las cortinas estaban cerradas; ninguna de las ventanas mostraba signos de vida. Por supuesto, era domingo en la mañana. El vecindario estaba desierto porque la gente seguramente estaba en la iglesia. Su corazón se hundió al comprender esto y casi se dio la vuelta, pero la idea de regresar al departamento de Lana sin nada qué mostrar, parecía incluso peor que descubrir que no había nadie en casa de Kath.

Subió los escalones que llegaban al recibidor y tocó el timbre. El edificio estaba callado. Después de un minuto presionó el botón de nuevo. Estaba por darse la vuelta cuando la puerta se abrió.

Una niña se asomó. Tenía unos ojos azules enormes, que eran iguales a los de Kath.

—¿Eres la hermana de Kath? —preguntó Lily—. ¿Peggy?

La niña abrió toda la puerta. Tenía alrededor de doce años y su cabello café claro estaba recogido en dos colitas onduladas. Se veía dudosa, pero asintió.

—¿Quién eres?

—Soy Lily, su amiga. De la escuela. ¿Está en casa?

Peggy negó con la cabeza.

—¿Tu nombre es Lily?

—Sí.

—Me contó sobre ti.

Lily estaba anonadada.

—¿Lo hizo?

—Sí, pero no está aquí.

—¿Dónde está? He estado muy preocupada. La llamé el otro día... —Lily se detuvo mientras Peggy veía detrás de ella. Lily se volteó para ver la calle de arriba abajo, pero no había nadie a la vista.

—¿Qué pasa?

—Se supone que no le debo decir a nadie dónde está.

—Me puedes decir a mí —dijo Lily con impaciencia, tratando de ser persuasiva—. Dijiste que te contó sobre mí, así que sabes que soy su amiga. Solo quiero saber si está bien.

—Se supone que no debo decirle nada a nadie —dijo Peggy renuente.

—¿Vendrá a casa pronto?

—No lo sé. —Peggy empezó a retroceder dentro de la casa—. Lo siento.

—Espera. ¡Espera! Si no puedes decirme, ¿puedes decirle a Kath que vine?

Peggy dudó.

—¿Puedes decirle dónde estoy? No estoy en casa. Estoy... Estoy en el departamento de Lana. Dile que estoy en el número cuarenta y ocho de Castle Street.

Peggy retrocedió de nuevo y Lily tuvo miedo de que fuera a cerrarle la puerta en la cara, pero entonces regresó con una libreta pequeña de papel y un lápiz.

—Ten —dijo, dándoselos a Lily.

Lily tomó la libreta y garabateó la dirección de Lana. Escribió «Estoy en casa de Lana. Lily.» Se la entregó de regreso a Peggy, que lo leyó y asintió sombríamente.

—Se lo entregaré si vuelve a casa.

Y entonces Peggy cerró la puerta.

44

Lana regresó cargando dos bolsas de víveres y Lily saltó del sillón para ayudarla.

—Gracias, puedes llevar eso a la cocina —dijo Lana, entregándole a Lily una bolsa, mientras empujaba la puerta para cerrarla.

Una vez que habían guardado todo, Lana se sentó en el sillón, encendió un cigarro y sin preámbulos dijo:

—Vi a Parker. Le pregunté si tu amiga Kath había sido arrestada, pero cree que no, porque no tiene dieciocho.

Lily se sentó en una de las sillas chinas.

—¿Él sabe a dónde la llevaron?

—No, pero piensa que ya debió haber sido liberada a estas alturas. No la pueden tener detenida, no si no tenía antecedentes. No los tenía, ¿verdad?

—No.

—Seguramente se fue a casa, si sus padres la dejaron regresar. Esa es la verdadera pregunta.

Recordando el encuentro con la hermana de Kath, Lily sospechó que los padres de Kath no la habían aceptado de regreso.

Lana la observó pensativa por encima de la mesa, mientras fumaba.

—Creo que Tommy sale mañana temprano —dijo, golpeando el cigarro en el cenicero casi desbordante—. Sé que la estás pasando mal, linda, pero creo que es mejor que te vayas antes de eso. Puedes quedarte aquí esta noche, si lo necesitas. ¿Tienes a dónde ir mañana?

Lily se encogió contra la silla.

—Yo… por supuesto —logró decir—. Puedo ir… a algún lugar.

—Si no tienes a dónde ir, Parker dijo que puedes probar en Donaldina Cameron House en el Barrio Chino. ¿Conoces ese lugar?

Lily estaba dolorosamente consciente de que Lana la estaba viendo con algo parecido a la lástima y eso la hacía retorcerse de vergüenza.

—Sí, conozco el lugar. —Trató de reunir algo de valentía—. Estaré bien. Gracias por dejarme quedar aquí por un rato.

—Con gusto. Lamento mucho lo que sucedió. —Lana apagó el cigarro y se puso de pie, estirándose—. Y ahora voy a tomar una siesta. Todavía tengo resaca de anoche. ¿Estarás bien aquí afuera? ¿Quieres un libro o algo? —Se dirigió a la mesa octagonal y abrió las puertas y sacó algunas novelas de pasta blanda—. Ten… son basura, en realidad, pero algunas son divertidas.

Las portadas eran sórdidas, como los romances de pasta blanda al fondo de la Farmacia Económica. Una mujer con un vestido ajustado, sus ojos abatidos mientras un hombre con una fedora venía tras ella, sosteniendo un arma: *La última amante*. Dos hombres ocupados en una pelea en un callejón oscuro mientras una mujer con el vestido roto se encogía en la esquina: *El llamado de medianoche*.

—Gracias —dijo Lily con torpeza.

Lana bostezó.

—Ay, me voy a colapsar. Te veo en un rato.

Lily escuchó cómo Lana atravesó el departamento, entró a su cuarto y cerró la puerta con un ligero click. Sus dedos se aferraron a los brazos de la silla china. ¡Cameron House! Hacía algunas décadas Cameron House había acogido a mujeres chinas perdidas, prostitutas, pero estos días era un programa de actividades extraescolares para los chicos del Barrio Chino. Se imaginó llegando a Cameron House, acercándose a la recepción en el recibidor de madera y preguntando por un lugar dónde quedarse. Podía visualizar cómo la chica en turno se le quedaría viendo con ojos perplejos, levantaría el teléfono para llamar a una de las mujeres del personal, y diría: «Hay una chica indigente aquí». No, no podía hacer eso.

Sabía que necesitaba formular un plan, pero su mente se resistía. En vez de eso, se movió hacia el sillón y tomó *The Final Mistress*. Debajo de este, para su sorpresa, estaba *Strange season*. No había visto ese libro desde la última vez que lo leyó en la Farmacia Económica.

Se llevó el libro al sillón y lo abrió. El lomo estaba arrugado y varias de las esquinas estaban dobladas. Pasó las hojas que ya había leído y se zambulló rápidamente en el melodrama de la vida amorosa de Patrice. Ella simplemente no podía aceptar sus sentimientos por Maxine, quien dijo que era una provocadora y le arrojó un florero; luego se disculpó mucho e hicieron el amor en el piso del vestíbulo de su *penthouse*. (Lily levantó la mirada para asegurarse de que Lana seguía en su cuarto cuando leyó esa escena). El exnovio de Patrice, el que la había dejado al principio del libro, regresó y le rogó que lo perdonara. Patrice volvió con él y le dijo que había hecho algo loco, entonces le confesó de su amorío con Maxine.

Lily tuvo una mala corazonada de esta confesión. Leyó la escena con una intranquilidad creciente. El novio de Patrice fue demasiado comprensivo. «Tan solo cometiste un error», le dijo para tranquilizarla. «¡No lo hizo!» pensó Lily. Pero ni siquiera ella vio venir el final sorpresa. Con el pretexto de llevar a Patrice a almorzar, su novio la dejó en un manicomio. El libro terminaba con Patrice sedada en una cama de hospital, susurrando el nombre de Maxine.

Quería arrojar el libro por el cuarto. Estaba tan indignada por la conclusión que cuando sonó el timbre, brincó de la sorpresa. Miró hacia la cocina, preguntándose si Lana se levantaría, pero cuando el timbre sonó una segunda vez decidió que debía contestar y tomar el mensaje para Lana.

Se apresuró al vestíbulo del edificio y abrió la puerta principal. Para su sorpresa, la tía Judy estaba parada en el pórtico de enfrente.

45

—¡Aquí estás! —exlamó la tía Judy, y de imediato jaló a Lily en un abrazo. Su tía olía al jabón Ivory del baño de la familia de Lily, junto con restos de jengibre y ajo, como si viniera directo de la cocina. La fragancia le era tan familiar que hizo que Lily se aferrara a ella por un momento inconsciente, como si fuera una niña pequeña de nuevo. La tía Judy la abrazó de nuevo y dijo:

—Nos tenías muy preocupados. ¿En qué estabas pensando? ¡Nadie sabía dónde estabas! —Sostuvo a Lily con los brazos extendidos y la estudió de cerca—. Te ves bien. ¿Has comido?

Los ojos de Lily se llenaron de lágrimas. La tía Judy era la misma de siempre: una mujer pequeña y delgada con lentes de montura negra, el resultado, ella decía, de pasar demasiadas horas metida en libros de matemáticas con poca luz.

—¿Cómo me encontraste aquí? —preguntó Lily.

Sin decir nada, la tía Judy metió la mano en su bolsa y extrajo dos pedazos de papel. Uno era el trozo en el que había escrito la dirección de Kath. El otro era la nota que había dejado en casa de Kath, con la dirección de Lana. Comprendió que su tía la había rastreado como una detective, y ahora el corazón de Lily se hundió, Kath nunca recibiría esa nota.

—¿Puedo pasar? ¿Qué es este lugar? —preguntó la tía Judy.

Lily retrocedió para dejar que su tía pasara.

—Me estoy quedando con una… una amiga.

Vio a su tía Judy considerar quitarse su abrigo y zapatos, sus dedos tocaron brevemente el botón superior de su impermeable, pero entonces pareció decidir que no se iba a quedar mucho tiempo. Se volteó hacia Lily y dijo:

—Tienes que volver a casa.

—No puedo —respondió Lily, sorprendida.

La tía Judy se adentró en la sala y recorrió el perímetro, observando los muebles, los libros (*Strange Season* estaba bocabajo, para el alivio de Lily), la fotografía enmarcada de Tommy Andrews. Se sentó en el sillón, Lily la vio mirar con recelo el encendedor de mesa de la mujer desnuda. Pero su tía solo dijo:

—¿Por qué no?

Lily se sentó tiesa enfrente de ella.

—Mamá me dijo… Tuvimos una pelea y no me quiere ahí.

—Tu madre me dijo que tuvieron una pelea, pero no me dijo que no te quisiera en la casa.

Lily se preguntó si su madre no había explicado toda la verdad.

—¿Quién es esta amiga con la que te estás quedando? —preguntó la tía Judy.

Ahí estaba, otra oportunidad para mentir. «Una amiga de la escuela. Se graduó el año pasado. Vive con su hermano; él no está en casa». Volteó a la parte trasera del departamento, preguntándose si Lana las escucharía y se levantaría de su siesta. No. No podía envolver a Lana en esta mentira sin su permiso.

—Lana Jackson —dijo Lily finalmente—. Vive aquí con… con Tommy Andrews. Tommy es la de la foto. Canta en el Club del Telégrafo, donde la policía hizo una redada el viernes en la noche.

Es un bar para ho-homosexuales. Wallace Lai me vio ahí afuera después de la redada. Yo estaba ahí.

Su tía la vio sin expresión alguna, aunque su ceja se contrajo cuando Lily tartamudeó con la palabra «homosexual». Por qué tenía que sonar tan obscena, pensó Lily, la x aplastada húmedamente en la parte trasera de su boca.

—Ya veo. —La tía Judy parecía haberse quedado sin palabras. Miró sus manos; parecía estarlas apretando juntas.

En ese silencio, Lily escuchó el tic tac del reloj en alguna parte del departamento. Vio la cajetilla de Lucky Strikes y pensó, alocadamente, que quizás si fumaba uno, su tía estaría tan impresionada que olvidaría lo que acababa de decir.

La puerta del cuarto se desatoró con su sonido familiar de algo pegajoso que se desprendía y Lily se paró de golpe. Unos momentos después Lana apareció en el marco de la puerta de la sala, atándose su bata sedosa de flores a su cintura, estaba descalza y se veía como una mujer que acaba de salir de la cama.

—Hola —dijo, mirando a Lily y luego a su tía—. Creí oír voces por acá.

La tía Judy se puso de pie y atravesó la habitación, con la mano extendida.

—Soy Judy Fong, la tía de Lily.

Lana estrechó su mano, parpadeando.

—Ah, yo soy Lana Jackson.

—Gracias por permitir que Lily se quedara con usted.

La tía Judy era más bajita que Lana, pero la manera en la que se paraba la hacía parecer más alta. Verlas juntas hizo que Lily comprendiera que Lana estaba más cerca de su edad que la tía Judy. Lily pensaba que Lana era muy sofisticada, pero ahora, comparándolas, se veía muy joven e incluso un poco ingenua.

—Estuve feliz de recibirla —dijo Lana, pero sonaba incorrecto, demasiado pomposo. Se movió incómoda y miró a Lily—. ¿Parece que te vas?

—Yo no…

—Sí —interrumpió su tía—. Vine a llevarla a casa.

—Pero te dije… —se negó Lily.

—Iremos a casa y lo discutiremos con tu padre.

Lily palideció.

—No creo que sea buena idea.

Lana miró la conversación y alzó las cejas.

—Quizás es mejor que las deje que lo platiquen —dijo, y empezó a retroceder hacia el comedor.

—No, ya nos vamos —dijo la tía Judy—. No queremos abusar de su hospitalidad. Gracias de nuevo, señorita Jackson. ¿Lily, estás lista? ¿Tienes tu abrigo?

Había un deje en su tono, como si estuviera sacando a Lily de una situación desagradable, Lily comprendió de repente cómo debía verse Lana a los ojos de su tía: vestida en esa bata ceñida, mostrando el escote de una manera que no debía ser usado a estas horas del día, su cabello rubio despeinado por la cama y su labial medio despintado, como si hubiera estado besando a alguien. Lily tuvo una oleada de actitud protectora hacia Lana, que la había acogido sin conocerla, y sintió un hormigueo poco caritativo de resentimiento contra su tía.

—No me estás escuchando —dijo Lily, frustrada.

La expresión de la tía Judy se suavizó.

—Estábamos muy preocupados, Lily. Es Año Nuevo. Tu madre ha estado trabajando todo el día para preparar la cena para todos. Ven a casa. Por favor.

Lily y la tía Judy caminaron de regreso al Barrio Chino. Todavía estaba fresco, y Lily seguía teniendo tan solo su cárdigan para cubrirse. Cuando se detuvieron en una intersección a unas cuadras del departamento de Lana, la tía Judy se quitó su abrigo y se lo dio a Lily, quien se lo puso sintiéndose como una niña.

Las calles del Barrio Chino estaban llenas de envoltorios de petardos. La mayoría de las tiendas estaban cerradas al público, pero algunos turistas estaban deambulando de todas formas, observando los rollos de caligrafía que no podían leer y asomándose por las ventanas de las tiendas para ver montones de hierbas secas o recuerdos baratos. Muchos chinos estaban afuera en la acera con sus ropas más finas, visitando familiares o amigos, o dirigiéndose a banquetes de Año Nuevo a sus asociaciones de clan o de distrito.

Durante la guerra, la madre de Lily los había llevado a la asociación de su familia durante Año Nuevo, pero después de que el padre de Lily volvió, dejaron de ir. Él quería comida shangainesa, y las asociaciones eran para los cantoneses de Kwangtung.

—No cocinan la comida adecuada —se quejó él.

Así que la madre de Lily había aprendido sola a preparar sus platillos favoritos para la cena de Año Nuevo, y cuando la tía Judy llegó en 1947, comenzó a ayudar también.

Por lo general, Lily esperaba deseosa la cena de Año Nuevo, pero este año deseaba poder estar en cualquier otro lugar. Sabía que tan pronto llegara a casa tendría que saludar a su abuela, tíos y primos y fingir que todo estaba normal. Tendría que obedecer a sus padres, en especial a su madre, que le había dicho: «No le diremos a tus tías ni a tus tíos de esto. No le dirás una palabra de esto a tu abuela». Se sentía como una trampa de la cual no había escapatoria.

A unos pasos de la entrada principal de su casa consideró por un instante huir de nuevo, ¿pero a dónde iría? En realidad no tenía opciones. Podría pasar otra noche más en el sillón de Lana, pero ¿luego qué?

La tía Judy ya había sacado la llave de la puerta principal, luego giró el picaporte y volteó hacia Lily, haciéndole un ademán para que ella entrara primero.

El recibidor estaba oscuro y olía a jengibre y a un olor empalagoso del pescado a las brasas estilo Shanghái, que su madre preparaba cada Año Nuevo. Ya escuchaba las voces de sus hermanos y primos más jóvenes arriba. No sabían que ella estaba parada ahí abajo, dudando de regresar con ellos, donde su familia la absorbería como si nada hubiera pasado. Todo lo que ella había vivido las últimas cuarenta y ocho horas se ignoraría de manera deliberada.

—Lily —dijo la tía Judy.

Subió las escaleras, sintiendo cómo se hundía su corazón.

46

El rellano de las escaleras estaba vacío, pero había varias maletas y bolsas recargadas contra la pared, justo enfrente de la mesa del teléfono.

—Ve a saludar a tu abuela —dijo la tía Judy—. Está en la sala.

Lily se quitó los zapatos y fue a donde su tía le dijo. Sus hermanos y primos —Jack de once años y Minnie de nueve— estaban en el piso jugando canicas. El tío Francis y el tío Sam estaban fumando por la ventana de enfrente, y A P'oh[26] estaba sentada en una esquina del sillón, observándolo todo. Vio a Lily tan pronto entró en la habitación.

—阿麗[27]—A P'oh la llamó, haciendo un ademán para que se sentara con ella en el sillón.

—¡Lily! —dijo Eddie—. ¿Acabas de llegar?

—Todos estaban enojados —dijo Frankie, antes de que Eddie lo callara con la mirada.

---

[26] Abuela (la madre de la madre de Lily).

[27] A Lai, un apodo de Lily.

—Lo siento —le dijo a sus hermanos, a todos, y luego se sentó al lado de su abuela, quien le tomó la mano. La piel de su abuela estaba muy floja sobre sus huesos y seca como el papel, pero su agarre era bastante firme.

—阿婆好 —la saludó Lily—. 幾時到咖?[28]

—我今早到咖[29]—A P'oh dijo. Vio a Lily con cautela, lo que hizo que Lily se preguntara qué tanto sabía de lo que había pasado—. 大家好擔心你啊. 千其无再咁做.[30] —El tono de su abuela era suave, pero la advertencia era inconfundible.

Lily se sonrojó.

—對唔住, 阿婆[31]—dijo, bajando la mirada. Se dijo a sí misma que no había hecho nada malo, pero aun así se sentía culpable.

Se cambió la pijama. Se lavó la cara y se cepilló los dientes y el cabello, lo peinó con pasadores para que estuviera fuera de su rostro. En el espejo del baño se veía como una buena chica china.

En la cocina, la tía Judy y la tía May estaban cortando vegetales en la mesa mientras su madre freía el nien-fao[32] en la estufa. Su padre estaba preparando una tetera de té; cuando la vio, su cara se relajó de alivio repentino.

Su madre se volteó. Su expresión se suavizó, pero solo por un instante.

—Ven y ayuda a tus tías —dijo.

Lily jaló una silla y se sentó a la mesa junto a la tía May, mientras la tía Judy, que estaba por comenzar a picar el jengibre, le pasó la tabla de corte junto con la raíz nudosa.

---

[28] Hola, abuela. ¿Cuándo llegaste?

[29] Llegué esta mañana.

[30] Hiciste que todos se preocuparan. No vuelvas a hacer eso.

[31] Lo siento, abuela.

[32] Pasteles de arroz.

Su padre colocó la tetera en una pequeña bandeja junto con una pila de tazas y salió de la cocina. Lily pensó que él le diría algo, incluso dudó cuando pasó junto a ella, pero permaneció callado. Una vergüenza ardiente se alzó en su interior. No tenía idea de qué sabía su familia, pero su silencio le dijo que sabían lo suficiente.

Se concentró en el jengibre, cortándolo tan precisamente como pudo. Después de un rato, sus tías y su madre retomaron su conversación. Cada vez que Lily terminaba con una tarea, la tía Judy le daba otra: pelar y cortar el ajo, luego los cebollines y luego las castañas de agua. Cada superficie de la cocina estaba abarrotada de ingredientes para los demás platillos que se servirían: dos tipos de hongos secos; lirios secos y fideo celofán, todo remojando en tazones diferentes de líquido; un montículo de lechuga lavada secándose al aire en un colador metálico maltratado; botellas de salsa de soya, salsa de ostión y vino para cocinar. Una olla con sopa de raíz de loto que se estaba cocinando a fuego lento en la hornilla trasera de la estufa. La madre de Lily estaba acomodando el *nien-kao* en una bandeja, mientras la tía May sacaba un pescado entero del refrigerador.

Todo era exactamente como cada Año Nuevo, y esta invariabilidad era la que hacía que Lily se sintiera como si no estuviera ahí del todo. Sus dedos estaban haciendo el trabajo, pero ella podía preparar los vegetales dormida. Dejaba bastante espacio para que su mente deambulara y regresara una y otra vez a sus últimos momentos en el Club del Telégrafo con Kath. Corriendo y empujándose a través del pasillo de atrás; las linternas y las mujeres gritándole que se moviera; Kath apretando su mano antes de soltarla.

Sintió el ardor más fuerte en sus ojos y se obligó a no llorar. Nunca debió soltar la mano de Kath. Debió haberse aferrado a ella y la debió haber arrastrado por la puerta trasera.

Sus manos temblaban, el cuchillo se le resbaló y el filo se le encajó en la punta del dedo índice. Una gota de sangre se formó al instante, rojo brillante. Se quedó viendo su dedo impresionada mientras la sangre goteaba en la tabla de corte.

La tía Judy tomó el cuchillo y se lo retiró con amabilidad de las manos, y dijo en voz baja:

—Estás bien. Es solo una cortadita. Será mejor que vayas a ponerte un vendaje.

Hubo ocho platillos, más la sopa de raíz de loto y el arroz: un pollo entero escalfado con salsa de jengibre; pato rostizado de un restaurante del Barrio Chino; lo-han chai, un platillo vegetariano tradicionalmente comido por monjes; hsün yü, el pescado frío estilo Shanghái; el pescado entero al vapor al estilo cantonés; el nien-kao; lechuga con salsa de ostión, y de postre, pa pao fan, arroz glutinoso al vapor relleno de una pasta de frijol dulce.

Lily había tenido hambre toda la tarde, sentía que había pasado una eternidad desde los huevos revuletos que comió en el departamento de Lana, pero aunque la comida estaba deliciosa, había perdido el apetito. La tía Judy, que estaba sentada junto a ella en la mesa improvisada para doce, lo notó. Eligió unos pedazos de hsün yü y los depositó en el tazón de Lily, instándola a comer.

Al menos nadie estaba haciendo el esfuerzo de hablarle. La madre de Lily, el tío Sam, la tía May y la abuela hablaban cantonés en un lado de la mesa, mientras que el padre de Lily y la tía Judy empezaron a hablar en shangainés. El tío Francis, que había crecido en Los Ángeles, se apegó al inglés para hablar con los niños. A veces descubría a su madre o a su padre mirándola, pero no le dirigían la palabra.

Empezó a sentir como si estuviera partida a la mitad, y como si solo una mitad suya estuviera aquí en la sala. Esa era la buena hija china, que estaba masticando delicadamente los huesos de cada pedazo de hsün yü, sacándolos con cuidado de su boca y colocando las pequeñas espinas blancas a la orilla de su plato con sus palillos. La otra mitad se había quedado afuera en la acera, antes de que Lily atravesara la puerta principal. Esa era la chica que había pasado la noche anterior en el departamento de North Beach de una mujer caucásica que apenas conocía. Todo estaría bien, comprendió Lily, mientras ella mantuviera a esa chica fuera de esta familia china.

Quizás algún día se acostumbraría a sentirse así: descolocada y confundida, nunca completamente segura de si su otra mitad permanecería fuera del escenario, como se lo habían indicado. Esta noche, sentía como si estuviera constantemente al borde de decir o hacer algo incorrecto; el esfuerzo de mantener callada a su otra mitad que no era bienvenida la estaba enfermando. Su estómago se rebeló contra ello, le dolía la cabeza, estaba tan cansada que sentía como si estuviera en peligro de caer inconsciente ahí en la mesa, con su cabeza cayendo justo dentro de su tazón de arroz. La imagen le pareció ridículamente graciosa y tuvo que pasar saliva con dificultad para detenerse a sí misma de romper en carcajadas histéricas.

Finalmente, terminó la cena, A P'oh estaba pidiendo que se distribuyeran los *lei shi*.[33] El tío Sam fue al pasillo y regresó con las manos llenas de sobres rojos. Minnie y Frankie soltaron grititos mientras los adultos se rieron con indulgencia. El padre de Lily sacó varios *lei shi* del bolsillo de su chamarra; el tío Francis fue y sacó los suyos de su abrigo, y A P'oh le dio instrucciones a Frankie de que trajera su bolsa del cuarto de Lily.

Los sobres rojos fueron entregados a los niños, Lily incluida: cuatro a cada uno, llenos de frescos billetes nuevos. Los pequeños solo obtuvieron un dólar en cada sobre, pero Lily recibió treinta y

[33] Sobres rojos llenos de dinero que se les dan a los niños en Año Nuevo.

cinco dólares este año, veinte venían de sus padres. El dinero era un regalo, pero también se sentía como una advertencia. Venía con la expectativa de que Lily tendría que hacer lo que le decían.

Los *lei shi* marcaron el final de la cena y Lily ayudó a su madre a levantar los platos. Después, los hombres desarmaron la mesa temporal y encendieron cigarros. La tía Judy abrió las ventanas de la sala para dejar que saliera el humo, y se podía escuchar el sonido de los petardos en Grant Avenue.

Frankie corrió hacia la ventana para asomarse, su hermano y sus primos detrás de él.

—¿Podemos ir a ver los petardos, papá? —preguntó Frankie.

Era Año Nuevo, después de todo, así que los adultos aceptaron, y el tío Sam, el tío Francis y el padre de Lily se pusieron sus chamarras para acompañar a los niños a la otra cuadra. Le preguntaron a Lily si quería ir, pero ella negó con la cabeza y fue a ayudar a su madre y a sus tías a lavar los platos.

Cuando terminaron, su madre y sus tías pusieron una tetera para el té, Lily dijo que se iría a dormir. Su madre la miró, la miró de verdad por primera vez en el día, y Lily se volteó.

—Toma algunas mantas de mi cuarto para que puedas dormir en el piso del cuarto de tus hermanos —dijo su madre.

—Yo te ayudo —dijo la tía Judy, levantándose con rapidez.

Encontraron un edredón y una manta vieja del ejército y se llevaron una de las almohadas de la cama de Lily, acomodando todo en el piso entre las camas de sus hermanos. Le dio las buenas noches a su abuela, que dormiría en su cuarto durante su estancia. Se lavó los dientes, se puso su camisón, llevó ropa limpia para el día siguiente al cuarto de sus hermanos y cerró la puerta. El piso se sentía muy duro debajo de ella y de inmediato recordó lo suave que era el sillón de Lana.

Cerró los ojos. Pensó en la primera vez que había visto a Lana, en el pasillo del Club del Telégrafo afuera del baño, pero el recuerdo era desarticulado y vago, con fragmentos de colores y voces incorpóreas. Parecía tan inverosímil ahora: la idea de que ella, Lily Hu, se hubiera escabullido fuera de su casa y hubiera ido a este club de homosexuales en medio de la noche. ¿Cómo pudo haber hecho algo así? Llevaba pocas horas en casa y el Club del Telégrafo parecía más una fantasía que algo real. Esto la perturbaba. Sentía como si alguien hubiera pasado un borrador por su memoria, por ella misma, y hubiera tallado y luego soplado los restos.

Trató de pensarlo de nuevo, de recordar lo que era real. La mirada tímida en el rostro de Kath cuando le dio el número de *Collier's* en la cima de Russian Hill. La suavidad tentativa en los labios de Kath la primera vez que se besaron. El calor del aliento de Kath en su cuello cuando Lily la sostuvo en sus brazos en el rincón del salón de la señorita Weiland. Lily nunca se había sentido tan cerca de alguien en su vida.

Le dolía acordarse de estas cosas porque le recordaban a Kath y sus miedos sobre lo que le pudo haber pasado. Pero el dolor se sentía tan real, mucho más real que toda esa tarde en silencio. Así que permaneció en la madera dura del piso, entre las camas de sus hermanos, y permitió que la aflicción la llenara.

47

Lily se despertó antes del alba. El cuarto estaba oscuro y escuchaba las respiraciones de sus hermanos a cada lado de ella, sus pulmones subiendo y bajando casi al unísono. Cuando volvieron la noche anterior, se pararon a su lado y susurraron: «¿Está bien? ¿Por qué estaba tan enojada mamá con ella? ¿Hizo algo malo? Shh, no la despiertes», los escuchó, pero fingió estar dormida. Entonces Eddie la tapó con la cobija debajo de su barbilla y puso su mano en su frente, como si fuera su padre revisando su temperatura. Su toque le llenó los ojos de lágrimas, que se deslizaron por sus sienes mientras él y Frankie se subían a sus camas, acompañados de los susurros de sus sábanas mientras se recostaban esa noche.

No quería despertarlos, pero recordó que ahora había cinco personas adicionales en la casa y no quería ser la última en la fila para el baño. Se levantó tan silenciosamente como pudo y se escabulló fuera de la habitación.

Casi podía fingir que era un día normal. Se bañó rápido y se vistió. En la cocina, su madre ya estaba preparando café y haciendo un potaje con las sobras del arroz.

—¿Pones la mesa? —preguntó su madre.

Lily se dirigió a la alacena, preguntándose si sus conversaciones solo serían transaccionales de ahora en adelante. Se sintió opaca por dentro, como un tazón de plata mancillado.

Escuchó a Minnie canturreando desde el otro lado de la casa, mientras todos comenzaban a despertarse, pronto la cocina estaba abarrotada. Era lunes, pero porque era la semana de Año Nuevo y su familia estaba de visita, los padres de Lily se habían tomado unos días del trabajo. Eddie y Frankie aun tenían que ir a la escuela, por supuesto, y Lily… Lily se detuvo en seco, justo antes de untarle mantequilla a un pan tostado, alarmada por la idea de tener que ir a la escuela. Con Shirley. Con todos los que seguramente ya sabían sobre ella y Kath.

Por fortuna, el desayuno la distrajo. Eddie y Frankie trataron librarse de la escuela a base de argumentos, pero no lo lograron. Minnie y Jack trataron de tragarse su alegría de no tener que ir a la escuela, pero también fallaron. Después de que A P'oh se levantó, Lily estuvo a cargo de llevarle una bandeja con potaje y té. Cuando regresó al rellano para levantar su bolsa de la escuela, su madre apareció, como si la hubiera estado esperando, y dijo:

—Hoy no irás a la escuela.

El alivio de Lily se truncó, con una desconfianza inmediata.

—¿Por qué no?

Su padre salió de la cocina sosteniendo una taza de café.

—Tenemos que hablar.

No sucedió de inmediato. Primero, tenían que llevar a Eddie y Frankie a la escuela. Debían terminarse el desayuno. El tío Sam y la tía May decidieron llevar a Minnie y a Jack al área de juegos china aquella mañana. A P'oh declaró su intención de ir al templo Tin How. La tía Judy llegó cuando todos se estaban yendo; dijo que el tío Francis había salido a desayunar con un amigo. Lily estaba segura de que todo esto había sido cuidadosamente planeado.

Al fin, los cuatro, Lily, sus padres y la tía Judy, tomaron asiento en la mesa de la cocina. Su madre no se había maquillado y su cara se veía sin color en esa luz cenital, sus labios estaban apretados en una línea fina. Su padre se veía más cansado de lo normal y estaba fumando un cigarro tras otro, en vez de su pipa. Las cejas de la tía Judy estaban unidas en una expresión permanente de preocupación, mientras veía a todos en la mesa.

—No regresarás a la escuela —dijo su madre—. No te quiero cerca de esa chica.

Lily fingió no comprender.

—¿Qué chica? ¿Te refieres a Shirley?

Las fosas nasales de su madre se ensancharon.

—Tú sabes a quién me refiero. Hablé con Shirley ayer…

—Tú… ¿Qué?

—Shirley me lo contó todo. Sobre cómo esa chica Kathleen Miller fue tras de ti. Como es homosexual y te llevó a ese lugar. Shirley me dijo que trató de hacer que dejaras de ser su amiga, pero que tú te negaste.

—¡Eso no fue lo que pasó! Shirley miente.

—Si eso no es lo que pasó, entonces dime qué pasó. ¡No me mientas!

—Grace —dijo el padre de Lily—, dale una oportunidad. ¿Es cierto algo de lo que dijo Shirley?

Él parecía tener problemas para mirarla. Su renuencia a verla a los ojos la hizo sentirse peor.

—A Shirley no le gusta que yo sea amiga de otras personas. —Ahí está, lo había dicho: lo que había estado pensando prácticamente toda su vida.

—No seas ridícula —dijo su madre.

—Es verdad. Todos sabemos que lo es. No le gustó cuando me hice amiga de Kath.

—Entonces sí conoces a esa chica —dijo su madre.

—Sí, la conozco, pero ella no… ella no hizo cualquier cosa horrible que Shirley dijo. No fue *tras de mí*. Hemos… hemos estado en la misma clase de Matemáticas por años. —Lily vio a su tía, suplicante—. Le conté a ella de tu trabajo y le interesó mucho. Ella quiere volar aviones. Es muy lista. Es la que me dio la revista de la que te conté.

La tía Judy le sonrió con gentileza y Lily supo que sonaba ridícula, como si estuviera flechada por Kath. La idea de que sus padres y la tía Judy pensaran lo mismo la mortificaba. No quería que ninguno de ellos creyera que tenía sentimientos así por nadie, chico o chica, pero al mismo tiempo, caracterizar su relación con Kath como un flechazo era completamente inadecuado. Había sido mucho más que eso. Ella deseaba haberse dado cuenta de ello antes.

—Las chicas no vuelan aviones —replicó su madre—. ¿Qué hizo para hacerte ir a ese club nocturno?

Lily se talló la frente caliente con los dedos fríos, tratando de disipar la presión que se estaba juntando en su interior. Cada oración que decía era una elección. Tenía un número infinito de posibilidades para dar marcha atrás, pero se negaba a darle la espalda a Kath.

—Yo quería ir —dijo Lily finalmente. Su voz era bastante firme—. Ella no me llevó. Yo se lo pedí.

La cocina estaba en silencio a excepción del tic tac del reloj. Su padre estaba viendo el cigarro ardiendo entre sus dedos. La tía Judy la estaba mirando con la misma expresión de preocupación.

Su madre empezó a sacudir su cabeza, como si se pudiera sacudir de encima las palabras de Lily.

—No. No sabes lo que estás diciendo.

—Sí lo sé.

—¡No lo sabes! Y esto solo prueba que no puedes volver al Galileo. No puedes estar cerca de esa chica. Tenía miedo de esto. Lily, si tan solo admites que cometiste un error, podríamos ayudarte a superarlo. No te permitiremos desperdiciar tu vida de esta manera.

—Hay estudios —dijo su padre—. Eres demasiado joven para esto. Es una fase.

—Ahí está, escucha a tu padre. Va a pasar. Puede que no lo parezca en este momento, pero cuando seas mayor, lo entenderás. Lily, mírame. No te dijimos nada cuando fuiste a ese pícnic de los Man Ts'ing. Sabíamos que no tenías malas intenciones, pero esto… esto es inexcusable. Ya tienes un historial como simpatizante de los Man Ts'ing. Si esto se da a conocer, que has estado *voluntariamente* en compañía de homosexuales…

Su madre se veía angustiada. Sus brazos estaban atrincherados sobre su estómago mientras se inclinaba hacia adelante para enfatizar lo que decía, líneas profundas surcaban su frente.

—Tu padre todavía no tiene sus papeles de vuelta. ¿Entiendes lo que te estoy diciendo?

Con un nudo en el estómago, Lily lo comprendió. Estar ligada a los Man Ts'ing era malo, pero si nunca tenía nada que ver con ellos, eso se podía ignorar. Agregar a eso la mala influencia de homosexuales lo hacía exponencialmente peor, y no solo para ella, sino para su padre también. Su comportamiento podía ponerlo en peligro mayor con las autoridades de Inmigración porque lo hacía quedar mal a él. Ella lo miró. Él le dio una calada tan profunda al cigarro que un par de centímetros de papel se quemaron al mismo tiempo y sombras oscuras jalaron la piel debajo de sus ojos. Él seguía sin mirarla.

—Dinos que aceptas que cometiste un error y te ayudaremos —dijo su madre.

Su madre casi le estaba rogando que mintiera y la tentación de ceder era fuerte. Sería mucho más fácil y no tendría que poner en peligro a su padre. Pero algo necio dentro de ella se negaba a hacer lo que su madre le pedía.

Ella amaba a Kath.

Ahora era claro como el agua, era emocionante e iluminador y volteaba todo de cabeza porque no había manera de resolver su amor por Kath con las exigencias de su madre. Si mentía, traicionaría a Kath, y se negaba a hacer eso. Pero, si ella pudiera vivir mintiendo, ¿haría alguna diferencia en la situación de su padre? Si no le habían devuelto sus papeles era probable que se debiera a que él se había negado a mentir sobre Calvin, no porque Wallace Lai la hubiera visto salir del Club del Telégrafo. Si su padre se negaba a mentir, ¿por qué debía hacerlo ella?

Lily respiró hondo.

—No cometí ningún error. Puedes preguntarme cuantas veces quieras, pero no voy a mentir. —Entre más hablaba, más osada se sentía.

Su madre se puso de pie de manera abrupta, empujando su silla hacia atrás con un chillido, Lily rehuyó.

—¡Huiste! —gritó su madre—. Dejaste esta casa y no le dijiste a nadie a dónde ibas. ¡Te pudo haber pasado cualquier cosa!

El padre de Lily se estiró para poner su mano estabilizadora en el brazo de su madre. Ella parecía a punto de decir algo, completamente furiosa, su cara estaba muy enrojecida; pero entonces, como si le tomara todo el esfuerzo contenerse, arrojó la mano de su esposo y salió a zancadas de la cocina. Lily escuchó los pasos de su madre alejándose con rapidez por el pasillo y luego una puerta se azotó.

Sorprendida, Lily volteó a ver a su padre. Él parecía tan anonadado como ella, y al fin la vio a los ojos. Él se estremeció y se inclinó al frente para apagar su cigarro. Hubo un largo momento de un silencio incómodo. Lily volteó hacia su tía, que observaba a su hermano, preocupada, pero permaneció callada.

Al fin, su padre se talló la cara con una mano y dijo:

—Entonces no nos dejas otra opción. Te irás con tu tía a Pasadena a terminar el año escolar.

Lily miró a su padre sin comprender.

—¿Qué?

—Tú tía y tu tío se ofrecieron a llevarte lejos de aquí mientras… mientras las cosas se calman —dijo su padre—. Están haciendo un gran sacrificio para ayudarte. Incluso se ofrecieron a llevarte a Pasadena de inmediato, mañana mismo. No hay ninguna razón para esperar. Hoy deberías empacar tus cosas y mañana te llevaremos al tren que va a Pasadena. Judy piensa que podrás inscribirte en la preparatoria de allá. ¿Verdad?

—Sí —dijo la tía Judy—. Sé que esto debe ser una sorpresa.

Lily miró a su padre y luego a su tía. La cabeza le palpitaba provocándole dolor, era lo único real de esa habitación. Todo lo que su padre y su tía habían dicho parecía totalmente inverosímil.

—Pensamos que es lo mejor para ti —dijo la tía Judy—. Te alejará de... de las complicaciones de aquí.

La alejaría de Kath. Lo comprendió de inmediato; era como un golpe a la boca del estómago.

Tenían miedo, Lily entendió, de que hubiera más problemas si se quedaba, problemas para ella y para su padre. Y querían asegurarse de que no se quedara aquí en el Barrio Chino, invitando a los chismes. Querían ocultarla hasta que la gente se olvidara de lo que había sucedido.

—No me quiero ir —dijo ella, negando con la cabeza.

Su padre la miró, desolado.

—Tendrás que aprender que a veces tienes que hacer cosas que no quieres hacer.

Ella contempló a su padre, incrédula, y luego con un enojo creciente.

—Vivo muy cerca de la preparatoria en Pasadena —dijo la tía Judy—. Podrás irte caminando. Una vez que lleguemos a casa, podemos ir de inmediato para asegurarnos de que puedas inscribirte. Si no puedes, tu padre dijo que es posible que termines tu último año por correspondencia. ¿Sabes?, tal vez podamos encontrarte trabajo de medio tiempo o algo en el laboratorio. Eso te gustaría, ¿no?

Lily apenas podía comprender las palabras de su tía. La estaban separando de Kath.

—Queremos que seas feliz —dijo su padre—. Estarás libre de distracciones en Pasadena.

Incluso si no sabía dónde estaba Kath o si estaba bien, ella había creído que con el tiempo lo descubriría y que estarían juntas de nuevo. La idea de que nunca más pudiera ver a Kath le quitaba el aliento. Se sintió mareada, como si se pudiera disolver en el aire.

—Voy a llamar al Galileo para ver si necesitas recoger algunos papeles para tu cambio.

Sentía la mano de Kath soltando la suya una y otra vez; los dedos de Kath deslizándose por los suyos incesantemente. Todo lo que ella y Kath habían hecho podía borrarse con tanta facilidad. Podía borrarse con que su familia fingiera que nunca había pasado. Podía borrarse con que sus padres la arrancaran de su hogar y la mandaran lejos para que Kath no supiera dónde estaba. Podía borrarse porque ellos eran sus padres y ella era su hija. Ellos la amaban y ella no podía desobedecerlos, incluso si eso le rompía el corazón.

—Deberías empacar tus cosas —dijo su padre—. Para que estés lista para irte mañana temprano.

48

El padre de Lily sacó su vieja maleta café y se la dio para que la usara. Tenía una identificación de equipaje en chino colgando del asa. Lily pudo leer el nombre de su padre y los símbolos de Shanghái, China.

Abrió la maleta sobre su cama. El aroma polvoso de su abuela se aferraba a las cobijas; el cuarto ya no era suyo. Empacó su ropa con rapidez, sin mirarla. Metió el nuevo vestido que había usado hacía dos noches en el Club del Telégrafo, sin molestarse en doblarlo. Aventó sus tacones negros y un cepillo del cabello. Su padre se paró en el marco de la puerta, parecía ansioso. Ella lo ignoró y siguió empacando. No quería hablar con él; no quería hablar con ninguno de ellos.

—Una vez conocí a una doctora, una mujer, que era lesbiana —dijo.

El sonido de esa palabra la sorprendió y se paralizó por un segundo, pero se negaba a reconocer su presencia.

—Era una doctora muy exitosa —continúo él—. Era china también, como tú.

Esto la calmó por un momento, pero solo por un momento.

—Yo admiraba sus habilidades como médico. Pero todos sabían de su vida privada y nunca se casó. Había rumores, por supuesto, pero vivía sola. Creo que todavía vive así. Eso es lo que nos preocupa a tu madre y a mí. Queremos que te cases y tengas hijos. Deberías tener una vida plena, no una dañada en la que termines sola, sin nadie que te cuide. Recuerda esto.

Él se estaba imaginando un futuro trágico para ella, como si ella fuera una de las extrañas mujeres en La Perla de Oriente, de esas sobre las que ella y Shirley solían inventar historias. Eso solo ha hizo enojarse más.

Cuando no respondió, él exhaló resignado y se fue.

Ella siguió arrojando con brusquedad su ropa al interior de la maleta. Pensó en Lana y en Tommy en su acogedor departamento de muebles baratos en North Beach. Ellas no estaban dañadas. Pensó en Claire y Paula, en el tono indulgente en la voz de Claire al referirse a Paula como alguien «sólida». Ellas tenían vidas plenas. Pensó en Kath y un vacío pareció abrirse en su interior. Tenía gravedad, y la jalaba de tal manera que la hacía tambalearse sobre sus pies. Tuvo que sentarse en la orilla de su cama, cuando de pronto recordó la revista *Collier's* que Kath le había dado, pero no estaba encima del montón de libros que conformaba su mesa de noche.

Comenzó a quitarlos, cazando la revista, pero aunque encontró la que su tía le había dado, no estaba ahí el número de Kath. Hizo todos los libros a un lado en caso de que se hubiera caído contra la pared, pero no había nada. Miró el cuarto a su alrededor, preguntándose con un pánico creciente si alguien se la habría robado o si su madre habría entrado en el cuarto y la había tirado. Solo era una revista, pero tenía que llevarla consigo. Kath se la había dado.

Su bolsa de libros. Giró sobre sus talones y corrió fuera del cuarto, corriendo por el pasillo para encontrar su bolsa de libros donde la había dejado, en el piso junto a la banca. Se hincó, la abrió y ahí estaba, guardada detrás de *The Exploration of Space*. Soltó una exhalación de alivio.

Se acercaron unos pasos desde la cocina. La tía Judy estaba parada a unos centímetros de distancia.

—¿Estás bien?

Su enojo se disparó de nuevo. Si su tía no hubiera jugado a ser detective y no hubiera encontrado a Lily en North Beach. Si no se hubiera ofrecido a llevarla a Pasadena…

Se puso de pie, dejando la revista en su bolsa, no quería que su tía la viera.

—Estoy bien —dijo, porque su tía se veía muy triste.

De vuelta en su habitación, miró la ilustración de la portada de naves volando hacia el planeta rojo antes de colocarlo con cuidado entre la ropa de su maleta. Revisó por encima de su hombro y entonces abrió La exploración del espacio. La fotografía de Tommy seguía ahí. Recordó a Kath cuando la había recogido del piso en el baño de chicas y se la dio. Por un momento, las dos habían sostenido este pedazo de papel, como un talismán que las había llamado a existir, juntas. Cuánto tiempo había pasado de eso, y aún así, sentía como si hubiera sido ayer.

De alguna manera, el tiempo no se detuvo. La maleta estaba empacada; su abuela regresó del templo; el tío Sam y la tía May regresaron del área de juegos con Minnie y Jack. Había almuerzo por preparar, recalentado de la cena de Año Nuevo y quedaba otro desastre por limpiar. Eddie y Frankie llegaron a casa de la escuela. El tío Francis regresó mucho más tarde de lo esperado, porque había ido a la estación de tren a cambiar los boletos de él y de la tía Judy por unos nuevos que salían mañana y para comprar uno para Lily.

Ese día más tarde, los padres de Lily reunieron a Eddie, a Frankie y a Lily y les explicaron que Lily se iría a Pasadena por un tiempo.

—Ella terminará la preparatoria allá —dijo su padre.

—¿Por qué? —preguntó Frankie.

—Es lo mejor para ella —dijo su madre, en un tono que indicaba que no respondería ninguna otra pregunta.

Eddie siguió a Lily, lejos de sus padres y susurró:

—¿Pasó algo? Escuché algunas cosas en la escuela. No supe qué hacer.

Lo metió en su cuarto y cerró la puerta.

—¿Qué escuchaste?

Sus mejillas se pusieron rosadas.

—Olvídalo —dijo ella—. No me lo tienes que decir. ¿Crees que soy asquerosa?

Él frunció el ceño y negó con la cabeza.

—Claro que no. No me importa lo que ellos digan. Eres mi hermana. ¿Debería golpearlos?

Ella tuvo que respirar profundo para no llorar.

—No. ¿Pero harías algo por mí?

—¿Qué?

Sacó un sobre pequeño del bolsillo de su falda. Estaba dirigido a Peggy Miller en Union Street. No estaba segura de si los padres de Kath confiscarían su correspondencia, pero pensó que Peggy podría hacerle llegar la carta.

—¿Puedes enviar esto por mí?

Él tomó el sobre.

—Peggy Miller —dijo sorprendido—. Ella es hermana de... —Se detuvo, se veía avergonzado—. Escuché algo sobre su hermana.

—¿Y yo?

Él se puso más rojo.

—Tal vez.

—Está bien. Solo, ¿podrías enviarle esto a Peggy por mí?

—Bueno, yo la conozco —dijo Eddie—. Los dos estamos en la banda. Ella es el primer trombón. Se la podría dar.

Lily estaba aliviada.

—¿Lo harás?

—Seguro.

—Pero no dejes que nadie más la tenga.

—De acuerdo.

—Gracias —dijo, y lo jaló impulsivamente en un abrazo. Después de un instante de sorpresa, él la abrazó de vuelta.

Cuando se separaron, ella preguntó:

—¿Me podrías decir una cosa más?

—¿Qué?

—¿Shirley ganó el certamen de Señorita del Barrio Chino?

Él estaba sorprendido.

—No.

—¿Quién ganó?

—Una chica de la Preparatoria George Washington.

Sintió una satisfacción completamente descortés.

Y llegó la hora de irse.

La mañana de su partida, todos los adultos fingieron que era lo más normal que Lily se fuera con su tía y su tío en medio del festival de Año Nuevo. Las preguntas de los niños fueron acalladas y los condujeron hacia la sala, para que vieran por la ventana al taxi que los esperaba.

La madre de Lily le puso una bolsa de papel llena de bollos al vapor en las manos. Todavía estaban tibios, y Lily comprendió que su madre debió de haber corrido a comprarlos.

—No te olvides de comer —dijo su madre con frialdad.

El padre de Lily bajó su maleta por las escaleras y la puso en la cajuela, junto al equipaje de la tía Judy y el tío Francis. En la acera, puso sus manos en los hombros de Lily, la miró a los ojos finalmente y dijo:

—Hazle caso a tu tía y a tu tío. Llámanos cuando llegues allá.

Lily se volteó primero, enojada consigo misma por querer llorar.

El camino a la estación del tren fue borroso. Cruzaron el puente Bay por el piso inferior, para dirigirse hacia Oakland, la bahía pasaba a través de las vigas de acero, agua, barcos y pequeñas olas. La hacía sentirse mareada. Bajó la ventana para oler la brisa, pero olía a una combinación nociva de cansancio y agua de mar. Cerró los ojos deseando que estuviera yendo en dirección opuesta.

La estación del tren era más pequeña de lo que esperaba, pero aun así, confusa, con mucha gente corriendo por todos lados con sus maletas y sus boletos aferrados a sus manos. Ella estaba vergonzosamente agradecida de tener a su tía y a su tío para que la guiaran en la dirección correcta. El tío Francis encendió un cigarro mientras esperaban y caminó, fumando; la tía Judy se sentó en la banca al lado de Lily, estudiando el horario del tren. Cuando anunciaron su tren, la tía Judy se paró de un brinco y el tío Francis apagó su cigarro, Lily los siguió por la plataforma y hacia el tren. La tía Judy le hizo un ademán a Lily con la mano para que se sentara junto a la ventana.

Al empacar la noche anterior, Lily había metido en su bolsa una novela al azar del montón de libros que estaba junto a su cama. Ni siquiera se había fijado cuál era, pero ahora que la sacaba, vio que era *Crónicas marcianas* de Ray Bradbury. La tía Judy se la había regalado. La abrió, pero no podía concentrarse en las palabras. Sintió como si hubieran apagado su mente y todo esto le estuviera pasando a alguien que se veía como ella pero que no podía ser ella.

Después de que el tren comenzó a moverse y el conductor pasó para revisar sus boletos, el tío Francis fue al vagón del comedor por un café. Una vez que estuvieron solas, la tía Judy se volteó hacia Lily.

—Sé que no soy tu persona favorita en este momento, pero necesito decirte algo —dijo—. Por favor, escúchame.

Lily no dijo nada, pero cerró su libro.

—De verdad estoy tratando de hacer lo mejor para ti —dijo la tía Judy.

Puso su mano en el brazo de Lily, quien trató de no ponerse tensa en respuesta. La delgada argolla de matrimonio de su tía brillaba con la luz de la ventana.

—Sé que esto se siente como el fin del mundo ahora, pero no lo es —continúo la tía Judy—. En unos meses te graduarás de la preparatoria y tendrás tu vida entera por delante.

«Mi vida es ahora», quería responder Lily, levantó la mirada para ver a su tía y decírselo, pero se detuvo en seco por su expresión. Una mirada suplicante, directa y honesta. Una brillante burbuja de lágrimas en sus ojos.

—No entiendo por lo que estás atravesando —dijo la tía Judy—, pero tendrás que aguantarme hasta que lo haga.

La tía Judy le apretó el brazo a Lily y luego la soltó. Lily asintió solo un poco, lo suficiente para que la tía Judy lo notara, y se sintió como abrir una puerta, apenas un poco. Era todo lo que podía hacer en ese momento, tuvo que voltearse para mirar la ventana y evitar ver la esperanza en la cara de su tía.

Lily vio la ciudad de Oakland pasar de largo, edificios de ladrillos, chimeneas y destellos de colores del tráfico arrastrándose. Se preguntó dónde estaría Kath. Se preguntó si Kath podría sentirla, sentada en este tren que la llevaba lejos de ella. Quizás fuera posible. Quizás, si cerrara los ojos podría enviar sus pensamientos a través de las vías de metal, como un mensaje a través de un cable de telégrafo.

«Te amo. Te amo».

El tren se mecía gentilmente debajo de ella. Se recargó contra la ventana para sentir el cristal fresco contra su mejilla y estuvo segura de que Kath la había escuchado, estuvo segura.

Más tarde, el tío Francis regresó con un periódico que compartió con la tía Judy. Lily mantuvo su libro cerrado en su regazo mientras miraba por la ventana. Después de Oakland pasaron por los suburbios y unos pueblos pequeños, luego hubo un destello de agua, el final de la bahía de San Francisco, que brillaba debajo del cielo tachonado de nubles. El tren se detuvo por un momento en San José, apenas lo suficiente para que los pasajeros se pararan, se estiraran y pensaran en correr a la estación, y luego siguió su camino.

Lily sacó la bolsa de bollos al vapor que su madre le había dado y los compartió con su tía y su tío. Lily levantó uno a su boca y lo mordió, el sabor la estremeció: las orillas caramelizadas de la carne, la suavidad esponjosa del bollo, la deliciosa dulzura donde la salsa había mojado, como mermelada, la masa.

Colinas redondeadas, salpicadas de robles, pasaban a su lado, y de repente todas las nubes que habían estado siguiéndolos desde San Francisco ya no estaban, el cielo era azul como los huevos de un petirrojo. Un halcón se elevó, montando una corriente de aire con las alas abiertas.

Lily comprendió que nunca había estado tan lejos de San Francisco, una emoción fugaz la atravesó. Este era el mundo.

Un año después

EPÍLOGO

Apenas eran las cuatro de la tarde y el Vesubio estaba prácticamente vacío. Lily miró más allá de la barra de madera con sus pocos clientes, más allá de las pinturas coloridas colgadas de las paredes superiores, hacia la parte trasera del lugar. Una hilera de mesas pequeñas con sillas de respaldo de mimbre delineaba la pared de enfrente de la barra y al final, en un rincón oscuro, la vio.

Kath vio a Lily también y se levantó.

Todo el último año, a través de cartas y llamadas a larga distancia, Lily la había estado imaginando, pero ahora comprendía que su imaginación había dejado fuera todos los detalles importantes. Conforme Kath se ponía de pie detrás de la mesa, Lily recordó la manera en la que ella se paraba, con las manos escondidas nerviosamente en sus bolsillos. Mientras Lily se acercaba, vio la expresión familiar y ligeramente tímida en el rostro de Kath, y las mismas manchas de color en sus mejillas pálidas.

—Hola —dijo Kath con suavidad.

—Hola —respondió Lily. Ahora apenas estaban separadas por pocos metros y no sabía cómo debía saludarla. Un saludo de manos parecía ridículo y no podía darle un beso en la mejilla, como si solo fueran amigas.

—¿Te gustaría sentarte? —dijo Kath, algo formal, y sacó una silla.

—Gracias. —Lily se sentó y la mano de Kath tocó su hombro muy brevemente antes de regresar a su asiento del otro lado de la mesa.

Kath estaba usando una camisa con cuello y pantalones, se había cortado el cabello, hace poco, supuso Lily, porque estaba recortado muy cerca de su cuello. Kath todavía tenía la misma boca de forma delicada, los mismos ojos azules de pestañas largas. Ella le sonrió a Lily, y entre más la veía, más profunda se hacía su sonrisa.

—Es muy bueno verte —dijo Kath, en su modo directo, pero Lily entendía el peso sincero de sus palabras.

Lily tampoco podía dejar de sonreír.

—Es muy bueno verte también.

—¿Cómo estuvo tu viaje?

—Estuvo bien. No fue muy interesante.

—No te he visto en casi un año —dijo Kath—. Todo lo que dices es interesante.

Los ojos de Lily se calentaron. Miró abajo hacia la mesa de madera y vio que ya había dos vasos de cerveza ahí.

—¿Tú compraste estas?

—Sí. Si quieres otra cosa, voy a la barra.

—Ah, no. Esto está bien. —Lily levantó su vaso y Kath hizo lo mismo, los chocaron con gentileza.

—Feliz Año Nuevo —dijo Kath.

—*Kung hei faat ts'oi* —respondió Lily, y las dos le dieron un sorbo a sus cervezas.

—Lo digo en serio —dijo Kath—. Quiero saber cómo estás.

Lily de repente se puso muy nerviosa, como si se le hubiera olvidado cómo hablar con Kath. Habían compartido muchas cartas el último año, tal vez ella había compartido demasiado, pero escribir era muy diferente a verse frente a frente, y Kath siempre había sido más reservada en sus cartas. Quizás no le había dicho todo a Lily. ¿Qué tal si había conocido a alguien más? Había pasado mucho tiempo y ya no vivían en la misma ciudad. Nunca se hicieron promesas una a la otra. Nada sobre el futuro era seguro.

Kath movió su silla alrededor de la mesa para que estuviera de espaldas a la puerta y más cerca de Lily. Un momento después Lily sintió la mano de Kath alcanzar la suya por debajo de la mesa, entrelazando sus dedos como para mantenerla quieta, justo aquí, justo ahora. *Esto* era seguro.

Hablaron por casi dos horas. Ya conocían los detalles básicos de sus vidas, pero decirlos en voz alta hacía las cosas reales. Lily había terminado la preparatoria la primavera pasada y había pasado el verano trabajando como secretaria en el Laboratorio de Propulsión a Reacción antes de empezar la UCLA en el otoño. Ahora vivía en un departamento en Westwood, con otra chica china, que estudiaba Matemáticas. Le dijo a Kath sobre la nueva materia que había empezado a tomar sobre computadoras programables, que la tía Judy pensaba que sería muy importante en el futuro.

Kath se mudó a Berkeley la primavera pasada, vivió temporalmente con Jean, pero desde entonces había encontrado un departamento en Oakland. Vivía con otras dos chicas gay; una estudiaba en Cal y la otra era mecánica. Kath había encontrado un trabajo en un aeropuerto diminuto en Oakland y estaba por comenzar sus lecciones de vuelo. Al fin había obtenido su diploma de preparatoria en diciembre, pues había terminado por correspondencia, con el apoyo de la señorita Weiland.

—¿Ahora vas a estudiar en Cal? —preguntó Lily.

—Tal vez. Es muy tarde para este semestre, pero tal vez en otoño.

—¿Qué hay de la UCLA? Algunas personas muy inteligentes estudian ahí.

Kath se rio.

—Lo pensaré, pero... No quiero dejar mi trabajo. Necesito el dinero, apenas convencí a mi jefe de que me entrene para arreglar aviones. Es justo lo que quiero.

Lily se sintió más osada ahora.

—No es todo lo que quieres, ¿o sí?

Kath sonrió.

—No, no lo es.

Lily sintió una calidez por todo el cuerpo y miró por encima de su hombro a los otros clientes del bar. Se había llenado desde que llegó y se preguntó qué hora sería. Miró con renuencia su reloj.

—Ay, no —dijo—. Me tengo que ir. Voy tarde para la cena. —Se levantó, imaginando ya la mirada curiosa de su madre y la mentira que le tendría que decir.

—Te acompaño —dijo Kath, poniéndose de pie también.

—No me quiero ir —admitió Lily.

—Yo tampoco quiero que te vayas.

En ese momento, un hombre se rio escandalosamente del otro lado del bar y les recordó una vez más dónde estaban. Kath no dijo nada más, pero ayudó a Lily a ponerse su abrigo, antes de ponerse el suyo. Caminaron con rapidez y en silencio, pasando a los demás clientes, que apenas las notaron irse.

Kath sostuvo la puerta abierta para que Lily pasara, cuando salió a la ciudad vio que la noche había caído mientras hablaban. Las luces de toda Columbus Avenue estaban encendidas y olió el distintivo aroma fresco de la niebla que llegaba. Sintió la mano de Kath en su espalda, guiándola hacia Adler Place, la calle angosta entre el Vesubio y el edificio de al lado. El otro extremo de Adler Place se abría en Grant Avenue y Lily vio los postes de luz del Barrio Chino brillando a la distancia.

—Sal conmigo mañana en la noche —dijo Kath acercándose a ella.

Lily retrocedió hacia las sombras del edificio, más allá de la luz que se derramaba por las ventanas del Vesubio y Kath la siguió.

—No puedo mañana —dijo Lily—. Es el desfile de Año Nuevo.

—¿Qué hay de la noche siguiente?

—¿Lunes en la noche?

—Sí, lunes.

—¿Dónde? —preguntó Lily.

Kath estaba justo enfrente de ella ahora, pero todavía había como treinta centímetros entre ellas. Lily quería estirarse y tocarla, pero se contuvo. El tráfico en Columbus estaba apenas a seis metros a su derecha.

—Hay un lugar que se llama Paper Doll, al oeste de Grant en Union Street —dijo Kath—. Podemos cenar ahí. Puedo llegar a las ocho.

—De acuerdo, te veo ahí.

Lily no sabía qué clase de excusa le diría a sus padres, pero ahora, con Kath tan cerca de ella, no le importaba. Volteó hacia las luces de Columbus Avenue de nuevo, y antes de que pudieran ganarle las dudas, tomó la mano de Kath y la jaló más hacia Adler Place. Las sombras no eran lo suficientemente oscuras para ocultarlas, pero Lily había venido desde tan lejos —cientos de kilómetros desde los Los Ángeles— y no permitiría que unos cuantos centímetros fueran insuperables.

—Con cuidado —dijo Kath suavemente.

Pero no se resistió cuando Lily la jaló en un abrazo y después de un segundo de duda, Kath la abrazó de regreso. Lily enterró su cara en el cuello de Kath por un momento, sin aliento. Si cerraba sus ojos podría guardar esto en su memoria para siempre: el pulso de la garganta de Kath, la calidez de su cuerpo, el aroma de su piel.

—Te amo —susurró Lily.

Una pausa en la respiración de Kath, la ondulación de esta moviéndose de su cuerpo al de Lily.

Kath se alejó lo suficiente para besarla rápidamente.

—También te amo.

—Te veo el lunes —dijo Lily. Se apresuró por la calle oscura, y justo antes de salir a Grant Avenue miró atrás para ver si Kath seguía ahí, y ahí estaba.

Estaba parada en medio de Adler Place y cuando vio a Lily voltearse, levantó su mano para despedirse. Lunes.

El corazón de Lily se alzó y le devolvió el gesto de la mano, entonces entró al Barrio Chino. Grant Avenue estaba adornada con letreros rojos y dorados que recibían al Año del Mono. Un grupo de niños en la esquina estaba encendiendo montones de bengalas ilegales. Lily llevó los dedos a sus labios, como para tocar el último rastro de la boca de Kath en la suya. Sintió cómo un extraño aturdimiento tomaba control de ella, como si su cuerpo pudiera flotar por encima del piso, ella estaba tan dichosa con esta ligereza, con este amor.

1954 — El senado de Estados Unidos condena a Joseph McCarthy.

1955 — El doctor Hsue-shen Tsien es deportado de Estados Unidos y regresa a China.

11 de febrero de **1956** — **Lily se reúne con Kath en el Café Vesubio en San Francisco.**

El Servicio de Inmigración y Naturalización lanza el Programa de Confesión China, alentando a la población china a confesar voluntariamente si habían inmigrado a Estados Unidos ilegalmente, lo que llevó a un temor generalizado de deportación entre la comunidad chinoestadounidense.

1957 — La URSS lanza el *Sputnik 1* en órbita.

Kath obtiene su licencia de piloto.

1958 — Estados Unidos lanza en órbita al *Explorer 1*, un satélite construido por el Laboratorio de Propulsión a Reacción.

1959 — Lily se gradúa de la Universidad de California-Los Ángeles y comienza a trabajar en el Laboratorio de Propulsión a Reacción.

NOTA DE LA AUTORA

La historia de Lily Hu se inspiró en dos libros. En *Rise of the Rocket Girls: The Women Who Propelled Us, From Missiles to the Moon to Mars To Mars*, Nathalia Holt nos presenta a las mujeres que trabajaron como computadoras humanas en el Laboratorio de Propulsión a Reacción que comenzó en la década de los años cuarenta. Incluyendo a la inmigrante chinoestadounidense Helen Ling, que pasó a convertirse en una ingeniera en el LPR, y quien contrató a más mujeres que trabajaron ahí. En *Wide-Open Town: A History of Queer San Francisco to 1965*, Nan Alamilla Boyd comenta casi de pasada: «Merle Woo, nativa de San Francisco, recuerda que lesbianas de color frecuentaban a menudo Forbidden City (un club nocturno) en los años cincuenta». Ambos libros me dieron diferentes perspectivas de la historia asiáticaestadounidense que a menudo había caído entre grietas, y me pregunté cómo habría sido la vida para una chica asiáticaestadounidense queer que soñaba con cohetes, creciendo en la década de los cincuentas. Esta idea primero se convirtió en un cuento, "New Year", publicado en *All Put: The No-Longer-Secret Stories of Queer Teens*, editado por Saundra Mitchell, en 2018. Y ahora la historia de Lily se convirtió en esta novela.

SOBRE EL LENGUAJE

Hice el mayor esfuerzo posible de que el lenguaje fuera históricamente apropiado en este libro. Por ejemplo, usé términos sobre la raza que era ampliamente empleados en los cincuenta, algunos de los cuales son ofensivos o al menos anticuados, según estándares contemporáneos. «Oriental», que ahora se considera ofensivo, se usaba con los asiáticoestadounidenses durante las décadas de los setenta y los ochenta. El término asiáticoestadounidense no se acuñó hasta el movimiento de los derechos civiles de los sesenta.

Lily y su familia hablan múltiples dialectos del chino, incluyendo cantonés y mandarín, ocupé formas exactas de escritura para estos lenguajes. Elegí romanizar términos chinos cuando Lily y otros están hablando chinglish, o sea, cuando emplean principalmente el inglés pero agregan algunas palabras chinas. Usé caracteres chinos cuando toda la oración o los pensamientos del personaje eran completamente en chino.

Todos estos caracteres chinos son representados en su forma tradicional y compleja. Los caracteres chinos simplificados no se introdujeron hasta los cincuenta y los sesenta en la República Popular de China, y no habrían estado en uso en Estados Unidos en aquella época. Para las romanizaciones del cantonés, seguí *The Student's Cantonese-English Dictionary* escrito por B. Meyer y T. Wempe, publicado en 1935. Para los términos en mandarín, seguí el sistema de romanización de Wade-Giles, que fue lo estándar por la mayor parte del siglo veinte.

Hay unas pocas excepciones a estas decisiones de romanización. Nombres de lugares (p. ej. Kwangtung) y figuras históricas (p. ej. Chiang Kai-shek) fueron representados con su ortografía histórica. También elegí usar «cheongsam» para referirme al vestido entallado con aberturas en ambos lados, que se hizo popular en Shanghái en los años veinte. Esta palabra es una vaga romanización de 長衫, que es literalmente la «falda larga» que usaban los hombres, no las mujeres. El término para los vestidos de las mujeres es 旗袍, que sería romanizado como *kei po* en cantonés, pero como «cheongsam» se ha vuelto una palabra generalmente comprendida en inglés para referirse a un vestido chino de mujer, decidí usarla.

LA DÉCADA DE LOS AÑOS CINCUENTA

Las percepciones populares de los cincuenta a menudo se centran en la conformidad y la represión social, pero en realidad la época de mediados de siglo fue una de transición y, por lo tanto, un tiempo de gran ansiedad cultural que a menudo se expresaba en esfuerzos por reprimir las diferencias.

En 1952, Estados Unidos detonó la primera bomba de hidrógeno. La Unión Soviética le siguió en 1953, desatando miedos de aniquilación nuclear en una era atómica, y simulacros de agacharse y cubrirse en las escuelas. La Guerra de Corea había terminado, aunque no se había ganado; China, que había sido aliada de Estados Unidos durante la Segunda Guerra Mundial, se convirtió en una enemiga comunista. El senador Joseph McCarthy comenzó su cruzada paranoica contra la infiltración comunista de 1950, y aunque fue censurado por el Senado en 1954 y ya había muerto para 1957, el macartismo sobrevivió la década y resultó en la deportación del doctor Hsue-shen Tsien, un científico chino que cofundó el Laboratorio de Propulsión a Reacción y apoyó a Estados Unidos durante la Segunda Guerra Mundial. Una vez que regresó a China en 1955, el doctor Tsien se dio a conocer como el padre de la cohetería china. El macartismo también llevó al conocido Terror Lila, en el que la gente *queer* fue obligada a dejar sus trabajos en el gobierno porque se creía que la homosexualidad estaba ligada al comunismo.

Aunque muchas personas identifican los cincuenta con el *rock'n'roll* y con artistas como Elvis Presly, el mismo Elvis en realidad no llegó sino hasta 1956, cuando se lanzó *Heartbreak Hotel*. Las listas de éxitos de principios de los cincuenta todavía eran lideradas por *crooners* como Perry Como y Rosemary Clooney.

El *rock'n'roll* todavía era un ritmo y unos blues grabados por artistas negros, y cada vez lo descubrían más adolescentes que estaban convirtiéndose en un segmento de edad cortejado por los publicistas y temido por los adultos, quienes los representaban como delincuentes juveniles en filmes como *El salvaje* (1952) *y Rebelde sin causa* (1955). No obstante, *El salvaje* se haría conocida más tarde por su subtexto homoerótico. Las relaciones del mismo sexo eran ampliamente prohibidas en los medios de cultura popular, excepto en el *pulp fiction*, que eran pequeños libros de pasta blanda producidos en masa que se vendían como pan caliente. La primera novela *pulp* lésbica, *Mujeres de uniforme* escrita por Tereska Torrès, se publicó en 1950 y vendió un millón de ejemplares. Le siguió *Spring Fire* en 1952, que vendió al menos millón y medio de copias. La autora de *Spring Fire*, Vin Packer, era un seudónimo de Marijane Meaker, que terminaría escribiendo novelas para adultos jóvenes como M. E. Kerr. Los *pulp* lésbicos se distribuyeron ampliamente en las farmacias de todo el país, y a pesar de que estaban escritos con la mirada masculina en mente, muchas lesbianas también los ea.

SAN FRANCISCO

San Franciso ha sido conocido por mucho tiempo como un imán para gente *queer*. En *Wide-Open Town*, Boyd explica que aunque el libertinaje de San Francisco era sofocado periódicamente por campañas contra el vicio, esos mismos esfuerzos, irónicamente, hicieron que destacara como una ciudad con una reputación de que todo pasaba en ella, y esto atrajo a «un amplio rango de buscadores de aventuras, homosexuales entre ellos, que se abrieron camino a través del puente Golden Gate» en búsqueda de aquella libertad.

La Segunda Guerra Mundial tuvo un gran impacto en las comunidades *queer* de San Francisco, debido a la llegada de miles de miembros de servicio, muchos de ellos gays o lesbianas, que se movieron a través de la ciudad-puerto en busca de una vida nocturna y de una comunidad. Las comunidades minoritarias en San Francisco también cambiaron durante la guerra, con los japoneses estadounidenses forzados a ir a los campos de internamiento, y con los afroestadounidenses migrando allá para trabajar en bases militares y en industrias de defensa.

A principios de los años cincuenta, el Barrio Chino era una parada bien conocida en el circuito turístico. Los dueños de los establecimientos potenciaban la fascinación blanca por el Lejano Oriente para venderles *chop suey* y recuerdos. El distrito North Beach, un vecindario tradicionalmente italiano que se convertiría en el corazón de la cultura beat a finales de los años cincuenta, ya era hogar de varios clubes que atendían a gays y lesbianas. Turistas aventurados sexualmente visitarían puntos famosos como Finocchio's (promocionado como el lugar «Donde los chicos serán chicas» o Mona's «Donde las chicas serán chicos»). El Club del Telégrafo es ficticio, pero está inspirado en varios bares como estos. North Beach colinda con el Barrio Chino, compartiendo así varias cuadras junto con Broadway y Columbus, así que aquellos interesados en visitar Finocchio's por un espectáculo extravagante de codificación *queer* podrían caminar fácilmente hacia el Barrio Chino después por un lo mein nocturno.

EL BARRIO CHINO Y LOS CHINOESTADOUNIDENSES

Los primeros chinos llegaron a San Francisco en 1848 y pronto se asentaron en el centro de la ciudad, cerca de Portsmouth Square, en un área que llegaría a ser conocida como el Barrio Chino. Por las siguientes décadas, la discriminación antichina se enmarañó con la demanda de trabajadores chinos. Empresarios estadounidenses blancos necesitaban trabajadores chinos para que construyeran ferrocarriles y lavaran ropa, pero los trabajadores estadounidenses blancos estaban resentidos con los chinos por tomar esos trabajos. En 1882, el presidente Chester A. Arthur firmó la Ley de Exclusión China, el primer veto migratorio en Estados Unidos dirigido a un grupo étnico específico. Se mantuvo en funcionamiento hasta la Segunda Guerra Mundial.

Los sesenta años de la Ley de Exclusión China crearon una sociedad de solteros entre los chinoestadounidenses, porque la mayoría de las mujeres chinas no podían inmigrar legalmente debido a la creencia racista de que todas eran prostitutas. La vasta mayoría de inmigrantes chinos en el siglo XIX y principios del XX venían del sur de China y hablaban cantonés y sus dialectos relacionados, incluyendo el toishanés. Despojados de la posibilidad de formar familias estables en Estados Unidos, los chinoestadounidenses formaron instituciones para servir a las comunidades de solteros, tales como sociedades de ayuda mutua basadas en los apellidos familiares o localidades de origen. Hombres de negocios fundaron la Asociación Consolidada de Benevolencia China, o Six Companies China, para oficialmente representar sus intereses y al Barrio Chino.

La Segunda Guerra Mundial tuvo gran impacto en la inmigración china. Con Japón como enemigo, China —que había derrocado el gobierno imperial en 1912 y formado una república liderada por el generalísimo Chiang Kai-shek— se convirtió en una aliada de Estados Unidos. La esposa de Chiang, Soong May-ling, conocida como Madame Chiang Kai-shek, fue clave en persuadir a Estados Unidos para que apoyara a China contra los ataques japoneses. Madame Chiang fue una mujer que estudió en el Wellesley College, que hablaba inglés con fluidez y que era tan adorada por los medios estadounidenses que apareció en la portada de la revista *Time* tres veces. En 1943, ella se embarcó en una gira nacional para reunir fondos y beneficencia para China, y se convirtió en la primera mujer en dirigir una sesión conjunta del Congreso. Después de la gira de Madame Chiang, el Congreso derogó la Ley de Exclusión China en diciembre de 1943 y estableció una cuota que permitía que 105 chinos inmigraran cada año.

Mientras tanto, la guerra proporcionó una ruta adicional a la ciudadanía para los inmigrantes chinos: el Ejército. Previamente, debido a la Ley de Exclusión, muchos chinoestadounidenses llegaban bajo premisas falsas. Después de que el terremoto de 1906 en San Francisco destruyó miles de documentos públicos, los chinos comenzaron a llegar con documentación falsa, alegando que eran hijos de ciudadanos estadounidenses de ascendencia china. Estos inmigrantes fueron conocidos como los «hijos de papel». Cuando Estados Unidos entró a la Segunda Guerra Mundial, aproximadamente un tercio de todos los hombres chinoestadounidenses se enlistaron, de entre quince a sesenta años; en cambio, solo se enlistó once por ciento de la población general. El servicio militar no era tradicionalmente valorado en la cultura china, pero quizás una razón por la cual muchos hombres chinoamericanos se enlistaron fue porque les permitía convertirse en ciudadanos estadounidenses naturalizados, sin importar su historial migratorio previo.

Después de la guerra, los requisitos para los inmigrantes chinos fueron menos estrictos, lo cual permitió, primero, que los veteranos (incluyendo a los chinoamericanos) trajeran a sus esposas a Estados Unidos, y luego que se extendiera el derecho a los chinoamericanos que no eran veteranos. En 1952, la Ley de Inmigración McCarran-Walter permitió la naturalización de familiares de ciudadanos estadounidenses, lo que posibilitó que muchas familias chinas se reunificaran en Estados Unidos. A principios de la década de los cincuenta, en el Barrio Chino de San Francisco se habían desarrollado dos poblaciones distintas, pero que se superponían: el grupo de solteros maduros que habían inmigrado antes de la guerra, y la creciente comunidad de familias establecidas por la clase de comerciantes. Shirley Lum tiene sus raíces en esta parte del Barrio Chino, y sus aspiraciones a competir en el certamen de Señorita del Barrio Chino hacen eco en los objetivos generales de la comunidad comerciante del Barrio Chino.

Debido a las prolongadas creencias racistas de que los asiáticos no podían ser estadounidenses de verdad —que fueron destacadas, primero, por el internamiento japonés, y luego por el macartismo—, los líderes del Barrio Chino buscaron mitigar los miedos de los blancos al «otro» y se involucraron en una práctica cultural estadounidense por excelencia: los certámenes de belleza. Elegían a las chicas del Barrio Chino para representar a su comunidad como modelos de la femineidad estadounidense, y las aderazaban con un toque exótico cultivado cuidadosamente en la forma de sus vestidos: el cheongsam. El concurso Señorita del Barrio Chino originalmente tenía lugar el cuatro de julio, para dejar clara la conexión patriótica, pero para 1953, el certamen de belleza se movió para que coincidiera con el festival del Año Nuevo Chino. El festival y el concurso Señorita del Barrio Chino eran parte de un esfuerzo más amplio por convencer a los estadounidenses blancos de que los chinoestadounidenses se podían adaptar y convertirse en ciudadanos modelo, en minorías modelo.

Combatir el racismo tratando de encajar nunca ha funcionado del todo. En 1956, el Servicio de Inmigración y Naturalización comenzó el Programa de Confesión China, que prometía el perdón si un inmigrante revelaba que poseía documentos fraudulentos de «hijo de papel». No obstante, si alguien confesaba, eso implicaba, por extensión, a su familia, y a veces la información revelada se utilizaba para deportar a sospechosos simpatizantes comunistas. De hecho, el Programa de Confesión atrapó a miembros de la Liga de la Juventud Socialista que Lily conoce, y a la larga les revocó la ciudadanía al menos a dos de sus miembros.

La familia de Lily forma parte de una categoría de inmigrantes chinos raramente representada en la cultura popular, y está inspirada en la experiencia de mi propia familia. A finales del siglo xix y principios del xx, hijos (y algunas pocas hijas) de familias de clase acomodada en China algunas veces venían a Estados Unidos para estudiar en universidades estadounidenses. Estos estudiantes chinos no eran sujetos a las mismas restricciones migratorias que los trabajadores, por su privilegio de clase. Algunos de ellos venían de familias ricas; otros recibían el financiamiento de becas. Muchos de ellos aprendieron inglés en escuelas de misioneros en China. Aunque estos estudiantes enfrentaron el racismo, como todos los inmigrantes chinos, sus privilegios suavizaron su tránsito a Estados Unidos.

De 1937 a 1945, la Segunda Guerra sino-japonesa y la Segunda Guerra Mundial, se pelearon en territorio chino, limitando el número de estudiantes chinos en Estados Unidos, pero después de la Segunda Guerra Mundial, miles más vinieron en búsqueda de una educación moderna que podrían utilizar para reconstruir su tierra natal devastada. No obstante, la guerra civil china, que tuvo lugar de 1946 a 1949, entre el Partido Nacionalista Chino y el Partido Comunista Chino, se interpuso en el camino. Cuando Mao triunfó y se fundó la República Popular China en 1949, aquellos estudiantes chinos se quedaron varados en Estados Unidos, que no reconoció al gobierno comunista sino hasta 1972. Muchos estudiantes chinos pudieron naturalizarse, en especial después de la Ley de McCarran-Walter en 1952, pero algunos fueron deportados, entre ellos el doctor Hsue-shen Tsien.

Mi abuelo paterno, John Chuan-fang Lo, vino a Estados Unidos en 1933 para obtener su doctorado en psicología en la Universidad de Chicago. Cuando estuvo ahí conoció a mi abuela materna, Ruth Earnshaw, que era blanca. Después de que se graduó regresó a China a enseñar en la Universidad de Huachung. Él y Ruth se casaron el 5 de agosto de 1937, en Shanghái, días antes de que Japón invadiera. Pasaron el resto de la Segunda Guerra sino-japonesa y la Segunda Guerra Mundial como refugiados en el oeste de China, cerca de Burma Road. En 1944, mi abuela fue evacuada con apoyo del Ejército de Estados Unidos, pero mi abuelo permaneció en China hasta 1946, cuando obtuvo un trabajo temporal como profesor en el Franklin & Marshall College en Pensilvania. Pronto se dio cuenta de que le pagaban menos que a sus colegas blancos, y debido a problemas de salud la familia necesitaba ingresos adicionales. Por lo tanto, la familia completa regresó a China en 1947 y no pudieron salir sino hasta 1978, después de que yo nací.

Mis abuelos no sabían que los comunistas se apoderarían de China. A menudo me pregunto si habrían tratado de permanecer en Estados Unidos si lo hubieran sabido. La familia de Lily, aunque es diferente a la mía, estuvo vagamente inspirada en esta pregunta.

LESBIANAS, GÉNERO Y COMUNIDAD

En la década de los cincuenta, el concepto del matrimonio del mismo sexo era en gran medida algo inconcebible; el matrimonio interracial ni siquiera se legalizó en Estados Unidos sino hasta 1967. La homosexualidad estuvo categorizada como un desorden psicológico hasta 1987; las leyes contra el sexo homosexual apenas comenzaron a derogarse en 1962. Estas restricciones legales no significaban que la gente gay no existiera, pero ser gay no era algo culturalmente aceptable, lo que significó que la comunidad gay y la lésbica estuvieran largamente en la clandestinidad y con su propio lenguaje cifrado.

Dentro de la comunidad blanca de lesbianas en San Francisco durante los cuarenta y los cincuenta, las mujeres utilizaban términos tales como «*butch* » y «*femme*» de maneras que podría indicar su expresión de género y sus preferencias sexuales. En esta época, el género se percibía como un concepto predominantemente binario: hombre o mujer, *butch* o *femme*). Las *butches* eran lesbianas de apariencia masculina; las *femmes* eran tradicionalmente femeninas, y las *butches* solían tener relaciones con las *femmes*. *Butch/femme* ha sido malentendido en ocasiones como una imitación de la heterosexualidad, pero en *Boots of Leather, Slippers of Gold: The History of a Lesbian Community*, Elizabeth Lapovsky Kennedy y Madeline D. Davis explican: «Las *butches* desafiaban las convenciones usurpando el privilegio masculino en cuanto apariencia y sexualidad, y con sus *femmes*, escandalizaban a la sociedad creando una unidad romántica y sexual en la que las mujeres no estaban bajo el control masculino... Los roles de *butch/femme* eran la estructura clave para organizarse contra la dominación heterosexual».

Expresar una identidad *butch* significaba cultivar una apariencia masculina, que podía incluir usar ropa de hombre. Muchas ciudades prohibieron el travestismo en público; la ley en San Francisco no fue derogada sino hasta 1974. Como lesbiana, Reba Hudson cuenta en *Wide-Open Town*, que hombres gays y lesbianas eran a menudo acosados por la policía por trasvertirse en los cuarenta y los cincuenta, pero las mujeres que se trasvestían usaban ropa interior de mujer, porque entonces «no podían ficharte por hacerte pasar por una persona del sexo opuesto».

Sin embargo, imitar a alguien del género opuesto era permitido en el escenario. Las imitadoras masculinas y los imitadores femeninos habían sido parte del teatro por mucho tiempo y era diferente a lo que hoy en día llamamos drag. Estas imitaciones no implicaban codificación *queer* en sus inicios y solían ser interpretadas por heterosexuales. Para la década de los veinte, sin embargo, la imitación masculina pasó de moda, posiblemente debido a las ideas cambiantes sobre la sexualidad que ligaron las imitaciones del género opuesto con la homosexualidad. A pesar de esto, la imitación masculina no terminó, continuó y se transformó en espacios marginados. En las décadas de los veinte y de los treinta la cantante afroestadounidense de Harlem, Gladys Bentley, salía al escenario en ropa de hombre, en aquella época ella no ocultaba su identidad *queer*. Cuando su carrera en Harlem comenzó a perder fuerza en la década de los cuarenta, Bentley se fue al oeste, y con el tiempo acabó en Mona's, el club nocturno lésbico de San Francisco. Mona's presentaba a otras imitadoras masculinas que, como Bentley, se vestían de esmoquin y a menudo cambiaban las letras de sus canciones por otras abiertamente gays. Los clubes que presentaban a imitadoras masculinas siguieron haciéndose promoción en el *San Francisco Chronicle* y otras publicaciones ya entrada la década de los cincuenta. Turistas heterosexuales iban a los espectáculos buscando entretenimiento exótico, así como visitaban el Barrio Chino por una probadita del Oriente.

Los inicios de los cincuenta fueron un periodo de relativa libertad para los bares gay en San Francisco, debido a la decisión de Stoumen contra Reilly en 1951, que legalizaba la concurrencia pública de homosexuales en Califormia. Los actos homosexuales, no obstante, siguieron siendo ilegales, y conforme la década avanzaba, las represiones policiales comenzaron a concentrarse en las actividades homosexuales. En septiembre de 1954, la policía realizó una redada en 12 Adler, un bar propiedad de la lesbiana *butch* Tommy Casu. Varias chicas adolescentes también fueron arrestadas, y en el recuento de los hechos se exageraba y se dijo que había sido un escandaloso coctel de drogas, homosexualidad y travestismo. En 1956, un alcalde nuevo lanzó una campaña contra el vicio para sacar del negocio a varios bares gay. No es coincidencia que 1956 también fuera el año en el que se fundó las Hijas de Bilitis (DOB, Daughters of Bilitis, por sus siglas en inglés); esta organización temprana de derechos gays pretendía proveer una manera en la que las lesbianas pudieran socializar fuera de los bares.

Debido a las prolongadas creencias racistas de que los asiáticos no podían ser estadounidenses, Las Hijas de Bilitis y los bares lésbicos descritos en *Wide-Open Town* parecen ser predominantemente blancos. Me ha sido complicado encontrar evidencia de lesbianas de raza negra en este periodo, aunque la investigación de Kennedy y Davis sí incluye mujeres negras. Encontrar algo de historia de mujeres estadounidenses asiáticas *queer* ha sido todavía más difícil, pero pistas tentadoras han salido a la luz en varios lados. *Wide-Open Town*, por supuesto, menciona a Merle Woo, quien fue una activista asiáticaestadounidense en los setenta y los ochenta; también se menciona la existencia de lesbianas filipinas. De manera incidental, una filipina lesbiana llamada Rose fue la originadora de la idea de las Hijas de Bilitis, aunque las cofundadoras blancas de las Hijas de Bilitis, Del Martin y Phyllis Lyon, se han hecho mucho más conocidas. *Forbidden City, USA*, un documental de Arthur Dong y su libro acompañante sobre el club nocturno del Barrio Chino, incluye a intérpretes gays asiáticoestadounidenses, pero ellos no hablan de sus experiencias con detalle. La china lesbiana que el padre de Lily menciona está inspirada en Margaret Chung, que fue la primera doctora chinoestadounidense, y se rumoraba que era una lesbiana que tuvo una relación con la cantante Sophie Tucker. Chung nunca salió del clóset. La historiadora Amy Sueyoshi me puso en contacto con Crystan Jang, una lesbiana chinoestadounidense que creció en el Barrio Chino de San Francisco y que fue a la Preparatoria Galileo a finales de los cincuenta y durante los sesenta. También hablé con Kitty Tsui, una poeta lesbiana que estuvo activa en los setenta y los ochenta con Merle Woo. Cada una, Tsui y Jang, me dijo que a menudo era la única lesbiana asiáticoestadounidense en la habitación.

La historia de Lily es un intento de sacar algo de esta historia de los márgenes, de des-borrar las historias de mujeres como Crystal Jang, Merle Woo y la doctora Margaret Chung. La historia de Lily es completamente ficticia y no está basada en las suyas, pero imagino que ella y estas mujeres tuvieron que lidiar con algunos desafíos similares: aprender a vivir como chinasestadounidenses y a ser lesbianas en espacios que a menudo no permitían que que estas dos características coexistieran.

BIBLIOGRAFÍA SELECTA

Aparte de las publicaciones periódicas de los cincuenta, incluyendo el *San Francisco Chronicle*, el *San Francisco Examiner* y la revista *Seventeen*, algunas de las referencias más útiles que consulté incluyen:

LIBROS Y ARTÍCULOS

Boyd, Nan Alamilla. *Wide-Open Town: A History of Queer San Francisco to 1965*. Berkeley: University of California Press, 2005.

Chang, Iris. *The Chinese in America*. Nueva York: Viking, 2003.

Halberstam, Jack. *Female Masculinity: 20th Anniversary Edition*. Durham, NC: Duke University Press, 2018.

Holt, Nathalia. *Rise of the Rocket Girls*. Nueva York: Little, Brown, 2016.

Kao, George. *Cathay by the Bay: Glimpses of San Francisco's Chinatown in the Year 1950*. Hong Kong: The Chinese University Press, 1988.

Kennedy, Elizabeth Lapovsky y Madeline D. Davis. *Boots of Leather, Slippers of Gold: The History of a Lesbian Community*. Nueva York: Penguin Books, 1994.

Lim, Shirley Jennifer. *A Feeling of Belonging: Asian American Women's Public Culture, 1930-1960*. Nueva York: New York University Press, 2006.

Moy, Victoria. *Fighting for the Dream: Voices of Chinese American Veterans From World War II to Afghanistan*. Los Ángeles: Chinese Historical Society of Southern California, 2014.

Nee, Victor G., y Brett de Bary. *Longtime Californ': A Documentary Study of an American Chinatown*. Nueva York: Pantheon Books, 1973.

Ni, Ting. *The Cultural Experiences of Chinese Students Who Studied in the United States During the 1930s-1940s*. Lewiston, NY: The Edwin Mellen Press, 2002.

Rodger, Gillian. *Just One of the Boys: Female-to-Male Cross-Dressing on the American Variety Stage*. Urbana: University of Illinois Press, 2018.

Sueyoshi, Amy. "Breathing Fire: Remembering Asian Pacific American Activism in Queer History." *En LGBTQ America: A Theme Study of Lesbian, Gay, Bisexual, Transgender, and Queer History*. National Park Service, Departamento del Interior, 2016.

Wong, Edmund S. *Growing Up in San Francisco's Chinatown: Boomer Memories from Noodle Rolls to Apple Pie*. Charleston, SC: The History Press, 2018.

Wu, Judy Tzu-Chun. *Doctor Mom Chung of the Fair-Haired Bastards*. Berkeley: University of California Press, 2005.

Yeh, Chiou-Ling. *Making an American Festival: Chinese New Year in San Francisco's Chinatown*. Berkeley: University of California Press, 2008.

Zhao, Xiaojian. *Remaking Chinese America: Immigration, Family, and Community, 1940-1965*. New Brunswick, NJ: Rutgers University Press, 2002.

DOCUMENTALES

Chen, Amy, y Ying Zhan. *Chinatown Files*. Filmakers Library, 2001.

DeLarverié, Stormé, y Michelle Parkerson, *et al*. *Stormé: the Lady of the Jewel Box*. Women Make Movies, 2000.

Dong, Arthur E. *et al*. *Forbidden City*, U.S.A. DeepFocus Productions, 2015.

Poirier, París. *Last Call At Maud's*. Frameline, 1993.

AGRADECIMIENTOS

Este libro no existiría sin el trabajo duro y el apoyo de muchas personas maravillosas. Siempre estaré agradecida con mi amiga y colega escritora Saundra Mitchell, quien me dio la primera oportunidad de imaginar la historia de Lily cuando me invitó a colaborar con una pequeña historia en su antología *All Out: The No-Longer-Secret Stories of Queer Teens Throughout the Ages*. Pensé que aquella historia, «Año Nuevo», sería el final de eso, hasta que mi agente visionario, Michael Bourret, me persuadió de que podría convertirse en una novela. (¡Solo me tomó tres años!). Mi editor, Andrew Karre, me ofreció una guía invaluable para transformar esa historia en esta novela, y me inspiró a pensar más allá de los límites de lo que yo percibía como ficción para adultos jóvenes.

Gracias a mis padres, Kirk y Margaret Lo, y a mi tía Catherine Lo, quienes me dieron su apoyo invaluable para escribir los diálogos en cantonés y mandarín. Gracias a Amy Sueyoshi, Crystal Jang y Kitty Tsui por compartir sus consejos y experiencias personales cuando estaba investigando para este libro. Gracias a emily m. danforth, Britta Lundin, Cindy Pon y Betty Law, que leyeron mis primeros bocetos y me ofrecieron ánimos y retroalimentación honesta. Estoy completamente enamorada de la hermosa ilustración de portada hecha por Feifei Ruan, que trajo a la vida de manera mágica el San Francisco de Lily y de Kath.

Gracias a Julie Strauss-Gabel y al equipo completo de Dutton y Penguin, que convirtieron este libro en algo real que los lectores pueden sostener en sus manos. Una lista más completa de profesionales de la edición que trabajaron en este libro sigue a estos agradecimientos. Aunque no trabajo con cada uno de ustedes directamente, por favor, sepan que pienso en todos ustedes durante este largo proceso y que les agradezco todo el trabajo que hacen.

Por último, pero no menos importante, gracias a mi esposa, Amy Lowell, quien me apoyó a través de todo este viaje: mi primera lectora, mi animadora, mi amor.